6,- ~~8,80~~

HEYNE BÜCHER

Fantasy

Herausgegeben von Wolfgang Jeschke

Von Henry Rider Haggard erschienen in gleicher Ausstattung in der Reihe
HEYNE SCIENCE FICTION & FANTASY:

Sie · 06/4130
Allan Quatermain · 06/4131
Ayesha – Sie kehrt zurück · 06/4132
Sie und Allan · 06/4133
König Salomons Diamanten · 06/4134
Die heilige Blume · 06/4135
Das Halsband des Wanderers · 06/4136
Tochter der Weisheit · 06/4137
Das Sehnen der Welt · 06/4138
Morgenstern · 06/4146
Als die Welt erbebte · 06/4147
Das Nebelvolk · 06/4148
Das Herz der Welt · 06/4149
Kleopatra · 06/4310
Der Geist von Bambatse · 06/4311
Allan Quatermain der Jäger · 06/4367
Allan Quatermain und die Eisgötter · 06/4368
Das Elfenbeinkind · 06/4369
Der Gelbe Gott · 06/4370
Heu-Heu oder das Monster · 06/4466
Nada die Lilie · 06/4467

Weitere Ausgaben sind in Vorbereitung.

HENRY RIDER
HAGGARD

Heu Heu oder das Monster

Fantasy Roman

20. Band der Haggard-Ausgabe

WILHELM HEYNE VERLAG
MÜNCHEN

HEYNE SCIENCE FICTION & FANTASY
Band 06/4466

Titel der englischen Originalausgabe
HEU-HEU
Deutsche Übersetzung von Niko Karapancsa
Das Umschlagbild schuf Thomas Thiemeyer

Redaktion: Wolfgang Jeschke
Die Erstausgabe des Romans erschien im Januar 1924
im Verlag Hutchinson, London, und gleichzeitig
als Fortsetzung zwischen Januar 1924 und März 1924
in der Zeitschrift »Hutchinson's Story Magazine«,
vol. 10, nos. 55–57;
die amerikanische Ausgabe erschien im April 1924
im Verlag Doubleday, Page, New York

Printed in Germany 1988
Umschlaggestaltung nach einem Entwurf von Vicente Segrelles/Norma
durch Atelier Ingrid Schütz, München
Satz: Schaber, Wels
Druck und Bindung: Elsnerdruck, Berlin

ISBN 3-453-00988-6

Inhalt

BEMERKUNG DES AUTORS:

Der Autor wünscht festzustellen, daß diese Erzählung vor langer Zeit geschrieben wurde, bevor jene fossilen, ungeheuren Überreste eines vormenschlichen Wesens entdeckt wurden, die ganz gut den ›Heuheua‹ oder dem ›haarigen Waldvolk‹ angehört haben konnten, von denen er durch den Mund von Allan Quatermain erzählt.

1

Das Unwetter

Nun komme ich (der Herausgeber) zu einer der merkwürdigsten Abenteuer meines lieben Freundes, des verstorbenen Allan Quatermain, der von den Eingeborenen in Afrika Macumazahn, das heißt ›Wächter in der Nacht‹, genannt wurde. Ich habe es als meine Pflicht betrachtet, der Welt – nehmen wir an als eine Art Bevollmächtigter – alle seine Erlebnisse mitzuteilen. Dabei möchte ich erwähnen, daß er mir das hier geschilderte Abenteuer vor so manchen Jahren in seinem Hause in Yorkshire, das ›Meierhof‹ genannt wurde, als ich bei ihm zu Gast war, erzählte, und zwar kurze Zeit bevor er mit Sir Henry Curtis und Kapitän Good auf seine letzte Expedition in das Herz Afrikas auszog, von wo er nicht mehr zurückkommen sollte.

Damals machte ich sehr umfangreiche Notizen von dieser Erzählung, die mir sonderbar und inhaltsreich erschien. Leider verlor ich sie später und mein Gedächtnis war nicht imstande, auch nur deren Inhalt mit jener Genauigkeit wiederzugeben, die mein verstorbener Freund, wie ich wußte, gewünscht hätte.

Erst kürzlich stieß ich, als ich eine Rumpelkammer ausräumte, auf eine Handtasche, in der ich jene erkannte, die ich vor langer Zeit benützt hatte, als ich noch an den Gerichtsschranken praktizierte oder zu praktizieren versuchte. Ich nahm sie mit der gewissen Rührung, die uns überkommt, wenn wir nach vielen Jahren mit Dingen in Berührung kommen, welche mit längst entschwundenen Erlebnissen unserer Jugend verknüpft sind, zu einem Fenster und öffnete mit einiger Schwierigkeit ihr verrostetes Schloß. In der Tasche war eine kleine Sammlung von Plunder, Aufzeichnungen von Rechtsfällen, an denen ich als blutiger Anfänger für einen hervorragenden und gelehrten Freund, der späterhin Richter wurde, gearbeitet hatte, ferner ein blauer Bleistift mit gebrochener Spitze und dergleichen.

Ich blätterte in den Papieren und las meine eigenen Randbemerkungen zu den Rechtsfällen, die ich vollkommen vergessen hatte, obwohl sie sicherlich zu jener Zeit wichtig genug für mich gewesen waren. Mit einem Seufzer zerriß ich sie und warf sie zu Boden, dann stülpte ich die Tasche um, um den Staub auszuklopfen. Da glitt aus einem inneren Fache ein ziemlich umfangreiches Notizbuch, mit einem glänzendschwarzen Einband, wie man es gewöhnlich für sechs Penny erhält. Ich öffnete das Buch und das erste, worauf meine Augen fielen, war die Überschrift:

Zusammenfassender Bericht Allan Quatermains sonderbarer Erzählung von dem Ungeheuer, Götzen oder Fetisch ›Heu-Heu‹, den er und der Hottentotte Hans in Zentral-Südafrika entdeckten.

Mit einem Schlage erinnerte ich mich an alles. Ich sah mich selbst, wie ich damals als junger Mann spät in der Nacht in meinem Schlafzimmer im »Meierhof« diese stenographischen Notizen machte, bevor der Eindruck von Allans Erzählung sich in meiner Erinnerung verwischte, wie ich sie dann morgens auf meiner Reise nach dem Süden im Zug fortsetzte und sie dann später in meinen Räumen zu Elm Court im Gerichtsgebäude vervollständigte, so oft ich Zeit dazu fand.

Ich erinnerte mich auch gut meiner Enttäuschung, als ich das Fehlen dieses Notizbuches feststellte, obwohl ich genau wußte, daß ich es an einem besonders sicheren Platz verwahrt hatte. Ich sehe mich noch auf der Jagd nach diesem Büchlein in dem kleinen Arbeitszimmer des Hauses, das ich damals in einer Vorstadt Londons bewohnte, bis ich schließlich verzweifelt darauf verzichtete, es zu finden. Dann gingen die Jahre dahin und viele Dinge ereigneten sich, so daß schließlich Notizbuch und die darin enthaltene Geschichte bei mir in

Vergessenheit gerieten. Nun sind sie wieder aus den Staubmassen der Vergangenheit emporgetaucht, belebten die alten Erinnerungen wieder und ich beginne jetzt die Erzählung dieses besonderen Kapitels, meines geliebten Freundes Allan Quatermain, der indessen vor längerer Zeit zu jenen Schatten dahingerafft wurde, die uns ja alle erwarten.

Eines Abends, nach genußreicher Jagd, saßen wir, das heißt der alte Allan, Sir Henry Curtis, Kapitän Good und ich, rauchend im Rauchzimmer von Quatermains Hause, dem ›Meierhof‹ in Yorkshire und sprachen von mancherlei Dingen.

Zufällig erwähnte ich, daß ich in einem amerikanischen Blatt einen Artikel gelesen hatte, in dem berichtet wird, daß Hirten in einem Sumpfe des Zambesi ein riesiges Reptil einer vorsintflutlichen Gattung gesehen hätten. Ich fragte Allan, ob er diesen Bericht glaubwürdig finde. Er schüttelte den Kopf und antwortete so vorsichtig, daß ich daraus seine Abneigung entnehmen konnte, seine Ansichten über das Fortbestehen solcher Lebewesen auf der Erde darzulegen. Er sagte, daß Afrika allerdings ein ungeheures Gebiet und daß es möglich sei, daß in seinen Schlupfwinkeln noch vorgeschichtliche Lebewesen und Reptilien fortbestünden.

»Ich weiß, daß dies bei Schlangen der Fall ist«, fuhr er eilig fort, als ob er eine weitere Diskussion vermeiden wollte. »Denn einst stieß ich auf eine der größten Anakondaschlangen, von der man sagt, daß sie in Südamerika gelegentlich die Länge von 60 Fuß oder sogar mehr erreichen solle. Wir, oder besser gesagt, mein Hottentotte Hans, erschlugen sie, nachdem sie einen von unseren Leuten zermalmt und verschlungen hatte. Diese Schlange war wie eine Gottheit verehrt worden und hätte wohl Anlaß zu solchen Erzählungen von riesigen Reptilien geben können. Außerdem habe ich einmal einen Elefanten, um nicht von anderen Erfahrungen zu sprechen, die ich lieber nicht berühren möchte, von so außergewöhnlicher Größe gesehen, daß er ganz gut einem vorgeschichtlichen Zeitalter angehört haben konnte. Dieser Elefant war seit Jahrhunderten bekannt und wurde Jana genannt.«

»Haben Sie ihn getötet?« fragte Good und warf ihm durch seinen Zwicker einen raschen, fragenden Blick zu, wie es seine Art war. Trotz seiner wettergebräunten Haut verfärbte sich Allan und sagte in einem Tone, der bei seiner bekannten Sanftheit und seinem Phlegma schon fast scharf zu nennen war:

»Haben Sie noch nicht gelernt, Good, daß Sie niemals einen Jäger und besonders einen gewerbsmäßigen Jäger, fragen sollen, ob er ein besonderes Stück Wild getötet hat oder nicht, wenn er nicht von selbst Aufklärung darüber gibt? Nichtsdestoweniger, sage ich Ihnen, wenn Sie es schon zu wissen wünschen, ich habe diesen Elefanten nicht getötet; es war Hans, der ihn tötete und dadurch mein Leben rettete. Ich fehlte ihn mit beiden Läufen auf eine Entfernung von einigen Ellen.«

»Oh, ich muß sagen, Quatermain!« rief der unbezähmbare Good. »Sie wollen uns doch nicht weismachen, daß *Sie* einen außergewöhnlich großen Elefanten gefehlt haben, der nur ein paar Ellen entfernt war! Sie müssen tüchtig erschrocken gewesen sein, daß Ihnen dies zustieß.«

»Sagte ich nicht, daß ich ihn gefehlt habe, Good? Im übrigen haben Sie vielleicht recht und ich war erschrokken, denn wie Sie wissen, spiele ich mich niemals als den besonders Mutigen auf. Unter den Umständen wie das Zusammentreffen mit dieser Bestie Jana geschah, wäre wohl jeder erschrocken; in der Tat, selbst Sie, Good! Oder, wenn Sie nachsichtig sein wollen, mögen Sie schließen, daß andere Gründe für das unglückselige – ja unglückselige – Ereignis bestanden, an das ich nicht denken und von dem ich noch viel weniger sprechen mag, denn es verursachte den Tod meines alten Hans, den ich liebte.«

Good war eben dabei, eine Antwort zu geben, denn streiten und atmen war für ihn ein und dasselbe, aber ich sah, wie Sir Henry seinen langen Fuß ausstreckte und ihm einen Tritt ins Schienbein gab, worauf er schwieg.

»Um auf das Frühere zurückzukommen«, sagte Allan hastig, wie einer, der einem unliebsamen Thema entschlüpfen will, »im Laufe meines Lebens traf ich einst zwar nicht ein prähistorisches Reptil, aber ein Volk, welches ein Ungeheuer als Götzen oder Fetisch verehrte, dessen Herkunft vielleicht aus verschwundenen Urzeiten herzuleiten war.«

Er hielt inne, als hätte er nicht die Absicht, mehr zu sagen und ich fragte begierig: »Was war es damit, Allan?«

»Um diese Frage zu beantworten, bedürfte es einer langen Erzählung, mein Freund«, antwortete er, »einer Erzählung, die Good sicher nicht glauben würde, wenn ich sie erzählte; außerdem wird es bereits spät und es könnte Euch langweilen. Tatsächlich, ich könnte sie heute nicht beenden.«

»Hier sind Whisky, Soda und Tabak und was immer auch Curtis und Good tun, ich bleibe hier zwischen Ihnen und der Tür, bis Sie mir die Geschichte erzählt haben, Allan! Sie wissen, daß es unhöflich ist, vor seinen Gästen schlafen zu gehen, also bitte, fangen Sie sofort an zu erzählen«, sagte ich lachend.

Der alte Knabe brummte und knurrte und schaute grimmig drein, aber da wir alle in aufreizendem Stillschweigen um ihn herumsaßen, was ihm auf die Nerven zu gehen schien, begann er schließlich:

»Also gut, wenn Sie es wollen, vor vielen Jahren, als ich beiläufig gesagt, noch ein junger Mann war, befand ich mich eines Tages ziemlich weit droben auf den Abhängen der Drakensberge. Ich war auf dem Wege nach Prätoria, mit einer Wagenladung von Handelsgütern, die ich unter den Eingeborenen dort oben abzusetzen hoffte, und wollte dann ein oder zwei Monate jagend nach Norden vorstoßen. Als wir eben auf einem offenen Platz zwischen zwei Ausläufern des Berges waren, wurden wir von einem furchtbaren Unwetter überrascht, einem der ärgsten, das ich jemals miterlebt habe. Wenn ich mich recht erinnere, war es etwa Mitte Januar, und Sie, mein Freund« – dies galt mir –, »wissen, wie arg die Unwetter in Natal zu dieser Jahreszeit sein können. Es schien aus zwei Himmelsrichtungen zugleich auf uns herabzukommen, denn es bildete sich ein Wirbelsturm, dessen zwei Komponenten aufeinander los kamen.

Die Luft wurde dick und dicht; dann kam der übliche heulende, eisige Wind, gefolgt von einer Art Finsternis, obgleich es früh am Nachmittage war. Um die Spitzen der Berge zuckten ringsumher Blitze, aber bis dahin hörte ich noch keinen Donner und es regnete auch nicht. Außer dem Kutscher und Vorläufer des Wagens hatte ich Hans bei mir, von dem ich eben sprach, einen kleinen faltigen Hottentotten, welcher seit meiner Kindheit der Gefährte meiner Reisen und Abenteuer gewesen war. Er war es, der als Nachreiter mit mir kam, als ich als ganz junger Mensch Piet Retief auf seiner unseligen Botschaft zu Dingaan, dem Zulukönig, begleitete, deren Teilnehmer alle bis auf Hans und mich erschlagen wurden.

Er war ein sonderbarer, witziger kleiner Bursche von unbestimmbarem Alter und einer der klügsten Männer seiner Art in Afrika. Ich kannte niemals seinesgleichen im Auffinden von Hilfsmitteln und im Verfolgen einer Spur, aber, wie alle Hottentotten, hatte er seine Fehler. So trank er wie ein Faß, wenn er nur irgendwo die Möglichkeit dazu hatte und wurde dann ein nutzloser Trunkenbold. Er hatte allerdings auch Tugenden, denn er war treu wie ein Hund und – je nun –, er liebte mich, wie ein Hund den Herrn liebt, der ihn von seiner Geburt an aufgezogen hat. Für mich hätte er alles getan –

gelogen, gestohlen oder gemordet – und hätte es nicht als Übeltat aufgefaßt, sondern eher als heilige Pflicht. Ja, und jeden Tag war er bereit, für mich zu sterben, was er auch schließlich tat.«

Allan hielt inne, scheinbar, um seine Pfeife auszuklopfen, was unnötig war, denn er hatte sie eben gefüllt; in Wirklichkeit aber glaube ich, suchte er eine Gelegenheit, sich gegen das Feuer zu kehren, vor welchem er stand, um so sein Gesicht zu verbergen. Dann drehte er sich plötzlich auf seinem Absatz herum, mit der schnellen Bewegung, die für ihn charakteristisch war, und setzte fort.

»Ich ging vor dem Wagen und hielt Ausschau nach schlechten Stellen und Steinen auf dem Wege, wenn man aus Höflichkeit dies Weg nennen konnte, was tatsächlich nichts als eine Geleisespur war, die sich zwischen den Hügeln hinzog. Gleich hinter mir, an seinem gewöhnlichen Platze – denn er heftete sich immer an mich, wie mein Schatten – ging Hans. Plötzlich hörte ich ihn in der hohlen Weise husten, wie es seine Gewohnheit war, wenn er meine Aufmerksamkeit auf irgend etwas zu lenken wünschte, und ich fragte über meine Schulter zurück.

»Was gibt es, Hans?«

»Nichts, Baas«, entgegnete er. »Nur, daß hier ein Riesengewitter aufzieht. Oder besser, zwei Gewitter, Baas, nicht eines, und wenn sie zusammentreffen, werden sie zu kämpfen beginnen und es werden eine Menge Speere am Himmel herumfliegen und dann werden beide Wolken Regen oder vielleicht Hagel weinen.«

»Ja«, sagte ich, »so ist es, aber da ich nirgends einen Ort sehe, wohin wir uns flüchten könnten, ist wohl wenig zu tun.«

Hans kam auf gleiche Höhe mit mir und hustete wieder, indem er den schmutzigen Fetzen, der sein Hut sein sollte, in seinen mageren Fingern drehte und so andeutete, daß er einen Vorschlag zu machen hätte.

»Vor vielen Jahren, Baas«, sagte er und deutete mit seinem Kinn gegen eine Unmenge von Geröll am Fuß eines Bergabhanges in der Entfernung von ungefähr einer Meile zu unserer Linken, »war drüben eine große Höhle. Einst, als ich ein Knabe war, verbarg ich mich dort mit einigen Buschleuten. Es war dies, nachdem die Zulus Natal ausgeräumt hatten und es im ganzen Lande nichts zu essen gab, so daß die Zurückgebliebenen voneinander lebten.«

»Wie lebten denn dann die Buschleute, Hans?«

»Meistenteils von Schnecken und Heuschrecken, Baas, und von Böcken, wenn sie das Glück hatten, einen mit ihren vergifteten Pfeilen zu erlegen. Gebackene Raupen sind nicht schlecht, Baas, ebensowenig wie Heuschrecken, wenn du sonst nichts bekommst. Ich erinnere mich, daß ich, der am Verhungern war, davon fett wurde.«

»Und du glaubst, daß es besser wäre, wenn wir uns in deine Höhle flüchteten, Hans, wenn du überhaupt sicher bist, daß sie hier ist?«

»Gewiß, Baas, Höhlen können nicht davonlaufen und obgleich es lange her ist, so vergesse ich doch einen Ort nicht, an dem ich zwei Monate lang gelebt habe.«

Ich schaute auf die vorrückenden Wolken und überlegte. Sie waren ungewöhnlich schwarz und offenbar würde es ein verteufeltes Unwetter geben. Überdies war die Situation nicht angenehm, denn wir überquerten einen Landstrich von eisenhaltigem Gestein, in welches, wie ich aus Erfahrung wußte, immer der Blitz schlägt und außerdem hat ein Wagen und ein Gespann von Ochsen eine gewisse Anziehungskraft für elektrische Entladungen.

Während ich überlegte, überholte uns eine Gruppe von Kaffern, welche aus vollen Kräften liefen – zweifellos um ein schützendes Obdach zu suchen. Sie hatten ihren schönsten Staat an – denn es waren offensichtlich Leute, die zu einem Hochzeitsfest gingen oder von dort zurückkehrten –, meistens junge Männer und Mädchen. Als sie vorbeikamen, schrie mir einer von ihnen, dem ich offenbar, wie den meisten Eingeborenen dieser Gegenden, bekannt war, zu: »Eile, eile, Macumazahn!« – So nannten mich die Zulus, wie ihr wißt. – »Eile, dieser Ort wird von Blitzen gesucht«, und er zeigte mit seinem Tanzstabe zuerst auf die vorrückenden Wolken und dann auf den Boden, wo das eisenhältige Gestein zutage trat.

Dies entschied. Ich lief zurück zu dem Wagen und hieß den Vorläufer Hans folgen und dem Kutscher, die Ochsen anfeuern. Dann kletterte ich rückwärts auf den Wagen und dahin ging es, nach links gerade auf den Platz am Fuße des Abhanges hin, wo sich die Höhle befinden sollte. Glücklicherweise war der Boden ziemlich eben, offen und hart. Außerdem war Hansens Ortskenntnis eine vollkommene, obwohl er seit so vielen Jahren nicht in dieser Gegend gewesen war. In der Tat war es eine seiner Eigentümlichkeiten, wie er sagte, niemals einen Platz zu vergessen, den er einmal besucht hatte.

So sah ich ihn vom Kutschersitz aus, auf den ich geklettert war, plötzlich den Vorläufer anweisen, scharf nach rechts auszuweichen und konnte nicht begreifen warum, da der Boden dort ebenso aussah wie der, auf dem wir bis dahin gefahren waren. Als aber der Wagen dort vorbeikam, wurde mir der Grund klar; denn es gab dort eine Quelle, welche einen breiten Fleck des Bodens, ein Joch oder mehr, in einen Sumpf verwandelte, in dem wir sicherlich versunken wären. So ging es auch mit anderen Hindernissen, die ich wohl nicht näher zu beschreiben brauche.

Jetzt herrschte eine große Stille in den Lüften und der Dunst wurde so dick, daß das erste Ochsenpaar bereits undeutlich zu sehen war; auch wurde es plötzlich sehr kalt. Die Blitze zuckten weiter um die Berggipfel, aber noch war kein Donnerschlag gefallen. Die ganze Natur hatte ein erschreckendes und ungewöhnliches Aussehen angenommen; selbst die Zugtiere fühlten dies, denn sie drängten in ihren Jochen und rasten dahin, ohne durch Peitsche und Rufe angefeuert zu werden, als ob auch sie wüßten, daß wir einem Unheil zu entfliehen suchten. Zweifellos wußten sie dies auch wirklich, denn in allen lebenden Wesen erhebt der Instinkt zu Zeiten seine Stimme. Selbst meine Nerven wurden angegriffen und ich hoffte ernstlich, daß wir bald die Höhle erreichen würden.

Diese Hoffnung wurde noch lebhafter, als schließlich die beiden Wolken zusammentrafen und bei ihrer Berührung ein fürchterlicher Feuerstrahl aus ihnen hervorbrach, der niederzuckte und die Erde mit lautem Getöse erschütterte. Tatsächlich wankte der Boden, und ich wünschte, wir wären tausend Meilen von diesem Orte entfernt. Der Blitz schlug nämlich etwa 50 Yards von dem Wagen entfernt ein, an einer Stelle, die wir etwa vor einer Minute passiert haben mochten. Zugleich gab es einen entsetzlichen Donnerschlag, der mir zeigte, daß das Unwetter bereits über uns war.

Dies war die Eröffnung des Balls, der erste Auftakt der Musik. Dann begann der Tanz mit ganzen Flächen und Gabeln von Flammen als Tänzern und dem unendlichen Himmel als Boden, auf dem sie ihre Evolutionen ausführten.

Es ist schwer, so ein höllisches Unwetter zu beschreiben, wie Sie, mein Freund, der dergleichen kennt, wissen werden, denn es spottet jeder Beschreibung. Blitze, überall Blitze; Strahl auf Strahl in allen Formen. Einer hatte die Gestalt einer Feuerkrone, die über dem Gipfel einer riesigen Wolke schwebte. Die Blitze schienen ebenso von der Erde gegen die Wolken empor, als vom Himmel herabzuzucken, unter der Begleitung eines unaufhörlichen Donnergrollens.

»Wo, zum Teufel, ist deine Höhle?« brüllte ich Hans, der zu mir auf den Kutschersitz geklettert war, ins Ohr.

Er brüllte etwas als Antwort, was ich wegen des Getöses nicht verstehen konnte und deutete auf den Fuß des Bergabhanges hin, der noch ungefähr 200 Yards entfernt war.

Die Ochsen wurden scheu und fielen in Galopp und der Wagen geriet dermaßen ins Stoßen und Wanken, daß ich dachte, er würde umkippen. Der Vorlooper* ließ den Riemen fahren und trabte an der Seite der Ochsen weiter, aus Furcht, zu Tode getreten zu werden. Er lenkte sie, so gut er konnte, aber ohne viel Erfolg. Glücklicherweise liefen sie von selbst in der richtigen Richtung.

So sausten wir dahin; der Kutscher schwang unaufhörlich seine Peitsche, um die Tiere in der Richtung zu halten, und fluchte auf die entsetzlichste Weise auf Holländisch und Zulu, wie ich an der Bewegung seiner Lippen sehen konnte, obwohl kein Wort meine Ohren erreichte. Schließlich wurden die Tiere durch den steilen Abhang des Berges aufgehalten und begannen sich umzuwenden und sich zu einer Art von Knoten zu verwickeln, wie eben erschreckte Ochsen es tun, wenn sie aus irgendeinem Grunde ihre Last nicht weiterbringen.

Wir sprangen ab und begannen sie auszuspannen, indem wir zunächst so schnell als möglich die Joche abnahmen. Dies war keine leichte Aufgabe, wie ich euch versichere, ebensosehr wegen der Verwirrung, in der sich die Ochsen befanden, als aus dem Grunde, daß dies buchstäblich unter den Feuerstrahlen erfolgen mußte, denn die Strahlen zuckten rings um uns her. Jeden Augenblick erwartete ich, daß einer von ihnen den Wagen treffen und ein Ende mit uns und unserer Geschichte machen würde. In der Tat, ich war so entsetzt, daß ich heftig versucht war, die Ochsen ihrem Schicksal zu überlassen und zur Höhle zu stürzen, wenn über-

* Vorläufer, d. h. der Mann, der vor dem Gespann geht und es führt.

haupt eine da war – denn sehen konnte ich sie nicht. Immerhin half mir mein Stolz. Wenn ich davonlief, wie konnte ich erwarten, daß meine Kaffern den Schwierigkeiten standhielten? – Wie immer ihr auch erschrocken sein möget, meine Freunde, zeigt niemals Furcht vor einem Eingeborenen; wenn ihr dies tut, ist euer ganzer Einfluß auf ihn beim Teufel. Ihr seid dann nicht mehr große weiße Häuptlinge von höherer Abstammung und Erziehung; ihr seid ebenso gewöhnliche Burschen wie er selbst, ja sogar weniger wert als er, wenn er zufällig einer der tapferen Vertreter eines mutigen Volkes ist!

So gab ich mir den Anschein, die Blitze gar nicht zu beachten, selbst als einer von ihnen einen Dornbusch, nicht mehr als 30 Schritte von uns entfernt, traf. Zufällig blickte ich gerade in diese Richtung und sah den Dornbusch, jeden einzelnen Ast, in Flammen gehüllt. Im nächsten Augenblick war nichts zu sehen als eine Rauchsäule; der Busch war verschwunden und einer seiner Splitter traf meinen Hut.

Mit den anderen zerrte und stieß ich an den Ochsen herum und zog, so gut ich es konnte, die Riemen aus den Jochbogen. Endlich waren alle befreit und rannten davon, um Deckung unter vorspringenden Felsen oder anderswo zu suchen, wie ihr Instinkt sie es hieß. Die letzten beiden, die Deichselochsen – wertvolle Tiere – waren besonders schwer zu befreien, denn sie drängten ihren Gefährten nach und zerrten so sehr an den Jochen, daß ich schließlich die Riemchen durchschneiden mußte, da ich sie nicht aus den Kerben der Jochbogen befreien konnte. Dann stürzten sie den anderen nach, aber sie kamen nicht weit, die armen Tiere, denn plötzlich sah ich beide niederstürzen, als ob sie mitten durchs Herz geschossen worden wären. Ein Strahl hatte sie getroffen, einer von ihnen zuckte nicht einmal mehr, der andere lag auf seinem Rücken, strampelte noch ein paar Sekunden und wurde dann so still, wie sein Jochgefährte.«

»Und was sagten Sie denn da?« fragte Good mit nachdenklicher Stimme.

»Was hätten Sie gesagt, Good«, fragte Allan ernst, »wenn Sie derart Ihre besten zwei Ochsen verloren hätten und nicht einmal sechs Penny in der Tasche gehabt hätten, um ein neues Gespann zu kaufen? Nun, wir alle kennen Ihre Vorliebe für viele Worte, so brauche ich Sie wohl nicht um eine Antwort zu bitten.«

»Ich hätte gesagt ...«, begann Good, indem er die Gelegenheit benützen wollte, aber Allan unterbrach ihn mit einer Handbewegung und setzte fort:

»Wahrscheinlich etwas über Jupiter Tonans, nicht wahr. Nun, was ich sagte, wurde nur vom Schutzengel vernommen, obwohl vielleicht Hans es ahnte, denn er schrie mir zu:

»Das hätte auch uns treffen können, Baas. Wenn der Himmel zürnt, will er ein Opfer haben. Lieber die Ochsen als uns, Baas.«

»Die Höhle, du Idiot!« brüllte ich. »Halt das Maul und bring uns zur Höhle, wenn es eine gibt, denn jetzt kommt der Hagel!«

Hans grinste und nickte. Dann, angefeuert durch ein großes Hagelkorn, welches ihn an den Kopf traf, begann er mit überraschender Geschwindigkeit den Hügel hinanzulaufen und winkte uns zu, ihm zu folgen. Plötzlich kamen wir zu einem Chaos von umgestürzten Felsblöcken, durch welches wir uns einen Weg suchten, im Dunst immer weiterkletternd, der jetzt, seit der Hagel gefallen war, immer dichter wurde. Hinter den größten dieser Blöcke kroch Hans durch ein Buschwerk und zog mich nach sich zwischen zwei Felsblöcke, welche einen natürlichen Torweg zu einer Höhlung bildeten.

»Das ist der Ort, Baas«, sagte er, indem er das Blut fortwischte, das ihm aus einer Wunde, die ihm das Hagelkorn geschlagen hatte, über die Stirne herabrann.

Kaum hatte er gesprochen, ließ ein außergewöhnlich greller Blitzstrahl erkennen, daß wir uns in der Mündung einer Höhle von unbestimmbarer Ausdehnung befanden. Immerhin konnte ich aus dem Echo des Donners, der dem Blitze folgte, entnehmen, daß sie groß sein mußte, denn es schien in dieser Aushöhlung aus unermeßlichen Tiefen im Innern des Berges zurückzudröhnen.

2

Das Bild in der Höhle

Wir hatten die Höhle gerade zur richtigen Zeit erreicht. Denn kaum waren die Burschen hineingeklettert, als hinter uns der Hagel prasselnd niederging. Ihr wißt, meine Freunde, oder habt zumindest davon gehört, was afrikanischer Hagel bedeutet, besonders in der Gegend der Drakensberge. Ich habe ihn einmal Platten von verzinktem Eisenblech durchbohren sehen, als ob es sich um Flintenkugeln gehandelt hätte, und ich glaube, daß einige der Hagelkörner, die bei dieser Gelegenheit fielen, auch zwei übereinander gelegte Blechplatten durchschlagen hätten, da sie so groß und so kantig wie Feuersteine waren. Wenn jemand in diesem Unwetter auf dem offenen Feld überrascht worden wäre, ohne einen Wagen, um sich darunter zu verkriechen oder einen Sattel, um ihn über den Kopf zu legen, zweifle ich, ob er mit dem Leben davongekommen wäre, um den Himmel wieder heiter zu sehen.

Der Kutscher, der bereits fast vor Verzweiflung über den Verlust von ›Kaptein‹ und ›Deutchman‹, wie die zwei Deichselochsen hießen, weinte, wurde beinahe verrückt bei dem Gedanken, daß der Hagel auch die anderen töten könnte und wollte wirklich in das Unwetter hinauslaufen, in der tollen Absicht, sie irgendwo unter Dach zu bringen. Ich befahl ihm, ruhig zu bleiben und keine Tollheit zu begehen, da wir ja nichts tun konnten, um ihnen zu helfen. Hans, der die Gewohnheit hatte, religiös zu werden, wenn es blitzte, bemerkte gedankenvoll, daß er nicht daran zweifle, daß der ›große Große‹ im Himmel nach den Tieren sehen werde. Er sagte, daß mein ›verehrter Vater‹ (der ihn zu dem besonderen Glauben oder der Mischung von Glaubensbekenntnissen bekehrt hatte, welche bei Hans als Christentum galten) ihm gesagt hätte, daß das Vieh auf tausend Hügeln ›Sein‹ besonderes Eigentum sei. Und wären wir nicht unter den tausend Hügeln hier, in den Drakensbergen? Der Zulukutscher, der noch nicht seinen ›Glauben gefunden‹ hatte, sondern ein roher Heide war, antwortete mit Beziehung, daß, wenn dies der Fall wäre, der ›große Große‹ gewiß ›Kaptein‹ und ›Deutchman‹ beschützt hätte, was er offensichtlich versäumt habe. Sodann begann er, nach Art wütender Frauen, um seine Nerven zu erleichtern, auf Hans zu fluchen, den er einen ›gelben Schakal‹ nannte, indem er hinzusetzte, daß der Schwanz des schlechtesten Ochsen wertvoller sei, als sein ganzer Körper, und daß er wünschte, daß seine wertlose Haut von den Hagelkörnern getroffen würde an Stelle ihrer unschätzbaren Felle. Diese giftigen Bemerkungen über sein persönliches Aussehen reizten Hans, der seine Lippen aufzog wie ein wütender Hund und in passender Sprache entgegnete, indem er Bemerkungen über die Familie des Zulus und im besonderen über seine Mutter äußerte. Kurz, hätte ich nicht vermittelt, es hätte sich ein netter Raufhandel entwickelt, der sicher mit einem Messerstoß geendet hätte. So trat ich aber energisch dazwischen, indem ich sagte, daß ich den, der noch ein einziges Wort spräche, aus der Höhle hinauswerfen werde, damit er mit dem Hagel und den Blitzen Bekanntschaft mache. Dies stellte den Frieden wieder her.

Der Sturm dauerte lange Zeit, da er, als er schon abzuziehen schien, wieder von der anderen Seite zurückkam; denn solche Unwetter pflegen öfters im Kreise zu ziehen. Als nun der Hagel zu Ende war, folgte wolkenbruchartiger Regen. So fanden wir uns in Finsternis gehüllt, als endlich der Widerhall des Donners in den Bergen verstummte. Es war klar, daß wir an der Stelle übernachten mußten, wo wir waren, zumal, da die Burschen, die ausgegangen waren, um die Ochsen zu suchen, berichteten, daß sie keinen von ihnen finden konnten.

Dies war nicht sehr angenehm, denn die Höhle war ungewöhnlich kalt und der Wagen so vom Regen durchnäßt, daß man auf keinen Fall darin übernachten konnte.

Hier jedoch bewährte sich wieder einmal Hansens Gedächtnis. Nachdem er meine Zünder an sich genommen hatte, kroch er tiefer in die Höhle hinein und tauchte plötzlich wieder auf, eine ansehnliche Menge Holz hinter sich herziehend. Es war staubiges, wurmzerfressenes Holz, aber trocken und zum Feuermachen sehr gut geeignet.

»Wo hast du denn das her?« fragte ich ihn.

»Baas«, entgegnete er, »ich habe dir erzählt, daß ich mit den Buschleuten diese Höhle bewohnte. Dies war lange, bevor diese schwarzen Kinder ›von ihren unbekannten Vätern‹ gezeugt wurden. (Diese Beschimpfung bezog sich auf den Kutscher und den Vorläufer, Mavoon und Induka genannt.) Damals verwahrte ich einen großen Vorrat von Holz für den Winter oder für den Fall, daß ich jemals wieder hierher kommen würde. Da ist es nun, staubig und mit Steinen bedeckt. Die Ameisen, die am Boden herumkriechen, machen dasselbe, Baas, damit ihre Kinder Nahrung haben, wenn sie selbst gestorben sind. Wenn mir also diese Kaffern helfen werden, werden wir bald ein gutes Feuer haben und uns wärmen können.«

Voll Bewunderung für die Voraussicht des kleinen Hottentotten, der durch die Bedürfnisse von Hunderten von Generationen seiner Ahnen ihm ins Blut eingepflanzt war, befahl ich den anderen, ihn zum Versteck zu begleiten. Dies taten sie denn auch mit mürrischen Gesichtern, mit dem Erfolg, daß wir bald ein herrliches Feuer hatten. Nun holte ich einige Nahrungsmittel herbei, denn zum Glück hatte ich morgens einen ›Duiker‹-Bock geschossen, dessen Fleisch wir in glühender Asche brieten, und außerdem eine Flasche echten Grogs und bald waren wir mit einem herrlichen Abendessen beschäftigt. Ich weiß, daß viele Leute es nicht billigen, wenn man Eingeborenen Alkohol gibt, aber ich für meinen Teil habe gefunden, daß, wenn sie ermattet und erschöpft sind, ihnen ein Schnäpschen nicht schadet und ihre Leistungsfähigkeit wunderbar erhöht. Es galt nur, Hans abzuhalten, mehr als ein Gläschen zu sich zu nehmen, weshalb ich mir angewöhnt hatte, mit der Flasche zu schlafen.

Als wir uns gesättigt hatten, entzündete ich meine Pfeife und begann mit Hans zu plaudern, dem der Grog Erzählungen entlockte, die stets hörenswert waren. Er fragte mich, wie alt wohl die Höhle sein möge, und ich sagte ihm, daß sie so alt sei, wie die Berge ringsum. Er entgegnete, daß er sich dies gedacht habe, denn weiter drinnen gäbe es Fußspuren im Felsboden, die von keinem der ihm bekannten Tiere stammten. Er werde mir diese Fußspuren am nächsten Morgen zeigen, wenn ich mich dafür interessiere. Ferner sagte er, daß da sonderbare Gebeine herumlägen, welche seiner Ansicht nach Riesen gehört haben müßten. Er glaube, daß er einige dieser Gebeine finden könne, wenn die Sonne frühmorgens in die Höhle schiene.

Hierauf erklärte ich Hans und den Kaffern, wie einst, vor tausend und abertausend Jahren, bevor noch der Mensch die Erde bevölkert hatte, riesige Lebewesen da gelebt hätten. Da waren riesenhafte Elefanten und Reptilien, so groß wie hundert Krokodile zusammen, und, wie ich gehört hätte, gewaltige Affen, bedeutend größer als jeder Gorilla. Sie hörten mir aufmerksam zu und Hans sagte, daß das mit den Affen wohl stimmen könne, denn er hätte ein Bild eines solchen gesehen oder das Bild eines Riesen, der wie ein Affe aussah.

»Wo?« fragte ich. »In einem Buch?«

»Nein, Baas, hier in der Höhle. Die Buschleute haben es vor 10000 Jahren gemacht.« Damit meinte er eine unbestimmte Zeit in der Vergangenheit.

Nun, ich besann mich auf ein märchenhaftes Wesen ›Ngoloko‹ genannt, welches ein ungewisses Sumpfgebiet an der Ostküste oder sonstwo bewohnen sollte. Dieses Tier, an welches ich, wie ich hinzusetze, nicht im geringsten glaubte, denn ich hielt es für ein Schreckgespenst der Eingeborenen, sollte wenigstens acht Fuß hoch, mit grauem Haare bedeckt sein und an Stelle von Zehen eine Klaue haben. Mein Hauptgewährsmann war ein alter, wunderlicher portugiesischer Jäger, den ich einmal gekannt hatte, und dieser schwor, daß er seine Fußstapfen im Schlamm gesehen hätte und auch, daß es einen seiner Leute getötet und ihm den Kopf vom Leibe gerissen hätte. Ich fragte Hans, ob er jemals davon etwas gehört habe. Er entgegnete bejahend, doch nannte er das Tier ›Milhoy‹, wenn ich mich recht erinnere. Doch sei der Teufel, der in der Höhle abgebildet sie, bedeutend größer als dieses.

Nun, ich dachte, daß er mir ein Garn vorspänne, wie es die Eingeborenen zu tun pflegen und sagte ihm, es wäre besser, er würde mir dieses Bild gleich zeigen, wenn daran etwas Wahres sei.

»Es ist besser, wir warten bis zum Morgen, wenn die Sonne scheint, Baas«, entgegnete er, »denn wir werden dann besseres Licht haben. Überdies ist dieses Untier bei Nacht gar nicht angenehm zu betrachten.«

»Zeig es mir!« wiederholte ich mit Schärfe, »wir haben ja Laternen vom Wagen.«

So führte mich denn Hans, wenn auch unwillig, etwa 50 Schritte oder mehr in die Höhle hinein, denn der

Raum war sehr groß. Er trug eine Laterne und ich eine andere, während die Zulus uns mit Kerzen in den Händen folgten. Als wir dahinschritten, sah ich an den Wänden viele Buschmannzeichnungen, sowie eine oder zwei Schnitzarbeiten dieses sonderbaren Volkes. Einige dieser Bilder schienen ganz frisch zu sein, andere wieder waren verblaßt, oder es war der Ocker, den die primitiven Künstler benutzt hatten, abgebröckelt. Sie hatten alle den gewöhnlichen Charakter, Zeichnungen von Elenantilopen und anderen Böcken, gejagt von Menschen, welche mit Pfeilen auf sie schossen. Auch gab es da Elefanten und einen Löwen, der auf einige Speerträger losging.

Eines jedoch, welches, sonderbar genug, das besterhaltene Bild der ganzen Sammlung war, erregte mich gewaltig. Es stellte Menschen dar, deren Gesichter weiß gemalt waren und die eine Art von Rüstung und sonderbar spitze Mützen auf ihren Köpfen zu tragen schienen, von der Art, wie sie als phrygische bekannt sind. Sie griffen einen Eingeborenenkraal an, dessen Schilfeinzäunung ebenso deutlich zu erkennen war, wie die runden Hütten dahinter. Außerdem gab es da auf der linken Seite einige dieser Männer, die damit beschäftigt waren, Frauen zu einer Menge wellenförmiger Linien wegzuschleppen, die wohl in primitiver Weise das Meer andeuten sollten.

Erregt starrte ich auf das Gemälde, denn gewiß hatte ich hier vor meinen Augen die Darstellung eines phönizischen Beutezuges, von denen uns alte Schriftsteller erzählen. Wenn dies der Fall war, so mußte dieses Gemälde von einem Buschmann gemalt worden sein, der vor mindestens 2000 oder noch mehr Jahren gelebt hatte. Die Sache war erstaunlich. Hans hingegen schien gar nicht interessiert, sondern eilte voraus, wie um seine unangenehme Aufgabe möglichst rasch zu beenden, und ich war gezwungen, ihm zu folgen, um mich nicht in den Winkeln der ausgedehnten Höhle zu verlieren.

Plötzlich kamen wir zu einer Spalte in der Wand der Höhle, an der ich vorbeigegangen wäre, ohne ihr weitere Beachtung zu schenken, denn die unterschied sich in nichts von vielen anderen.

»Hier ist der Ort, Baas«, sagte Hans, »genau so, wie er immer war. Folge mir jetzt und achte genau, wohin du trittst, denn hier gibt es Sprünge im Boden.«

Ich quetschte mich also in die Öffnung, wo, obwohl ich nicht sehr groß bin, kaum Platz für mich war. Sie ging in einen engen Tunnel über, der entweder durch Wasser ausgewaschen, oder durch den Druck explodierender Gase vor Hunderttausenden von Jahren gebildet worden war. Ich glaube eher das letztere, denn die Dekke, welche nicht mehr als acht oder neun Fuß vom Boden entfernt war, hatte scharfe Spitzen und Unebenheiten, welche nicht von Erosion herrühren konnten. Aber da ich nicht die blasseste Ahnung habe, wie diese gewaltigen afrikanischen Höhlen entstanden sind, will ich mich in keine Diskussion darüber einlassen. Der Boden allerdings war ganz glatt, als ob er durch unzählige Generationen von Menschenfüßen abgetreten worden wäre, was auch zweifelsohne der Fall war.

Kaum waren wir 10 oder 12 Schritte den Tunnel entlanggekrochen, rief mir Hans plötzlich zu, stehen zu bleiben und jede Bewegung zu vermeiden. Verwundert gehorchte ich ihm und sah im Lichte meiner Laterne, daß er seine emporhob und vermittels der Lederschlinge, die durch eine an deren Oberseite befindliche Blechöse durchgezogen war, so um seinen Hals legte, daß die Laterne auf seinem Rücken hing. Dann drückte er sich flach gegen die Wand der Höhle, mit dem Gesicht zum Felsen, als ob er vermeiden wollte zu sehen, was hinter ihm war, und tastete sich, vorsichtig seitwärts tretend, weiter, indem er sich mit den Händen an den Felsvorsprüngen festklammerte. Nachdem er in dieser krabbenartigen Weise etwa zwanzig oder dreißig Fuß zurückgelegt hatte, wandte er sich um und sagte:

»Nun, Baas, tue, was ich getan habe.«

»Warum?« fragte ich.

»Halte deine Laterne niedriger, und du wirst es sehen, Baas.«

Ich tat, was er verlangte, und sah, daß in einem Abstand von einem oder zwei Schritten eine riesige Kluft von unerforschter Tiefe im Boden des Tunnels klaffte, deren Grund das Lampenlicht nicht mehr erreichte. Auch bemerkte ich, daß die Felsleiste an der Seite, welche die Brücke bildete, über welche Hans geschritten war, nirgends mehr als zwölf, und an manchen Stellen sogar weniger als sechs Zoll breit war.

»Geht es hier tief hinab?« fragte ich.

Als Antwort ergriff Hans ein abgebröckeltes Felsstückchen und warf es in den Abgrund. Ich horchte und es dauerte eine geraume Weile, bevor ich es unten aufschlagen hörte.

»Ich habe dem Baas gesagt«, sagte Hans in überlegenem Ton, »daß wir lieber bis morgen hätten warten sollen, bis etwas Licht in dieses Loch herabdringt, aber der Baas wollte nicht auf mich hören und zweifellos weiß er es besser. Will jetzt der Baas vielleicht schlafen gehen, wie ich es für das beste halte, und morgen wieder hierher kommen?«

Um der Wahrheit die Ehre zu geben, gab es nichts, was ich lieber getan hätte, denn der Ort war widerwärtig; aber mich hatte eine derartige Wut gegen Hans erfaßt, weil er mir diesen Streich gespielt hatte, daß ich ihm selbst um den Preis eines Halsbruches nicht das Vergnügen machen wollte, sich in seiner schlauen Weise über mich lustig zu machen.

»Nein«, antwortete ich ruhig, »ich gehe erst zu Bett, wenn ich dieses Bildnis gesehen habe, von dem du erzählt hast.«

Jetzt wurde Hans aufgeregt und bat mich in vollstem Ernst, nicht zu versuchen, den Abgrund zu überschreiten. Dies erinnerte mich einigermaßen an die Parabel von Abraham und Dives in der Bibel, wobei ich der Dives war – nur war ich nicht durstig und Hans ähnelte in keiner Weise Abraham.

»Ich sehe schon, woran ich bin«, sagte ich, »es gibt wohl kar kein solches Bild, und du hast mir nur einen deiner Affenstreiche gespielt. Wart nur, ich komme hinüber, um nachzusehen, und wenn ich finde, daß du mir etwas weis gemacht hast, werde ich dich so prügeln, daß du über deine eigene Jammergestalt weinen wirst.«

»Das Bild ist da, oder war hier, als ich jung war«, sagte Hans mürrisch, »und überhaupt weiß der Baas am besten, was er tun soll. Wenn er sich jeden einzelnen Knochen im Leibe bricht, so soll er nicht mich tadeln. Ich bete, daß er die Wahrheit über alles sagen möge, wenn ihn sein ›verehrter Vater‹ im Himmel fragt, der ihn in meiner Obhut zurückgelassen hat. Daß er ihm sagen möge, daß Hans ihn gebeten habe, die Sache bleiben zu lassen, aber daß er wegen seiner Eigenwilligkeit nicht darauf hören wollte. Indessen täte der Baas gut daran, seine Stiefel abzulegen, denn die Füße aller dieser Buschleute, die ich um mich herumspuken fühle, haben den Vorsprung recht glitschig gemacht.«

Schweigend setzte ich mich nieder und legte meine Stiefel ab, während ich dachte, daß ich mit Freuden alle meine Ersparnisse, die bei der Bank zu Durban lagen, hergeben würde, um mir dieses Gottesurteil zu ersparen. Was für ein sonderbares Ding ist doch der Stolz eines weißen Mannes, oder was man so nennen kann, besonders, wenn er der angelsächsischen Rasse angehört! Ich war durch nichts gezwungen, dieses Wagnis auf mich zu nehmen und dennoch war ich daran, es lieber zu tun, als mich dem geheimen Spott von Hans und dem der Kaffern auszusetzen. Innerlich fluchte ich auf Hans und die Höhle, den Abgrund, das Bild und das Unwetter, das mich hierher verschlagen hatte und auf alles, was mir einfiel.

Sodann nahm ich den furchtbar stinkenden Blechbügel der Laterne in den Mund, da meine keine Schlinge wie die von Hans hatte. Aber so war es allein möglich, sie mitzunehmen; dann sprach ich ein leises, aber ernstes Stoßgebet und begann den Übergang, wobei ich so tat, als ob mir die Sache Spaß bereite.

Um die Wahrheit zu sagen, kann ich mich nur dunkel an diesen Ausflug erinnern, höchstens daran, daß er etwa drei Stunden statt weniger als eine Minute zu dauern schien. Dann entsinne ich mich noch der klagenden und jammernden Stimmen der beiden Zulus hinter mir, die mir unter anderen Liebesbezeigungen ununterbrochen ein zärtliches Lebewohl nachriefen, während ich vorwärts kroch, indem sie mich ihren Vater und ihre Mutter auf vier Generationen hinaus nannten.

Ich drückte mich irgendwie auf dem verdammten Felsband hin, indem ich meinen Magen so dicht als möglich gegen die Wand preßte, als ob dieser Körperteil eine besondere Haftfähigkeit besäße. Ich klammerte mich an Felserhebungen an, wodurch ich zwei meiner Nägel abbrach. Immerhin, ich kam ganz gut hinüber, obwohl ich gerade am Ende des Bandes mit einem Fuß ausglitt und den Mund öffnete, um etwas zu sagen. Dies hatte den Erfolg, daß die Laterne in den Abgrund stürzte und einen lockeren Vorderzahn mit sich riß. Aber Hans streckte seine magere Hand aus und zog mich, in der Meinung, meinen Rockkragen zu erfassen, bei meinem linken Ohr an sich. So kam ich, mit dieser schmerzlichen Unterstützung, auf festen Boden, wo ich gewaltig auf ihn zu fluchen begann. Obgleich man meine Rede fast heftig hätte nennen können, schien er dies gar nicht zu bemerken, so erfreute ihn mein glückliches Bestehen des Abenteuers.

»Macht nichts, Baas«, sagte er, »es ist besser, daß sich der Zahn so unauffällig davongemacht hat! Siehst du, jetzt kannst du wieder Brotrinden und harten Zwieback essen, was du seit Monaten nicht hast tun können! Mit der Laterne allerdings ist es eine andere Sache, obwohl wir vielleicht eine neue in Prätoria, oder wohin wir sonst gelangen, bekommen können.«

Langsam gewann ich wieder die Beherrschung zurück und schaute über den Rand des Abgrunds hinab. Dort, tief, tief unten, sah ich meine Laterne auf einem Untergrund von etwas Weißem lodern, denn der Behälter war zersprungen und das ganze Öl stand in Flammen.

»Was ist denn das für ein weißes Zeug dort unten«, fragte ich ihn, »vielleicht Kalk?«

»Nein, Baas, es sind zerbrochene Menschenknochen. Als ich noch jung war, ließ ich mich einmal mit Hilfe der Buschleute an einem Seil, das wir aus Binsen und Wildfellen zusammengeflochten hatten, hinab, um danach zu schauen. Es gibt da eine weitere Höhle unter dieser hier, Baas, aber ich wagte sie nicht zu betreten, denn ich hatte Furcht.«

»Wie sind denn diese Knochen hinabgekommen, Hans? Es müssen ja Hunderte sein, die dort unten liegen.«

»Ja, Baas, viele Hunderte. Und sie kamen so hierher: Vom Urbeginn an lebten die Buschleute in dieser Höhle und verfertigten hier eine Falle, indem sie Zweige über die Spalte legten und sie mit Erde bedeckten, so daß sie aussah wie der Felsen. Gerade so, wie man eine Wildfalle legt, Baas. – Ja, dies taten sie, bis der letzte von ihnen vor gar nicht so langer Zeit von den Buren und Zulus getötet wurde, deren Schafe und Rinder sie stahlen. Dann, sobald ihre Feinde sie angriffen, was sich oft ereignete, denn es galt immer als Recht, Buschleute zu töten, liefen sie in die Höhle hinein und krochen in die Spalte und über das schmale Felsband, das sie mit geschlossenen Augen schafften. Aber die dummen Kaffern oder wer es war, rannten hinter ihnen her und stürzten durch die Zweige in die Höhle hinab, wo sie zerschmettert liegen blieben. Dies muß sehr oft geschehen sein, Baas, da eine Unmenge von Knochen dort unten liegt, viele davon schon ganz schwarz vor Alter und versteinert.«

»Man sollte denken, daß die Kaffern mit der Zeit klüger geworden wären, Hans.«

»Ja, Baas, aber die Toten behalten ihr Wissen. Ich glaube, daß, sobald alle Angreifer in dem engen Gang waren, andere Buschleute, die sich in der Höhle verborgen hatten, sie von rückwärts angriffen, sie mit vergifteten Pfeilen beschossen und sie in den Abgrund hineindrängten, so daß keiner von ihnen davonkam; in der Tat, Buschleute erzählten mir, daß das ihrer Vorfahren Absicht gewesen sei. Und sollte auch einer von ihnen entwichen sein, so war doch in einer oder zwei Generationen alles vergessen und dasselbe ereignete sich wieder. Denn, Baas, es gibt immer genug Narren in der Welt und der Narr, der später kommt, ist ebenso groß wie der Narr, der ihm voranging. Der Tod schüttet das Wasser der Weisheit in den Sand, Baas, und Sand ist ein durstiges Zeug, das bald wieder austrocknet. Wenn es nicht so wäre, Baas, dann würden die Männer bald aufhören, sich in Frauen zu verlieben, und doch verlieben sich auch bedeutende Männer – wie zum Beispiel, du, Baas!«

Nachdem Hans diesen Trumpf ausgespielt hatte, begann er, um jede Möglichkeit einer Antwort zu vereiteln, mit dem Kutscher und dem Vorlooper auf der anderen Seite des Abgrunds zu plaudern.

»Nun also, ihr mutigen Zulus dort drüben, beeilt euch und kommt herüber«, sagte er, »denn ihr laßt euren Häuptling und auch mich warten.«

Die Zulus streckten ihre Kerzen aus und guckten in die Schlucht hinab.

»Oh!« sagte einer von ihnen, »sind wir denn Fledermäuse, daß wir über ein Loch, wie dieses, fliegen können, oder Affen, daß wir an einem Gesimse, so breit wie ein Speer, herumklettern können, oder Fliegen, um an der Mauer zu kriechen? Oh! Wir kommen nicht hinüber, wir warten lieber hier. Dieser Weg ist nur für gelbe Affen wie du oder für solche Leute, die den Zauber des weißen Mannes haben, wie der Inkoo Macumazahn.«

»Nein«, sagte Hans bedächtig, »ihr seid keines von diesen Tieren, die alle in ihrer Art zu etwas nütze sind. Ihr seid nur ein paar erbärmliche Kaffernfeiglinge, schwarze Häute, aufgeblasen, um wie Männer auszuschauen. Ich, der ›gelbe Schakal‹ kann über den Abgrund klettern, und der Baas kann es auch, aber ihr Windbeutel könnt nicht einmal darüber hinwegtreiben aus Angst, daß ihr mitten darüber zerplatzen könntet. Gut, ihr Windbeutel, flattert zurück zum Wagen und bringt die Rolle dünnen Seiles herbei, das sich im Kutschbocke befindet, denn wir könnten sie gebrauchen!«

Einer von ihnen erwiderte mit untertäniger Stimme, daß sie von ihm, einem Hottentotten, keine Befehle entgegennehmen, worauf ich sagte:

»Geht, holt das Seil und kommt sofort zurück!«

Also gingen sie mit gedrückten Mienen, denn die beflügelten Worte von Hans hatten ihr Ziel erreicht und sie hatten wieder erfahren, daß sie in einem Streit mit ihm schließlich doch immer den kürzeren zogen.

In Wirklichkeit waren sie so tapfer, wie Männer sein können, aber kein Zulu ist unterhalb der Erde zu etwas nütze und am wenigsten im Finstern an einem Ort, den er für verhext hält.

»Nun, Baas«, sagte Hans, »wollen wir gehen und das Bild ansehen – das heißt, wenn du nicht überzeugt bist, daß ich gelogen habe und daß es kein Bild zu sehen gibt, in welchem Fall es nicht der Mühe wert ist und du lieber hier sitzen bleiben solltest und deine gebrochenen Nägel abschneiden, bis Mavoon und Induko mit dem Seil zurückkommen.«

»Schau, daß du weiterkommst, giftiges kleines Ungeziefer!« schrie ich, durch seine Sticheleien zur Verzweiflung gebracht, und verstärkte den Eindruck meiner Worte durch einen fürchterlichen Fußtritt.

Dabei machte ich allerdings einen großen Fehler, denn ich vergaß, daß ich im Augenblick keine Stiefel anhatte, und entweder trug Hans eine Menge harter Gegenstände in den hinteren Taschen seiner fadenscheinigen Hosen oder war sein Hinterteil von einzig dastehender, steinharter Beschaffenheit! Kurz gesagt, ich verletzte meine Zehen ganz erbärmlich und ihn gar nicht.

»Oh, Baas«, sagte Hans mit einem süßen Lächeln, »du solltest dich daran erinnern, was mich dein verehrter Vater gelehrt hat – nämlich immer Stiefel anzuziehen, bevor man gegen einen Dornbusch stößt. Ich trage einen Bohrer und etliche Nägel in meiner Pistolentasche, Baas, die ich heute morgen zum Ausbessern deiner Kiste benützte.«

Dann machte er sich rasch davon, damit ich nicht an seinem Kopf probieren sollte, ob es auch dort Nägel gäbe, und da er die einzige Laterne hatte, war ich gezwungen, ihm nachzuhumpeln oder vielmehr zu hüpfen.

Der Tunnel, dessen Boden auch dort durch die Füße von Tausenden längst toter Geschlechter glattgetreten war, lief etwa acht oder zehn Schritte geradeaus und bog dann nach rechts. Als wir zu diesem Knick kamen, sah ich zu unseren Häuptern ein Licht, dessen Herkunft ich nicht begreifen konnte. Plötzlich befand ich mich in einer Art von Brunnen oder Schacht, der in einem Durchmesser von etwa dreißig Fuß vom Boden, auf dem wir standen, senkrecht durch alle Schichtungen des Gesteins achtzig bis hundert Fuß bis zum Bergabhang über uns emporstieg. Was ihn hervorgerufen hatte, weiß ich nicht, aber nun war er da – eine Art Trichter, genau in der Form derer, die man verwendet, um Bier in Fässer, oder Portwein in eine Karaffe abzufüllen, wobei wir uns an seinem engeren Ende befanden. Das Licht, das ich gesehen hatte, kam also vom Himmel, der jetzt, nach

Abzug des Unwetters, strahlend schön und sternenbesetzt herabblickte. Eben in diesem Augenblick zog eine letzte dunkle Wolke, die vom Gewitter übriggeblieben war, über den Mond, dessen Licht die Sterne überglänzt hätte. Eine kurze Strecke, vielleicht fünfundzwanzig Fuß, waren die Wände dieses Tunnels fast senkrecht, dann traten sie nach obenhin gegen die Mündung des Trichters steil auseinander. Ich bemerkte noch eine weitere Besonderheit, nämlich, daß an der uns gegenüberliegenden Westwand des Tunnels, gerade an der Stelle, wo sie zurückzutreten begann, ein abschüssiger Fels, wie ein spitzes, schiefes Fabrikdach hervortrat und gerade über diese Seite hinweglief.

»Nun, Hans«, sagte ich, nachdem ich diese merkwürdige natürliche Aushöhlung betrachtet hatte, »wo ist denn dein Bild? Ich sehe nichts davon.«

»Wacht een Beetje*, Baas, der Mond klettert eben über diese Wolke. Sofort wird er ihre Spitze erreichen, und dann wirst du das Bild sehen, wenn nicht irgend jemand es seit den Tagen meiner Jugend ausgelöscht hat.«

Ich wandte den Kopf, um auf die Wolke zu sehen und so einen Anblick zu genießen, an dem ich mich nie satt gesehen habe, nämlich das Emportauchen des strahlenden afrikanischen Mondes aus der Finsternis seines geheimnisvollen Versteckes. Schon schossen silberne Lichtstrahlen über die Weite des Himmels und ließen die Sterne erblassen. Dann erschien plötzlich sein gekrümmter Rand und wuchs und wuchs mit außerordentlicher Geschwindigkeit, bis der ganze glänzende Kreis aus einem Bett tintenschwarzer Dämpfe auftauchte und einen Augenblick in wundervoller Vollkommenheit an seinem Rand ruhte! Augenblicklich war unser Schacht mit einem so hellen, so klaren Licht erfüllt, daß man einen Brief hätte lesen können.

---

* Wart ein wenig

Einige Augenblicke lang stand ich, durch die Schönheit der Szene erschüttert und alles andere in ihrer Betrachtung vergessend, bis Hans mit heiserem Kichern sagte:

»Jetzt dreh dich um, Baas, und schau dir das hübsche Bildchen an!«

Ich tat es und folgte der Richtung seiner ausgestreckten Hand, die auf die Oberfläche der Felswand mit dem geneigten, dachartigen Vorsprung wies, welche nach Osten blickte. Im nächsten Augenblick – ich übertreibe nicht, meine Freunde – stürzte ich beinahe rücklings nieder. Hat einer von euch, Burschen, jemals ein Alpdrücken gehabt, das euch träumen ließ, daß ihr in der Hölle wäret und plötzlich dem Teufel höchstselbst in eurer ganzen Kleinheit gegenüberständet? Auf alle Fälle, ich hatte es, denn hier, mir gegenüber, stand der Teufel, nur noch viel ärger, als unsere schwache Phantasie ihn selbst mit dem Pinsel der stärksten Übertreibung darstellen kann.

Stellt euch ein Ungeheuer in doppelter Lebensgröße vor – elf oder zwölf Fuß hoch – mit den besten Ockerfarben meisterhaft dargestellt und anscheinend mit Augen aus polierten Felskristallblöcken versehen. Stellt euch dieses Untier als einen riesigen Affen vor, im Vergleich zu dem der größte Gorilla nur ein Kind wäre, und dann doch nicht als einen Affen, sondern als einen Menschen, nein, nicht als Menschen, sondern eben – als Teufel!

Dieses Ungeheuer war gleich einem Affen mit Haaren bedeckt, mit langem grauen Haar, das in Büscheln wuchs. Es hatte einen großen roten buschigen Bart, wie ein Mann; seine Glieder waren erschreckend, die Arme von abnormaler Länge, wie die Arme eines Gorilla, aber, wohlgemerkt, es hatte keine Finger, nur eine große Klaue an Stelle des Daumens. Der Rest der Hand war zu einem Stück zusammengewachsen wie ein Puppenfuß, obwohl der Teil, der die Finger hätte tragen sollen, biegsam war und, wie man sehen wird, wie Finger greifen konnte. Zumindest war dies der Eindruck, den das Bild wiedergab, obwohl mir später einfiel, daß es vielleicht ein Wesen darstellte, das Fausthandschuhe an den Händen trug, wie die Leute in diesen Gegenden, wenn sie Dornenbüsche zu Zäunen schneiden. Die Füße jedoch, welche ganz deutlich unbeschuht gezeichnet waren, hatten dieselbe Form; ich meine, sie hatten keine Zehen, nur eine fürchterliche Klaue an Stelle der großen Zehe. Der Körper war gewaltig. Wenn ich annahm, daß er in Lebensgröße abgebildet war, mußte meiner Schätzung nach das Urbild mindestens 450 Pfund gewogen haben. Der Brustkasten war riesenhaft und zeugte von ungeheurer Kraft; der Wanst darunter vortretend und mit Falten bedeckt. Aber – und hier lag eine seiner menschlichen Eigenheiten – um die Mitte trug das Ungeheuer eine Art ›moocha‹ oder besser gesagt ein Fell geschlungen, dessen Füße um seinen Leib geknüpft waren, ein Fell, das als Bekleidung benützt zu werden schien.

So viel über den Körper. Nun zu Kopf und Gesicht! Ich weiß zwar nicht, wie ich diese beschreiben soll, aber ich will es versuchen. Der Nacken war stierähnlich und auf sein oberes Ende war in fürchterlicher Weise ein winziger Kopf gesetzt. Trotz dem großen roten Bart, der sein Kinn umwucherte und trotz dem riesigen Maul, von dessen oberem Kiefer gelbe Hakenzähne gleich denen eines Pavians hervortraten und über die Unterlippe herunterhingen, hatte dieser Kopf einen sonderbar weiblichen Ausdruck. In der Tat, den Ausdruck eines alten Weibsteufels mit einer Hakennase! Die Stirne indessen stand nicht im Verhältnis zu dem übrigen Gesicht und trat weit vor, während tief in sie und unnatürlich weit auseinander jene fürchterlichen starren Kristallaugen eingelassen waren.

Und das war nicht alles, denn das Vieh schien grausam zu lachen und die Zeichnung deutete auch an, warum es lachte; einer seiner Füße stand nämlich auf dem Körper eines Mannes, in welchen die große Klaue tief hineindrang. Eine seiner Hände hielt einen männlichen Kopf, der offenbar soeben vom Körper gerissen worden war. Die andere Hand faßte beim Haar ein lebendes nacktes Mädchen, das eben nur skizziert war, als ob dieses Detail den Künstler nicht interessiert hätte, und schien es davonzuschleppen.

»Nun Baas, ist das nicht ein hübsches Bild?« sagte Hans höhnisch. »Jetzt wird mir Baas vielleicht eine ganze Woche lang nicht mehr sagen, daß ich ihm etwas vorlüge!«

3

Der ›Eröffner der Wege‹

Ich starrte und starrte, bis mich Schwäche überkam und ich mich zu Boden setzen mußte.

Ich sehe, Sie lachen, junger Mann (dies galt mir, der ich diese Geschichte der Nachwelt übergebe), denn Sie haben zweifellos bereits die Überzeugung gewonnen, daß dieses Bild das Werk eines phantasiebegabten Buschmanns war, der verrückt geworden war und auf dem Felsen die höllische Traumgestalt eines zerrütteten Geistes dargestellt hatte. Dies war auch tatsächlich der Schluß, zu dem ich selbst am nächsten Morgen kam, obwohl ich später meine Meinung darüber änderte. Aber in diesem Augenblick berührte es mich gewiß nicht so.

Der Ort war einsam und schauerlich, ein fürchterlicher Aufenthalt in der Nähe des knochenerfüllten Abgrundes. Todesschweigen lag darüber, nur selten hörte man entferntes Geheul einer Hyäne oder eines Schakals. Auch hatte ich an diesem Tag bereits manche nervenanspannende Minute erlebt, wie zum Beispiel den Übergang über den Todesschacht, der mich an die Verliese gewisser altertümlicher Normannenschlösser erinnerte, in welche Gefangene hinabgestürzt wurden. Außerdem unterscheidet sich, wie auch ihr selbst in eurem kurzen Reiseleben erfahren haben werdet, Mondlicht einigermaßen vom Sonnenschein, und wir, oder mindestens einige von uns, werden durch schauerliche Dinge bei Nacht bedeutend mehr erregt als bei Tage. Wie dem auch sei, ich setzte mich nieder, weil ich plötzlich schwach wurde und dachte, ich würde in Ohnmacht fallen.

»Was gibt's, Baas?« fragte der scharfsichtige Hans noch immer voll Spott. »Wenn du ohnmächtig werden willst, bitte, geniere dich nicht vor mir, denn ich werde wegschauen. Ich erinnere mich, daß auch mir übel wurde, als ich das erstemal ›Heu-Heu‹ sah, gerade an dieser Stelle«, setzte er in Erinnerung verloren hinzu und deutete auf einen gewissen Fleck.

»Warum nennst du dieses Ungeheuer Heu-Heu?« fragte ich, während ich mich bemühte, meine innere Erschütterung zu verbergen.

»Weil das sein Name ist, Baas, der ihm vielleicht, als es klein war, von seinem Mütterchen gegeben wurde.«

(Hier war ich nahe daran, tatsächlich in Ohnmacht zu fallen, denn der Gedanke, daß dieses Wesen eine Mutter haben könnte, gab mir den Rest – wie dies der Anblick und der Geruch von fettem Speck in einem Seesturm tun.)

»Wie weißt du denn das?« stöhnte ich.

»Weil es mir die Buschleute gesagt haben, Baas. Sie erzählten mir, daß ihre Väter vor Tausenden von Jahren diesen Heu-Heu in einem fernen Lande gekannt und daß sie dieses Gebiet seinetwegen verlassen hätten. Denn sie konnten nie bei Nacht schlafen, genauso wie ein Bure, wenn ein anderer Bure kommt, und im Umkreis von sechs Meilen ein Haus baut. Ich denke, sie meinten, daß sie Heu-Heu hören konnten, wenn er brüllte, denn sie erzählten mir, daß ihre Groß-Groß-Väter hörten, wie er schrie und an seine Brust schlug, daß es dröhnte, selbst wenn er noch Meilen entfernt war. Aber ich glaube eher, daß sie logen, denn ich zweifle daran, daß sie tatsächlich etwas über Heu-Heu oder den Mann, der sein Porträt an den Felsen gemalt hatte, wußten.«

»Nein«, entgegnete ich, »ich glaube es auch nicht. Nun, Hans, denke ich, daß ich für heute abend genug von deinem Heu-Heu habe. Es wird besser sein, wir gehen zu Bett.«

»Ja, Baas, tun wir dies. Wirf noch einen Blick auf ihn, bevor wir gehen, denn du siehst nicht jede Nacht so ein Bild, und du weißt, daß es dein Wunsch war hierherzukommen.«

Jetzt hätte ich Hans wieder einen Fußtritt geben wollen, aber glücklicherweise erinnerte ich mich noch zur rechten Zeit an die Nägel in seiner Tasche; so warf ich nur noch einen matten Blick auf das Scheusal, dann stand ich auf und machte ihm ein Zeichen voranzugehen.

Das war das letzte, was ich vom Abbild Heu-Heus oder Beelzebubs oder wer immer das Untier gewesen sein mochte, sah. Denn, obwohl ich ursprünglich die Absicht hatte, bei Tageslicht zurückzukehren und es genauer zu besichtigen, wollte ich doch, als es Morgen wurde, nicht einen zweiten Übergang über die Felsleiste wagen, sondern beschloß, mich mit der Erinnerung an meinen ersten Eindruck zufriedenzugeben.

Nicht, daß ich Heu-Heu hätte vergessen können; im Gegenteil, es ist nicht zu viel gesagt, wenn ich behaupte, daß dieses teuflische Untier mich verfolgte. Ich konnte das Bild nicht als Auswuchs der verrückten Einbildungskraft eines Wilden abtun. Von hundert Anzeichen war ich überzeugt, oder dachte zumindest überzeugt zu sein, daß es das Werk von Buschleuten sei. Es war ein Irrtum, wie ich jetzt weiß. Dabei wurde mir klar, daß kein Buschmann, selbst nicht im Säuferwahnsinn – überdies ein Leiden, an dem dieses Volk mangels der nötigen Voraussetzungen niemals gelitten hat – dieses schauerliche Werk aus seiner Seele hätte schöpfen können, wenn ein Buschmann überhaupt eine Seele hat. Nein, Buschmann oder nicht, der Künstler hatte etwas dargestellt, das er gesehen hatte oder wenigstens gesehen zu haben glaubte!

Dafür gab es mehrere Anzeichen – so war an Heu-Heus rechtem Arm das Ellbogengelenk stark geschwollen, als hätte er dort einmal eine Verwundung erlitten, dann war die Klaue einer seiner schrecklichen Hände – der linken, glaube ich – gebrochen und an der Spitze gespalten. Ferner hatte er eine Warze oder Wucherung auf der Stirn, gerade unterhalb der Stelle, wo die langen eisgrauen Haarbüschel sich in der Mitte teilten und an jeder Seite seines dämonischen, weiblichen Antlitzes herabhingen. Der Maler mußte sich also an diese Gebrechen erinnert und sie getreulich wiedergegeben haben, indem er ein wirkliches oder eingebildetes Original kopierte. Sicherlich, überlegte ich, hätte er sie nicht frei erfinden können.

Wo also hatte er sein Modell hergenommen? Ich habe bereits erwähnt, daß ich Gerüchte über Untiere gehört hatte, die man ›Ngolokos‹ nannte und welche ich, wenn sie überhaupt existierten, für besonders fürchterliche Affen einer unbekannten Art hielt. Dann könnte Heu-Heu ein besonders ausgezeichnetes und vergrößertes Exemplar dieser Affen gewesen sein. Aber das konnte kaum der Fall sein, denn dieses Untier war mehr Mensch als Affe, trotz seiner gewaltigen Klauen an Stelle der Daumen und großen Zehen. Oder vielleicht sollte ich sagen, daß es mehr Teufel war, als alles andere!

Auch eine andere Idee tauchte in mir auf: Er konnte vielleicht auch der Gott dieser Buschleute gewesen sein, doch hatte ich nie gehört, daß sie einen Gott außer ihrem eigenen Magen gehabt hätten. Später befragte ich Hans über diesen Punkt, aber er entgegnete, daß er nichts darüber wisse, denn die Buschleute, mit denen er in der Höhle zusammengewohnt habe, hätten ihm niemals in dieser Hinsicht etwas erzählt. Allerdings pflegten sie nicht den Ort zu betreten, wo das Bild sich befand, außer wenn sie von Feinden bedrängt wurden, und vermieden es in diesem Falle, das Bild anzusehen und darüber mehr, als unvermeidlich war, zu sprechen. Vielleicht, deutete er mit seiner gewöhnlichen Schlauheit an, wäre Heu-Heu der Gott eines anderen Volkes, mit dem die Buschleute nichts zu tun hätten.

Eine andere Frage war auch, zu welcher Zeit das Werk ausgeführt worden war. Dank seiner geschützten Lage waren die Farben noch ziemlich hell. Dennoch mußte es vor langen Zeiten geschehen sein. Hans sagte mir, daß die Buschleute behaupteten, nicht zu wissen, wer das Bild gemalt habe, noch was es darstelle, aber daß es ›alt, alt, alt!‹ sei. Dies konnte bei einem Volk, das des Schreibens unkundig war, viel oder gar nichts bedeuten, denn da werden bereits fünf oder sechs Generationen zu grauer Vorzeit. Immerhin, eins war sicher, nämlich, daß ein anderes der Gemälde in dieser Höhle zweifellos alt war. Ich meine jenes, das Phöniker darstellte, die einen Kraal beraubten, und welches kaum in der Zeit nach Christi Geburt hätte ausgeführt werden können. Davon bin ich überzeugt, denn ich untersuchte es sorgfältig am folgenden Morgen und fand, daß es nicht mehr verblaßt war als jenes, welches das Untier darstellte. Ferner war im letzteren ein Stückchen Felsen gerade oberhalb des linken Knies abgebröckelt und ich hatte bemerkt, daß die dort offenliegende Oberfläche ebenso verwittert war, als die Umgebung des Felsens außerhalb des Umrisses der Zeichnung.

Andererseits muß man in Betracht ziehen, daß das phönizische Bild unter Dach war, während das Bild

Heu-Heus der Luft ausgesetzt war und daher schneller verwittern mußte.

Nun, die ganze Nacht träumte mir von diesem schauerlichen Heu-Heu. Ich träumte, daß er lebendig war und mich zum Kampf herausforderte, träumte, daß irgend jemand mich anflehte, sie – es war ganz gewiß ein weibliches Wesen – aus der Gewalt des Ungeheuers zu befreien; ich träumte, daß ich mit ihm kämpfte und daß er mich überwältigte und eben daran war, meinen Kopf abzureißen, wie er dies mit dem Mann auf dem Bild getan hatte, als sich irgend etwas ereignete – ich weiß nicht, was es war – und ich schweißbedeckt und voll furchtbaren Entsetzens erwachte.

Nun, zur Zeit, als ich diese Höhle besuchte, war ich nicht weit von den Grenzen des Zululandes entfernt. Ich befand mich eben auf einer Handelsreise und führte im Wagen eine Ladung von Decken, Perlen, Eisentöpfen, Messern, Hacken und anderen derartigen Gegenständen mit, wie sie einfache Wilde mit Vieh zu bezahlen pflegen oder wenigstens damals zu bezahlen pflegten. Immerhin hatte ich, bevor der Sturm uns überraschte, überlegt, ob ich nicht die Zulus beiseite lassen sollte, um unberührtes Gebiet im Norden von Prätoria aufzusuchen, wo weniger verwöhnte Eingeborene lebten, die meinen Waren einen höheren Wert beimessen würden. Nachdem ich aber Heu-Heu gesehen hatte, änderte ich aus zwei Gründen meine Absicht.

Der erste davon war der, daß ich durch den Blitz zwei meiner besten Ochsen verloren hatte. Ich dachte, daß ich sie im Zululand ohne Barauslagen würde ersetzen können; denn ich hatte dort noch Forderungen ausständig, die ich jetzt ohne weiteres einfordern konnte.

Der zweite Grund hing mit diesem verdammten Heu-Heu zusammen, der meine Gedanken ununterbrochen beschäftigte. Ich war überzeugt, daß nur *ein* Mann in der Welt mir über das Ungeheuer Aufklärung geben konnte, wenn es da tatsächlich etwas aufzuklären gab. Es war dies der alte Zikali, der Zauberer von ›Black Kloof‹, das ›Ding, das niemals hätte geboren werden sollen‹, wie ihn Chaka, der große Zulukönig, nannte.

Ich denke, daß ich euch bereits alles Wissenswerte über Zikali erzählt habe, aber für den Fall, daß ich es nicht getan habe, will ich nur bemerken, daß er der größte Hexenmeister war, der jemals im Zululande gelebt hatte und zugleich der Schrecklichste von allen. Niemand wußte, wann er geboren worden war, aber ohne Zweifel war er uralt und war unter seinem Eingeborenennamen ›Eröffner der Wege‹ seit vielen Generationen im Lande bekannt und gefürchtet. Seit manchen Jahren, in der Tat, seit meiner Kindheit, waren er und ich in gewisser Weise Freunde gewesen, obwohl ich natürlich genau wußte, daß er mich vom ersten Moment an für seine eigenen Zwecke verwendete. Dies trat auch tatsächlich klar zutage, noch bevor alles zu Ende war und er über das ihm verhaßte Königshaus der Zulu triumphierte.

Immerhin pflegte Zikali, wie ein kluger Kaufmann, mit offener Hand auf eine oder die andere Weise diejenigen zu belohnen, die ihm Dienste geleistet hatten, so wie er diejenigen bestrafte, die er haßte. Mich belohnte er durch Aufklärung, sei es in geschichtlicher Beziehung oder auch bezüglich der verborgenen Geheimnisse des dunklen Erdteils, von denen wir Weißen trotz allem unserem Wissen so wenig verstehen. Wenn irgend jemand mir also Aufklärung über das Gemälde in der Höhle und seine Entstehung geben konnte, so war es sicher Zikali, und deshalb wollte ich Zikali aufsuchen. Denn, wie Ihr vielleicht schon bemerkt haben werdet, war Neugierde in solchen Fällen eine meiner Hauptsünden.

Nur mit großer Mühe gelang es uns, unsere übrigen vierzehn Ochsen wieder zu erlangen, denn manche von ihnen waren ziemlich weit davongelaufen, um vor dem Unwetter Deckung zu suchen. Schließlich wurden alle Ochsen, bis auf einige Abschürfungen durch Hagelkörner unverletzt wiedergefunden. Es ist wirklich wunderbar, wie Rinder es zuwege bringen, sich gegen die Naturgewalten zu schützen, wenn sie sich selbst überlassen werden! In Afrika zum Beispiel suchen sie während eines Unwetters selten Schutz unter Bäumen, wie es ihre Gewohnheit in England ist, vielleicht, weil sie infolge der Häufigkeit derartiger Gewitter von ihren Vorfahren das instinktive Wissen ererbt haben, daß der Blitz in Bäume schlägt und alles darunter Befindliche tötet. Wenigstens ist das meine Erfahrung.

Wir spannten also ein und zogen fort von dieser bemerkenswerten Höhle. Beiläufig bemerkt, habe ich viele Jahre später, als Hans bereits tot war, versucht, sie wiederzufinden, aber es gelang mir nicht. Ich glaubte denselben Bergabhang erreicht zu haben, worin sie sich befand, aber ich muß annehmen, daß ich mich geirrt habe; denn in dieser Gegend gibt es eine Unmenge solcher Abhänge und an diesem einen, den ich zu erkennen glaubte, konnte ich keine Spur einer Höhle entdecken.

Vielleicht deshalb, weil ein Bergrutsch stattgefunden hatte. Es war möglich, daß die Öffnung, die, wie ihr euch erinnern werdet, sehr klein war, mit Felsblöcken verschüttet worden war. Es kann aber auch sein, daß ich an einem falschen Abhang suchte, denn ich hatte mir den Ort damals im Unwetter und wegen unserer großen Eile nicht genügend einprägen können.

Außerdem war ich auch damals in Eile und konnte nur etwa eine Stunde der Nachforschung widmen, da ich einen gewissen Lagerplatz zu erreichen wünschte, bevor die Nacht hereinbrach, und daher gezwungen war, trotz meines Mißerfolges die Suche aufzugeben. Ich habe auch niemals jemanden getroffen, der die Höhle kannte, so daß ich annehme, daß sie nur den Buschleuten und Hans bekannt war, die nun alle tot sind. Und das ist jammerschade, denn sie enthielt wunderbare Gemälde.

Ihr werdet euch erinnern – ich erzählte euch –, daß wir

knapp vor dem Ausbruch des Unwetters von einer Gruppe von Kaffern überholt worden waren, die zu einem Fest gingen oder von einem solchen kamen. Nachdem wir etwa eine halbe Meile zurückgelegt hatten, fanden wir einen dieser Kaffern tot vor, ob er aber durch den Blitz oder durch den Hagel erschlagen worden war, konnte ich nicht feststellen. Offenbar waren seine Begleiter derart erschrocken, daß sie ihn im Stiche ließen, wo er lag, vielleicht in der Absicht, später zurückzukehren und ihn zu begraben. Daraus könnt ihr entnehmen, welche guten Dienste uns die Höhle geleistet hatte, indem sie uns vor dem Gewitter beschützte.

Ich will jetzt alle Details meiner Reise ins Zululand überspringen, denn sie war so wie viele andere, nur etwas langsamer, denn es kostete uns harte Mühe, den schwerbeladenen Wagen mit nur vierzehn Ochsen fortzubringen. Einmal blieben wir sogar in einem Fluß, dem Weißen Umfolozi, stecken, ganz nahe bei dem Nongelafels, welcher an einer Ausbuchtung des Flusses dräuend emporragt. Niemals werde ich diesen Unfall vergessen, denn er ließ mich den ungewollten Zeugen eines schrecklichen Anblickes werden.

Während wir schon weit in der Furt drin staken, erschien eine Gruppe von Männern auf dem Gipfel dieses Nongelafelsens, in der Entfernung von etwa 250 Yards, die zwei junge Frauen mit sich schleppten. Ich beobachtete sie mit meinem Fernrohr und erkannte aus der Art, wie die zwei jungen Frauen ihre Köpfe bewegten und entsetzt um sich starrten, daß sie blind oder geblendet worden waren. Als ich noch auf sie schaute und eben überlegte, was zu tun sei, ergriffen die Männer die zwei Frauen bei den Armen und warfen sie über den Rand des Felsens hinab. Mit einem kläglichen Schrei stürzten die armen Wesen über den Fels in den tiefen Fluß, wo sie von den Krokodilen verschlungen wurden. Ich sah ganz deutlich das Heranschießen der Bestien. In der Tat schienen sie an dieser Stelle immer auf der Lauer zu liegen, denn es war dies ein bevorzugter Hinrichtungsplatz der Zulukönige.

Als die ›Schlächter‹ ihr furchtbares Geschäft erledigt hatten, kamen sie – es waren etwa fünfzig Mann – den Abhang herab, um uns auszufragen. Zuerst dachte ich, daß es einen Zusammenstoß geben würde und, um die Wahrheit zu sagen, ich hätte dies gar nicht bedauert. Der Anblick dieser grausamen Hinschlachtung hatte mich wild und rücksichtslos gemacht. Sobald sie aber herausgefunden hatten, daß der Wagen mir, Macumazahn, gehörte, wurden sie die Liebenswürdigkeit selbst, wateten ins Wasser und griffen in die Räder, so daß wir bald sicher am jenseitigen Ufer angelangt waren.

Dort befragte ich den Führer, wer die zwei ermordeten Mädchen wären. Er entgegnete, daß es die Töchter des Königs Panda seien. Ich fragte gar nicht weiter nach der Wahrheit dieser Behauptung, obwohl ich, da ich Pandas freundlichen Charakter kannte, starken Zweifel hegte, daß es tatsächlich seine Töchter gewesen seien. Dann fragte ich, warum sie blind gewesen seien und was für ein Verbrechen sie begangen hätten. Der Führer antwortete, daß sie über Auftrag des Prinzen Cetywayo geblendet worden seien, der der eigentliche Beherrscher des Zululandes war, weil sie ›geschaut hätten, wohin sie nicht durften‹.

Durch weitere Fragen brachte ich heraus, daß diese unglücklichen Geschöpfe sich in zwei junge Leute verliebt hatten und gegen des Königs oder Cetywayos Befehl – was auf dasselbe herauskam – mit ihnen geflohen waren. Die armen Teufel wurden erwischt, bevor sie die Grenze von Natal erreichen konnten, wo sie in Sicherheit gewesen wären; die jungen Männer wurden sofort getötet, die Mädchen jedoch vor den Richterstuhl geschleppt und zu der beschriebenen Strafe verurteilt. So endeten ihre Flitterwochen!

Außerdem berichtete mir der Führer freundlich, daß eine Truppe Soldaten ausgesendet worden sei, um die

Väter und Mütter der jungen Männer und alle, die in deren Kraalen gefunden werden konnten, zu töten. Dieser Art von freier Liebe, sagte er, mußte ein Ende gemacht werden, denn es wäre schon zu arg getrieben worden. Tatsächlich wüßte er nicht, was aus den jungen Leuten im Zululand geworden sei, daß sie in letzter Zeit so zuchtlos geworden waren, zweifellos nach dem Beispiel der Zulus in Natal, wo die Weißen sie ungestraft tun ließen, was sie wollten.

Dann seufzte dieser alte eingefleischte Konservative tief über den Verfall der Sitten, nahm eine Prise Schnupftabak und wünschte mir ein herzliches Lebewohl. Ein kleines Liedchen singend, das er, glaube ich, erfunden haben mußte, denn es bezog sich auf die Liebe der Kinder zu ihren Eltern, zog er von dannen. Wenn ich es ohne Gefahr hätte tun können, hätte ich ihm gerne eine Ladung Pulver zu schmecken gegeben, um ihm ein Andenken zu geben, aber leider durfte ich unsere Sicherheit nicht aufs Spiel setzen. Außerdem war er ja nach allem nur der Beauftragte, nichts als ein Sklave des eisernen Systems, das im Zululand während der Regierungszeit Chakas herrschte.

So zog ich denn weiter, auf meinem Vormarsch Handel treibend, und bekam Kühe und Färsen als Bezahlung, die ich alle nach Natal zurücksandte. Ich konnte aber keine zu Zugdiensten geeignete Ochsen bekommen und noch viel weniger solche, die bereits eingefahren waren, denn zu jener Zeit waren solche im Zululand fast unbekannt. Doch hörte ich von einem Gespann, das von einem weißen Händler zurückgelassen worden war, weil es krank war oder sich die Füße wundgelaufen hatte und wofür er Jungvieh im Austausch genommen hatte. Es hieß, daß die Tiere jetzt wieder in guter Kondition wären, aber niemand konnte mir sagen, wo sie sich befänden. Ein freundlicher Häuptling sagte mir jedoch, daß der ›Eröffner der Wege‹, das ist der alte Zikali, es mir wahrscheinlich würde sagen können, da er allwissend wäre und überdies die Ochsen in seiner Gegend ausgetauscht worden wären.

Nun hatte ich aber zu dieser Zeit, obwohl mich noch immer der Gedanke an Heu-Heu verfolgte, schon beinahe beschlossen, meine Absicht, Zikali auf dieser Reise zu besuchen, aufgegeben, denn ich erinnerte mich, daß ich jedesmal, wenn ich dies tat, in gefährliche und unangenehme Abenteuer verwickelt worden war. Da ich jedoch einen Ersatz für meine verlorenen Zugtiere dringend benötigte und außerdem noch mehrere andere Ochsen meiner Bespannung sich nicht mehr von der Wirkung der Hagelschläge erholen konnten und Zeichen einer Erkrankung zeigten, so genügte diese Nachricht, meinen ganzen Plan umzustoßen. So schlug ich denn nach einer Besprechung mit Hans, der mir vollkommen beipflichtete, die Richtung nach Black Kloof ein, welches nur zwei kurze Tagereisen entfernt war.

Als ich am Nachmittag des zweiten Tages diese verhaßte und unzugängliche Schlucht erreichte, ließ ich an der Quelle ausspannen und wanderte mit Hans weiter, während ich die Zugtiere Mavoon und Induka anvertraute. Der Platz sah ebenso aus wie immer, und doch machte er, jedesmal von neuem, einen absonderlichen Eindruck auf mich. In ganz Afrika kenne ich keine Schlucht, die mir so unheimlich und bedrückend erscheint. Diese ragenden Felswände, die aussehen, als ob sie jeden Augenblick auf den Reisenden herabstürzen wollten, die verkrüppelten, melancholischen Aloen, welche zwischen den Felsen wachsen; die bleiche Vegetation; die Schakale und Hyänen, die beim Geräusch sich nähernder Stimmen oder Schritte davonhuschen; die dichten dunklen Schatten, die wispernden Winde, die selbst dann einen zu umwehen scheinen, wenn die Luft ganz ruhig ist, und die vermutlich durch den Zug in der engen Schlucht hervorgerufen werden – all das gehört zu den Eigentümlichkeiten dieses Orts. Die Alten pflegten zu behaupten, daß es Gegenden gäbe, die ihre eigenen Genien oder Geister besäßen, aber es ist mir nicht bekannt, ob sie durch den Ort hervorgebracht werden sollen oder ob man annahm, daß sie diesen aufsuchten, weil er ihrem Charakter entsprach.

In Black Kloof und anderen Orten, die ich besuchte, habe ich oft an dieses Märchen gedacht und war fast geneigt, es als wahr anzusehen. Aber was für ein Geist konnte es dann sein, der diese furchtbare Felsenenge als Wohnung wählte?! Ich denke, eine Art von Verkörperung – nein, dieses Wort enthält einen Widerspruch – eher den Kern irgendeines tragischen Schicksals, eine verdammte Seele, deren Kopf geneigt war und auf deren Schwingen die Bleigewichte unverwischbarer und unbereuter Verbrechen lasteten.

Nun, wozu brauchte man ein Märchen heranzuziehen und sich so einen unsichtbaren Bewohner vorzustellen, wenn Zikali, ›das Ding, das niemals hätte geboren werden sollen‹, seit ungezählten Jahren der Bewohner dieses gruftartigen Tales war? Gewiß war er die personifizierte Tragödie und sein eisgrauer Kopf war sicherlich von ›unverwischbaren und unbereuten Verbrechen‹ gekrönt. Wie viele hatte dieser verhaßte Zwerg gerichtet und wie viele waren noch bestimmt, in den Schlingen zugrunde zu gehen, die er Jahr um Jahr für sie knüpfte? Und doch zahlte dieser Sünder nur alle Leiden zurück, die er von anderen erlitten hatte, er, dessen Weiber und Kinder ermordet und dessen Familie durch den grausamen Fuß Chakas zertreten worden war. Von Chaka, dessen Haus er haßte und für dessen Vernichtung er lebte! Selbst für Zikali konnte man Entschuldigungen finden: er war nicht ganz und gar schlecht! Ich zweifle, ob überhaupt irgendein Mensch ganz und gar schlecht sein kann.

In diese Gedanken verloren, stapfte ich, gefolgt vom ängstlich gewordenen Hans, die Schlucht entlang. Der Arme litt noch mehr als ich unter dem düsteren Eindruck des Ortes.

»Baas«, sagte er plötzlich in hohlem Flüsterton, denn hier wagte er es nicht, laut zu sprechen, »Baas, glaubst du, daß der ›Eröffner der Wege‹ einmal ›Heu-Heu‹ selbst war, der jetzt im Alter zu einem Zwerg zusammengeschrumpft ist oder daß vielleicht Heu-Heus Geist in ihm wohnt?«

»Nein«, entgegnete ich, »ich glaube es nicht, denn er hat Finger und Zehen, wie wir alle. Aber ich glaube, daß Zikali imstande sein wird, wenn überhaupt ein ›Heu-Heu‹ existiert, uns zu sagen, wo er zu finden ist.«

»Dann, Baas, hoffe ich, daß er es vergessen hat, oder daß ›Heu-Heu‹ in den Himmel gefahren ist, wo die Feuer von selbst weiterbrennen, ohne Holz zu benötigen. Denn, Baas, ich möchte nicht mit ›Heu-Heu‹ zusammentreffen; der bloße Gedanke an ihn läßt mir das Blut zu Eis gerinnen.«

»O, ich weiß, daß du lieber nach Durban zurückkehren möchtest, um dich an einer Flasche Branntwein zu erwärmen, Hans«, entgegnete ich, die Gelegenheit benützend.

Dann traten wir um die Ecke und kamen zu Zikalis Kraal. Wie gewöhnlich schien ich erwartet worden zu sein, denn einer seiner großen, schweigsamen Leibwächter wartete auf uns und grüßte mich mit erhobenem Speer. Ich denke, daß Zikali einen Mann irgendwo auf dem Auslug gehabt haben mußte, der die Ebene überblicken konnte und ihm meine Ankunft angezeigt hatte. Oder hatte er auch andere Wege, um seine Informationen zu erlangen? Auf alle Fälle war er immer über meine Ankunft orientiert und wußte oft auch, warum und woher ich kam, wie es auch diesmal der Fall war.

»Der Vater der Geister erwartet dich, Häuptling Macumazahn«, sagte der Leibwächter. »Er bittet den kleinen gelben Mann, der ›Licht in der Finsternis‹ genannt wird, dich zu begleiten. Er wird dich sofort empfangen.«

Ich nickte, und der Mann führte mich zum Tor der

Umzäunung, die Zikalis große Hüte umgab, und klopfte mit dem Schaft seines Speers daran. Es wurde uns geöffnet, und als wir eintraten, glitt eine Gestalt aus dem Dunkel, schloß das Tor hinter uns und verschwand. Vor seiner Hütte hockte hinter einem lodernden Feuer der Zwerg, eingehüllt in eine Felldecke. Sein riesiger Schädel, an dessen Seiten, ähnlich wie am Bilde Heu-Heus die grauen Locken niederfielen, war vorgeneigt, und das Licht des Feuers, in das er starrte, spiegelte sich in seinen eingefallenen Augen. Wir überschritten den beleuchteten, gestampften Boden des Hofes und blieben vor ihm stehen. Aber er beachtete uns im Laufe von etwa zwei Minuten gar nicht. Endlich sprach er, ohne aufzublicken, mit jener hohlen, tönenden Stimme, die keiner anderen, die ich jemals gehört hatte, glich, und sagte:

»Warum kommst du immer so spät, Macumazahn, wenn die Sonne hinter der Hütte verschwunden ist und es kalt wird in den Schatten? Du weißt, ich hasse die Kälte wie alle alten Leute, und ich wollte dich schon gar nicht mehr empfangen.«

»Weil ich nicht früher kommen konnte, Zikali«, entgegnete ich.

»Du hättest bis morgen früh warten können, wenn du nicht geglaubt hast, daß ich während der Nacht sterben könnte, was ich aber nicht tun werde. Nein, noch viele Nächte nicht! Nun, hier bist du, kleiner weißer Wanderer, der gleich einem Floh von Ort zu Ort hüpft.«

»Ja, hier bin ich«, entgegnete ich gereizt, »um dich zu besuchen, der nicht wandert, sondern wie eine Kröte auf einem Fleck hocken bleibt.«

»Ha, ha, ha!« lachte er – jenes wunderliche Lachen, welches von den Felsen widerhallte und mir immer einen Schauer über den Rücken jagte, »ha, ha, ha, wie leicht ist es doch, dich wütend zu machen! Halte deinen Kopf fest, Macumazahn, sonst laufe ich dir mit ihm davon, wie deine Ochsen kürzlich am Tag des großen

Unwetters. Was willst du also? Denn du kommst immer nur her, wenn du etwas von dem Manne wünschst, den du einst den alten Schwätzer nanntest. Also, ich wandere nicht, meinst du, sondern sitze wie eine Kröte auf einem Stein? Wie willst du das wissen? Kann denn nur der Körper wandern? Kann nicht auch der Geist wandern, weit, weit fort, selbst in den ›Himmel dort oben‹ und vielleicht auch in jenes Reich, unter der Erde, wo man sagt, daß die Toten sich befinden? Nun, was wünschest du also? Halt, ich will es dir sagen, da du dich so schlecht auszudrücken vermagst. Obwohl du glaubst, daß du Zulu wie ein Eingeborener sprichst, hast du es nie völlig erlernen können, denn um dies zu können, müßtest du in Zulu und nicht in eurer blöden Sprache denken, die für viele Dinge keine Ausdrücke kennt. Heda! Meine Medizinen!«

Eine Gestalt tauchte aus der Hütte auf, legte einen Sack aus Katzenfell vor ihm nieder und verschwand wieder. Zikali tauchte seine krallenartige Hand in den Sack und holte eine Anzahl polierter Knochenwürfel hervor, ganz vergilbte Würfel, die er nachlässig vor sich auf den Boden warf. Er blickte darauf und sagte:

»Ha – da ist etwas mit den Rindern los, wie ich sehe; jawohl, du möchtest Ochsen bekommen, eingefahrene, keine wilden Ochsen, und denkst, daß ich dir sagen kann, wo du diese billig besorgen kannst. Beiläufig gesagt, was hast du mir denn für ein Geschenk mitgebracht? Ist es etwa ein Pfund eures Schnupftabakes?« (In der Tat war es dies, wenn auch nur ein Viertelpfund.) »Nun, habe ich recht mit dem Ochsen?«

»Ja«, sagte ich ein bißchen verblüfft.

»Das wundert dich. Es ist wohl sonderbar, nicht wahr, daß der arme alte Schwätzer etwas über deine Wünsche wissen sollte? Gut, ich will dir sagen, wie es geschehen ist. Du hast durch Blitzschlag zwei Ochsen verloren, nicht wahr? Natürlich möchtest du jetzt andere haben, besonders, da einige der übrigen« – hier warf er noch einen Blick auf die Würfel – »verletzt wurden. Jawohl, durch Hagelkörner, große, schwere Hagelkörner verletzt wurden, und andere bereits Zeichen einer Erkrankung, Blutharnen, wie ich denke, zeigen. Da ist es wohl nicht sonderbar, daß der arme alte Schwätzer vermutet, daß du neue Ochsen brauchst, nicht? Nur ein dummer Zulu könnte so ein Ding der Zauberei zuschreiben, ebenso das mit dem Schnupftabak, den du eben aus deiner Tasche nimmst, wie ich sehe – übrigens ein recht kleines Paket. Du hast mir ja auch früher bereits Schnupftabak gebracht, nicht? So war wohl auch diese Vermutung nicht sonderbar? Alles keine Zauberei!«

»Nein, Zikali, keine Zauberei, aber wie erfuhrst du von dem Blitz, der meine Zugtiere getötet hat, und vom Hagel?«

»Wie ich erfuhr, daß der Blitz deine Deichselochsen, ›Kaptein‹ und ›Deutchman‹, getötet hat? Bist du denn nicht ein sehr berühmter Mann, für den sich alle interessieren, und ist es vielleicht sonderbar, daß man mir von Unglücksfällen berichtet, die einige hundert Meilen von mir entfernt sich ereignen? Du trafst eine Gesellschaft, die zu einer Hochzeit ging, bevor das Unwetter losbrach, nicht wahr, und fandest dann einen davon tot? Übrigens starb er weder durch den Blitz noch durch den Hagel. Der Strahl schlug nahe bei ihm ein und betäubte ihn, aber in Wirklichkeit wurde er durch die Kälte in der Nacht getötet. Ich dachte, es würde dich interessieren, das zu erfahren, da du über diesen Punkt so neugierig bist. Natürlich werden mir diese Kaffern alles darüber berichtet haben, glaubst du nicht? Wieder keine Zauberei, wie du siehst! Das ist der Weg, wie wir armen Hexenmeister unseren Ruf erlangen, nur, indem wir unsere Augen und Ohren offen halten. Wenn du alt genug bist, kannst du dasselbe Geschäft beginnen, Macumazahn, denn du machst das gleiche selbst bei Nacht, wie man sagt.«

Während er mich verspottete, hatte er die Würfel zusammengerafft und warf sie plötzlich mit einer eigentümlichen, kreisförmigen Bewegung wieder hin, so daß sie auf einen kleinen Haufen fielen, einer auf den anderen. Er warf einen Blick darauf und sagte:

»Woran erinnern mich diese dummen Dinge? Das sind so einige der Utensilien meines Geschäftes, die dazu dienen, Eindruck auf die Narren zu machen, welche uns Zauberer besuchen kommen und glauben, daß sie uns Geheimnisse erzählen und fernerhin dazu, ihre Aufmerksamkeit zu fesseln, während wir in ihren Herzen lesen. Irgendwie erinnern sie mich auf übereinandergetürmte Felsblöcke an einem Bergesabhang und, sieh her, hier ist eine Höhlung zwischen ihnen, wie der Eingang zu einer Höhle!

Hast du vielleicht vor dem Gewitter in einer Höhle Zuflucht gesucht, Macumazahn? Oh, du tatest es! Siehst du, wie geschickt ich es vermutete, auch hier keine Zauberei, nur eben eine Vermutung! Ist es nicht wahrscheinlich, daß du eine Höhle aufsuchen würdest, um einem solchen Unwetter zu entgehen und den Wagen davor stehen lassen würdest? Sieh her auf diesen Würfel, der etwas von den übrigen entfernt liegt. Dieser hat mich auf den Gedanken gebracht, daß der Wagen draußen blieb. Es erhebt sich bloß die Frage, was du in der Höhle gesehen hast? Wohl nichts Außerordentliches, denke ich? Die Würfel können mir dies kaum erzählen, ich muß das wohl irgendwie anders herauszubringen suchen. Gut also, ich will versuchen es zu tun, nur um dir, weißer Mann, einen weiteren Einblick in die Art zu gewähren, wie wir armen Spitzbuben von Zauberern unsere Sache machen, um Narren auf den Leim zu locken. Oder möchtest du es mir nicht vielleicht selbst sagen, Macumazahn?«

»Nein«, antwortete ich verdrießlich, denn ich wußte, daß der alte Zwerg mich zum Narren hielt.

»Dann werde ich wohl versuchen müssen, es selbst

herauszubringen, aber wie, wie nur? Komm her, du kleiner gelber Affe, und setz dich zwischen mich und das Feuer, so daß dich sein Licht durchleuchtet. Dann werde ich vielleicht imstande sein zu sehen, was in deinem dicken Kopf vorgeht, ›Licht in der Finsternis‹, um etwas Licht in meine Finsternis zu bringen.«

Widerwillig trat Hans vor und hockte sich auf dem Fleck nieder, den Zikali ihm mit seinem knochigen Finger zeigte. Dabei achtete er sorgsam darauf, daß keiner der Zauberwürfel einen Teil seines Körpers berührte, aus Angst, daß sie ihn verzaubern könnten. Da saß er nun, seinen verknitterten Hut auf seinen Magen drückend, gleichsam um die bohrenden Blicke aus Zikalis lodernden Augen abzuhalten.

»Ha, ha, gelber Mann!« sagte der Zwerg nach sekundenlanger Betrachtung, unter der Hans unruhig herumzurücken begann. Er verfärbte sich sogar unter seiner faltigen Haut, wie ein junges Mädchen, das von ihrem voraussichtlichen Gatten deshalb betrachtet wird, ob es für eine fünfte Frau passe oder nicht. »Ha, ha! Mir scheint, daß du diese Höhle kanntest, bevor du sie im Unwetter aufsuchtest, aber diese Vermutung ist nur natürlich, denn wie hättest du sie sonst in dieser Eile finden können! Außerdem scheint es mir, daß da auch Buschleute im Spiel waren, wie bei den meisten Höhlen in diesem Lande.

Fragt sich nur, was darin war? Nein, sag es mir nicht! Ich will es selbst herausfinden! Sonderbar, daß ich dabei an Bilder denken muß! Aber nein, es ist gar nicht sonderbar, denn die Buschleute pflegten öfters Bilder in ihren Höhlen anzubringen. Aber du solltest nicht mit dem Kopf nicken, gelber Mann, denn dies macht das Rätsel zu leicht. Starr mich nur an und denk an gar nichts! Bilder, Massen von Bildern, aber ein besonders wichtiges darunter, etwas, zu dem man nur schwer gelangen kann. Ja, sogar nur unter Lebensgefahr! War es vielleicht ein Bild von dir selbst, das ein Buschmann vor langen Zeiten gemalt hat, als du noch jung und hübsch warst, gelber Mann?

Da, schon wieder schüttelst du den Kopf! Halt ihn doch endlich still – wirst du wohl! –, daß sich die Gedanken darin nicht kräuseln, wie Wasser unter einem Windstoß! Wenigstens war es ein Bild von etwas Widerwärtigem, das viel größer war als du. Ah! Es wächst und wächst! Jetzt hab ich's! Macumazahn komm und stell dich zu mir, und du, gelber Mann, dreh dich um, daß du ins Feuer blicken kannst! Bah! Wie schlecht es brennt, nicht wahr? Und die Luft ist so kalt, so kalt! Ich muß es heller machen.

Bist du hier, Macumazahn? Ja? Nun schau dieses Zeug an, das ich hier habe. Schau, was es für eine Lohe erzeugt«, und er steckte seine Hand in den Sack und brachte eine Art Pulver zum Vorschein, nur eine kleine Menge davon, welche er auf die Glut streute. Dann streckte er seine dürren Finger, wie um sie zu wärmen, über diese und hob langsam die Arme empor. Tatsächlich, unter seinen Händen sprangen die Flammen empor bis zu einer Höhe von drei oder vier Fuß! Dann senkte er die Arme und die Flammen sanken herab. Noch einmal hob er sie und wieder loderten die Flammen empor, aber diesmal viel höher. Als er dies ein drittes Mal tat, sprang die Feuersäule volle fünfzehn Fuß in die Höhe und blieb, ruhig brennend wie eine Lampenflamme, in dieser Höhe!

»Schau auf das Feuer, Macumazahn, und auch du, gelber Mann!« sagte er mit einer seltsam neuen Stimme, einer Art Traumstimme, die aus weiten Fernen zu kommen schien, »und sag mir jetzt, ob du darin etwas erblickst, denn ich kann es nicht – ich kann es nicht.«

Ich starrte, und für einen Augenblick sah ich nichts. Dann begann eine Gestalt auf dem lodernden Hintergrund zu wachsen. Sie wallte; änderte sich; wurde klar und bestimmt, ja, ganz deutlich und wirklich! Da vor mir, in die Flamme geätzt, erblickte ich »Heu-Heu« –

»Heu-Heu«, wie er in der Höhle dargestellt war, nur, wie es mir schien, lebendig, denn seine Augen bewegten sich! »Heu-Heu« mit dem Aussehen eines Teufels in der Hölle! Ich stöhnte, aber stand fest. Hans jedoch stieß in seinem schlechten Holländisch hervor:

»Allemaghte! Da is die leeliker auld deil!«*

Nach diesem Ausruf fiel er auf den Rücken und blieb schreckgelähmt liegen.

»Ha, ha, ha«, lachte Zikali, »ha, ha, ha«, und von allen Seiten widerhallten die Wände der Schlucht: »Ha, ha, ha!«

4

Das Märchen von Heu-Heu

Endlich hörte Zikali auf zu lachen und betrachtete uns mit seinen tiefliegenden Augen.

»Wer war es denn, der zuerst sagte, daß alle Männer Narren seien?« fragte er. »Ich weiß es nicht, aber ich denke, es muß ein Weib gewesen sein, ein hübsches Weib, das mit ihnen ihr Spiel trieb und es herausfand. Wenn dies der Fall ist, so war sie klug, wie alle Frauen in ihrer Weise, wie auch das Sprichwort zeigt, denn es läßt sie selbst aus dem Spiel. Nun gut, so will ich auch ein Sprichwort hinzufügen: Alle Männer sind in einer oder der anderen Hinsicht Feiglinge, mögen sie sonst noch so tapfer sein. Weiters sind sie alle gleich, denn was für ein Unterschied besteht zwischen dir, Macumazahn, dem weisen weißen Mann, der hundertmal dem Tode ins Auge gesehen hat, und jenem kleinen gelben Affen?« Hier wies er auf Hans, der noch immer auf dem Rücken

* »Allmächtiger, da ist der leibhaftige alte Teufel!«

lag und unter fürchterlichem Augenrollen Gebete zu verschiedenen Gottheiten zwischen seinen klappernden Zähnen hervorstieß. »Beide seid ihr erschrocken, der eine wie der andere; der einzige Unterschied liegt darin, daß der weiße Häuptling seine Furcht zu verbergen sucht, während der gelbe Affe sie nach Affenart schamlos verrät.

Warum seid ihr so erschrocken? Nur, weil ich durch einen gewöhnlichen Trick euren Augen ein Bild zeigte, das in beider Einbildung lebt! Wohlgemerkt, nicht durch Zauberei, sondern durch einen gewöhnlichen Trick, den jedes Kind erlernen könnte, wenn es ihm jemand beibrächte. Ich hoffe, daß du dich nicht so benehmen wirst, wenn du Heu-Heu selbst gegenüberstehst. Da würde ich von dir enttäuscht sein,und es würde bald zwei weitere Totenköpfe in seiner Höhle geben. Aber dann wirst du vielleicht tapfer sein; ja, ich glaube es wohl, du wirst tapfer sein, denn du würdest nie sterben wollen, wenn du daran dächtest, wie lang und laut ich lachen würde, wenn man mir davon erzählte.«

In dieser Weise schwätzte der alte Zauberer weiter, wie es seine Art war, wenn er seinen scharfen Spott mit der Absicht zu verbinden wünschte, Zeit zum Nachdenken zu gewinnen. Endlich schwieg er und nahm eine Prise von dem Tabak, den ich ihm gebracht hatte, denn während seiner Rede hatte er das Paket geöffnet, indem er uns fortwährend beobachtete, als ob er unsere Seelen durchblicken wollte.

Jetzt dachte ich, daß es an der Zeit sei, etwas zu erwidern, wenn auch nur, um zu zeigen, daß er mich mit seinen verdammten Erscheinungen nicht erschreckt hatte, und so sagte ich:

»Du hast recht, Zikali, wenn du behauptest, daß alle Männer Narren seien, denn wahrhaftig du bist der erste und größte unter allen.«

»Ich habe es oft geglaubt, Macumazahn, und zwar aus Gründen, die ich lieber für mich behalte. Aber warum behauptest du es? Laß hören, ob es dieselben sind, wie meine!«

»Zunächst, weil du redest, als ob es ein Wesen gäbe wie Heu-Heu, was, wie du ganz gut weißt, niemals der Fall war, und dann, weil du sprichst, als ob Hans und ich ihm persönlich gegenübertreten würden, was wir ja nie tun werden. Hör endlich einmal auf mit deinem Unsinn und zeig uns, wie man Bilder im Feuer erscheinen lassen kann – eine Kunst, die jedes Kind erlernen kann, wie du behauptest.«

»Wenn man es darin unterweist, Macumazahn, *wenn* man es unterweist! Aber wenn ich das täte, dann wäre ich wirklich der größte aller Narren. Glaubst du wirklich, daß ich zwei Gauklerrivalen anstellen möchte – du siehst, unter uns gebe ich mir den richtigen Namen –, damit sie mir im Lande Konkurrenz machen? Nein, nein, jeder mag das Wissen für sich behalten, das er erworben hat. Wenn es jedermann geläufig wird, wer wird dann dafür zahlen? Aber warum glaubst du nicht, daß du jemals Heu-Heu anders als einem Bild gegenüberstehen wirst, das an Felswände oder auf Flammen gemalt ist?«

»Weil es ihn nicht gibt«, antwortete ich gereizt; »und wenn es ihn gibt, denke ich, ist sein Wohnort ein gutes Stück Weg von hier entfernt, und ich kann nicht ohne frische Ochsen weiterziehen.«

»Ah«, sagte Zikali, »das erinnert mich wieder an jene, die mir erzählten, wie du dich vor dem Gewitter in die Höhle geflüchtet hast, und all das übrige, wie zum Beispiel, daß du neue Ochsen wünschest. Und da ich wußte, daß du in großer Eile sein würdest, zu Heu-Heu zu gelangen, wie ein junger Mann sich sehnt, seine erste Gattin zu finden, habe ich bereits Vorsorge getroffen. Die Geschichte, die man dir erzählt hat, ist wahr. Ein weißer Händler ließ in dieser Gegend ein gutes Gespann Ochsen zurück, die sich die Füße wundgelaufen hatten und auch bereits gegen Krankheiten immun waren. Jetzt nach dreimonatiger Rast sind sie fett und ganz gesund. Ich lasse sie morgen herbeitreiben und will deine in Pflege nehmen, so lange du fort bist.«

»Aber ich habe kein Geld, um neue Ochsen zu bezahlen«, sagte ich.

»Ist nicht das Versprechen Macumazahns besser als Geld, selbst als das rote englische Gold? Ist dies nicht im ganzen Lande bekannt? Überdies«, fügte er bedächtig hinzu, »wenn du vom Besuch Heu-Heus zurückkommst, da mußt du ja über genügend Geld verfügen – oder besser gesagt über Diamanten, was dasselbe bedeutet – und vielleicht auch über Elfenbein! Aber ich bin nicht sicher, ob du das Elfenbein wirst tragen können. Und wenn ich nicht die Wahrheit sage, so will ich die Ochsen selbst bezahlen!«

Nun, ich muß sagen, beim Worte »Diamanten« spitzte ich die Ohren, denn eben zu der Zeit begann man in ganz Afrika über diese Steine zu sprechen; selbst Hans stand auf und begann wieder Interesse für irdischere Dinge zu fassen.

»Das ist ein schönes Anbot«, sagte ich, »aber hör jetzt auf, Dunst zu blasen*, und sage geradeheraus, was du eigentlich meinst, bevor es ganz finster wird. Ich hasse diese Schlucht bei Dunkelheit. Wer ist Heu-Heu? Und wenn er oder es lebt, wo ist Heu-Heu zu finden, lebend oder tot? Dann, angenommen, daß es einen Heu-Heu gibt oder gegeben hat, warum willst du, Zikali, daß ich ihn aufsuche, denn ich sehe wohl, daß dies dein Wunsch ist, und du hast ja immer einen Grund für deine Wünsche?«

»Ich will zuerst die letzte Frage beantworten, Macumazahn, denn in der Tat habe ich immer einen Grund für das, was ich von dir oder anderen Leuten wünsche.«

Hier schwieg er und klatschte in die Hände, worauf augenblicklich einer seiner großen Leibwächter aus der

---

* Unsinn zu schwätzen

Hütte erschien, dem er einen Befehl gab. Der Mann huschte fort und kam im Nu mit mehreren Fellsäcken zurück, wie sie Medizinmänner benützen, um ihre Utensilien aufzubewahren. Zikali öffnete einen davon und zeigte mir, daß er fast leer war und nur mehr etwa eine Messerspitze eines braunen Pulvers enthielt.

»Dieses Zeug, Macumazahn«, sagte er, »ist die wunderbarste aller Drogen, noch wunderbarer sogar, als das Kraut, das man ›Taduki‹ nennt, das die Wege der Vergangenheit öffnen kann und mit dem du eines Tages noch bekannt werden wirst. Mit seiner Hilfe – ich spreche nicht von ›Taduki‹, sondern von dem Pulver im Sack – bringe ich die meisten meiner Tricks zuwege. Zum Beispiel ermöglichte mir ein Stäubchen davon, dir und dem kleinen gelben Affen vorhin das Bild Heu-Heus in den Flammen zu zeigen.«

»Du willst wohl sagen, daß es ein Gift ist, denke ich.«

»O ja, unter anderem kann es durch Hinzufügen eines anderen Pulvers in ein tödliches Gift verwandelt werden; so tödlich, daß schon eine Menge davon, die auf der Spitze eines Dornes Platz findet, die Kraft hat, den stärksten Mann zu töten, ohne die geringste Spur zu hinterlassen! Aber es hat auch andere Eigenschaften, die mit dem Geist und mit der Seele zusammenhängen. Es tut nichts zur Sache, was das für Eigenschaften sind. Du würdest mich nicht verstehen; wenn ich es dir auch erklären wollte. Nun, der ›Baum der Träume‹, aus dessen Blättern diese Medizin erzeugt wird, wächst nur im Garten Heu-Heus und nirgends sonst in Afrika. Ich bekam meinen letzten Vorrat davon vor so manchen Jahren, in der Tat, lange bevor du geboren wurdest, Macumazahn. Wie, tut nichts zur Sache. Nun, ich brauche unbedingt einen neuen Vorrat dieser Blätter, oder meine Zauberkunst, wie die Zulus es nennen, obgleich weiße Männer, wie du, wissen, daß es nur Tricks sind, wird mich verlassen. Und dann wird die Welt sagen, daß der ›Eröffner der Wege‹ seine Kraft verloren hat und man wird trachten – weisere Hexenmeister zu finden.«

»Warum schickst du dann nicht Leute aus, um dir davon holen zu lassen, Zikali?«

»Wen könnte ich denn aussenden, der es wagen würde, Heu-Heus Land zu betreten und seinen Garten zu berauben? Niemanden, als dich selbst, Macumazahn. Oh! Ich lese deine Gedanken. Du wunderst dich, warum ich dann nicht anordne, daß mir die Blätter von dort hergebracht werden sollen! Aus diesem Grunde, Macumazahn – die Leute dort dürfen nie ihr verborgenes Land verlassen; es ist dies gegen ihr Gesetz. Oh! Viele zogen auf Abenteuer dorthin aus und nur zwei kehrten zurück! Und auch die wurden verrückt, wie jene es zu werden pflegen, die Heu-Heus Antlitz gesehen haben und mit dem Leben davonkommen. Wenn du Heu-Heu erblickst, Macumazahn, sieh dich wohl vor und vernichte ihn und alles, was sein ist, sonst könnte sein Fluch dir folgen bis ans Ende deiner Tage. Gestürzt wird er machtlos sein, aber solange er Macht hat, ist sein Haß gewaltig und reicht über weite Länder. Oder – es ist der Haß seiner Priester, was auf dasselbe herauskommt.«

»Blödsinn!« sagte ich. »Wenn es irgendeinen Heu-Heu gibt, dann ist er nur ein großer Affe, und ich fürchte mich vor keinem Affen, mag er lebend sein oder tot!«

»Ich bin glücklich, das zu hören, Macumazahn, und hoffe, daß du immer derselben Ansicht sein wirst. Zweifellos ist es bloß sein Bild am Felsen oder in den Flammen, das dich erschreckt, genauso, wie ein Traum weit fürchterlicher sein kann als jede Wirklichkeit. Eines Tages wirst du mir sagen, was ärger war, Heu-Heus Bild oder Heu-Heu selbst. Aber du hast mich auch noch um andere Dinge gefragt, zunächst darum: wer ist Heu-Heu?

Nun gut, das weiß ich nicht. Die Legende sagt, daß einst ein weißes Volk im Norden lebte, das durch einen riesigen Zauberer beherrscht wurde, der so grausam war, daß ihn sein Volk – so mächtig er war – zwang, südwärts zu fliehen. Dort ließ er sich am Fuße eines feuerspeienden Berges in einer grauenvollen Höhle nieder, wo ihn seine Anhänger als Gott verehren mußten. Endlich wurden auch sie seiner Grausamkeiten überdrüssig und töteten ihn. Während er im Todeskampf lag, legte er einen Fluch auf sie und drohte, in einer immer fürchterlichen Gestalt wiederzukehren. Auch verbot er ihnen bei Todesstrafe, ihr Land zu verlassen. Nach seinem Tod begann der Berg Feuer und heiße Asche auszustoßen, wodurch viele dieses Volkes, das sich ›Walloo‹ nannte, zugrunde gingen, und andere wieder in Stein verwandelt wurden. Auch sonst erfüllten sich alle Drohungen dieses Königs und Zauberers, der als ›Heu-Heu‹ in verschiedenen Gestalten sein Volk quälte und peinigte.«

Bei dieser erstaunlichen Erzählung brach ich aber nun doch in ein Gelächter aus, und selbst Hans mußte grinsen.

»Ich habe die Erfahrung gemacht, Macumazahn«, sagte Zikali, »daß zu Beginn immer du über mich lachst, während schließlich immer am Ende ich dich auslache, und so, glaube ich, wird es auch diesmal sein. Ich sage dir, daß dort dieses Volk, zu Stein verwandelt, noch immer zu finden ist, und wenn dem nicht so ist, dann brauchst du mir für die Ochsen, die ich von dem weißen Mann gekauft habe, gar nichts zu bezahlen, selbst wenn du mit Taschen voll Diamanten zurückkehren solltest!«

Nun entsann ich mich des Schicksals von Pompeji und hörte auf zu lachen. Immerhin, die Sache war möglich.

»Und was macht dieser Heu-Heu?« fragte ich Zikali ungläubig. »Wirft er vielleicht mit Steinen oder Nüssen nach den Leuten?«

»Nein, Macumazahn. Nach meinen Informationen tut er ganz andere Dinge. Von Zeit zu Zeit setzt er zum

Festland über – manche behaupten, auf einem Baumstrunk, andere wieder, daß er hinüberschwimmt oder wie ein Geist den See überquert. Wenn er drüben jemanden trifft, reißt er ihm den Kopf ab« (hier entsann ich mich des Bildes in der Höhle), »denn kein menschliches Wesen kann gegen seine Stärke ankämpfen, auch Frauen nicht. Wenn sie alt und widerlich sind, behandelt er sie in derselben Weise, sind sie jedoch jung und wohlgestaltet, dann schleppt er sie mit sich fort. Man sagt, daß die Insel voll solcher Frauen sei, die Heu-Heus Garten pflegen. Überdies heißt es, daß sie Kinder haben, die den See überqueren und in den Wäldern leben, fürchterliche, haarige Wesen, die zum Teil menschlich sind, denn sie können Feuer machen und Keulen, Bogen und Pfeile benützen. Dieses wilde Volk wird ›Heuheua‹ genannt. Sie bewohnen die Länder und zwischen ihnen und den ›Walloos‹ gibt es endlosen Krieg.«

»Gibt es sonst noch etwas?« fragte ich.

»Ja, noch eins. Zu einer gewissen Zeit im Jahr müssen die ›Walloos‹ ihr schönstes und vornehmstes Mädchen nehmen und an einen hierzu bestimmten Felsen an der Küste der Insel in einer Vollmondnacht anbinden. Dann gehen sie fort und lassen es allein zurück. Erst mit Sonnenaufgang kommen sie wieder.«

»Und was finden sie da?«

»Es gibt zwei Möglichkeiten, Macumazahn, entweder ist die Jungfrau fort; dann sind alle bis auf deren Verwandte höchst erfreut. Oder sie finden sie in Stücke zerrissen, weil sie von Heu-Heu verschmäht ist, und dann geht ein großes Weinen und Jammern an. Aber nicht um sie, sondern um ihrer selbst willen.«

»Und was ist der Grund ihrer Freude oder ihrer Tränen, Zikali?«

»Folgender, Macumazahn. Wenn die Jungfrau angenommen worden ist, dann werden sie von Heu-Heu und seinen Priestern, oder seinen Dienern, den Heuheua, in diesem Jahre unbehelligt bleiben. Außerdem wird ihre Ernte gut und sie selbst von Krankheiten verschont sein. Wurde sie aber getötet, dann wird er oder seine Diener sie verfolgen und andere Frauen rauben. Auch wird ihre Ernte schlecht sein und Fieber und andere Krankheiten werden über sie kommen. Deshalb ist das ›Opfer der Jungfrau‹ ihr Hauptfest, das, wenn es angenommen wird, ›das Fest der Freude‹, andernfalls ›das Fest des Jammers‹ genannt wird und die Opferung ihrer Eltern und der anderen Verwandten zur Folge hat.«

»Eine erfreuliche Religion, Zikali! Sage mir, ist es eine, die diesen ›Walloos‹ gefällt?«

»Gefällt denn überhaupt irgendeine Religion den Menschen, Macumazahn, und gefallen Tränen, Mangel, Krankheit, Verlassenheit und Tod denen, die auf der Welt geboren werden? Zum Beispiel leidet auch ihr weißen Leute gleich uns unter diesen Dingen; auch ihr habt euren Heu-Heu oder Teufel, der solche Opfer verlangt und sich auch an euch rächt. Ihr seid ja auch nicht mit ihm zufrieden und doch fahrt ihr fort, eure Opfer an Kriegen und Blut und allen Lastern darzubringen, als Entgelt für alles, was er euch getan hat. Ihr klammert euch dadurch nur immer von neuem an ihn und erneuert seine Macht über euch und – wie ihr, so handeln wir alle. Und doch, wenn ihr und wir alle uns gegen ihn erheben würden, vielleicht würde dann doch seine Kraft gebrochen oder er zerschmettert werden! Warum also fahren wir fort, ihm unsere Jungfrauen: Tugend, Wahrheit, Reinheit zu opfern und inwiefern sind wir besser als jene, die Heu-Heu anbeten, um dadurch ihr Leben zu retten?«

Gegen dieses Argument, das für einen Wilden scharfsinnig genug war, da ihm trotz seines Alters und seiner Erfahrung nur beschränkte Gelegenheit zu Beobachtungen gegeben war, konnte ich nichts sagen und entgegnete daher beinahe bescheiden:

»Ich behaupte auch gar nicht, daß wir besser sind.«

Dann fügte ich hinzu, um die Rede auf ein praktisch wertvolleres Gebiet zu bringen:

»Und wie steht es mit den Diamanten?«

»Die Diamanten! Natürlich, die Diamanten, die beiläufig bemerkt, eines der Opfer darstellen, die ihr weißen Leute eurem Heu-Heu darbringt! Nun, diese Leute scheinen genug davon zu haben. Natürlich sind sie für die Leute wertlos, da sie keinen Handel treiben. Dennoch wissen die Frauen, daß die Steine hübsch sind und befestigen sie in kleinen Haarnetzen, nachdem man sie an einem Stein abgeschliffen hat; denn sie wissen nicht, wie man sie durchbohren kann, da sie so hart sind, und können sie auch nicht in Metall fassen. Auch pflegt man sie in den Ton ihrer Eßteller zu stecken, bevor er erhärtet ist, und erzeugt damit hübsche Muster. Es scheint, daß diese Steine und andere, rote, durch den Fluß aus irgendeiner Wüste herabgeschwemmt werden, durch welche er fließt, bevor er durch einen Bergdurchbruch in ihr Land herabkommt. Auf alle Fälle findet man genug davon im Kiese seiner Ufer, den die Kinder in enggewobenen Sieben aus Menschenhaar oder sonstwie durchzusieben pflegen. Halt, ich will dir zeigen, wie sie aussehen, denn meine Boten brachten mir eine Handvoll oder zwei davon vor vielen, vielen Jahren«, und er klatschte in die Hände.

Sofort, wie vorhin, erschien einer seiner Diener, dem er einige Befehle gab. Der Mann verschwand und kam augenblicklich wieder zurück. Er brachte ein kleines Paket aus altem, faltigem Leder, das aussah wie ein Stück eines alten Handschuhs. Dieses knüpfte er auf und reichte es mir. Darin befanden sich eine Anzahl von Steinen, die das Aussehen von Diamanten hatten, von sehr guten Diamanten, wie ich nach ihrer Farbe urteilte, obgleich keiner davon besonders groß war. Auch war darunter ein Glitzern anderer Steine, die Rubine sein mochten, obwohl ich dies nicht bestimmt entscheiden konnte. Nach oberflächlicher Schätzung mochte man ihnen den Wert von 200 oder 300 Pfund Sterling beilegen. Nachdem ich sie untersucht hatte, reichte ich sie Zikali zurück, aber er sagte mit einer ablehnenden Handbewegung: »Behalte sie nur, Macumazahn; behalte sie. Sie sind mir zu nichts nütze, und wenn du in Heu-Heus Land kommst, vergleiche sie mit denen, die du dort findest und du wirst den Beweis haben, daß ich dich nicht belogen habe.«

»Wenn ich in Heu-Heus Land komme!« rief ich unwillig aus. »Wo aber liegt dieses Land und wie komme ich hin?«

»Das will ich dir lieber morgen sagen, Macumazahn, nicht heute abend, denn es wäre vergebens, Zeit und Worte über die Sache zu verlieren, bevor ich zwei Dinge weiß: Zunächst, ob du überhaupt hinreisen willst und dann, ob dich die ›Walloos‹ empfangen wollen, wenn du hinkämst.«

»Wenn ich die Antwort auf die zweite Frage gehört habe, wollen wir die erste diskutieren, Zikali. Aber warum versuchst du mich zum Narren zu halten? Diese ›Walloos‹ und die wilden Heuheua, mit denen sie im Kriege liegen, wohnen ja, wenn ich recht verstehe, sehr weit entfernt von hier. Wie also kannst du bis morgen Antwort von ihnen haben?«

»Es gibt Wege, ja, es gibt Wege«, entgegnete er verträumt. Dann schien er in eine Art Schlummer zu sinken und sein großer Schädel neigte sich auf seine Brust herab.

Eine Zeitlang starrte ich auf ihn, bis ich schließlich dieser Beschäftigung müde wurde und, um mich blikkend, bemerkte, daß es plötzlich finster zu werden begann. Dabei hörte ich auf einmal ein Quietschen in der Luft; scharfes, dünnes Quietschen, so wie von Ratten.

»Schau, Baas«, wisperte Hans mit entsetzter Stimme. »Seine Geister kommen«, und er deutete empor.

Ich folgte seiner Bewegung und weit oben, als ob sie von dem Himmel herabstiegen, sah ich einige weißbeschwingte, flatternde Gestalten, drei an der Zahl. Sie ließen sich sehr rasch in Kreisen herab, und ich bemerkte, daß es Fledermäuse waren, riesige Fledermäuse mit bösartigem Blick. Nun strichen sie über uns hin, so nahe, daß zweimal ihre ausgestreckten Flügel mein Gesicht streiften, was mich mit furchtbarem Entsetzen erfüllte; und jedesmal, so oft so ein Wesen vorbeiflog, kreischte es mir ins Ohr, daß es mir durch Mark und Bein ging.

Hans versuchte, eine von ihnen mit der Hand abzuwehren, worauf sie sich an seinen Arm klammerte und ihn in den Finger biß. So nahm ich wenigstens an, denn er schrie entsetzt auf, zog seinen Hut tief über die Stirn herab und versenkte die Hände in die Taschen. Hierauf konzentrierten die Fledermäuse ihre Aufmerksamkeit auf Zikali. Sie umflatterten ihn unaufhörlich in schwindelerregenden Kreisen, die immer enger und enger wurden, bis sich schließlich zwei von ihnen auf seinen Schultern niederließen, gerade neben seinen Ohren und ihm etwas zuzuflüstern schienen, während die dritte sich an sein Kinn hängte und ihren widerlichen Kopf an seine Lippen drückte.

Jetzt erst schien Zikali zu erwachen, denn seine Augen öffneten sich und wurden hell; er streichelte mit seinen dürren Händen die zwei Tiere auf seinen Schultern, als ob es zahme Vögel wären. Mehr noch, er schien mit dem Tier, das an seinen Lippen hing, zu sprechen, indem er sich einer Sprache bediente, die ich nicht verstand, während es ihm seine Antworten in seinen knirschenden Lauten zuflüsterte. Dann plötzlich machte er eine Bewegung mit seinen Armen, worauf alle drei davonflogen und sich hinaus- und emporschwangen, bis sie plötzlich in der Dämmerung verschwanden.

»Ich zähme Fledermäuse, und diese da sind ganz verrückt nach mir«, sagte er erklärend und fügte hinzu: »Kehre morgen zurück, Macumazahn und vielleicht werde ich imstande sein, dir zu sagen, ob die ›Walloos‹

deinen Besuch wünschen, und wenn dies der Fall ist, dir den Weg in ihr Land zu zeigen.«

So entfernten wir uns denn, froh darüber, endlich fortzukommen, denn der ›Eröffner der Wege‹ mit seinem Geschwätz und seinen Manifestationen, wie man, glaube ich, so was in spiritistischen Kreisen zu bezeichnen pflegt, war eine Person, die einem sehr bald auf die Nerven ging, besonders bei Nacht. Während wir diese verhaßte Schlucht durch die Finsternis hinabstolperten, fragte Hans:

»Was waren denn das für Dinger, die an Zikalis Schultern und Kinn hingen?«

»Fledermäuse, sehr große Fledermäuse, was sonst?« entgegnete ich.

»Ich denke sonst noch manches, Baas! Ich denke, daß es seine Vertrauten sind, die er zu jenen ›Walloos‹ schickt, wie er gesagt hat.«

»Glaubst du also an die Walloos und die Heuheua, Hans? Ich nicht.«

»O ja, Baas, ich glaube daran und was mehr ist, ich glaube, daß wir sie aufsuchen werden, denn dies ist die Absicht Zikalis, und wo ist derjenige, der gegen den Willen des ›Eröffners der Wege‹ ankämpfen kann.«

5

Allan gibt ein Versprechen

Nie konnte ich in der Nachbarschaft des Black Kloof gut schlafen. Es schien mir immer, als entwichen ihm böse vernichtende Ausdünstungen, und so war es auch in dieser Nacht, denn Stunde um Stunde lag ich wach, in Gedanken über die wunderliche Erzählung des alten Zauberers von den Walloos und Heu-Heu, ihrem bösen

Geist. Ich starrte mitten in die ungeheure Stille dieses einsamen Ortes, die nur ab und zu durch den seltenen Schrei eines Nachtfalken oder der von ihm ergriffenen Beute oder dem widerhallenden Gekläffe eines einsamen Pavians zwischen den Felsen unterbrochen wurde.

Die Erzählung war purer Wahnsinn. Und doch, und doch gab es so manche sonderbare Völker in den verborgenen Schlupfwinkeln Afrikas und viele von ihnen hatten seltsame Arten von Glauben oder Aberglauben. In der Tat, ich begann ernstlich zu überlegen, ob es diesem, durch ganze Zeitalter hindurch bestehenden Aberglauben nicht möglich ist, wenigstens etwas Konkretes für die davon erfüllten Seelen hervorzubringen.

Außerdem gab es wunderliche Umstände in Verbindung mit dieser Fabel oder diesem Märchen, welche einen gewissermaßen bestärken konnten, an sie zu glauben. Da war zum Beispiel das Bild Heu-Heus in der Höhle, welches Zikali durch seine höllischen Zauberkünste in den Flammen seines Feuers wiedererstehen ließ; dann die Diamanten und Rubine, kurz die Kristalle, was immer sie sein mochten, die gegenwärtig in der Tasche meines Jagdrocks ruhten. Diese mußten, vorausgesetzt, daß sie tatsächlich das waren, wofür Zikali sie ausgab, sehr weit her gekommen sein. Denn niemals hatte ich von ihnen sprechen gehört oder gar welche gesehen, wo immer ich auch herumgereist war, und sie waren auch denen ganz unähnlich, die man zu jener Zeit in Kimberley zu finden begann, da sie vor allem viel mehr durch Wasser abgeschliffen waren.

Zwar hatte das Vorkommen von Diamanten in einem gewissen Distrikt nichts zu tun mit Heu-Heus möglicher Existenz. Daher bewiesen sie so gut wie nichts.

Und wenn es einen Heu-Heu gab, wünschte ich wirklich, ihn von Angesicht zu Angesicht kennenzulernen? Einesteils nicht im geringsten, aber andererseits reizte mich die Sache doch. Meine Neugierde war immer groß, und es würde gewiß herrlich sein, etwas zu entdecken, was noch keines Weißen Augen gesehen hatten. Noch wundervoller wäre es, mit solch einem Ungeheuer zu kämpfen und es vielleicht zu töten. Vor mein inneres Auge trat der Anblick Heu-Heus, wie er ausgestopft im Britischen Museum stand, versehen mit einer Tafel:

»Geschossen in Zentral-Afrika
von Allan Quatermain, Esq.«

Jawohl, dann würde ich, der unbedeutendste und unbekannteste aller Menschen, berühmt werden und mein Bild würde in *The Graphic* und wahrscheinlich in den *Illustrated London News* erscheinen und man würde vielleicht sehen, wie ich eben meinen Fuß auf die Brust des hingestreckten Heu-Heus setzte.

Das, wahrhaftig, das wäre Ruhm! Nur schien Heu-Heu ein unangenehmer Kunde zu sein, und die Sache konnte vielleicht ein schlechtes Ende nehmen; er könnte vielleicht seinen Fuß auf meine Brust setzen und mir den Kopf abreißen, wie auf dem Bild in der Höhle. Dann allerdings würden die illustrierten Blätter nichts darüber bringen!

Und dann! Die Geschichte der Stadt, in deren Straßen versteinerte Menschen und Tiere lagen! Das mußte entweder wahr oder falsch sein, denn da fehlten jegliche geisterhafte Verwicklungen! Obwohl ich nie von etwas Derartigem gehört hatte, konnte es doch wohl einen solchen Ort geben, und war dies der Fall, so mußte es schön sein, ihn zu entdecken.

Aber worüber dachte ich da nach! Zikalis Garn war wohl purer Unsinn und reine Erfindung. Dennoch erinnerte mich etwas darin an eine Geschichte, die ich in meiner Jugend gehört, an die ich mich aber lange Zeit nicht erinnert hatte. Endlich kam mir blitzartig die Erinnerung: Mein alter Vater, der ein gelehrter Schulmeister war, besaß ein Buch voll griechischer Legenden, und eine davon handelte von einer Dame namens Andromeda, die Tochter eines Königs, der sie, nach dem Willen seines Volkes und um Unheil von seinem Lande fern zu halten, an einen Felsen band, als Opfer für ein Ungeheuer, das aus dem Meere auftauchen sollte. Da, im kritischen Moment, erschien, wie durch Zauber, ein Held, Perseus genannt, der das Untier erschlug und die Dame zur Frau erhielt.

War nicht diese Geschichte von Heu-Heu eine ähnliche Sache? Die Jungfrau wurde an einen Felsen gebunden; das Ungeheuer tauchte aus dem Meer, besser gesagt aus dem See auf, und schleppte sie davon, wodurch arges Unheil verhütet wurde. So ähnlich war die Sache, daß ich tatsächlich zu vermuten begann, daß es ein Widerhall des altertümlichen Mythos sein könnte, der irgendwie den Weg nach Südafrika gefunden hatte. Nur war bis jetzt kein Perseus im Heuheualande aufgetaucht. Offenbar war diese Heldenrolle mir vorbehalten. Was aber konnte ich in diesem Fall mit der Jungfau machen? Wahrscheinlich sie ihrer dankbaren Familie zurückgeben, denn gewiß hatte ich nicht die Absicht, sie zu heiraten. Oh, ich wurde noch verrückt bei all diesen Gedanken! Nun wollte ich aber schlafen! Ich wollte ... woll ...

Eine oder zwei Minuten später, wenigstens schien es mir so, erwachte ich, zwar nicht an Andromeda, wohl aber an den Propheten Samuel denkend. Ich konnte mich eine Zeitlang nicht genug wundern, was auf aller Welt mir diesen faden alten Propheten – Priester – in den Kopf gebracht haben konnte. Dann erinnerte ich mich jedoch – denn ich bin ein guter Kenner des Alten Testamentes – der Empörung dieses herrischen Sehers, als er das Gebrüll der Ochsen hörte, welche Saul auf göttlichen Befehl hin vor dem allgemeinen ›Aufgegessenwerden‹ durch die Amalekiter – wie die Zulus es beschrieben haben würden – bewahrte. (Übrigens konnte ich nie begreifen, was es für einen Zweck hatte, dem ganzen nützlichen Ochsenbestand die Kehle durchzuschneiden.)

Nun also, in meinem Ohr hallte Ochsengebrüll wider, welches wahrscheinlich die Gedankenverbindung hergestellt hatte. Ich wunderte mich, was es wohl für Ochsen sein könnten, denn unsere eigenen grasten in ziemlicher Entfernung. Ich streckte deshalb den Kopf unter dem Wagendach hervor und bemerkte ein wirklich wunderschönes Gespann von achtzehn Zugtieren, von denen zwei als Reserve bestimmt waren, welches eben von zwei unbekannten Kaffern zu meinem Lager getrieben wurde. Jetzt entsann ich mich allerdings sofort der Ochsen, die Zikali mir zu guten Bedingungen zu verkaufen versprochen hatte, und ich mußte zugeben, daß wenigstens in dieser Sache der alte Hexenmeister Wort gehalten hatte.

Ich schlüpfte in meine Hose und stieg vom Wagen herab, um die Tiere zu betrachten. Und wirklich, ich konnte zufrieden sein. Alle hatten sich ausgezeichnet von ihrer Ermattung und ihren wunden Füßen erholt und waren fett und rund, und erweckten den Eindruck, daß sie mit was immer für einer Last jeden beliebigen Weg ziehen konnten. Selbst der kritische Hans drückte seinen uneingeschränkten Beifall aus und schloß aus verschiedenen Anzeichen, daß sie tatsächlich gegen Krankheit gefeit und einige von ihnen auch geimpft zu sein schienen, wie man dies an dem damit verbundenen Verlust ihrer Schwanzspitzen erkennen konnte.

Ich sandte sie unter der Obhut der Kaffern, die sie gebracht hatten, auf die Weide, denn ich wollte sie nicht mit meinen in Berührung bringen, welche Zeichen von Erkrankung zeigten. Dann frühstückte ich in bester Laune, denn, wohin immer ich nun ziehen würde, war ich jetzt mit Zugtieren versorgt. Dann erst dachte ich daran, Zikali wieder zu besuchen. Hans versuchte diesmal, sich zu entschuldigen und zurückzubleiben, unter dem Vorwand, daß er die Ochsen beobachten wolle, die von den fremden Kaffern gestohlen werden könnten. Tatsächlich aber hatte er vor dem alten Zauberer Angst und wollte ihm nicht in die Nähe kommen, wenn es nicht nottat. Dennoch hieß ich ihn, mich zu begleiten, denn er hatte ein ausgezeichnetes Gedächtnis, und vier Ohren waren besser als zwei, wenn es sich darum handelte, mit Zikali zusammenzutreffen.

Wir stapften also wieder die Schlucht hinauf, wurden wie am Abend zuvor sofort in die Umzäunung hineingelassen, die des Hexenmeisters Hütte umgab, und fanden den ›Eröffner der Wege‹ wie gewöhnlich vor seiner Hütte bei einem Feuer sitzend vor. Wie heiß auch das Wetter sein mochte, er ließ sein Feuer nicht ausgehen.

»Was hältst du von den Ochsen, Macumazahn?« fragte er unvermittelt.

Ich erwiderte ihm vorsichtig, daß ich ihm dies erst sagen könne, nachdem ich sie erprobt hätte.

»Schlau wie immer«, sagte Zikali. »Nun, du mußt das Beste aus ihnen herausholen, Macumazahn, und du brauchst erst nach deiner Rückreise zu bezahlen, wie ich dir sagte.«

»Wenn ich woher zurückkomme?« fragte ich.

»Von dort, wo immer du hingegangen sein wirst, was du bis jetzt noch nicht weißt.«

»Nein, Zikali, ich weiß es nicht«, sagte ich und schwieg wieder.

Auch er blieb still, und zwar so lange, daß mir schließlich die Geduld riß und ich sarkastisch fragte, ob er durch die Fledermauspost Nachrichten von seinem Freund Heu-Heu bekommen hätte.

»Gewiß, gewiß, ich habe Nachrichten bekommen«, sagte er, »allerdings nicht durch Fledermäuse, aber vielleicht durch Träume und Visionen. Oh, Macumazahn, wie habe ich dich wieder gefoppt! Warum läufst du immer so leicht in meine Fallen? Du siehst einige Fledermäuse um mich herumflattern und dann davonfliegen, welche in Wirklichkeit, wie ich dir gesagt habe, nur Tiere sind, die ich seit mehreren Jahren gezähmt habe. Du glaubst aber schon halb und halb, daß ich sie tausend Meilen weit weggeschickt habe, um eine Botschaft auszurichten und mir Antwort zu bringen! Das ist doch nicht möglich!

Nun, ich will dir die Wahrheit sagen. Nicht so trete ich in Verbindung mit denen, die weit entfernt sind. O nein, meine Gedanken sende ich aus, und sie fliegen überall hin, bis zum Ende der Erde, so daß die ganze Welt sie lesen könnte, wenn sie dazu imstande wäre. Und doch sind sie vielleicht unter den Millionen Geistern nur auf einen einzigen Geist abgestimmt, der sie auffangen und verstehen kann. Aber für gewöhnliche Leute – ja, und sogar für den weißen Mann, der nichts davon versteht – bleibt nichts als das Symbol der Fledermäuse und ihrer Botschaft. Warum willst du immer Zauberei zu Hilfe rufen, um ganz natürliche Dinge zu erklären, Macumazahn?«

Nun, ich dachte zwar, daß meine Ansicht über die Natur von der Zikalis abwich, aber, da ich wußte, daß er mich nach seiner Gewohnheit aufzuziehen suchte, vermied ich es, mich in eine Diskussion einzulassen, als ob dies unter meiner Würde wäre und sagte:

»All dies ist so klar, daß ich mich wundere, warum du Worte verlierst, um es zu erklären. Ich wollte nur wissen, ob du eine Antwort auf deine Botschaft erhalten hast, wie immer du sie ausgesandt hast, und wenn ja – was für eine Antwort.«

»Ja, Macumazahn, zufällig habe ich eine Antwort bekommen, und zwar gerade, als ich diesen Morgen erwachte. Und das ist ihr Inhalt: Der Häuptling der Walloos, mit dem mein Herz gesprochen hat, sowie, seiner Ansicht nach, die Mehrzahl seines Volkes, wird glücklich sein, dich in ihrem Land willkommen zu heißen.

Trotzdem werden, wie er glaubt, die Priester Heu-Heus, die ihn als Gott anbeten und seinen Diensten geweiht sind, nicht froh darüber sein. Wenn du dich entschließt zu kommen, wird dir der Häuptling alles zur Verfügung stellen, Diamanten, und was er sonst noch besitzt, und all dies kannst du mit dir nehmen, wie auch die Medizin, die ich mir wünsche. Ferner wird er dich, so weit er kann, vor Gefahren beschützen. Aber für dieses Entgegenkommen verlangt er Zahlung.«

»Was für eine Zahlung, Zikali?«

»Die Bezwingung Heu-Heus.«

»Und wenn ich Heu-Heu nicht bezwingen kann, Zikali?«

»Dann wird er gewiß dich vernichten, und das ganze Geschäft wird illusorisch.«

»Ist es so? Gut, Zikali, und wenn ich gehe, werde ich dann getötet werden?«

»Wer bin ich, daß ich über Leben und Tod gebieten kann, Macumazahn? Dennoch ...«, fügte er bedächtig hinzu, indem er seine Worte durch kleine Prisen von Schnupftabak trennte, »dennoch glaube ich nicht, daß du getötet werden wirst. Wenn ich dies glaubte, würde ich es dir nicht frei stellen, mir die Ochsen nach deiner Rückkehr zu bezahlen. Außerdem glaube ich, daß du noch so manches in der Welt zu erledigen hast – manches davon für mich, Macumazahn, das ohne dich nicht ausgeführt werden könnte. Deshalb würde ich nichts weniger wünschen, als dich in den Tod zu schicken.«

Ich überlegte, daß er wahrscheinlich die Wahrheit sprach, denn immer brütete er über irgendeiner großen zukünftigen Unternehmung, in die wir zusammen verwickelt werden sollten. Auch wußte ich, daß er in seiner sonderbaren Weise viel für mich übrig hatte und mir deshalb nichts Böses wünschte. Dazu kam, daß mich plötzlich eine heftige Sehnsucht erfaßte, dieses Abenteuer zu unternehmen, das es mir vielleicht ermöglichen würde, neue merkwürdige Dinge zu sehen; denn die alten begannen mich zu langweilen. Immerhin, ich verbarg diese Sehnsucht, wenn überhaupt vor Zikali etwas verborgen werden konnte, und fragte in geschäftsmäßigem Ton:

»Wohin wünschest du also, daß ich ziehe, wie weit ist es bis dahin, und wenn ich gehe, wie komme ich hin?«

»Nun endlich beginnen wir, unsere Assegais* zu ergreifen, Macumazahn.« Womit er meinte, daß wir von Geschäften zu sprechen anfingen. »Paß auf, ich will es dir sagen.«

Und tatsächlich, mehr als eine Stunde lang gab er mir Aufklärungen, aber ich will euch Burschen nicht mit alledem langweilen, was er mir sagte, denn geographische Einzelheiten sind überaus langweilig, und ich möchte auch in meiner Geschichte vorwärts kommen.

Sie, mein Freund (hier wandte er sich an mich, den Herausgeber), bleiben ja nur bis morgen abend hier, und ich muß meine Zeit gut benützen, um sie bis dahin zu beenden, das heißt, wenn Sie das Ende hören wollen.

So, das ist also der Weg«, sagte ich, als Zikali schließlich zu Ende gekommen war. »Nun gut, ich sage dir jetzt grad heraus, daß ich nicht daran denke, ihn durch unbekanntes Gebiet zu unternehmen. Wie könnte ich mich jemals ohne Führer zurechtfinden? Ich mache, daß ich nach Prätoria komme, mit deinen Ochsen oder ohne sie!«

»Ist es so, Macumazahn? Ich beginne zu glauben, daß ich sehr klug bin. Ich habe mir gedacht, daß du so reden würdest und habe deshalb Vorsorge getroffen, und einen Mann ausfindig gemacht, der dich direkt zu Heu-Heus Aufenthaltsort führen wird. Er befindet sich in der Nähe, und ich will um ihn schicken.«

Und er rief auf seine gewöhnliche Art einen Diener herbei, dem er einen Befehl gab.

---

* Speere

»Woher kommt dieser Mann, wer ist er und wie lang ist er bereits hier?« fragte ich.

»Ich weiß nicht genau, wer er ist, Macumazahn, denn er redet nicht viel über sich, aber ich habe verstanden, daß er aus der Umgebung des Heuheualandes kommt, oder vielleicht auch von dort selbst, wie mir scheint. Er war lange genug bei mir hier, so daß ich ihn auch etwas Zulu lehren konnte, obgleich das bei dir nichts ausmacht, denn du sprichst ja ganz gut Arabisch. Nicht wahr?«

»Gewiß, ich spreche es, und auch Hans spricht es ein wenig.«

»Gut, ich glaube, das ist seine Sprache, Macumazahn, und das wird die ganze Sache erleichtern. Ich kann dir auch gleich sagen, daß er ein wunderlicher Geselle ist, gewiß ganz anders, als du es vielleicht erwartest, aber darüber kannst du ja selbst urteilen.«

Ich entgegnete nichts, aber Hans flüsterte mir ins Ohr, daß es zweifellos einer der Söhne Heu-Heus wäre und sicherlich aussehe wie ein großer Affe. Obgleich er ganz leise und in großer Entfernung von Zikali gesprochen hatte, schien dieser ihn doch verstanden zu haben, denn er bemerkte:

»Dann wirst du glauben, einen neuen Bruder gefunden zu haben, nicht wahr, ›Licht in der Finsternis‹?« Dies war, wenn ich es noch nicht gesagt haben sollte, der Titel, den Hans bei einer rühmlichen Gelegenheit erworben hatte. Hans schwieg, denn er wagte es nicht, dem ›Eröffner der Wege‹ gegenüber zu zeigen, wie sehr ihn dieser Vergleich mit einem Affen kränkte. Auch ich blieb still, denn ich war mit meinen eigenen Gedanken beschäftigt; jetzt erst, wie in plötzlicher Erleuchtung, erkannte ich den ganzen Streich, der mir unter dieser Zauberkomödie gespielt worden war. Ein Bote aus einem fremden, entfernten Lande war zu Zikali gekommen und hatte aus mir unbekannten Gründen ihn um Hilfe gebeten!

Dieser hatte sich entschlossen, den gewünschten Beistand durch mich zu leisten, den er als für seine Zwecke geeignet betrachtete. Daher rührte also der Köder mit den Ochsen, den er mir durch seine Boten bereits hatte legen lassen, als ich noch weit weg von seinem Wohnort war, sobald er von meinem Mißgeschick erfahren hatte. Tatsächlich, es sah aus, als ob jedes einzelne Geschehnis zu seinem Plane gehört hätte, obwohl dies natürlich nicht möglich war, denn Zikali konnte nicht veranlaßt haben, daß ich gezwungen war, in jener bestimmten Höhle vor einem Unwetter Zuflucht zu suchen.

Kurz, es war seine Absicht, mich für seine Zwecke zu verwenden, obwohl ich keine Ahnung hatte, was diese eigentlich seien. Er behauptete, daß er Blätter eines gewissen Baumes zu erhalten wünschte, was ja vielleicht wahr sein mochte, aber ich war überzeugt, daß dahinter mehr stecken mußte.

Möglicherweise war seine Neugierde erregt, und er wünschte Näheres über ein entferntes, geheimnisvolles Volk zu erfahren, denn er hatte eine Schwäche für jede Art von Wissen. Oder es war vielleicht dieser Heu-Heu, wenn er überhaupt existierte, in gewisser okkulter Hinsicht ein Rivale für ihn, der zwischen ihm und seinen Plänen stand und infolgedessen auch zu beseitigen war.

Wenn man auch neunzig Prozent von Zikalis übernatürlichen Kräften als baren Humbug bezeichnen konnte, so waren doch gewiß die übrigen zehn Prozent echt. Gewiß lebte er und bewegte sich auf einem anderen Niveau, als die übrigen Sterblichen und verfügte über Verbindungen und Kräfte, von denen wir nichts wissen. Außerdem war er, wie ich mit Recht anzunehmen glaube, obwohl ich es nicht auf den Beweis ankommen lassen kann, in Verbindung mit anderen Männern derselben Klasse oder Hierarchie in Afrika – ja, über Tausende von Meilen hinweg –, von denen manche seine Freunde und andere wieder seine Feinde gewesen sein mögen, die aber alle in ihrer Art über eine gewisse Macht verfügten.

Während ich so überlegte und der alte Zikali meine Gedanken las – wovon ich überzeugt war, denn ich sah ihn in seiner grimmigen Art lächeln und mit seinem riesigen Kopf wie in Zustimmung zu meinen Schlußfolgerungen nicken –, kehrte der Diener wieder zurück. Er ließ eine große Gestalt ein, die in einen malerischen Fellumhang gehüllt war, der zugleich ihren Kopf und ihren Körper bedeckte. Vor uns angekommen, warf der Neuankömmling den Umhang fort und verneigte sich zum Gruß, zuerst vor Zikali und dann vor mir. Ja, so groß war seine Höflichkeit, daß er selbst Hans in derselben Weise mit seinem Gruß beehrte, nur war seine Verneigung dabei weniger tief.

Voll Erstaunen blickte ich auf ihn, und ich muß sagen, daß ich dazu berechtigt war, denn vor mir stand der schönste Mann, den ich jemals gesehen hatte! Er war groß, höher als sechs Fuß und von herrlicher Gestalt, besaß einen gewölbten Brustkasten und muskulöse Formen, und seine Hände und Füße hätten einer griechischen Statue keine Schande gemacht. Auch sein Antlitz war wunderbar, wenn auch fast düster zu nennen. Seine Züge waren ausgeprägt, seine Haut beinahe weiß und in seinen großen dunklen Augen lag etwas, das vornehme, alte Abstammung andeutete. In der Tat, er sah aus, als wäre er soeben gerade aus längstvergangenen Zeiten vor uns hingetreten. Er hätte ein Bewohner des versunkenen Kontinents Atlantis oder ein sonnenverbranner Grieche sein können, denn sein braunes Haar war gelockt, selbst dort, wo es über seine Schultern herabhing. Sein Kinn jedoch und seine Oberlippe waren bartlos. Kurz, er war ein hervorragender Vertreter der Menschheit und unterschied sich angenehm von allen anderen, die ich je gesehen hatte.

Auch seine Kleidung war überraschend und eigenartig, obgleich stark abgetragen. Sie hätte dem Leichnam eines ägyptischen Pharaos abgenommen worden sein können. Sie bestand in einem Leinenrock, der um seinen Körper gewunden und an den Ecken mit verblaßtem Purpur bestickt war; einer fadenscheinigen, leinenen Kopfbedeckung in der Form der unteren Hälfte einer umgestülpten Sodawasserflasche, die in eine Spitze ausging; einem oben engen, in der Gegend der Knie jedoch sich erweiternden, ebenfalls gestickten Lederhemd und Sandalen aus demselben Material.

Verblüfft starrte ich ihn an und konnte mir nicht erklären, ob er zu einem mir unbekannten Volk gehörte oder eine Spukgestalt Zikalis war. Hans ging es ebenso, denn seine schmutzigen kleinen Augen sprangen ihm fast aus den Höhlen und er fragte mich flüsternd:

»Ist das ein Mensch, Baas, oder ein Geist?«

Der Fremde trug über der Schulter einen schweren Bügel, offenbar aus Gold, woran ein Schwert mit einem elfenbeinernen Kreuzgriff in einer roten Scheide hing.

Eine Zeitlang stand dieser bemerkenswerte Ankömmling mit gefalteten Händen und demütig geneigtem Kopf vor uns, obgleich es eher mir zugekommen wäre, demütig zu sein, so groß war der physische Kontrast zwischen uns beiden. Anscheinend schien er es nicht für geziemend zu halten, als erster zu sprechen, während Zikali grimmig kicherte, ohne mir zu Hilfe zu kommen. Schließlich fühlte ich, daß etwas geschehen müsse, und so erhob ich mich von dem Stuhl, auf dem ich saß und streckte meine Hand aus. Nach kurzem Zögern ergriff sie der schöne Fremdling, aber nicht, um sie in der üblichen Weise zu schütteln, sondern er neigte sein Haupt und berührte meine Finger sanft mit den Lippen, als ob er ein französischer Höfling und ich eine schöne Dame sei. Ich erwiderte die Verneigung mit so viel Grazie, als mir möglich war; dann sagte ich, während ich meine Hand in meine Hosentasche versenkte, auf englisch: »Wie geht es Ihnen?«, und da er mich anscheinend nicht verstand, wiederholte ich es auf Zulu: »Sakubona.« Als auch dies vergebens war, begrüßte ich ihn in meinem schönsten Arabisch im Namen des Propheten. Diesmal stieß ich auf Öl, wie ein amerikanischer Freund, Brother John genannt, zu sagen pflegte, denn er erwiderte in derselben Sprache oder in ähnlichen Lauten. Mit sanfter, angenehmer Stimme, jedoch ohne auf den Propheten anzuspielen, redete er mich als »Großer Häuptling Macumazahn, dessen Ruhm und Tapferkeit über die ganze Erde widerhallt« und einer Menge sonstigen derartigen Unsinns an. Ich erkannte daran, daß Zikali ihm etwas vorgeflunkert hatte, was er nicht hätte tun sollen.

»Ich danke«, unterbrach ich ihn, »danke dir, Herr ...?« und ich machte eine Pause.

»Mein Name ist Issicore«, sagte er.

»Ein sehr hübscher Name, in der Tat, obgleich ich noch nie einen ähnlichen vernommen habe«, entgegnete ich. »Nun gut, Issicore, was kann ich für dich tun?« Eine unpassende Bemerkung, wie ich zugebe, aber ich wünschte endlich einmal zu Tatsachen zu kommen.

»Alles!« entgegnete er inbrünstig und legte seine Hände an die Brust. »Du kannst eine wunderbare Frau vom Tode erretten, die dich lieben wird!«

»Wird sie das?« rief ich. »Dann will ich nichts mit dieser Sache zu tun haben, denn so etwas führt gewöhnlich nur immer zu Scherereien.«

An dieser Stelle brach Zikali das erste Mal sein Schweigen und sagte ganz langsam zu Issicore, indem er sich dabei des Zulu bediente, welches er ihn ja gelehrt hatte:

»Der Häuptling Macumazahn ist bereits mit Frauenliebe überhäuft und hat keine Verwendung für mehr davon. Sprich nicht von Liebe zu ihm, o Issicore, sonst könntest du den Geist einer Frau beleidigen, der an diesem Orte spukt, den Geist einer gewissen Mameena aus königlichem Geblüt, die er einst sehr gut kannte.«

Diesmal wandte ich mich zu Zikali in der Absicht, ihm eine Probe meines Unwillens zu geben, als Issicore mit leichtem Lächeln fortfuhr:

»Die dich lieben wird – wie einen Bruder.«

»Das läßt sich eher hören«, sagte ich. »Obgleich ich mir nicht bewußt bin, daß ich noch zu meinen Lebzeiten eine Schwester adoptieren will. Aber ich nehme an, daß du sagen willst, sie wird mir sehr zu Dank verpflichtet sein?«

»So ist es, o Herr, auch wird deine Belohnung groß sein.«

»Ah!« sagte ich nun, denn mein Interesse war geweckt. »Sei jetzt so gut und sage mir genau, was du von mir wünschest.«

Nun, um eine lange Erzählung zu vermeiden, will ich bloß bemerken, daß er Zikalis Märchen wiederholte. Ich hatte in dieses weit entfernte Land zu reisen, die Vernichtung eines sagenhaften Ungeheuers oder Götzen oder vielleicht eines Religionssystems herbeizuführen, und würde als Belohnung so viele Diamanten erhalten, als ich zu tragen vermochte.

»Aber warum könnt ihr euch nicht selbst von eurem bösen Geiste befreien?« fragte ich. »Du siehst aus wie ein Krieger und bist groß und stark!«

»Herr«, entgegnete er sanft und erhob beide Hände in beschwörender Gebärde, »ich bin stark, und ich kann sagen, daß ich tapfer bin. Aber es kann nicht sein! Kein Mann meines Stammes kann über den Gott meines Volkes – wenn man ihn so nennen kann – triumphieren! Selbst offene Widersetzlichkeit würde einen Fluch auf uns herabziehen; außerdem würden uns seine Priester erschlagen ...«

»Hat er also auch Priester?« unterbrach ich ihn.

»Ja, Herr, der Gott hat Priester, die seinem Dienste geweiht sind, böse Männer, so wie auch er böse ist. O Herr, komm, ich flehe dich an, und rette Sabeela, die Wunderschöne!«

»Warum nimmst du dich denn dieser Jungfrau so an?« fragte ich.

»Herr, weil sie mich liebt – nicht als Bruder – und ich sie liebe. Sie, die große Herrin meines Landes und meine Base, ist mir verlobt, und wenn der Gott nicht gestürzt wird, wird sie ihm als die schönste unserer Jungfrauen geopfert!«

Hier schien ihn Rührung, wirkliche Rührung, zu überkommen, denn er neigte das Haupt, und ich sah Tränen aus seinen dunklen Augen fließen. Dies ergriff mich.

»Höre, Herr«, fuhr er fort, »es gibt eine uralte Weissagung in meinem Land, daß dieser Gott, dessen verhaßte Gestalt den Geist eines langverstorbenen Häuptlings birgt, nur durch einen Mann anderer Abstammung vernichtet werden kann, einen Mann, der bei Nacht zu sehen vermag und der bestimmt ist, zur rechten Zeit als unser Retter geboren zu werden. Nun ließ ich durch unsere Zauberer bei jenem Herrscher über die Geister, der Zikali genannt wird, anfragen, denn ich war verzweifelt, da ich wußte, was zur bestimmten Zeit geschehen würde. Durch ihn erfuhr ich, daß im Süden solch ein Mann lebt, wie er in der Weissagung beschrieben wird, und daß sein Name ›Wächter in der Nacht‹ ist. Da wagte ich die Reise und trotzte dem Fluch und kam, um dich zu suchen. Und sieh! Ich habe dich gefunden.«

»Ja«, entgegnete ich, »du hast einen gefunden, dessen Name ›Wächter in der Nacht‹ ist, der aber nicht besser als irgend jemand anderer bei Nacht zu sehen vermag und weder ein Held, noch besonders tapfer, sondern ein Handelsmann und Jäger wilder Tiere ist. Und ich sage dir, Issicore, daß ich nicht die Absicht habe, mich mit euren Göttern und Priestern und euren Stammesangelegenheiten abzugeben, oder mit einem großen Affen zu kämpfen, wenn es einen solchen gibt, mit der Aussicht, eine Tasche voll glänzender Steine heimzubringen, wenn ich mit dem Leben davonkomme, und ein Bündel Blätter zu erhalten, wie dieser Zauberer sie wünscht. Du tätest besser, einen anderen weißen Mann mit Augen wie die einer Katze zu suchen, der über größere Kraft und mehr Mut verfügt als ich!«

»Wie kann ich einen anderen suchen, wenn ohne jeden Zweifel du der eine, Angekündigte bist, Herr? Wenn du nicht mit mir kommst, dann kehre ich zurück, um mit Sabeela zu sterben, und alles ist zu Ende.«

Er hielt für einen Augenblick lang inne und fuhr dann fort:

»Herr, ich kann dir nur wenig bieten, aber belohnt sich eine gute Tat nicht selbst und wird nicht die Erinnerung an sie dein Herz mit Freude erfüllen? Weil du edel bist, flehe ich dich an, mit mir zu kommen, nicht um des Verdienstes willen, sondern nur, weil du edel bist und Menschen von Grausamkeiten und Unheil retten willst. Ich habe gesprochen, nun entscheide dich.«

»Warum hast du denn nicht selbst Zikali seine verdammten Blätter gebracht?« fragte ich wütend.

»Herr, ich konnte nicht an den Ort gelangen, wo dieser Baum in Heu-Heus Garten gedeiht; auch wußte ich gar nicht, daß dieser Herrscher über die Geister diese Medizin benötigt. Herr, sei edel, wie es deiner Natur entspricht, die weit und breit bekannt ist!«

Nun, meine Burschen, ich muß euch sagen, daß ich geschmeichelt war, als ich dies hörte. Wir alle denken, daß wir zu Zeiten edel sind, aber nur wenige sagen uns dies ins Gesicht und daher überraschte mich dieses Lob angenehm aus dem Munde dieses außerordentlich bemerkenswerten, hübschen und in seiner Weise wohlerzogenen Sohnes von Cham – wenn er überhaupt ein Sohn Chams war. Mir erschien er eher als ein verkleideter Prinz, irgendeine Person von unbekannter, aber hochentwickelter Rasse, die aus einem Märchenbuch ins Leben getreten war. Aber wenn ich es genau überlegte, war es gerade das, was er von sich behauptete. Auf alle Fälle war er ein überaus scharfsinniger Beobachter mit sehr viel Menschenkenntnis. (Es fiel mir damals gar nicht auf, daß Zikali ebenfalls sehr scharfsinnig war und über große Menschenkenntnis verfügte. Denn diese hatte ihn veranlaßt, uns beide zusammenzubringen, indem er dabei seine eigenen, geheimen Zwecke verfolgte, und diese hieß ihn, um auf mich einen Druck auszuüben, Issicore die Geschichte mit dem vorbestimmten, weißen Mann, der in der Finsternis sehen konnte, auf die Nase binden. Denn das hatte er ohne Zweifel getan.)

Auch war das vorgeschlagene Abenteuer ein so sonderbarer und ungewöhnlicher Auftrag, daß es mich magnetisch anzog. Angenommen, daß ich ein hohes Alter erreichte, konnte dann ich, Allan Quatermain, zurückblicken und mich ohne Bedauern daran erinnern, daß ich eine derartige Gelegenheit versäumt hatte? Würde ich ins Grab steigen können, ohne zu wissen, ob solch ein Heu-Heu tatsächlich existierte oder nicht, der einige liebliche Andromedas – ich meine Sabeelas – von Felsen herunterriß und in seiner widerwärtigen Person die Eigenschaften eines Götzen oder Fetisches, eines Geistes, eines Teufels und eines Übergorillas vereinte?

Konnte ich meine zwei bescheidenen Talente, nämlich Abenteuerlust und Zielsicherheit, in dieser Weise begraben? In der Tat, ich dachte, daß ich es nicht könne. Wenn ich es täte, wie würde ich mich vor meinem eigenen Gewissen in diesen letzten tatenlosen Jahren verantworten können? Und dennoch gab es andererseits so viel dagegen vorzubringen, daß ich es gar nicht zu erwähnen brauche! Schließlich, als ich sah, daß ich zu keinem Entschluß kommen konnte, wurde ich schwach und beschloß, die Sache dem Schicksal zu überlassen. Ich beschloß, es mit ›Kopf oder Adler‹ zu versuchen und Hans für diese Zwecke zu verwenden.

»Hans«, sagte ich auf Holländisch, eine Sprache, die keiner der beiden anderen verstand. »Sollen wir in die Heimat dieses Mannes reisen oder sollen wir hier bleiben? Du hast alles gehört; jetzt sprichst du, und ich werde mich nach deiner Entscheidung richten. Verstehst du mich?«

»Ja, Baas«, sagte Hans, seinen Hut in der bekannten Weise drehend, »ich verstehe, daß der Baas, wie gewöhnlich, wenn er in einen tiefen Brunnen gefallen ist, sich bei Hans Rat holt, um wieder herauszukommen – bei Hans, der ihn von Kindheit an aufgezogen und ihn das meiste von dem gelehrt hat, was er weiß; bei Hans, auf den sich sein verehrter Vater zu stützen pflegte, wie auf einen Stock, das heißt, nachdem er ihn zu einem guten Christen bekehrt hatte. Aber die Sache ist wichtig und bevor ich mein Urteil abgebe, das nach der einen oder anderen Richtung entscheiden wird, möchte ich noch einige Fragen stellen.«

Er drehte sich um und wandte sich in seinem schlechten Arabisch zu dem geduldigen Issicore:

»Sag mir, du langer Baas mit der Hakennase, kennst du den Weg zurück in dein Land, und wenn ja, wieviel davon kann mit einem Wagen zurückgelegt werden?«

»Ich kenne ihn«, erwiderte Issicore, »und man kann ihn ganz mit einem Wagen zurücklegen, bis man die erste Hügelkette erreicht. Auch gibt es diese entlang reichlich Wild und Wasser, außer in der Wüste, von der ich dir erzählte. Die Reise dürfte etwa drei Monate in Anspruch nehmen, obgleich ich allein sie in zwei zurückgelegt habe.«

»Gut, und wenn mein Baas, Macumazahn, in euer Land kommt, wie wird er dort empfangen werden?«

»Von der Mehrzahl des Volkes mit freudigem Herzen, jedoch nicht gut von den Priestern Heu-Heus, denn sie denken, daß er kommt, um ihrem Gott Schaden zuzufügen; und ganz bestimmt sehr schlecht vom haarigen Volke, das die Wälder bewohnt und ›Kinder des Gottes‹ genannt wird. Er muß sich darauf gefaßt machen, mit diesen unaufhörlich Krieg zu führen, obwohl die Prophezeiung sagt, daß er sie alle besiegen wird.«

»Und gibt es genug zu essen in deinem Land? Gibt es dort Tabak und Besseres zu trinken, als Wasser, langer Baas?«

»Genug von allen diesen Dingen! Es gibt dort Überfluß jeder Art, oh, Berater des weißen Häuptlings, und an alledem werdet ihr, er und du, Anteil haben, obwohl«, fügte er mit einem leichten Neigen des Kopfes hinzu, »jene, die mit den Priestern des Gottes und dem haarigen Volke Händel haben, gut tun, Wasser zu trinken, da sie sonst leicht betäubt werden könnten.«

»Habt ihr dort Gewehre?« fragte Hans und deutete auf meine Büchse.

»Nein, unsere Waffen sind Schwert und Speer und das haarige Volk benützt Pfeile und Bogen.«

Nun hörte Hans auf zu fragen und begann zu gähnen, als ob er müde geworden sei. Dabei schaute er zum Himmel empor, wo einige Geier kreisten.

»Baas«, sagte er, »wie viele Geier siehst du dort oben? Sind es sieben oder acht? Ich habe sie nicht gezählt, aber ich glaube, es sind sieben.«

»Nein, Hans, es sind acht, einer, der höchste, war hinter einer Wolke verborgen.«

»Bist du ganz überzeugt davon, daß es acht sind, Baas?«

»Vollkommen überzeugt«, sagte ich ärgerlich. »Warum fragst du solch blödes Zeug, da du ja selbst zählen kannst.«

Hans gähnte wieder und sagte:

»Dann werden wir mit diesem hübschen, hakennäsigen Baas in das Land Heu-Heus ziehen. Die Sache ist erledigt.«

»Was, zum Teufel, meinst du damit, Hans? Was in aller Welt hat die Anzahl von Geiern mit dieser Angelegenheit zu tun?«

»Alles, Baas. Siehst du, die Last dieser Wahl war zu schwer für meine Schultern, deshalb erhob ich meine Augen und sandte ein Stoßgebet zu deinem verehrten

Vater empor, er möge mir helfen. Dabei sah ich die Geier. Da schien dein verehrter Vater im Himmel oben zu sagen: ›Wenn dort eine gerade Anzahl von Geiern kreist, Hans, dann reiset. Ist es jedoch eine ungerade Anzahl, dann bleibt, wo ihr seid. Lasse meinen Sohn, den Baas Allan, sie zählen, denn dann wird er nicht das Recht haben, auf dich zu schimpfen, wenn die Sache schlecht ausgeht, ob ihr nun reiset oder nicht, und zu sagen, daß du schlecht gezählt oder gemogelt hast.‹ Und jetzt, Baas, habe ich genug von alledem und möchte zu unserem Lagerplatz zurückkehren, um die neuen Ochsen zu besichtigen.«

Sprachlos vor Entrüstung schaute ich auf Hans. In meiner Feigheit hatte ich die Entscheidung in dieser Angelegenheit seiner Schlauheit und Erfahrung überlassen. Und was hatte der kleine Gauner getan? Er hatte eines seiner Garne über meinen armen alten Vater zusammengesponnen und tatsächlich »Grad oder Ungrad« gespielt, wobei er aber die Zahl der Geier durch *mich* zählen ließ! Ich war so wütend, daß ich in sprechender Weise meinen Fuß erhob, worauf Hans, der etwas Derartiges erwartet hatte, verschwand.

Wirklich, ich sah ihn nicht mehr, bis ich zu unserem Lager zurückkam.

»Ha, ha!« lachte Zikali, »haha, haha!« während der würdige Issicore die Szene mit milder Überraschung betrachtete.

Dann wandte ich mich an Zikali und sagte:

»Einen Gaukler habe ich dich vorhin genannt, und einen Gaukler nenne ich dich wieder, mit all deinem Unsinn von Fledermausbotschaften und dem Märchen von der Prophezeiung, das du diesem Mann da aufgetischt hast und so weiter. Der da ist die Fledermaus, die jene Botschaft gebracht hat, oder der Traum, oder die Vision, oder wie du es vorziehst, es zu nennen! Und während der ganzen Zeit hast du ihn in euren Höhlen verborgen gehalten!«, dabei deutete ich auf Issicore.

»Und nun bin ich in die Schlinge gelaufen und habe gesagt, daß ich diese Narrenfahrt unternehme, und da ich nie mein Wort breche, muß ich es auch tun!«

»Hast du dies getan, Macumazahn?« fragte Zikali unschuldig. »Du sprachst mit ›Licht in der Finsternis‹ Holländisch, was weder ich noch dieser Mann zu sprechen verstehen, daher wußten wir nicht, was du gesagt hast. Aber da du aus deiner Anständigkeit heraus es uns gesagt hast, verstehen wir es jetzt und natürlich wissen wir, wie jedermann, daß dein einmal gegebenes Wort die Unterschriften aller weißen Männer zusammengenommen aufwiegt und daß nichts als Krankheit oder Tod dich zurückhalten wird, Issicore in seine Heimat zu begleiten. Ha, ha! Alles ist gekommen, wie ich es aus Gründen, mit denen ich dich nicht belästigen will, Macumazahn, gewollt habe!«

Jetzt erst sah ich, daß ich zweimal auf den Leim gegangen war, einmal Hans, und das andere Mal Zikali selbst! Um die Wahrheit zu sagen, hatte ich ganz vergessen, daß er Holländisch nicht verstand, obwohl ich daran dachte, als ich mich dieser Sprache zu bedienen begann, und daß es daher gar nichts zu sagen hatte, wenn ich Hans privat meine Zustimmung zu der Reise ausgedrückt hatte. Aber wenn Zikali auch kein Holländisch verstand, wovon ich übrigens nicht so ganz überzeugt war, so kannte er doch die menschliche Natur und konnte Gedanken lesen, denn er fuhr fort:

»Koche nicht in deinem Innern, wie ein Topf mit einem Stein auf seinem Deckel, weil dein geschickter Fuß ausgeglitten ist und du öffentlich in einer Sprache wiederholt hast, was du bereits leise in einer anderen ausgesprochen hattest und so uns beiden ein Versprechen gegeben hast! Denn immerhin, Macumazahn, hattest du dieses Versprechen bereits gegeben und dein weißes Herz hätte nicht geduldet, daß du es wieder verschluckt hättest, nur, weil wir es mit unseren Ohren nicht gehört haben. Nein, dein großmütiges weißes Herz wäre dir in die Kehle emporgestiegen und hätte sie fest verschlossen. So stoße die brennenden Scheite unter dem Wasser deiner Wut hinweg und lasse es aufhören zu sieden! Ziehe aus, wie du es versprochen hast, um wunderbare Dinge zu sehen und herrliche Taten zu vollbringen und die Reinen und Unschuldigen aus den Händen böser Götter oder Menschen zu befreien!«

»Jawohl, und um meine Finger zu verbrennen, indem ich deine Kastanien aus dem Feuer hole, Zikali«, sagte ich mit unterdrückter Wut.

»Vielleicht, Macumazahn, vielleicht, denn wenn ich keine Kastanien hätte, die aus dem Feuer zu holen wären, würde ich dann alle diese Belästigungen auf mich genommen haben? Aber was kann das dir bedeuten, dir, dem tapferen weißen Häuptling, der die Wahrheit sucht, wie ein geworfener Speer das Herz des Wildes? Du wirst viele Wahrheiten finden dort drüben, Macumazahn, neue Wahrheiten, und was tuts, wenn der Speer ein wenig blutig ist, nachdem er das Herz, den Kernpunkt der Dinge, erreicht hat? Er kann ja wieder gereinigt werden, Macumazahn, er kann gereinigt werden, und außer vielen anderen Diensten wirst du deinem alten Freund Zikali, dem Gaukler, einen Dienst erwiesen haben.«

Hier sah Allan auf die Uhr und hielt inne.

»Du liebe Güte – wißt ihr, Kinder, wie spät es ist?« sagte er. »Zwanzig Minuten nach eins, beim Kopfe Chakas! Wenn ihr die Geschichte heute nacht zu beenden wünscht, so könnt ihr es selbst tun, ganz nach Geschmack! Ich mache mich davon, oder ich werde morgen beim Schießen einen Heuschober verfehlen!«

6

Der schwarze Fluß

Am folgenden Abend versammelten wir vier, das sind Curtis, Good, ich selbst (der Herausgeber) und der alte Allan uns wieder um das Feuer seiner bequemen Höhle im Meierhof, angenehm ermüdet nach einer erfolgreichen Jagd und einem guten Abendessen.

»Nun also, Allan«, sagte ich, »fahren Sie fort in ihrer Erzählung.«

»Was für einer Erzählung?« fragte er, als hätte er es vergessen, denn er war immer schwer zum Sprechen zu bringen, so weit es sich um seine eigenen Erinnerungen handelte.

»Nun, die Geschichte mit dem Affenmenschen und dem Burschen, der wie Apoll aussah«, erwiderte Good. »Ich träumte die ganze Nacht davon, und daß ich die Dame rettete – ein dunkles Mädchen im blauen Gewand – und eben dabei war, einen wohlverdienten Dankeskuß zu bekommen, als sie ihre Absicht änderte und sich in Stein verwandelte.«

»Was sie auch gewiß getan haben würde, wenn sie auch nur ein wenig Vernunft gehabt hätte und Sie der Glückliche gewesen wären, Good«, sagte Allan streng und fügte hinzu: »Vielleicht war es dieser Traum, der Sie heute noch elender als gewöhnlich schießen ließ. Ich selbst sah, wie Sie an der letzten Ecke sechs Fasanhähne hintereinander verfehlten.«

»Und ich sah Sie an der ersten Ecke achtzehn hintereinander herunterholen«, entgegnete Good freundlich, »Sie sehen also, daß der Durchschnitt stimmt. Aber jetzt vorwärts, setzen Sie Ihre Story fort. Ich liebe romantische Erzählungen besonders abends nach einer Menge nüchterner Tatsachen des Lebens in Gestalt von unmöglichen Fasanhähnen.«

»Romantisch!« begann Allan entrüstet. »Bin ich romantisch? Bitte, verwechseln Sie mich nicht mit sich selbst Good!«

Hier mischte ich mich drein und flehte ihn an, keine Zeit mit diesen Diskussionen zu verlieren, denn Good sei seiner Beachtung nicht wert. Schließlich besänftigte er sich und hub an:

»Nun will ich mich aber beeilen und hoffe mit der Sache bald fertig zu werden, die mir die Kehle austrocknet. Da ich soviel in der Einsamkeit gelebt habe und nicht gewöhnt bin, wie ein Politiker zu schwatzen, zwingt mich das viele Reden, mehr Whisky und Wasser zu trinken, als ich sollte. Auch ihr seid schon ungeduldig, besonders Good, der es kaum erwarten kann, das Ende der Geschichte zu erfahren und darüber seine Bemerkungen zu machen, um darzulegen, daß er sich dabei viel besser benommen hätte, und Sie, mein Freund, weil Sie morgen sehr früh abreisen und wohl noch vor dem Schlafengehen Ihre Koffer packen wollen. Ich will deshalb eine ganze Menge weglassen, zum Beispiel alles, was unsere Reise betrifft, obwohl sie in der Tat eine der interessantesten war, die ich jemals gemacht habe, und sie mich größtenteils durch Gebiete brachte, die mir vollkommen neu waren und über die man wohl Bücher schreiben könnte.

So will ich einfach erwähnen, daß wir nach den nötigen Vorbereitungen und der Zeit, die wir brauchten, um den Wagen umzupacken – denn wir ließen alle Waren, deren wir nicht bedurften, unter Zikalis Obhut zurück –, von Black Kloof fortzogen. Die Ochsen, die ich auf Pump von Zikali gekauft hatte, gingen in den Jochen, und wir trieben zwei Reservetiere sowie vier der besten meines alten Gespanns für unvorhergesehene Fälle mit.

Außerdem nahm ich außer meinem eigenen Kutscher und Vorläufer, Mavoon und Induka, zwei andere Zulus auf, Diener Zikalis, denn ich wußte, daß sie aus Furcht vor ihrem unheimlichen Gebieter treu sein würden. Allerdings wußte ich auch, daß sie mich als seine Spione beobachteten und, sollte ich jemals lebend zurückkehren, ihm über alles Bericht erstatten würden.

Nun gut, ich lasse alle Details dieser bemerkenswerten Reise aus, während welcher sich weder Zusammenstöße, Unglücksfälle oder andere schwere Unannehmlichkeiten ereigneten, und wir immer reichlich Nahrung fanden, da überall genug Wild vorhanden war, und beginne gleich mit unserer glücklichen Ankunft an der ersten Hügelkette, die ich ihnen hier auf der Landkarte zeige und die nach Zikalis Beschreibung die Wüste umsäumen sollte. Hier mußten wir den Wagen zurücklassen, denn es war unmöglich, ihn über die Hügel oder gar durch die Wüste zu bringen.

Glücklicherweise war es uns möglich, ihn in einer kleinen Niederlassung, die von friedlichen Leuten bewohnt wurde, an günstiger und wasserreicher Gegend zurückzulassen. Die Bewohner hatten keine bösartigen Nachbarn und konnten daher in Ruhe ihre Felder bestellen. Den Wagen vertraute ich der Obhut Mavoons und Indukas an und ebenso die Ochsen, von denen wir glücklicherweise nur drei verloren hatten. Außerdem ließ ich dort Zikalis Diener zurück, denn Issicore erklärte, daß wir allein vordringen müßten. Ich wußte, daß sie meine Leute im Auge behalten und andererseits auch von diesen beobachtet werden würden, und außerdem versprach ich dem Häuptling des Dorfes ein reichliches Geschenk für den Fall, daß wir bei unserer Rückkehr alles in Ordnung vorfinden würden.

Er sagte, er würde sein Möglichstes tun, doch fügte er mit Nachdruck hinzu – er war nämlich ein melancholischer Geselle –, daß wir wohl kaum zurückkehren würden, wenn wir in Heu-Heus Land zögen, denn es wäre dies ein Land voller Teufel. Er fragte, was er in diesem Fall mit dem Wagen und den Waren anfangen sollte. Ich teilte ihm mit, daß ich Befehl gegeben hatte, man möge ihn an den Ausgangspunkt unserer Reise zurückschaffen, falls wir nicht innerhalb eines Jahres wiederkehrten, und dort melden, daß wir zugrunde gegangen seien. Er möge sich jedoch über unser Schicksal keine grauen Haare wachsen lassen, denn ich sei ein großer Zauberer und wisse genau, daß wir lange vor dieser Zeit zurück sein würden.

Er zuckte die Achseln und schaute zweifelnd auf Issicore, worauf die Unterhaltung ein Ende fand. Es gelang mir jedoch, ihn zu überreden, uns drei seiner Leute als Führer über die Berge zu leihen, die uns auch Wasser durch die Wüste tragen sollten, unter der Voraussetzung, daß ihnen gestattet werde zurückzukehren, sobald wir den Sumpf erreicht hätten. Nichts hätte sie dazu bewegen können, sich dem Lande Heu-Heus noch mehr zu nähern.

So brachen wir denn auf und verließen Mavoon und Induka, fast in Tränen aufgelöst, denn die Schwermut des Häuptlings hatte sie angesteckt,und auch sie glaubten, daß wir uns nicht wiedersehen würden. Hans allerdings hätten sie nie vermißt, denn sie haßten ihn, wie er sie haßte, aber mit mir war es eine andere Sache, denn mich liebten sie auf ihre Weise.

Unser Gepäck war leicht: Büchsen (ich nahm eine doppelläufige ›Expreß‹ mit), so viel Munition, als wir tragen konnten, einige Arzneien, Notizblöcke, etwas Reservekleidung und Stiefel für mich, ein paar Revolver und möglichst viele Gefäße aller Art, um Wasser mitzunehmen, auch zwei Paraffinbüchsen, die in der Art von Milcheimern an den zwei Enden einer Tragstange befestigt waren. Außerdem hatten wir Tabak, einen reichlichen Vorrat von Streichhölzern, Kerzen und ein Paket trockenen Zwieback für den Fall, daß wir auf kein Wild stoßen sollten. Dies scheint nicht viel zu sein, aber bevor wir die Wüste hinter uns hatten, war ich geneigt, die Hälfte davon wegzuwerfen; wirklich, ich glaube nicht, daß wir alles über den Berg gebracht hätten, der sich als sehr steil erwies, wenn wir die Unterstützung der drei Wasserträger hätten entbehren müssen.

Wir benötigten zwölf Stunden, um den Berghang, in dessen Nähe wir lagerten, zu erreichen und bis zu seinem Kamm vorzudringen. Der Abstieg auf der anderen Seite dauerte sechs Stunden. An seinem Fuß wuchs dünnes, buschiges Gras, gelegentlich von Dornbüschen unterbrochen, und bildete eine unfruchtbare Ebene, die stellenweise in Wüste überging. Bei der letzten Wasserstelle lagerten wir die zweite Nacht; dann brachen wir auf, nachdem wir alle Gefäße mit Wasser gefüllt hatten, und betraten die öde, sandige Fläche.

Nun, ihr Burschen wißt, was eine afrikanische Wüste ist, denn auf unserer Reise zu Salomons Minen schritten wir durch eine noch ärgere, als diese es war.

Dennoch war der Fleck, von dem ich spreche, unangenehm genug. Denn erstens war die Hitze fürchterlich, dann bestand die Wüste teilweise aus Abhängen oder Wellen von Sand, auf die wir emporklettern und von denen wir hinabgleiten mußten, was uns überaus erschöpfte. Dann wuchsen hie und da eigenartige, dickblätterige Pflanzen mit scharfen Stacheln, welche beim Berühren ein schmerzhaftes Brennen erzeugten. Dieses widerliche und nutzlose Gewächs machte es unmöglich, bei Nacht oder selbst bei herannahender Dämmerung zu reisen, weil man ihm dann nicht ausweichen konnte.

Wir brauchten drei Tage, um diese verteufelte Wüste zu durchqueren, die noch eine besondere Eigentümlichkeit hatte. Vereinzelt standen nämlich, gleich Obelisken, durch Sandstrahlen polierte Steinsäulen auf ihrer Fläche, manche davon aus einem Stück, Monolithen, andere wieder aus mehreren übereinandergetürmten Steinen zusammengesetzt. Ich nehme an, daß es Überbleibsel vergangener Gebirgsschichten waren, härteres Gestein, das der Verwitterung durch Wind und Wasser widerstanden hatte, welche im Laufe von Tausenden oder Millionen von Jahren den weicheren Felsen zu Staub gemahlen und davongetragen hatten.

Diese obeliskartigen Säulen gaben dieser Einöde ein überaus sonderbares Aussehen, denn sie machten den Eindruck von Monumenten. Außerdem waren sie überaus nützlich, denn sie halfen unseren Wasserträgern, wieder auf unseren Weg zurückzukommen, wenn sie, um Strauße zu jagen oder deren Eier zu suchen, durch die Wüste streiften. Wir sahen eine große Menge dieser Strauße. Dies bewies, daß die Wüste nicht besonders groß sein könne, denn es schien nichts in ihr zu leben, was ihnen als Nahrung dienen konnte, wenn sie nicht die stacheligen Pflanzen verzehrten. Anderes Leben gab es nicht an diesem Ort.

Glücklicherweise kamen wir infolge unserer Sparsamkeit und Selbstüberwindung mit unserem Wasser aus, bis wir am Nachmittag des dritten Tages, von der Sonne versengt und todmüde vom Gipfel einer der Sandwellen in weiter Entfernung einen Fleck dichten Grüns erblickten, der das Ende, oder besser gesagt, den Anfang des Sumpfes anzeigte. Nun hatten wir mit den Führern ein Abkommen dahin lautend getroffen, daß sie zurückkehren könnten, sobald wir in Sicht des Sumpfes gekommen wären, und wir hatten deshalb eine gewisse Menge Wasser für ihre Rückreise aufgespart.

Nach einer kurzen Besprechung aber entschlossen sie sich, mit uns zu kommen, und als ich sie fragte, warum, drehten sie sich um und zeigten auf dichte Wolkenmassen, die sich hinter uns am Himmel zusammenballten. Diese Wolken, erklärten sie, kündigten einen Sandsturm an, den kein Mensch in der Wüste lebend überstehen könne. Deshalb spornten sie uns zu höchster Eile an. Und wirklich legten wir, erschöpft wie wir waren, die letzten drei Meilen, die uns vom Rande des Sumpfes trennten, im Laufschritt zurück. Kaum hatten wir den Rohrbruch erreicht, als das Unwetter losbrach. Aber wir drangen weiter vor, bis wir zu einem Fleck kamen, wo das Rohr dicht wuchs und wo wir Löcher in den Schlamm graben und Wasser bekommen konnten, welches wir, so schlammig es war, begierig tranken. Hier verkrochen wir uns für einige Stunden, während der Sturm raste.

Es war ein furchtbarer Anblick. Denn jetzt war die Oberfläche der Wüste hinter uns durch Wolken und aufgepeitschtem Sand verborgen, der selbst zwischen den Rohrbüschen dicht auf uns niederfiel, so daß wir von Zeit zu Zeit aufstehen mußten, um sein Gewicht abzuschütteln. Wären wir noch in der Wüste gewesen, so hätte uns der Sand lebendig begraben. So aber kamen wir davon, wenn auch halb erstickt und mit vom Sande ganz wundgeriebener Haut.

So kauerten wir die ganze Nacht hindurch bis Tagesanbruch, als der Sturm sich legte und die Sonne auf einem vollkommen klaren Himmel aufging. Nachdem wir mehr Wasser getrunken hatten, wovon wir ungeheure Mengen zu benötigen schienen, schlugen wir uns bis an den Rand des Sumpfes durch und blickten von dem Hügel einer Sandwelle aus um uns. Issicore streckte die Hand gegen Norden aus und berührte mich an der Schulter. Ich folgte seiner Bewegung und weit, weit entfernt erblickte ich, wie einen Fleck im zarten Blau des Himmels, eine dunkle, pilzförmige Wolke.

»Es ist eine Wolke«, sagte ich. »Kehren wir in die Schilfbüsche zurück, denn der Sturm scheint wieder zu kommen.«

»Nein, Herr«, entgegnete er, »es ist die Rauchsäule des Feuerbergs meiner Heimat.«

Ich betrachtete die Wolke und entgegnete nichts, denn ich überlegte, daß Zikali auf alle Fälle auch in dieser Beziehung nicht gelogen hatte. Konnte er also nicht auch in anderer Hinsicht die Wahrheit erzählt haben? Wenn es dort einen Vulkan gab, der noch nicht durch einen Reisenden entdeckt worden war, konnte es nicht auch eine verschüttete Stadt dort geben, in der versteinerte Bewohner, ja vielleicht sogar ein ›Heu-Heu‹ zu finden waren? Nein, an ›Heu-Heu‹ konnte ich nicht glauben!

Jetzt verließen uns die drei Eingeborenen aus dem Dorf hinter der Hügelkette, nachdem sie sich selbst und ihre Kürbisse mit Wasser vollgefüllt hatten, denn sie wollten uns nicht weiter begleiten und behaupteten, daß sie jetzt sicher die Rückreise antreten könnten, da der Sandsturm nun bestimmt einige Wochen ausbleiben würde. Sie fügten hinzu, daß unser Zauber sehr kräftig sein müsse, denn wenn wir nur einige Stunden zu spät gekommen wären, würden wir sicher getötet worden sein.

Sie zogen also fort, und wir lagerten zwischen dem Schilf in der Hoffnung, uns nach dieser anstrengenden Reise ausruhen zu können. Wir mußten jedoch darin eine Enttäuschung erleben, denn kaum war die Sonne untergegangen, machten wir die Erfahrung, daß dieses weite Gebiet sumpfigen Landes der Wechsel mannigfaltigen Wildes war, das, wie ich annehme, aus dem ganzen weiten Land ringsum herbeikam, um sich an den hier wachsenden, saftigen Gräsern gütlich zu tun und seinen Durst zu löschen.

Beim Schein des Mondes sah ich große Elefantenherden aus den Schatten auftauchen und sich majestätisch dem Wasser nähern. Auch gab es hier ganze Trupps von Büffeln, die offenbar aus dem Rohrbruch hervorbrachen, in dem sie sich tagsüber versteckt hatten, sowie fast jede Art Antilopen in Hülle und Fülle. Außerdem konnten wir in dem Morast selbst Flußpferde sich wälzen und grunzen hören und vernahmen oft das Aufklatschen schwerer Körper, das wahrscheinlich durch aufgeschreckte Krokodile hervorgerufen wurde, die in Wasserlöcher sprangen. Und das war nicht alles, denn die große Menge von Tieren, die ihnen als Beute dienen konnten, lockte natürlich viele Löwen herbei, die knurrten und brüllten und niederrissen, was ihnen in den Weg kam. Sobald einer von ihnen einen hilflosen Bock ansprang, folgte eine Panik unter dem Wild in der Umgebung. Das Geräusch, das sie beim Durchbrechen des Schilfes rings um uns machten, war schrecklich, und keiner von uns konnte ein Auge zutun. Außerdem war immer die Möglichkeit vorhanden, daß die Löwen Lust verspüren könnten, ihre Speisekarte aufzufrischen und uns aufzufressen, um so mehr, als wir keine Büsche hatten, um ein »Boma« oder eine Hürde zu errichten. Deshalb machten wir ein großes Feuer von trockenem, vorjährigem Schilf, welches uns glücklicherweise in großer Menge zur Verfügung stand, und hielten Wache. Ein paarmal sah ich den langgestreckten Schatten eines Löwen an uns vorbeistreichen, aber ich schoß nicht, aus Angst, das Tier nur zu verwunden und zum Angriff zu reizen. Kurz, der Ort war im wahrsten Sinne des Wortes ein Paradies für Sportsleute und dennoch vom Standpunkt eines Jägers aus nicht zu gebrauchen; denn wer tötet Elefanten, wenn es unmöglich ist, das Elfenbein durch die Wüste zu transportieren? Nur einen dummen Jungen freut es, sinnlos Tiere hinzuschlachten, bloß um sie dann der Verwesung zu überlassen.

Da unter all diesem Tumult der Gedanke an Schlaf fallen gelassen werden mußte, benützte ich die Gelegenheit, Issicore über sein Land und das, was uns bevorstand, zu befragen. Während der Reise hatte ich nicht viel mit ihm über diese Sache gesprochen, denn er schien sehr schweigsam und zurückhaltend zu sein und seine ganze Energie darauf zu konzentrieren, möglichst rasch vorwärts zu kommen. Außerdem war auch keine Veranlassung dazu, solange wir noch so weit entfernt waren. Jetzt aber schien mir die Zeit zum Reden gekommen zu sein.

Er entgegnete auf meine Fragen, daß wir, wenn wir mit Aufbietung aller Kräfte vordrängen, indem wir den

Sumpf auf seinem kürzeren, nördlichen Rande umgingen, in etwa drei Tagen zum Eingang einer Schlucht gelangen würden, durch welche der Fluß aus seinem Land herabfloß. Die Berge, die dieses Land umgaben, hatten wir als eine schwarze Linie in weiter Ferne erblickt, als wir die Wüste betreten hatten. Dies zeigte, daß sie hoch sein mußten. Er hoffte, beim Eingang dieser Schlucht ein Boot zu finden, in welchem wir zu seiner Stadt hinaufgerudert werden würden. Doch konnte ich nicht aus ihm herausbekommen, warum uns überhaupt jemand erwarten sollte.

Er ließ diesen Gegenstand fallen und fuhr fort, mir über das Regierungssystem unter den Walloos Aufklärungen zu geben, welches offenbar in einer erblichen Häuptlingswürde bestand, die sowohl an einen Mann als auch an eine Frau gebunden sein konnte. Der gegenwärtige Häuptling, ein alter Mann, hieß wie das Volk ›Walloo‹, wie alle Häuptlinge seines Stammes, denn ›Walloo‹ war in Wirklichkeit ein Titel, der, wie er glaubte, aus jenem unbekannten Lande mit herübergenommen worden war, das sie in dunklen, vergessenen Zeitaltern bewohnt hätten. Dieser Walloo besaß nur noch eine Tochter, Sabeela, von der er mir in der Hütte des ›Eröffners der Wege‹ erzählt hatte, die Jungfrau, die zur Opferung bestimmt war. Er selbst, Issicore, sei ihr Vetter in zweiter Linie, denn er stamme vom Bruder ihres Großvaters ab und gehöre daher dem Herrscherhause an.

»Wenn also dieses Mädchen stirbt, dann wirst du Häuptling, nicht wahr, Issicore«, sagte ich.

»Ja, Herr, durch Erbfolge«, entgegnete er; »und doch vielleicht auch nicht. Es herrscht nämlich noch eine andere Macht über das Land, größer als die der Könige oder Häuptlinge, die Macht der Priester Heu-Heus. Ihre Absicht, Herr, ist, die Häuptlingswürde für sich selbst in Anspruch zu nehmen, falls Sabeela sterben sollte. Ein gewisser Dacha, der auch dem Königshaus angehört, ist der Oberpriester, und er hat Söhne, die ihm nachfolgen könnten.«

»Dann hat also dieser Dacha ein Interesse am Tod Sabeelas?«

»Gewiß, Herr, es ist in seinem Interesse, daß sie sterben soll und auch ich, oder besser noch wir beide zusammen, denn dann würde sein Weg frei sein.«

»Aber wie steht es mit ihrem Vater, dem Walloo? Er kann doch nicht den Tod seines einzigen Kindes wünschen.«

»Nein, Herr, er liebt sie sehr, und unsere Heirat ist sein liebster Plan. Aber, wie ich dir sagte, er ist ein Greis und Furcht hält ihn im Bann. Er fürchtet den Gott, der ihm bereits eine seiner Töchter genommen hat; er fürchtet auch die Priester, die des Gottes Willen kundtun und so seinen Sohn ermordet haben, wie sie auch streben, mich zu beseitigen. Deshalb ist er machtlos, und ohne sein Gebot kann niemand handeln, denn alles muß im Namen des Walloos und durch seine Macht getan werden. Doch war er es, der mich aussandte, um vom großen Zauberer im Süden, mit dem er und seine Vorväter in vergangenen Jahren in Verbindung gestanden waren, Hilfe zu erbitten. Ja, er sandte mich aus, da er auf die alte Prophezeiung vertraute, daß der Gott nur durch einen weißen Mann aus dem Süden vernichtet und die Tyrannei seiner Priester gebrochen werden könne. Mich, der seiner Tochter verlobt ist, sandte er heimlich aus, ohne Wissen Dachas, und um Sabeelas Willen trotzte ich dem Fluch und zog auf ein Unternehmen aus, für das ich vielleicht werde bitter büßen müssen. Und er ist es auch, der ängstlich auf meine Rückkehr wartet.«

»Und wenn dieser Gott besteht, was du mir noch nicht bewiesen hast, Issicore, wie soll ich ihn töten? Soll ich ihn erschießen?«

»Ich weiß es nicht, Herr. Es heißt, daß er durch Waffen nicht verletzt werden kann, denn nur Feuer und

Wasser haben Gewalt über ihn, da er, wie die Legende sagt, aus dem Feuer entstanden ist und vom Wasser umgeben lebt. Die Weissagung spricht nicht aus, wie er getötet werden wird.«

Nun, ich gestehe, daß ich bei dieser unheimlichen Erzählung aus dem Munde eines offensichtlich furchterfüllten Mannes, ermüdet wie ich war und umgeben von schrecklicher Wildnis, ebenfalls von Furcht ergriffen wurde und herzlich wünschte, daß ich niemals in dieses Abenteuer verwickelt worden wäre. Gewiß war ich, Allan Quatermain, hierher geschleppt worden, um die Rolle eines modernen Herkules zu spielen, und diesen Augiasstall von Mordlust und wüstem Aberglauben auszumisten, ohne vom Löwen zu sprechen, den ich in der Gestalt Heu-Heus zu bekämpfen hatte!

Immerhin, nun war ich da, und es wäre ebenso nutzlos als meiner unwürdig gewesen, Furcht zu zeigen, denn es gab wohl keinen Ausweg, wenn ich nicht kehrtmachen und in die Wüste zurückziehen wollte. Und das hätte mir mein Stolz nie erlaubt. Hatte ich einmal meine Hand an die Pflugschar gelegt, so mußte ich auch die Furche beenden. So schwieg ich und erwiderte nichts auf Issicores unklare Auskünfte. Erst nach einiger Zeit fragte ich ihn wie von ungefähr, wann die Opferung erfolgen sollte, worauf er mit sichtlicher Erregung antwortete:

»In der Nacht des vollen Erntemondes, das ist die Nacht in vierzehn Tagen! Wir müssen uns daher beeilen, denn im günstigsten Falle werden wir fünf Tage benötigen, um die Stadt Walloo zu erreichen; nämlich drei, um den Sumpf zu umgehen und zwei zur Reise auf dem Fluß. Zögere nicht, Herr, ich bitte dich, zögere ja nicht, denn wir könnten zu spät kommen und Sabeela nicht mehr vorfinden!«

»Nein«, entgegnete ich, »ich werde nicht zu spät kommen, und ich kann dir versichern, Freund Issicore, je schneller ich die Geschichte erledigt habe, um so glücklicher werde ich sein. Und jetzt werde ich versuchen zu schlafen, denn alle diese Bestien scheinen etwas ruhiger geworden zu sein.«

Glücklicherweise war dieser Versuch von Erfolg gekrönt, und ich genoß, bevor die Sonne aufging und Hans mich weckte, einige Stunden Ruhe, die ich dringend benötigte. Ich erhob mich, ergriff meine Büchse und schoß einen fetten Rohrbock, den ich aus einem Trupp auswählte, der ganz in der Nähe stand. Ein junges Tier, das uns ein ausgezeichnetes Frühstück lieferte. Wie ihr wißt, ist das Fleisch von Antilopen, wenn es zubereitet wird, bevor es erkaltet, oft ebenso zart, als ob es eine Woche lang abgehangen wäre. Das Sonderbare dabei war jedoch, daß der Knall des Schusses die anderen Tiere nicht im geringsten zu erschrecken schien. Anscheinend hatten sie bisher nichts Derartiges gehört und dachten, daß sich ihr Gefährte bloß niedergelegt habe.

Eine Stunde später brachen wir zu unserer langen Wanderung um den Sumpf auf. Ich wollte den Marsch nicht früher beginnen, denn ich fürchtete, daß es zu Zusammenstößen mit den Elefantenherden und anderen Tieren, die mit Anbruch des Tageslichts nach allen Richtungen vom Sumpf wegzogen, kommen könnte. Bei alledem konnte ich mir jedoch nicht erklären, wohin sie auszogen, um Nahrung zu suchen. In meinem ganzen Leben hatte ich niemals derartige Wildmengen gesehen, wie sie an diesem Ort zusammengekommen waren, der wahrscheinlich die einzige Tränke im Umkreis von vielen Meilen war.

Wir konnten allerdings, wie ich bereits erwähnt hatte, daraus keinen Nutzen ziehen, und deshalb war es unsere Aufgabe, uns mit den Tieren möglichst wenig einzulassen. Selbst dann, als wir im wahrsten Sinne des Wortes über ein schlafendes, weißes Nashorn stolperten, das über das längste Horn verfügte, das ich jemals sah.

Es mußte beinahe sechs Fuß lang sein und hätte überall eine herrliche Trophäe abgegeben. Glücklicherweise blies der Wind auf uns zu, so daß es uns nicht witterte und sich in der anderen Richtung davonmachte, denn, wie Sie wissen, sind Nashörner beinahe blinde Tiere.

Ich will nicht alle Einzelheiten dieser unendlichen Wanderung durch den Sand wiedergeben. Wir mußten am Rande der Wüste gehen, denn im Schlamm des Sumpfes war es unmöglich, vorwärts zu kommen. Tagsüber wurden wir von der Hitze verbrannt und bei Nacht von Moskitos aufgefressen und durch den Lärm des Wildes belästigt. Auch Löwengebrüll hörten wir öfters, doch wurden wir von diesen Tieren nicht angefallen, da sie in dieser Gegend reichlich zu fressen hatten. In der dritten Nacht waren wir, uns immer nach rechts haltend, ganz nahe an die Bergkette herangekommen, die, obwohl sie nicht sehr hoch zu sein schien, sehr steil abfiel und von nackten Felszacken gekrönt war, die bis zur Höhe von etwa 500 bis 800 Fuß emporragten. Welchen außerordentlichen geologischen Bedingungen diese schwarzen Felsen und die Wüste, von der sie umgeben waren, ihren Ursprung verdankten, kann ich nicht sagen.

An diesem dritten Tag sammelten wir auf Issicores Aufforderung noch vor Sonnenuntergang einen riesigen Haufen von trockenem Schilf, welches wir auf den Gipfel eines Sandhügels zusammentrugen und nach Anbruch der Dunkelheit entzündeten, so daß es etwa eine Viertelstunde lang mit breiter Feuersäule brannte. Issicore gab keine Erklärungen zu dieser Handlung, aber es war sicherlich, wie Hans bemerkte, ein Zeichen für seine Freunde. Am nächsten Morgen brachen wir auf seine Aufforderung hin vor der Dämmerung auf, indem wir es darauf ankommen ließen, mit Elefanten oder Büffeln zusammenzustoßen und befanden uns bei Sonnenaufgang bereits knapp unter den Felsen. Wir folgten einer kleinen Ausbuchtung, in der sich kein

Sumpf befand, da der Boden dort höher lag und kamen eine Stunde später zu einer Ecke. Kaum hatten wir diese umschritten, bemerkten wir einen großen weißgekleideten Mann, der, einen großen Speer in der Hand, auf einem Felsen stand und anscheinend Ausschau nach uns hielt. Sobald er uns bemerkte, sprang er mit der Gelenkigkeit eines Klippenspringers von dem Felsen herab und kam auf uns zu.

Nach einem neugierigen Blick auf mich trat er gerade auf Issicore zu, kniete nieder, ergriff seine Hand und führte sie an seine Stirn. Dann sprachen sie mit leiser Stimme miteinander, worauf Issicore zu mir kam und sagte, daß soweit alles in Ordnung sei, denn unser Feuer sei gesehen worden und ein großes Kanu erwarte uns. Wir schritten weiter und kamen unter der Führung des Postens plötzlich zu einem ziemlich breiten Fluß, der hinter dem Schilf verborgen gewesen war. Nach links hin sah man tiefes, langsam fließendes Wasser, rechts aber verwandelte es sich in der Entfernung von etwa hundert Schritten in Sumpf, dessen Ränder mit großen und schönen Papyruspflanzen umgeben waren. Jede offene Wasserstelle war mit Wasservögeln aller Art dicht bedeckt, die in ganzen Schwärmen unter betäubendem Geschrei aufflogen. Dieser Strom, der ›Schwarze Fluß‹, wie ihn die Walloos nannten, war zu beiden Seiten von Felsabstürzen eingeschlossen, durch die er sich im Laufe von Jahrtausenden seinen Weg ausgewaschen hatte. Diese Felsen waren so hoch und steil abfallend, daß sie sich beinahe oben zu berühren schienen, wodurch die Oberfläche des Wassers fast schwarz erschien. Es war ein ebenso düsterer Fluß, wie der römische Styx, und bei seinem Anblick erwartete ich schon beinahe Charon und sein Boot sich nähern zu sehen, um uns in die Unterwelt hinüberzurudern. Mir kamen die Verse des Dichters ins Gedächtnis, die ich hoffentlich richtig zitiere:

In Kubla Khan ein Wasser rann
Durch Schluchten schauervoll heran
Bis zu der düstern See.

Ich gebe ehrlich zu, daß der Anblick dieses Ortes mich mit Schrecken erfüllte; er war schauerlich, tatsächlich gottlos, und ich dachte mit Schaudern, was für eine Art sonnenlosen Meeres jenseits dieses Höllentores liegen mochte. Wäre ich allein oder nur von Hans begleitet gewesen, hätte ich sicherlich kehrt gemacht und wäre längs des Sumpfes zurückmarschiert, über dem wenigstens die Sonne schien. Dann hätte ich versucht, die Wüste zu durchqueren und meinen Wagen zu erreichen. Aber in der Gegenwart des stattlichen Issicore und seines Myrmidonen konnte ich das infolge meines Stolzes als Weißer nicht tun. Nein, ich mußte bis ans Ende mithalten, was immer mich erwartete!

Wenn schon ich erschrocken war, so war es Hans noch viel mehr, denn seine Zähne begannen voll Entsetzen zu klappern.

»Oh, Baas«, sagte er, »wenn dies das Tor ist, wie schaut dann wohl das Haus dahinter aus?«

»Das werden wir in angemessener Zeit erfahren«, entgegnete ich, »jetzt hat es keinen Sinn, darüber nachzudenken.«

»Folge mir nun, o Herr«, sagte Issicore, nachdem er sich ein zweites Mal mit seinem Genossen beraten hatte.

Ich tat es, gefolgt von Hans, der so dicht als möglich zu mir trat. Wir schritten um den Felsen und entdeckten eine kleine Einbuchtung in dem Flußufer, in der ein großes Kanu, das aus einem einzigen riesigen Baum ausgehöhlt worden war, ein Stück auf die Sandbank hinaufgezogen dalag. In diesem Kanu saßen sechzehn Ruderer, ich erinnere mich genau, daß es sechzehn waren, denn Hans bemerkte sofort, daß die Zahl die gleiche war, wie die eines Wagengespanns und nannte diese Ruderer deshalb ›Wasserochsen‹.

Als wir uns näherten, erhoben sie grüßend ihre Ruder. Allerdings schien dies nur Issicore zu gelten, denn sie nahmen von mir und meinem Gefährten, außer durch schnelle, verstohlene Blicke, keine Notiz.

Mit einer Art schweigsamer, unaufdringlicher Eile ließ Issicore unser kleines Gepäck, das in der Hauptsache aus Patronensäcken bestand, in den Bug des Kanus verstauen, der einige Fuß tief in der Art eines Kastens ausgehöhlt war und dessen Dach ein Stück mit dem übrigen Bootskörper bildete. Dann wies er uns unsere Plätze an und bestieg selbst das Boot, während der Posten das Kanu entlang lief und das Steuerruder ergriff. Im nächsten Augenblick stemmten die Ruderer ihre Ruder gegen den Sand und das Boot glitt das Ufer hinab in den Fluß, der hoch angeschwollen war. Es hatte den Anschein, als ob hier seit einigen Monaten unaufhörliche Regengüsse niedergegangen wären, und der tiefhängende Wolkenhimmel zeigte, daß in nicht allzu langer Zeit neuer Regen bevorstand.

7

Der Walloo

In vollkommener Ruhe, die nur durch das Geräusch der eintauchenden Ruder unterbrochen wurde, glitten wir ziemlich rasch über den ruhigen Strom dahin. Ich glaube, daß nichts an diesem sonderbaren Fluß einen größeren Eindruck auf mich machte, besonders am Anfang, als die große Stille. Das Wasser war ganz still und floß friedlich zwischen den felsigen Ufern gegen die Wüste hinab, in der es versickern sollte, so wie das Leben eines guten alten Mannes gegen den Tod hin verfließt. Die felsigen Abstürze an den beiden Seiten waren ohne Leben, sie waren so steil, daß an ihnen nichts Lebendes Fuß fassen konnte, außer vielleicht Fledermäuse, die bei Tag kein Geräusch machten. Das graue Himmelsband über uns war stumm, obwohl gelegentlich ein Luftzug mit pfeifendem Tone zwischen den Klippen dahinstrich, der an das Hinstreichen unsichtbarer Geisterflügel erinnerte. Aber am stummsten von allen waren diese Ruderer, die Stunde um Stunde pflichtgetreu schweigend und mit bemerkenswerter Hingabe arbeiteten, und wenn sie zu sprechen gezwungen waren, es nur in leisem Flüsterton taten.

Langsam überkam mich eine Art Alpdrücken. Es schien mir, als sei ich ein Schläfer, der an dem Drama eines Traums teilnahm. Vielleicht war dies auch tatsächlich der Fall. Denn ich war furchtbar erschöpft, da ich so viele Nächte hindurch sehr wenig geruht hatte und tagsüber mühsam mit der schweren Büchse und dem Gewicht der Patronen auf meinem Rücken durch Sand hatte stapfen müssen. So mochte ich tatsächlich in eine Art Schlummer gesunken sein, wie er bei mancher Gelegenheit leicht durch den Klang des rauschenden Wassers herbeigeführt wird. Jedenfalls war es kein angenehmer Traum, denn die titanische Umgebung, in der ich mich befand, sowie der vielleicht furchtbare Ausgang dieses Unternehmens bedrückten meinen Geist, und ich hatte das Gefühl, die vertrauten Dinge des Lebens zu verlassen und ein unheiliges, unbekanntes Gebiet zu betreten.

Bald wurden die Felswände so hoch und das Licht so schwach, daß ich gerade noch das Heck des Bootes und die hübschen Gesichter der Ruderer erblicken konnte, wenn sie sich vorneigten, um zu ihrem rhythmischen Ruderschlag auszuholen und dann wieder im Dunst verschwanden, wenn sie sich rudernd zurücklehnten. Die strikte Genauigkeit dieser Bewegung bewirkte eine Art hypnotischen Eindrucks, der unangenehm war. Die Gesichter erschienen mir wie Geisterantlitze, die durch

Risse in den Bettvorhängen auf mich hinabschauen und dann verschwinden, um immer wieder zu erscheinen.

Ich nehme an, daß ich schließlich wirklich einschlief. Es war ein unruhiger Schlaf, denn ich träumte, daß ich einen düsteren Hades betrat, in dem alles Lebende durch kraftlose, aber erschreckende Schatten ersetzt war.

Endlich wurde ich durch die Stimme Issicores aufgeweckt, der mir ankündigte, daß wir an den Ort gekommen wären, an dem wir nachtsüber rasten müßten, denn es sei unmöglich, bei Nacht zu rudern und die Ruderer seien bereits müde. An dieser Stelle traten die Felswände etwas auseinander und ließen an beiden Seiten des Flusses einen kleinen Uferstreifen frei, an dem wir anlegten. Beim letzten Tageslicht, das vom schmalen Streifen Himmel ober uns herabdrang, verzehrten wir, was wir an Nahrung besaßen, und vervollständigten das Mahl durch eine Art Biskuit, das im Kanu mitgeführt wurde, denn es wurde kein Feuer gemacht. Noch bevor wir unser Mahl beendet hatten, senkte sich dichte Finsternis auf uns herab, denn die Strahlen des Mondes waren nicht stark genug, um bis zu diesem Ort vorzudringen, und es blieb uns nichts anderes übrig, als uns auf dem Sand auszustrecken und unter dem einschläfernden Säuseln der Nachtluft einzuschlafen.

Irgendwie verging die Nacht. Sie erschien mir so lange, daß ich zu denken oder zu träumen begann, ich müsse tot sein und wartete auf meine neue Inkarnation. Bei gelegentlichem Erwachen wurde ich nur durch Hansens leise zu meinem alten Vater gemurmelten Gebete wieder beruhigt, deren Inhalt darin bestand – er möge ihn mit einer Halbliterflasche Gin versehen! Schließlich verschwand ein Stern, der im dunkeln Himmelsbande weit oben geleuchtet hatte, und dieses Band wurde blau oder besser gesagt grau, was den Anbruch der Morgendämmerung anzeigte. Wir erhoben uns und stolperten in das Kanu, denn es war unmöglich zu sehen, wohin wir unsere Füße setzen sollten. Dann brachen wir auf. Einige hundert Yards von unserem Schlafplatz entfernt traten plötzlich die Felswände, die den Strom eindämmten, weit auseinander, so daß sie seinem Lauf in der Entfernung von einer Meile oder mehr zu jeder Seite folgten. Dazwischen lag flaches, vollkommen ebenes Gebiet.

Die Ufer, die hier steil abfielen, waren mit großen, dunkel gefärbten, weit verzweigten Bäumen bedeckt, deren Äste weit über das Wasser hinweghingen, und das Licht beinahe ebenso, wie die Felsabstürze weiter unten am Fluß, fernhielten. So fuhren wir noch immer in der Dämmerung dahin, um so mehr, als die Sonne noch nicht aufgegangen war. Plötzlich schien es mir, als ob sich durch diese Dämmerung, an die sich meine Augen langsam gewöhnt hatten, große dunkle Gestalten zwischen den Bäumen bewegten. Manchmal schienen diese Gestalten aufrecht zu stehen und auf ihren Füßen dahinzuschreiten, manchmal wieder hurtig auf allen vieren dahinzulaufen.

»Schau Hans«, flüsterte ich – jedermann flüsterte an diesem Ort – »dort gibt es Paviane!«

»Paviane, Baas!« entgegnete er, »gab es jemals Paviane von dieser Größe? Nein, das sind Teufel!«

Jetzt hörte ich von rückwärts Issicore ebenfalls flüsternd sagen:

»Das sind die haarigen Männer, Herr, die in den Wäldern wohnen. Sei still, ich flehe dich an, sonst werden sie uns angreifen!«

Hierauf begann er sich mit den Ruderern mit leiser Stimme zu beraten, anscheinend darüber, ob wir weiterfahren oder zurückkehren sollten. Schließlich setzten wir unsere Fahrt fort, und die Männer ruderten mit doppelter Anstrengung. Einen Augenblick später erhob sich im dunklen Wald ein Ton, ein Ton von unbeschreiblicher Scheußlichkeit, der halb ein tierisches Grunzen, halb ein menschlicher Schrei zu sein schien und in meinen Ohren sich in die Silben »Heu! Heu!« auflöste. Im gleichen Augenblick wurde dieses Geheul von allen Seiten aufgenommen und von überall kam dieses Heulen: »Heu! Heu!«, das so furchtbar anzuhören war, daß sich mein Haar noch steiler als gewöhnlich emporsträubte. Als ich dies hörte, verstand ich, woher der Name des Gottes kam, den zu besuchen ich so weit hergekommen war.

Aber dies war nicht alles. Denn nun folgte von überall das Aufklatschen schwerer Körper in das Wasser, gleich jenem, das tauchende Krokodile verursachen, und aus dem tiefen Schatten unter den breitästigen Bäumen sah ich widerliche Köpfe auf uns zuschwimmen.

»Das haarige Volk hat uns gewittert«, flüsterte Issicore abermals mit verstörter Stimme. »Unternimm nichts, o Herr, sie sind sehr neugierig. Vielleicht lassen sie uns in Ruhe, wenn sie ihre Neugierde befriedigt haben.«

»Und wenn sie es nicht tun?« fragte ich – doch auf diese Frage erhielt ich keine Antwort.

Das Kanu wurde gegen das linke Ufer gesteuert und schoß mit großer Geschwindigkeit unter den Anstrengungen der Ruderer vorwärts. Jetzt erblickte ich auf dem Streifen offenen Wassers, auf welchen das Licht stärker zu fallen begann, einen bärtigen, tierischen Kopf. Dennoch hatte er zweifellos Menschliches an sich, trotz seinen gelben Augen, aufgeworfenen Lippen und starken, blitzenden Zähnen. Er kam mit der Geschwindigkeit eines überaus kräftigen Schwimmers auf uns zu. Das Untier war über uns ins Wasser gesprungen und bewegte sich daher stromabwärts. Es erreichte uns, erhob einen kräftigen Arm, der vollkommen mit braunem Haar, wie das eines Affen, bedeckt war, ergriff den Dollbord des Bootes gerade an der Stelle, die mir gegenüber war, und zog seine Schulter aus dem Wasser, wobei ich bemerkte, daß auch sein großer Körper fast vollkommen mit langem Haar bedeckt war.

Jetzt klammerte es sich auch mit der anderen Hand an den Dollbord und hing im Wasser an seinen Armen, mit dem widerlichen Kopf so nahe bei mir, daß es mir seinen stinkenden Atem ins Antlitz blies. Jawohl, da hing es und schnatterte auf mich los! Ich muß gestehen, daß ich entsetzt war, denn niemals vorher hatte ich so ein Vieh gesehen. Dennoch blieb ich eine Zeitlang ganz ruhig.

Dann plötzlich fühlte ich, daß ich es nicht länger aushalten könne, denn ich glaubte, daß das Untier im Begriff stand, das Boot zu entern oder vielleicht mich herauszuziehen. Ich verlor die Beherrschung und im nächsten Augenblick hatte ich mein schweres Jagdmesser, das, welches ihr hier an der Wand seht, meine Freunde, – gezogen und führte einen Schlag gegen die Hand, die nahe bei mir am Bootsrand zerrte. Ich traf die Finger und trennte einen davon vollkommen ab, so daß er ins Kanu fiel. Mit einem schauderhaften Gebrüll ließ der Mann oder das Untier das Boot fahren und glitt in das Wasser hinab, wo ich ihn seine blutige Hand über dem Kopf hin und her schwingen sah.

Issicore begann in entsetztem Ton mir etwas zuzuflüstern, aber gerade da stieß Hans hervor:

»Allemaghter! Hier ist noch eins!« Und ein zweiter riesiger Kopf und Körper zogen sich diesmal an seiner Seite auf das Boot herauf.

»Nichts tun!« hörte ich Issicore rufen. Aber die Erscheinung dieses Scheusals war zuviel für Hans, er zog seinen Revolver und feuerte zwei Schüsse in rascher Aufeinanderfolge in seinen Körper. Auch dieses Untier stürzte rücklings ins Wasser, wo es brüllend, aber mit höherer Stimme, um sich zu schlagen begann. Ich dachte – und mit Recht –, daß es ein Weibchen sein müsse.

Bevor das Echo der Schüsse verrollt war, erhob sich ein neuer schauerlicher Chor von »Heu-Heus« und anderen Schreien, alle wild und furchtbar! Von beiden Seiten stürzten sich noch mehr dieser Untiere ins Wasser, aber glücklicherweise nicht, um uns anzugreifen, denn sie waren zu sehr um das Befinden ihrer Genossin bemüht. Sie versammelten sich um sie und zogen sie ans Ufer. Ja, ich sah sie den Körper aus dem Strom heben, und erkannte in dem Augenblick an den herabhängenden Armen und Beinen, daß sie tot war. An dieser Handlung erkannte ich, daß wir es in der Tat mit menschlichen Wesen zu tun hatten, obwohl sie das Aussehen und die Behaarung von Tieren hatten.

»Elefanten würden genau dasselbe tun«, bemerkte Curtis.

»Gewiß«, sagte Allan, »Sie haben recht, manchmal tun sie es. Ich habe es selbst zweimal gesehen. Aber alles an dem Benehmen dieser haarigen Menschen war menschlich. Zum Beispiel ihr Wehklagen über die Tote, welches schauerlich war und mich an die Erzählungen von den ›Banshees‹ in Schottland erinnerte. Außerdem brauchte ich nicht lang nach einem Beweis zu suchen. Zu meinen Füßen lag der Finger, den ich abgeschnitten hatte. Es war ein menschlicher Finger, nur sehr dick, kurz und haarbedeckt, auch war der Nagel abgebrochen, zweifellos durch Klettern auf den Bäumen und Graben nach Wurzeln. Da wurde mir klar, daß ich hier auf das fehlende Zwischenglied zwischen Affen und Menschen gestoßen war, oder auf etwas, das ihm sehr ähnelte. Hier an diesem unbekannten Ort lebte noch ein Volk, wie es unsere Ur-Urahnen vor Hunderttausenden oder Millionen von Jahren waren! Ich überlegte auch, daß ich eigentlich stolz hätte sein müssen, denn ich hatte eine große Entdeckung gemacht. Doch ich wäre, um die Wahrheit zu sagen, in diesem Augenblick gerne bereit gewesen, diesen Ruhm einem anderen zu überlassen.

Hierauf begann ich über andere Dinge nachzudenken, denn ein großer gezackter Stein pfiff etwa einen Zoll entfernt an meinem Ohr vorbei, und gleich darauf folgte ihm ein roher Pfeil mit einer Fischgräte als Spitze, der sich in die Seite des Kanus bohrte.

Mitten unter einem Schauer dieser Projektile, die uns glücklicherweise außer einer oder zwei Beulen keinen Schaden zufügten, lenkten wir wieder in die Mitte des Stromes, wo sie uns nicht erreichen konnten und da uns niemand mehr vom haarigen Volk von den Ufern entgegenschwamm, um uns den Weg abzuschneiden, setzten wir in Frieden unsere Fahrt fort. Immerhin hatte es den bisher so unerschütterlichen Issicore sehr niedergeschlagen gemacht. Er kam zu mir nach vorn, setzte sich zu mir und sagte:

»Es hat sich etwas sehr Übles ereignet, Herr. Du hast den haarigen Männern den Krieg erklärt und die haarigen Männer vergessen nie! Jetzt gibt es Krieg bis zum Äußersten.«

»Ich kann es nicht ändern«, entgegnete ich schwach, denn ich war krank vom Anblick und dem Lärm dieser Geschöpfe. »Gibt es denn viele von ihnen und leben sie überall in eurem Land?«

»Ziemlich viele, vielleicht tausend oder mehr, Herr, aber sie leben nur in den Wäldern. Du darfst nie in die Wälder gehen, Herr, auf keinen Fall allein! Und auch nicht auf die Insel, wo Heu-Heu lebt, denn er ist ihr König und hat immer einige von ihnen in seiner Umgebung.«

»Ich habe nicht die geringste Absicht, das zu tun«, entgegnete ich.

Die Felswände traten langsam immer weiter und weiter auseinander, bis sie schließlich vollkommen aufhörten. Wir waren durch die Bergwälle vorgedrungen, wenn ich sie so nennen kann, und waren in einen Strich unangetasteten, jungfräulichen Waldes gekommen, ein wahrhaftiges Meer riesiger Bäume, das den fetten Boden der Ebene bedeckte und bis zu riesiger Größe aufwuchs. Außerdem tauchte vor uns der Kegel des Vulkans auf, breit, aber nicht von großer Höhe, und über ihm hing die pilzförmige Rauchwolke. Den ganzen Tag hindurch reisten wir diesen ruhigen Fluß entlang und genossen die verhältnismäßige Helligkeit in seiner Mitte, obwohl natürlich die Bäume an seinen Ufern ihn noch immer zum großen Teil beschatteten.

Spät am Nachmittag gestattete uns eine Krümmung der Ufer die Aussicht auf eine große Wasserfläche, aus welcher der Fluß offenbar herausfloß. Ich erfuhr später, daß er auf der anderen Seite in diese mündete. Dieser See – denn es war ein großer See im Umfang von vielen Meilen – umgab eine Insel von ansehnlicher Ausdehnung, in deren Mitte sich der Vulkan erhob, der sich uns jetzt als ein grauer Berg von vollkommen harmlosem Aussehen darbot, obwohl über ihm diese unheimliche Rauchwolke hing, die man jedoch, sonderbar genug, nicht aus seinem Gipfel hervorkommen sah. Ich nehme an, daß sie wahrscheinlich als Dampf ausgetreten war und sich erst weiter oben zu Schwaden verdichtete. Auf einer Ebene, die sich vom Fuße des Berges bis an den See erstreckte, konnte ich mit Hilfe meines Glases etwas sehen, das wie Gebäude von beträchtlicher Größe aussah, die aus schwarzem Stein oder Lava errichtet waren.

»Das sind Ruinen«, sagte Issicore, der bemerkt hatte, daß ich sie einer Betrachtung unterzog. »Einst stand dort eine große Stadt meiner Ahnen, bis sie das Feuer des Berges zerstörte.«

»Dann lebt also niemand mehr auf der Insel?« fragte ich.

»Die Priester Heu-Heus leben dort, Herr. Auch Heu-Heu selbst lebt dort in einer großen Höhle auf der anderen Seite des Berges, oder wenigstens heißt es so, denn niemand von uns hat jemals diese Höhle besucht. Und mit ihm einige der haarigen Männer, die seine Diener sind.

Doch war mein Großvater einmal drüben und sah ihn. Und auch ich, wie ich dir erzählt habe, Herr, habe ihn einst gesehen, aber du darfst mich nicht danach fragen, wie er aussah, Herr, denn ich kann mich nicht daran erinnern«, fügte er hastig hinzu. »Seiner Höhle gegenüber befindet sich sein Garten, in welchem der Zauberbaum wächst, von dem der Beherrscher über die Geister dort unten im Süden Blätter wünscht, um sie mit seinen Medizinen zu mischen; jener Baum, der Träume, langes Leben und Visionen verschafft.«

»Pflegt Heu-Heu von diesem Baum zu essen?« fragte ich.

»Ich weiß es nicht, ich weiß nur, daß er das Fleisch von Tieren ißt, denn wir müssen ihm davon Opfer darbringen, und manchmal auch das Fleisch von Menschen, oder man behauptet es wenigstens. Nahe am Fuße dieses Gartens brennen die ewigen Feuer, und zwischen ihnen befindet sich der Felsen, auf dem die Opfer dargebracht werden.«

Ich gestand mir, daß ich sehr gerne diesen Ort hätte sehen mögen, von dem Issicore offensichtlich nur wenig wußte oder erzählen wollte, den Ort, an dem es eine so große Höhle gab, in der ein berüchtigter Gott mit seinen Sklaven und Hierophanten hauste; den Ort, wo ein als magisch geltender Baum wuchs, in dessen Nähe ewige Feuer brannten. Ich konnte mir nicht denken, was diese ewigen Feuer waren. Ich vermutete nur, daß sie etwas mit dem Vulkan zu tun hatten.

Während ich mich eben vorbereitete, Issicore darüber zu befragen, glitten wir um ein baumbewachsenes Vorgebirge – der Fluß ging hier in eine deltaartige Erweiterung über –, und an der Küste der dahinter liegenden Bucht entdeckte ich eine Stadt von beträchtlicher Größe, die einige hundert Acres* Grund bedeckte. Die Häuser dieser Stadt, die meistenteils in eigenen Gärten standen, obgleich einige davon zu Straßen angeordnet waren, hatten ein orientalisches Aussehen, was ihre geringe Höhe und ihr flaches Dach betrifft.

---

* 1 Hektar = 2,4711 Acres

Nur gab es dabei einen Unterschied: orientalische Häuser einfacherer Art sind regelmäßig weiß getüncht, aber diese hier waren alle schwarz, denn wie ich später feststellte, waren sie aus Lava erbaut. Rings um die Stadt, ausgenommen an der Seeseite, zog sich eine ebenfalls aus schwarzen Steinen errichtete Mauer hin, deren Vorhandensein mir unverständlich schien und die mich veranlaßte, nach ihrem Zweck zu fragen.

»Sie dient dazu, um uns gegen das haarige Volk zu verteidigen, das uns bei Nacht angreift«, entgegnete Issicore. »Bei Tageslicht kommen sie nie und deshalb sind unsere Felder dort drüben nicht ummauert«, er deutete auf eine große Fläche bebauten Landes, die anscheinend erst von Bäumen hatte befreit werden müssen, und sich meilenweit zwischen den Wäldern hinzog.

Dann fuhr er fort zu erklären, daß man dort arbeitete, so lange die Sonne schien, und daß bei Einbruch der Nacht alle Leute in die Stadt zurückkehrten, bis auf einige von ihnen, die in Forts oder Blockhäusern übernachteten, um die Ernte und die Rinderkraale zu bewachen.

Ich blickte auf diese Stadt und dachte bei mir, daß ich noch niemals in meinem Leben eine so düstere gesehen hatte wie diese – besonders spät am Nachmittag unter einem finsteren, regenschweren Himmel. Die schwarzen Häuser, die hohen schwarzen Mauern, die mich an Gefängnisse erinnerten, die schwarzen Gewässer des Sees, der Ausblick auf den schwarzen Vulkan und die düstere Masse des Waldes dahinter – alles trug hierzu bei.

»Oh, Baas, wenn ich hier wohnen müßte, würde ich bald verrückt werden!« sagte Hans und auf mein Wort, ich gab ihm völlig recht.

Nun ruderten wir gegen die Küste und trafen bald auf einen kleinen, aus lose übereinander geschichteten Steinen gebildeten Damm, an dem wir landeten. Offenbar war unsere Annäherung bemerkt worden, denn eine Anzahl von Leuten – vielleicht vierzig oder fünfzig – waren am Ufer und auf dem Damm versammelt, um uns zu erwarten. Ein Blick genügte, um mir zu zeigen, daß sie alle, obgleich verschiedenen Altersstufen und beiden Geschlechtern angehörend, im Typus unserem Führer, Issicore, glichen. Das heißt, sie waren alle groß und schön gebaut, hatten eine helle Hautfarbe und außerordentlich hübsche Züge, trugen auch weiße, weite Gewänder, und manche der Männer hatten Hüte von der bereits beschriebenen pharaonischen Form. Die Kopfbedeckung der Frauen bestand jedoch aus einer eng anliegenden, leinernen Mütze mit beiderseits herabhängenden Lappen, und stand außerordentlich gut zu ihrer ernsten Schönheit. Ich konnte voll Verwunderung nicht daraufkommen, von welcher Rasse dieses Volk herstammen mochte. Ich hatte nicht die blasseste Ahnung davon; mir erschienen sie wie die Überbleibsel einer uralten Zivilisation.

Unter der Führung Issicores schritten wir vorwärts, wobei wir selbst unser leichtes Gepäck trugen, eine niedergeschlagene, hilflose kleine Truppe. Als wir näherkamen, teilte sich die Menge in zwei Teile, die Frauen traten nach links, die Männer nach rechts, wie die Gläubigen in einer Kirche. Da standen sie nun schweigend und beobachteten uns aufmerksam mit ihren großen, melancholischen Augen. Sie sprachen kein Wort, während wir zwischen ihnen hinschritten, sondern starrten und starrten, bis ich davon ganz nervös wurde. Sie schienen selbst Issicore keine Begrüßung zuteil werden zu lassen, obgleich er doch eine solche nach seiner langen, gefährlichen Reise verdient hätte.

Ich bemerkte allerdings, obgleich ich damals der Sache wenig Bedeutung beimaß und es später ganz vergaß, bis Hans mich wieder daran erinnerte, daß ein dunkler Mann von würdiger Haltung, vielleicht ein wenig anders als die übrigen gekleidet, an Issicore herantrat. Er sprach ihn an und ließ hierbei etwas in seine

Hand gleiten. Issicore warf einen Blick auf diesen Gegenstand, und – wer weiß, was es gewesen sein mochte – ich sah ihn deutlich erzittern und blaß werden. Dann verbarg er ihn, ohne ein Wort zu sagen.

Wir wandten uns nach rechts hin und schritten eine Straße entlang, die sich am Seeufer entlang zog. Diese war auf einem – vermutlich zum Schutz gegen Überschwemmung errichteten – zwölf Fuß über dem Wasserspiegel befindlichen Damm erbaut. So kamen wir zu einer Mauer, die durch eine starke Balkentür unterbrochen war. Die Tür öffnete sich, als wir uns näherten. Als wir sie durchschritten hatten, befanden wir uns in einem großen Garten, der mit erstaunlichem Geschmack gepflegt war. Es gab dort Beete voll Blumen, und dies war alles, was ich jemals an lieblichen Dingen in dieser Stadt sah, die offenbar nach dem Stamm ihrer Herrscher Walloo hieß. Am Ende des Gartens stand ein langes, massiv gebautes Haus mit einem flachen Dach, das aus der hier überall vorherrschenden schwarzen Lava erbaut war.

Wir traten ein und standen in einem geräumigen Zimmer, das, da die Dämmerung hereinbrach, durch fackelartige Lampen von eleganter Form beleuchtet war, die auf Ständern aus Elfenbein ruhten.

In der Mitte dieses Zimmers befanden sich zwei große, aus Ebenholz und Elfenbein verfertigte Sessel mit hohen Rückenlehnen und Fußschemeln, und in diesen Sesseln saßen ein Mann und eine Frau, die es wahrhaft wert waren, betrachtet zu werden. Der Mann war alt, denn sein silbernes Haar hing ihm auf die Schultern herab, und sein feines, trauriges Gesicht war tief gefurcht.

Ich sah beim ersten Blick, daß er der König oder Häuptling sein mußte, denn seine Erscheinung war überaus würdig, wenn auch etwas greisenhaft. Außerdem hatten seine Kleider infolge ihrer purpurnen Umsäumung ein königliches Aussehen, und um seinen

Nacken trug er eine schwere Kette, die aus Gold zu sein schien, während seine Hand einen schwarzen, mit Gold ausgelegten Stab, ohne Zweifel ein Zepter, hielt. Im übrigen hatten seine Augen einen fast ängstlichen Ausdruck, und sein ganzer Anblick machte den Eindruck von Schwäche und Unentschlossenheit.

Die Frau, die im anderen Sessel saß und vom Licht einer der Lampen voll beleuchtet war, mußte meiner Ansicht nach Sabeela, die Geliebte Issicores, sein. Es war kein Wunder, daß er sie liebte, denn sie war von außerordentlicher Schönheit – groß, gut entwickelt, gerade gewachsen wie ein Schilfrohr, mit großen Augen und ausgeprägten Zügen, die dennoch sanft gerundet und weiblich waren, sowie wunderbar kleinen Händen und Füßen. Auch sie trug purpurumsäumte Kleider. Um ihre Taille war ein dicht mit roten Steinen – es schienen Rubine zu sein – besäter Gürtel geschlungen, und um ihren schön geformten Kopf trug sie ein einfaches goldenes Band, das ihr reiches Haar zurückhielt, in dessen lange gelockte Wellen von schöner, rötlichbrauner Farbe sie völlig gehüllt war. Außer einer roten Blume an ihrer Brust trug sie keinen Schmuck, vielleicht weil sie wußte, daß sie keinen nötig hatte.

Issicore ließ uns bei der Tür des Zimmers zurück, trat vor und kniete vor dem alten Mann nieder, der ihn zunächst mit seinem Stab berührte und dann eine Hand auf seine Stirn legte. Dann erhob er sich und trat zum Mädchen und kniete auch vor ihr nieder, worauf sie ihm ihre Finger zum Kuß hinhielt, während ein Zug plötzlicher Hoffnung und Freude, den ich selbst aus dieser Entfernung entnehmen konnte, über ihr Gesicht huschte. Er flüsterte eine Zeitlang mit ihr, dann wandte er sich um und begann ernst mit ihrem Vater zu sprechen. Schließlich schritt er durch das Zimmer zurück auf mich zu und führte mich vor, während Hans mir auf den Fersen folgte.

»Oh, Häuptling Macumazahn«, sagte er, »hier sitzt

der Walloo, der Fürst meines Volkes, und seine Tochter Sabeela. Oh, mein königlicher Vetter, dies ist der edle Weiße, der seiner Erfahrung und seines Mutes wegen berühmt ist und mit dem mich der Zauberer aus dem Süden bekannt gemacht hat. Auf meine Bitte hin ist er infolge seines guten Herzens gekommen, um uns aus unserer Bedrängnis zu helfen.«

»Ich danke ihm«, entgegnete der Walloo in demselben arabischen Dialekt, dessen sich Issicore bediente. »Ich danke ihm in meinem eigenen Namen, im Namen meiner Tochter, die mir allein noch geblieben ist,und im Namen meines Volkes.«

Hier erhob er sich von seinem Stuhl und verneigte sich mit wunderlicher, fremdartiger Höflichkeit, wie ich sie in Afrika noch nicht kennengelernt hatte, vor mir, und auch die Jungfrau erhob sich und verneigte sich fast höfisch. Hierauf nahm er wieder Platz und sagte:

»Gewiß bist du müde, und es wird dir guttun, dich auszuruhen, ein Mahl einzunehmen und dann erst wollen wir miteinander plaudern.«

Wir wurden nun durch eine Tür am Ende des großen Zimmers in einen anderen Raum geführt, der offenbar für mich vorbereitet worden war. Es gab dort auch einen Platz für Hans, eine Art Alkoven. Hierher brachte man uns in großen Tongefäßen Wasser, das, wie ich zu meinem Erstaunen bemerkte, gewärmt worden war – es ist dies nämlich sonst in Afrika nicht üblich. Außerdem war ein Hemd von schönem, feinem Leinen auf das mit Kissen versehene Lager gelegt worden, welches auf dem Boden hergerichtet und mit Felldecken bedeckt war.

Ich wusch mich, indem ich das warme Wasser in ein steinernes Becken goß, das auf einem Ständer vorbereitet war, und legte das Hemd an. Hierauf wechselte ich die Kleider und mit Hilfe von Hans und einer Taschenschere stutzte ich mir Bart und Haar. Kaum hatte ich diese Vorbereitungen beendet, als zwei Frauen erschienen und auf hölzernen Platten ein Mahl – es schien gerösteter Lammbraten zu sein – sowie ein Getränk in irdenen Krügen von feingeschwungener Form hereinbrachten. Ich bemerkte, daß diese Krüge über und über mit den kleinen, ungeschliffenen Diamanten bedeckt waren, von denen mir Zikali einige Exemplare gegeben hatte, und die offenbar in verschiedenen Mustern eingesetzt worden waren, bevor der Ton trocknete. Das Getränk war – beiläufig bemerkt – eine Art Eingeborenenbier, vielleicht etwas zu süß, aber angenehm zu trinken und ziemlich stark, so daß ich darauf achten mußte, daß Hans nicht zu viel davon zu sich nahm.

Nachdem wir unser Mahl beendet hatten, das uns sehr willkommen war, da wir seit Verlassen des Wagens keine ordentlich zubereitete Nahrung zu uns genommen hatten, erschien Issicore und führte uns in den großen Raum zurück, wo wir wie zuvor den Walloo und seine Tochter vorfanden. Um sie herum hatten sich jedoch mehrere alte Männer auf den Boden niedergelassen. Man brachte einen Stuhl für mich herbei und die Unterredung begann.

Ich brauchte nicht auf Einzelheiten einzugehen, denn im großen und ganzen erfuhr ich, was ich bereits von Issicore gehört hatte; das war, daß etwas oder jemand auf der Insel im See hauste, der jährlich die Opferung einer schönen Jungfrau forderte.

Ich war überzeugt, daß es sich nur um eine Variation einer weit verbreiteten, afrikanischen Fabel handelte. Gewiß war Heu-Heu, wenn es tatsächlich so ein Wesen gab, nichts als der Beherrscher jener wilden, haarigen Eingeborenen, die den Platz bewohnten, der in grauer Vorzeit von den aus Norden in das Gebiet eingebrochenen Walloos erobert worden war, welche selbst die Überlebenden irgendeines zivilisierten, aber längst vergessenen Volkes waren. Ich muß hier bemerken, daß ich niemals Grund hatte, an der Richtigkeit dieses Schlusses zu zweifeln. Afrika ist ein überaus altes Land und wurde einst von vielen Rassen bewohnt, die jetzt verschollen sind oder nur unter herabgekommenen Verhältnissen fortbestehen, von Generation zu Generation immer tiefer sinkend bis zu ihrer völligen Vernichtung.

Hier möchte ich ganz kurz die Überzeugung mitteilen, zu der ich schließlich bezüglich dieses Volkes gekommen bin.

Fast gewiß waren diese Walloos solch eine sterbende Rasse, die, wie einzelne ihrer Namen anzudeuten schienen, aus irgendeinem Gebiet in Westafrika hergekommen waren, wo ihre Ahnen einst in hoher Kultur gelebt hatten. Da sie niemals mit anderen Rassen Verbindungen eingingen, behielten sie ihre ererbte Schönheit, die wirklich höchst bemerkenswert war. Aus Gründen, die ich bereits erwähnt habe, sank aber ihre Bevölkerungszahl immer mehr und betrug in diesen Tagen kaum mehr als die Hälfte jener, an die sich ihre Großväter und die ältesten Leute noch erinnern konnten. Ihre Melancholie, die ihnen nunmehr bereits angeboren war, hatte zweifellos ihren Grund in ihrer düsteren Umgebung und der Überzeugung, daß sie als Rasse verurteilt seien, durch die Hände der wilden Eingeborenen zugrunde zu gehen, die einst ihre Sklaven gewesen waren.

Schließlich wurden sie Götzendiener, obgleich man bei ihnen noch Spuren einer höheren Religion antraf, denn sie beteten zu irgendeinem großen Geist. Sie glaubten also, daß sie vor dem Untergang bewahrt werden könnten, wenn sie einem Teufel Opfer darbrächten, der sie mit Unheil überziehen und sie den mordenden Händen der fürchterlichen Waldbewohner überantworten würde, sobald sie dies unterließen. Deshalb wurden sie, oder wenigstens ein Teil von ihnen, Priester dieses teuflischen Geschöpfes, das Heu-Heu genannt wurde, und hielten so Frieden zwischen sich und dem haarigen Volk.

Jetzt waren aber ihre Leiden auf die Spitze getrieben

worden, denn, wie mir Issicore sagte, strebten jetzt die Priester – nach Art aller Priester auf der Welt – nach unbeschränkter Herrschaft über das Volk und hatten deshalb die Vernichtung des erblichen Fürsten und seiner Familie beschlossen.

Dies war also der Kern der düsteren Erzählung, die der unglückliche Walloo mir in dieser Nacht vortrug. Schließlich schloß er mit den Worten:

»Jetzt wirst du verstehen, o Häuptling Macumazahn, warum wir in unserer Not und gehorsam der alten Prophezeiung, die uns von unseren Ahnen überliefert worden ist, mit dem großen Zauberer im Süden in Verbindung getreten sind und ihn gebeten hatten, uns den angekündigten Helfer zu senden. Siehe, er hat dich gesandt und nun flehe ich dich an, meine Tochter vor dem Schicksal zu bewahren, das sie erwartet. Ich begreife, daß du hierfür Bezahlung in weißen und roten Steinen sowie in Gold und Elfenbein verlangen wirst. Nimm so viel davon, als du wünschest! Wir haben Krüge voll dieser Steine verwahrt und die Pfosten einiger Umzäunungen hinter diesem Haus sind aus Elfenbein verfertigt, obwohl es bereits vor Alter dunkel geworden ist. Wir haben ferner eine Menge zu Barren geschmolzenen Goldes, das mein Großvater zusammentragen ließ und von dem wir wenig Gebrauch machen, außer zu Schmuck für unsere Frauen. Dennoch, alles ist dein! Nimm es hin! Nimm alles, was du wünschest – nur rette meine Tochter!«

»Wir wollen später von der Belohnung sprechen«, entgegnete ich, denn des alten Mannes Verzweiflung rührte mein Herz. »Inzwischen sag mir, was geschehen kann.«

»O Herr, wie soll ich das wissen?« entgegnete er, die Hände ringend. »Die dritte Nacht nach dieser ist Vollmond, der Vollmond, der den Beginn der Ernte anzeigt. In dieser Nacht müssen wir meine Tochter, auf die das Los gefallen ist, auf die Insel bringen, auf der der Feuerberg sich erhebt, und sie an den Block auf dem Opferungsfelsen binden, der zwischen den zwei unsterblichen Feuern errichtet ist. Dort müssen wir sie verlassen und beim Morgengrauen, heißt es, ergreift sie Heu-Heu selbst und schleppt sie in seine Höhle, wo sie für immer verschwindet. Oder wenn er nicht selbst erscheint, so kommen seine Priester und schleppen sie zu ihm hinab und wir sehen sie nie mehr.«

»Warum bringst du sie denn auf die Insel? Warum rufst du dann nicht all dein Volk zusammen und erhebst dich gegen diesen Gott und seine Priester, um sie zu töten?«

»Herr, weil niemand von uns, außer vielleicht Issicore dort, der aber allein nichts unternehmen kann, eine Hand zu ihrer Rettung erheben würde. Alle glauben, daß in diesem Fall der Berg wie in vergangenen Zeiten, in Flammen ausbrechen und alle, auf die die Asche falle, zu Stein verwandeln würde; auch würden die Gewässer anschwellen und die Erde zerstören, so daß wir Hungers sterben müßten, und alle, die etwa dem Feuer, dem Wasser und der Hungersnot entgingen, würden durch die Hände der grausamen Waldteufel zugrunde gehen. Wenn ich also die Walloos aufforderte, meine Tochter vor Heu-Heu zu retten, so würden sie mich töten und sie gemäß dem Gesetz opfern.«

»Ich verstehe«, sagte ich und schwieg.

»Herr«, fuhr der Walloo fort, »bei mir hier bist du sicher, denn keiner meiner Leute wird dir oder deinem Begleiter etwas antun. Doch höre ich von Issicore, daß du einen haarigen Mann mit einem Messer verstümmelt hast und daß dein Diener eines ihrer Weiber mit jener sonderbaren Waffe, die ihr traget, erschlagen hat. Deshalb bist du vor diesen Waldbewohnern nicht sicher, denn sie werden euch beide töten, wenn sie es nur irgendwie vermögen, und sich an euren Körpern gütlich tun.«

Eine liebliche Aussicht, dachte ich bei mir selbst.

Doch entgegnete ich nichts, denn ich wußte nicht, was ich sagen sollte.

Da erhob sich der Walloo von seinem Stuhl und sagte, er müsse nun zu den Geistern seiner Vorfahren beten, damit sie ihm beistünden, doch würden wir morgen unsere Unterredung fortsetzen. Hierauf wünschte er uns eine gute Nacht und entfernte sich ohne ein weiteres Wort, gefolgt von den alten Männern, die während der ganzen Zeit schweigsam dagesessen und die nur ab und zu wie Porzellanpagoden mit dem Kopf genickt hatten.

8

Die heilige Insel

Als sich die Tür hinter ihm geschlossen hatte, wandte ich mich zu Issicore und fragte ihn offen, ob er irgendeinen Plan vorzubringen habe. Er schüttelte seinen edlen Kopf und entgegnete: »Keinen«, denn es sei unmöglich, sowohl dem Willen des Volkes als auch den Gesetzen der Priester Widerstand zu leisten.

»Zu welchem Zweck hast du mich also diesen ganzen Weg hierhergeschleppt?« fragte ich entrüstet. »Kannst du denn gar keinen Vorschlag machen? Wäre es, zum Beispiel, nicht möglich, daß du und diese Jungfrau mit uns den Strom hinab und in ein Land entfliehen würdest, in dem es nicht so viele böse Geister gibt?«

»Nein, Herr, dies wäre nicht möglich«, entgegnete er mit trauriger Stimme. »Tag und Nacht sind wir bewacht und würden ergriffen werden, bevor wir noch eine Meile zurückgelegt hätten. Und dann würde sie ihren Vater und ich alle meine Verwandten zurücklassen, die unseren Frevel mit dem Tode zu büßen hätten.«

»Ja, hast du denn gar keine Idee?« fragte ich wieder.

»Gibt es denn wirklich nichts, das Sabeela retten könnte?«

»Nichts, Herr, außer die Vernichtung Heu-Heus und seiner Priester. Auf dich, großer Häuptling, vertrauen wir, du wirst einen Weg finden, um ihren Untergang herbeizuführen, wie es die Prophezeiung vorausgesagt hat.«

»Zum Teufel mit der Prophezeiung! Ich habe noch nie gehört, daß Prophezeiungen jemandem geholfen hätten«, rief ich auf Englisch und betrachtete dieses wunderschöne, aber hilflose Paar. Dann fügte ich auf Arabisch hinzu: »Ich bin jetzt müde und gehe zu Bett. Ich hoffe, daß ich in meinen Träumen mehr Rat finden werde als bei dir, Issicore«, sagte ich und warf ihm einen Blick zu. Dabei schien es mir, als wäre mit ihm eine leichte Veränderung vorgegangen, und als hätte ihn ein Anfall von hilflosem Fatalismus, ja sogar Verzweiflung überkommen.

Da ergriff Sabeela das Wort, als sie sah, daß ich erzürnt war:

»O Herr, sei nicht ergrimmt, denn wir sind alle nur Fliegen in einem Spinnennetz, dessen Fäden die Priester Heu-Heus sind. Und dieses Netz ist im Aberglauben meines Volkes verankert, und Heu-Heu selbst ist die Spinne, deren Klauen in meine Brust geschlagen sind.«

Als ich diese Allegorie hörte, dachte ich bei mir selbst, daß das Bild einer Schlange und eines Vogels eher am Platze gewesen wäre, denn in der Tat, dieses arme Mädchen schien, wie alle übrigen hier, vor Schrecken hypnotisiert zu sein und sich damit abgefunden zu haben, den Biß der giftigen Fangzähne zu erwarten.

»Herr«, fuhr sie fort, »wir haben getan, was wir konnten. Hat nicht Issicore eine große Reise unternommen, um dich zu suchen? Ja, hat er nicht den Fluch auf sich genommen, der auf das Haupt derer fällt, die das Land zu verlassen suchen, als er südwärts zog, um den Rat des großen Zauberers zu erbitten, der einstens Boten hierher gesandt hatte, um Blätter vom Baum der Träume aus Heu-Heus Garten zu erhalten?«

»Gewiß«, entgegnete ich, »dies tat er, Fürstin, doch kann ich sagen, daß seine Gesundheit hierdurch nicht im geringsten verschlechtert erscheint. Jener Fluch, von dem du sprichst, hat ihm also nicht geschadet.«

»Es stimmt, daß er ihm am Leibe keinen Schaden zugefügt hat – bis jetzt«, entgegnete sie mit nachdenklicher Stimme, als ob ihr ein neuer Gedanke gekommen wäre.

»Nun gut, Sabeela, wenn dies wahr ist, mag es dann nicht auch der Fall sein, daß das ganze Märchen über die Macht Heu-Heus barer Unsinn ist? Sag mir, hast du jemals mit Heu-Heu gesprochen oder ihn gesehen?«

»Nein, Herr, nein, doch ich werde ihn bald sehen, wenn ich mich nicht retten kann!«

»Gut, und hat ihn jemand anderer gesehen?«

»Nein, Herr, niemals hat jemand mit ihm gesprochen, außer natürlich seine Priester, wie zum Beispiel ein entfernter Vetter von mir, Dacha, der ihr Oberhaupt ist und den ich kannte, bevor er von Heu-Heu zum Mitglied der Priesterschaft gewählt wurde.«

»Ah! So hat ihn also niemand gesehen? Dann muß er wohl ein recht geheimnisvoller Gott sein, der keine Anbetung entgegennimmt, sondern, wenn ich recht verstehe, in einer Höhle mit seinen Priester zusammenwohnt!«

»Ich habe nicht gesagt, daß niemand Heu-Heu gesehen hat, Herr. Viele behaupten, daß sie ihn gesehen haben, wie zum Beispiel Issicore, als er in einer Opferungsnacht aus der Höhle hervorkam. Aber es bedeutet den Tod, wenn man darüber spricht, was man gesehen hat. Frage mich und Issicore nicht mehr über Heu-Heu, Herr, ich flehe dich an, sonst trifft uns der Fluch. Es ist nicht gesetzmäßig, daß wir dir über ihn erzählen, dessen Geheimnisse selbst seinen Priestern heilig sind«, fügte sie voll Erregung hinzu.

Da gab ich voll Verzweiflung meine Fragen nach Heu-Heu auf und erkundigte mich, wie viele Priester er habe.

»Etwa zwanzig, glaube ich, Herr«, entgegnete sie und hörte auf, Ausflüchte zu machen, »ungerechnet ihre Frauen und Kinder, und man sagt, daß sie nicht bei Heu-Heu in der Höhle, sondern in Häusern davor wohnen.«

»Und was tun sie, wenn sie Heu-Heu nicht anbeten, Sabeela?«

»Oh, sie bebauen das Land und herrschen über das wilde Volk der Wälder, von dem es heißt, daß es nur aus Kindern und Heu-Heus besteht. Auch kommen sie hierher, um uns auszuspähen.«

»Wirklich, tun sie das?« bemerkte ich, »und ist es wahr, daß sie hoffen, auch die Herrschaft über die Walloos zu erlangen?«

»Ja, ich glaube, es ist wahr. Wenigstens heißt es, daß Dacha die Absicht hat, falls mein Vater und ich sterben, den Walloos den Krieg zu erklären und die Häuptlingswürde an sich zu reißen, nachdem er meinen Vetter und Verlobten, Issicore, abgesetzt oder getötet hätte. Dacha war immer einer, der die erste Rolle spielen wollte.«

»So hast du wohl Dacha sehr gut gekannt, Fürstin?«

»Gewiß, Herr, als ich noch sehr jung war, zur Zeit, als er noch nicht Priester Heu-Heus war. Außerdem«, fügte sie errötend hinzu, »habe ich ihn auch nachher noch gesehen.«

»Und was sagte er dir da?«

»Er sagte, daß ich vielleicht Heu-Heu entkommen könnte, wenn ich ihn zum Gatten nähme.«

»Und was antwortetest du, Fürstin?«

»Herr, ich entgegnete, daß ich da lieber zu Heu-Heu gehe!«

»Warum?«

»Weil es heißt, daß Dacha bereits viele Frauen hat.

Auch hasse ich ihn, und dann kann ich mich letzten Endes immer vor Heu-Heu retten.«

»Wie denn?«

»Durch den Tod, Herr. Wir haben schnelles Gift in diesem Lande, und ich trage welches in meinem Haar verborgen«, fügte sie mit Nachdruck hinzu.

»So, so, ich verstehe; aber, Sabeela, da du so gut warst, mich um meinen Rat in dieser Angelegenheit zu fragen, so will ich ihn dir geben. Er lautet, daß du dieses Gift nicht berühren sollst, bis alles, alles übrige versagt hat und es keine Hoffnung mehr gibt! Solange wir atmen, gibt es Hoffnung. Und alles, was verloren scheint, kann wieder gewonnen werden, aber die Toten kehren nicht mehr ins Leben zurück, Fürstin Sabeela!«

»Ich höre und will dir gehorchen, Herr«, entgegnete sie weinend. »Und dennoch ist der Tod besser als Dacha oder Heu-Heu!«

»Und das Leben ist besser als alle drei zusammen«, entgegnete ich, »besonders ein Leben voll Liebe.«

Dann verneigte ich mich und zog mich zurück, gefolgt von Hans, der sich ebenfalls verneigte – wie ein Affe auf einer Drehorgel. An der Tür blickte ich zurück und sah diese zwei armen Menschen einander in den Armen liegen, denn sie dachten ohne Zweifel, daß wir sie bereits nicht mehr sehen könnten. Sabeelas Kopf lag an Issicores Schultern und an den zuckenden Bewegungen ihrer Gestalt sah ich, daß sie schluchzte, während er sie in der altbekannten Weise zu trösten versuchte. Ich hoffe nur, daß sie bei Issicore mehr Beistand fand als ich. Mir schien er bloß ein besonders hilfloser Angehöriger einer niedergehenden Rasse zu sein, obgleich es ja wahr ist, daß er mutig war, denn sonst hätte er die Reise in das Zululand gewiß nicht unternommen. Außerdem hatte er sich, wie ich bereits erwähnt habe, ganz plötzlich in nachteiliger Weise verändert.

Sobald wir unser eigenes Zimmer erreicht und die Tür hinter uns geschlossen hatten (es hatte keine Fenster, sondern erhielt Licht und Luft durch Öffnungen in der Decke), gab ich Hans etwas Tabak und hieß ihn, sich an der anderen Seite der Lampe niederzusetzen, wo er sich wie eine Kröte zu Boden kauerte.

»Nun, Hans«, sagte ich, »erzähl mir, was du von dieser ganzen Sache hältst und was wir tun sollen, um dieses hübsche Mädchen und den alten Häuptling, ihren Vater, zu retten.«

Hans blickte auf die Decke und dann auf die Mauern. Hierauf spuckte er auf den Boden, was ich ihm verwies.

»Baas«, sagte er schließlich, »ich denke, das Beste, was wir tun können, ist, herauszufinden, wo diese glänzenden Steine sich befinden, unsere Taschen damit zu füllen und uns aus diesem Lande voller Narren und Teufel davonzumachen. Ich bin überzeugt, diese Schöne würde besser daran tun, den Priester Dacha, ja sogar Heu-Heu zu nehmen, als Issicore, der jetzt nichts als ein geschnitztes und bemaltes Stück Holz geworden ist, das einem Mann gleichsehen soll.«

»Es kann sein, Hans, aber der Geschmack der Frauen ist höchst sonderbar, und sie liebt dieses Stück Holz, das nach allem mutig genug ist, außer, wo es sich um Geister und Dämonen handelt. Sonst wäre er gewiß nicht um ihretwillen so weit gereist. Außerdem müssen wir unser Geschäft zu Ende führen. Was sollen wir denn dem ›Eröffner der Wege‹ sagen, wenn wir ohne seine Medizin zurückkommen? Nein, Hans, wir müssen dieses Spiel zu Ende spielen!«

»Gewiß, Baas, ich habe gewußt, daß der Baas in seiner Verrücktheit das sagen würde. Wäre ich allein, so würde ich jetzt oder doch etwas später, wieder in jenem Kanu sitzen und stromabwärts treiben. Der Baas hat jedoch beschlossen, daß wir das Mädchen retten, und dem Holzklotz zum Weibe geben müssen. Ich denke also, ich lege mich jetzt schlafen, und morgen oder übermorgen kann der Baas daran gehen, sie zu retten. Ich habe keine hohe Meinung von dem Bier in diesem

Lande – es ist zu süß; und alle diese hübschen Narren langweilen mich mit ihrem Geschwätz über Teufel und Priester. Außerdem ist das Klima hier schlecht und sehr feucht. Mir scheint, es wird wieder regnen, Baas.«

Da ich nichts anderes bei der Hand hatte, warf ich Hans meinen Tabaksbeutel an den Kopf. Er fing ihn gewandt auf und steckte ihn wie geistesabwesend in seine eigene Tasche.

»Wenn der Baas tatsächlich wissen möchte, was ich denke«, sagte er gähnend, »so kann ich ihm sagen, daß der Medizinmann namens Dacha das hübscheste Fräulein für sich selbst haben möchte; er wünscht auch selbst über dieses blöde Volk zu herrschen. Was Heu-Heu betrifft, so weiß ich nichts über ihn, aber er ist vielleicht einer dieser haarigen Männer, die zu Beginn der Welt hierhergekommen sind. Ich denke, daß es am besten wäre, wenn wir morgen früh ein Boot nehmen und auf diese Insel hinüberfahren würden, wo wir vielleicht selbst die Wahrheit herausfinden können. Vielleicht kann uns der ›Holzklotz‹ mit einigen seiner Leute hinüberrudern. Jetzt habe ich nichts weiter zu sagen, und wenn der Baas nichts dagegen hat, gehe ich schlafen. Halte deine Pistole bereit, Baas, für den Fall, daß einer dieser haarigen Leute bei uns vorsprechen möchte –, du weißt, um wegen des einen Erschossenen mit uns zu sprechen.«

Hierauf zog er sich in eine Ecke zurück, rollte sich in eine Felldecke und im nächsten Augenblick schnarchte er bereits laut, obgleich ich genau wußte, daß er die ganze Zeit ein Auge offen behielt. Kein Haarmensch oder sonst jemand hätte sich unserem Zimmer nähern können, ohne daß Hans ihn gehört hätte, denn sein Schlaf glich dem eines Hundes, der seinen Herrn bewacht.

Während ich mich anschickte, seinem Beispiel zu folgen, überlegte ich, daß seine Bemerkungen, hingeworfen, wie sie waren, doch voll Weisheit steckten. Die Leute hier waren abergläubische Narren und zu gar nichts nütze. Wahrscheinlich wurden jene von ihnen, die einen hellen Kopf hatten, Priester. Aber die haarigen Eingeborenen waren eine widerwärtige Tatsache, wie die Priester genau wußten, denn anscheinend hatten sie über jene die Herrschaft erlangt! Übrigens hatte Hans recht, die einzige Sache, die geschehen konnte, war, die heilige Insel zu besuchen und selbst die Wahrheit herauszufinden! Gewiß, es würde gefährlich sein, aber wenigstens würde es auch einen Reiz für mich haben!

Am nächsten Morgen erhob ich mich nach ausgezeichnet durchschlafener Nacht und suchte den Weg in den Garten. Ich vergnügte mich dort mit der Betrachtung der Büsche und Blumen, von denen einige mir völlig unbekannt waren. Dann blickte ich prüfend auf den Himmel, der mit bleischweren, tief herabhängenden Wolken bedeckt war und neuen Regen ankündigte. Ich konnte sonst nichts tun, denn hohe Mauern verwehrten nach allen Seiten die Aussicht, so daß ich eben noch den Gipfel des Vulkans sehen konnte, der in der Entfernung von einigen Meilen aus dem See emporstieg. Plötzlich ging die Gartentür auf, und es erschien Issicore, der müde und ziemlich verstört aussah. Es fiel mir ein, daß er wohl lange mit Sabeela aufgeblieben war. Da sie sich ja so bald trennen sollten, war es nur natürlich, daß sie soviel als möglich zusammen zu sein wünschten. Auch wußte ich, daß er gewiß zu den Geistern seiner Vorfahren gebetet und versucht hatte, einen Rettungsplan zu entwerfen, was unter den gegebenen Umständen zweifellos ein schwieriges Unternehmen war. Ich ging gerade aufs Ziel los und sagte: »Kannst du so bald als möglich nach dem Frühstück ein Kanu für mich und Hans bereit halten, Issicore, das uns nach der Insel hinüberbringen soll?«

»Zu der Insel im See, o Herr?« rief er entsetzt. »Das wäre Sünde, sie ist ja heilig!«

»Gewiß, aber ich bin auch heilig und wenn ich sie besuche, werde ich noch heiliger werden.«

Nun brachte er eine Menge von Einwänden aller Art vor und schleppte sogar den Walloo und seine Grauköpfe herbei, um seine Argumente zu bekräftigen. Auch Hans und Sabeela traten hinzu. Letztere erschien mir bei Tag noch schöner, als bei Lampenlicht. Sabeela erwies sich schließlich als meine einzige Unterstützung, denn als die anderen sich heiser geredet hatten, sagte sie plötzlich:

»Der weiße Häuptling ist hierhergebracht worden, damit wir, die verstört und toll sind, aus dem Gefäß seiner Weisheit trinken. Wenn seine Weisheit ihn heißt, die heilige Insel aufzusuchen, so laß ihm seinen Willen, Vater.«

Als noch immer niemand überzeugt zu sein schien, sagte ich nichts mehr, denn ich wußte nicht, was ich noch hätte vorbringen sollen. Da griff Hans ein und sagte in seinem schlechten Küstenarabisch:

»Baas, alle diese Leute und auch Issicore, obgleich er so groß und stark ist, fürchten sich vor Heu-Heu und seinen Priestern, aber wir, die wir gute Christen sind, kennen keine Furcht vor Teufeln, denn wir wissen, wie mit ihnen umzugehen ist. Auch können wir rudern und deshalb möge uns der Häuptling ein ganz kleines Boot zur Verfügung stellen und uns den Weg nach der Insel zeigen – dann werden wir schon selbst hinfinden.«

Um als Sportsmann zu sprechen: Dieser Schuß traf den Bullen ins Auge! Issicore, der, wie ich bereits erwähnt habe, im Grunde ein tapferer Mann war, fuhr auf und entgegnete:

»Bin ich denn ein Feigling, daß ich solche Worte aus dem Munde deines Dieners anhören sollte, Häuptling Macumazahn? Ich und einige andere, die ich schon finden werde, wollen euch zu der Insel hinüberrudern, obwohl wir sie nicht betreten werden, denn dies ist uns durch das Gesetz verboten. Aber du darfst mich nicht tadeln, Herr, wenn du nicht mehr zurückkommen solltest.«

»Dann ist die Sache erledigt«, erwiderte ich ruhig, »und jetzt laßt uns frühstücken, wenn ich bitten darf, denn ich bin hungrig.«

Etwa zwei Stunden später stießen wir vom Damm ab und nahmen sämtliche Gepäcksstücke mit, bis hin zu einer Quantität Reservepulver in Flaschen, das wir dabei hatten, um abgefeuerte Patronenhülsen frisch zu laden, denn Hans weigerte sich, irgend etwas unbewacht zurückzulassen. Das Kanu, das uns zur Verfügung gestellt wurde, war viel kleiner als jenes, das wir zu unserer Reise den Fluß herauf benützt hatten, doch war auch dieses aus einem einzigen Stamm ausgehöhlt. Seine Bemannung bestand aus Issicore, der am Steuer saß und vier weiteren Walloos, die uns ruderten, alle kräftige, entschlossen blickende Burschen. Die Insel war etwa fünf Meilen entfernt, aber wir machten einen großen Umweg nach Süden, ich denke, um unsere Absicht zu verschleiern, und wir brauchten daher gute zwei Stunden, um ihre südliche Küste zu erreichen.

Während wir uns näherten, musterte ich die Küste sorgfältig durch mein Glas und bemerkte, daß das Eiland viel größer war, als ich gedacht hatte. Es hatte tatsächlich mehrere Meilen Umfang, denn neben dem zentralen Vulkankegel gab es eine große Fläche niedrigen Landes rund um seinen Fuß, das kaum mehr als ein oder zwei Fuß über dem Spiegel des Sees lag. Es hatte, außer an den Niederungen am See, steinigen und unfruchtbaren Charakter. Überall lagen Lavablöcke, die bei jüngeren Ausbrüchen des Vulkans ausgeworfen worden waren.

Issicore unterrichtete mich allerdings, daß der nördliche Teil der Insel, wo die Priester wohnten, nicht vom Lavastrom berührt worden war und deshalb fruchtbar sei. Ich muß hier erwähnen, daß der Krater des Vulkans deutlich die Richtung, die der Strom genommen hatte, ersehen ließ, denn sein südlicher Rand war bis zu großer Tiefe weggerissen, während der nördliche Teil eine hohe, undurchbrochene Felsmauer bildete.

Der Tag war überaus neblig – ein Umstand, der unsere Annäherung erleichterte –, und der Himmel, der, wie bereits erwähnt, mit schwarzen, regenschweren Wolken bedeckt war, schien beinahe bis auf den Gipfel des Vulkans herabzuhängen. Infolgedessen war es uns nicht möglich, vor unserer völligen Annäherung zu bemerken, daß ein Strom glühender Lava, allerdings nicht sehr breit, den Bergabhang herunterfloß. Als die Walloos dies entdeckten, wurden sie furchtbar erregt, und Issicore sagte mir, daß so etwas sich bereits seit ›hundert Jahren‹ nicht ereignet hätte, und daß er denke, daß dies etwas Ungewöhnliches bedeute, da der Berg als ›schlafend‹ gelte.

»Er ist immerhin wach genug, um zu rauchen«, entgegnete ich und setzte meine Beobachtungen fort.

Zwischen den Felsen und teilweise durch die Blöcke verschüttet, sah ich etwas, das ich für die Überbleibsel jener Gebäude hielt, von denen man mir erzählt hatte. Issicore sagte, daß sie einst zu der Stadt seiner Vorfahren gehört hätten und fügte hinzu, daß, wie er gehört habe, in einigen von ihnen diese Vorfahren noch zu Stein verwandelt zu sehen seien. Dies erinnerte mich an die Erzählung Zikalis.

Man kann sich nichts Trostloseres und Niederschlagenderes vorstellen, als den Anblick dieses Ortes an diesem grauen Tag unter dem unheilverkündenden Himmel. Dennoch brannte ich darauf, ihn genauer zu untersuchen, denn dieses Märchen von versteinerten Menschen reizte mich, und ich habe immer viel für altertümliche Überreste und sonderbare Anblicke übrig gehabt.

Für den Augenblick vergaß ich vollkommen Heu-Heu und seine Priester und hieß die Wallos, an die Küste zu rudern, was sie nach kurzer, stummer Weigerung auch taten, und wir glitten in eine kleine Bucht. Leichtfüßig sprangen Hans und ich auf die Felsen und begannen, beladen mit unseren Säcken und Flinten, unsere Nachforschung. Vorher waren wir aber mit Issicore übereingekommen, daß er unsere Rückkehr abwarten und uns dann die Insel entlang heimrudern sollte, damit wir einen Blick auf die Niederlassung der Priester werfen könnten. Mit einem Seufzer versprach er uns dies, worauf das Boot sofort etwa hundert Yards von der Küste weggerudert und mittels eines schweren Steines verankert wurde. Hans und ich schritten vorwärts gegen die nächste Gruppe von Ruinen. Als wir uns dieser näherten, sagte Hans:

»Schau, Baas, dort liegt ein Hund zwischen den Felsen.«

Ich blickte in die Richtung, die er mir zeigte, und dort sah ich ganz deutlich einen großen grauen Hund mit spitzer Schnauze, der in tiefem Schlafe zu liegen schien. Wir kamen näher und, da er sich nicht bewegte, nahm Hans einen Stein und warf ihn ihm an den Rücken. Dennoch blieb er unbeweglich und so gingen wir hin und betrachteten ihn genauer.

»Es ist ein steinerner Hund«, sagte ich. »Die Leute, die hier lebten, scheinen Statuen gemacht zu haben«, denn noch immer glaubte ich nicht an die Erzählung von versteinerten Lebewesen, die ich gehört hatte und die immerhin höchst unwahrscheinlich klangen.

»In diesem Fall müssen sie Knochen in ihre Bildwerke gesteckt haben, Baas, schau her!«, und er ergriff eine der Vorderpfoten des Hundes, die abgebrochen war. Wirklich, in ihrem Innern sah man den versteinerten Knochen! Jetzt ging mir ein Licht auf!

Das Tier war auf der Flucht gegen die Küste hin begriffen gewesen, als die giftigen Gase der Eruption es erreichten. Hierauf, nehme ich an, war ein Regen irgendeiner versteinernden Flüssigkeit gefallen und hatte es zu Stein verwandelt. Das war eine ganz erstaunliche Sache. Aber ich konnte an meinen eigenen Augen nicht zweifeln! Die Erzählung war also wahr, und ich hatte eine große Entdeckung gemacht!

Wir eilten auf die Häuser zu, die jetzt natürlich dachlos und an manchen Stellen von Lava erfüllt waren. Die äußeren Mauern waren aber widerstandsfähig gewesen und standen noch. An einzelnen dieser Wände waren ganz verblaßte Überbleibsel freskenartiger Malereien, deren eine zum Beispiel einen Festzug, eine andere eine Jagdszene zeigte.

Wir schritten zu einer anderen Gruppe von Gebäuden, die in einiger Entfernung an den Abhang des Berges gebaut und mehr oder weniger durch einen überhängenden Felsgrat geschützt waren. Es schien dort ein Palast oder ein Tempel gestanden zu haben, denn die Gebäude waren sehr groß und ihre Dächer offensichtlich von steinernen Säulen getragen worden. Wir schritten durch die große Halle eines der Gebäude zu den rückwärtigen Räumen. Im allerletzten, der unter diesem Felsvorsprung gelegen war und wahrscheinlich als Magazin gedient hatte, bot sich uns ein ungewöhnlicher Anblick. Dort lagen übereinandergeworfen und stellenweise aneinandergeklammert, eine Anzahl von Menschen – vielleicht zwanzig oder dreißig –, Männer, Frauen und Kinder, alle versteinert! Zweifellos war die versteinernde Flüssigkeit durch Risse im Felsen in den Raum herabgeflossen und hatte dort ihr Werk getan. Sie waren alle nackt, was darauf schließen ließ, daß ihre Gewänder entweder verbrannt oder vor Beendigung des Prozesses zersetzt waren. Die erstere Annahme wurde durch die Tatsache unterstützt, daß keiner dieser Menschen Haare auf dem Kopf trug. Die Züge waren nicht genau zu erkennen, jedoch glichen die Körper in ihrem allgemeinen Typus den Walloos.

Sprachlos vor Erstaunen traten wir aus dieser Totenkammer heraus und durchwanderten den Platz. Da und dort fanden wir weitere Körper von Leuten, die in der großen Katastrophe zugrundegegangen waren und stießen einmal auch auf einen Arm, der aus einem Lavablock hervorragte und anzudeuten schien, daß viel mehr darunter begraben sei. Auch fanden wir eine Anzahl versteinerter Ziegen in einem Kraal. Was für ein Platz für Ausgrabungen! dachte ich bei mir. Was hätte man in diesen Ruinen mit Hilfe einiger Spaten, Piken und Sprengmittel für Entdeckungen machen können!

Vielleicht alle Überreste einer vergangenen Zivilisation; Inschriften, Juwelen, Statuen ihrer Götter; vielleicht Hausgeräte, die unter der Lava und dem Staub begraben waren, obgleich diese wahrscheinlich zerfallen sein mochten! Gewiß, hier war ein zweites Pompeji, und darunter vielleicht noch ein zweites Herkulanum!

Während ich über diese verschwundenen Herrlichkeiten nachdachte und zu ergründen trachtete, wann sie verschwunden waren, stieß mich Hans in die Rippen und sagte in seinem fürchterlichen Burenholländisch ein einziges Wort: »Kek!«, welches, wie ihr vielleicht wißt, »Schau!« bedeutet. Gleichzeitig deutete er auf den See.

Ich blickte hin und sah unser Kanu mit aller Kraft, wie von bösen Geistern gehetzt, gegen die Küste von Walloo davonrudern.

»Warum, zum Teufel, machen sie das?« fragte ich.

»Ich denke, weil irgend jemand ihnen am Halse sitzt, Baas«, entgegnete Hans resigniert. Dann setzte er sich auf einen Felsblock nieder, zog seine Pfeife heraus, füllte sie und setzte sie in Brand.

Wie gewöhnlich hatte Hans recht, denn plötzlich kamen hinter einer Krümmung der Inselküste zwei andere Kanus hervor, riesige Kanus, die mit großer Energie und Entschlossenheit und, wie mir schien, mit böser Absicht das unsere verfolgten.

»Ich denke, diese Priester haben unser Boot gesehen und wollen es fangen, wenn sie können«, bemerkte Hans und spuckte nachdenklich aus. »Obwohl es ihnen vielleicht nicht gelingen wird, da Issicore einen guten

Vorsprung hat. Aber was sollen wir jetzt tun, Baas? Wir können hier nicht unter Toten leben und steinerne Ziegen sind ziemlich schwer zu kauen.«

Ich erwog die Situation, und mein Herz sank mir in die Stiefel, denn unsere Lage schien verzweifelt. Noch vor einem Augenblick war ich von Begeisterung über diese vernichtete Stadt und ihre versteinerten Überreste erfüllt gewesen. Jetzt war mir der bloße Gedanke daran widerlich, und ich wünschte, sie läge am Grunde des Sees. So ändern die Umstände manchmal die Lage und unser armes, schwankendes Urteil! Dann kam mir plötzlich eine Idee und ich sagte kühn:

»Was zu tun ist? Warum, da ist nur eins zu tun! Wir müssen uns an Heu-Heu oder seine Priester wenden.«

»Ganz schön, Baas. Aber der Baas erinnert sich vielleicht an das Bild in der Höhle. Wenn es ein lebensgetreues Abbild ist, dann ist Heu-Heu Meister in der Kunst, Menschen die Köpfe abzureißen.«

»Ich glaube nicht, daß es einen Heu-Heu gibt«, sagte ich entschieden, »du wirst bemerkt haben, Hans, daß wir eine ganze Menge von Geschichten über Heu-Heu gehört haben, aber daß ihn niemand genau genug gesehen zu haben scheint, um uns eine Beschreibung von ihm und seinem Treiben zu geben, nicht einmal Zikali. Er zeigte uns in seinen Flammen ein Bild dieses Monsters, aber nach allem war es ja nur das, welches wir in der Höhle gesehen hatten, und ich glaube, er hat es aus unserer eigenen Einbildungskraft erzeugt. Auf alle Fälle ist es ebenso gut, rasch ohne Kopf zu sterben, als langsam mit einem leeren Magen, denn ich bin überzeugt, daß diese Walloos nicht mehr zurückkommen werden, um nach uns zu sehen.«

»Gewiß, Baas, ich glaube es auch. Früher hatte Issicore Mut, aber er scheint verändert zu sein, als ob ihm irgend etwas passiert wäre, seit er in sein eigenes Land zurückgekehrt ist. Und jetzt glaube ich, tun wir besser daran, weiter zu marschieren, wenn der Baas bereit ist, und nicht vorher noch nach ein paar Steinleuten sehen möchte. Es fängt an zu regnen, und wir sind bereits beträchtlich länger hier, als der Baas glaubt, denn das Herumkriechen in diesen alten Häusern ist ein langwieriges Geschäft. Wenn wir also vor Einbruch der Nacht die andere Seite der Insel erreichen wollen, ist es Zeit aufzubrechen.«

So zogen wir denn weiter, indem wir die Richtung gegen die westliche Seite des Vulkans einschlugen, denn dort schien er nicht so weit in das flache Land hinaus vorzutreten. Etwas später wandten wir uns um und blickten auf den See hinaus. Dort, in weiter Entfernung, erschien unser Kanu bereits als undeutlicher Fleck und die zwei anderen Kanus mit den Verfolgern hinter ihm als zwei weitere Flecke. Während wir noch hinblickten, erschienen aus dem Nebel, der die Küste bei Walloo verhüllte, weitere kleine Punkte, die zweifellos Walloboote waren, die zur Hilfe herbeieilten, denn die Kanus der Priester gaben die Jagd auf und wandten sich heimwärts.

»Issicore wird seiner Sabeela eine schöne Geschichte erzählen können«, sagte Hans; »aber sie wird ihn vielleicht nicht küssen, wenn sie die angehört hat!«

»Er tat ganz recht daran, sich aus dem Staub zu machen. Was hätte er durch sein Bleiben erreicht«, entgegnete ich, während wir weiterzogen und fügte hinzu: »Trotzdem hast du recht, Hans, Issicore ist ein anderer geworden.«

Es war ein anstrengender Marsch über den zerrissenen Boden, wenigstens zu Beginn, denn sobald wir um den Vulkanabhang herumgekommen waren, änderte sich der Charakter der Gegend,und wir befanden uns in fruchtbarem, bebautem Land, das bewässert zu sein schien.

»Diese Felder müssen sehr tief liegen, Baas«, sagte Hans, »denn wie können die Leute sonst das Seewasser hineinleiten, um sie zu bewässern?«

»Ich weiß es nicht«, entgegnete ich verdrießlich, denn meine Gedanken wurden durch den Regenschauer abgelenkt, der auf uns niederging. Nichtsdestoweniger behielt ich diese Bemerkung im Kopf, und sie wurde uns späterhin nützlich. So wanderten wir weiter, bis wir schließlich einen Palmenhain betraten, durch welchen eine Straße führte. Plötzlich kamen wir zum Ende dieser Straße und befanden uns in einem Dorf aus gut gebauten Steinhäusern, die ein größeres Gebäude aus demselben Material umgaben, dessen Rückwand von dem Bergabhang gebildet wurde. Da wir nichts anderes tun konnten, schritten wir weiter in das Dorf hinein, zunächst, ohne bemerkt zu werden, denn jedermann war infolge des Regens unter Dach. Allerdings begannen bald Hunde anzuschlagen und eine Frau, die aus der Tür eines Hauses blickte, bekam uns zu Gesicht. Sie schrie auf, und eine Minute später erschienen Männer mir rasierten Köpfen und langen weißen Gewändern und liefen, große Speere schwingend, auf uns zu.

»Hans«, sagte ich, »halte deine Büchse bereit, aber schieße nicht, wenn du nicht dazu gezwungen bist! Hier werden uns Worte bessere Dienste tun als Kugeln.«

»Gut, Baas, aber ich glaube, daß keines von beiden uns viel nützen wird.«

Hierauf setzte er sich auf den Stamm eines gestürzten Baumes, der an der Seite des Weges lag, nieder, um zu warten, und ich folgte seinem Beispiel, wobei ich die Gelegenheit benützte, meine Pfeife anzuzünden.

9

Das Fest

Als sie nur noch einige Schritte von uns entfernt waren, blieben die Männer stehen, anscheinend überrascht durch unsere Erscheinung, welche gewiß nicht vorteilhaft von der ihrigen abstach, denn sie hatten alle das prächtige Äußere der Walloos. Offenbar waren sie aber noch viel mehr verblüfft über das Zündholz, mit dem ich meine Pfeife entzündete und ebenso über die Pfeife selbst, denn, obwohl dieses Volk Tabak pflanzte, verwendete man ihn dort nur zum Schnupfen.

Das Zündholz erlosch, und ich strich ein zweites an. Bei diesem plötzlichen Aufflammen von Feuer traten die Männer entsetzt zwei oder drei Schritte zurück. Schließlich fragte einer von ihnen, auf das brennende Zündholz deutend, in derselben Sprache, wie die Wallos:

»Was ist das, Fremdling?«

»Magisches Feuer«, entgegnete ich und fügte wie in plötzlicher Erleuchtung hinzu, »das ich als Geschenk für den großen Heu-Heu hierhergebracht habe.«

Diese Aufklärung schien sie zu besänftigen, denn sie senkten ihre Speere und wandten sich einem Mann zu, der eben jetzt hinzutrat. Es war ein kräftiger, gut aussehender Mann von repräsentablem Äußern mit einer gekrümmten Nase und flammenden schwarzen Augen. Er trug eine Priestermütze auf dem Kopf, und seine weißen Gewänder waren bestickt.

»Ein großer Kerl, der da, Baas«, flüsterte mir Hans zu, und ich nickte. Gleichzeitig bemerkte ich, daß die anderen Priester sich vor ihm verneigten, wenn sie mit ihm sprachen.

Dacha in Person, dachte ich bei mir, und sicherlich hatte ich recht.

Er trat vor und sagte, auf das Wachszündhölzchen blickend:

»Wo lebt dieses magische Feuer, von dem du sprichst, o Fremdling?«

»In dieser, mit heiligen Geheimzeichen bedeckten Büchse«, entgegnete ich und hielt ihm eine Schachtel mit der Aufschrift »Wax Vestas, Made in England« vor die Augen. Dann fügte ich feierlich hinzu: »Wehe dem, der sie berührt oder dem, der sie ohne Verständnis an sich nimmt, denn zweifellos schlagen dann die Flammen hervor und verzehren den Tollkühnen, o Dacha.«

Jetzt folgte Dacha dem Beispiel seiner Gefährten und trat etwas zurück, wobei er bemerkte:

»Wie kennst du meinen Namen, und wer ist der, der Heu-Heu dieses Geschenk von selbst entstehendem Feuer sendet?«

»Ist nicht der Name Dacha bekannt bis an die Grenzen der Erde?« fragte ich, und diese Bemerkung schien ihm überaus zu gefallen. »Ja, er ist bekannt bis dahin, wo seine Zauberformel hinreicht, das ist, bis zum Himmel empor und wieder zurück. Der aber, der das magische Feuer sendet, ist ein großer, ein hervorragender Zauberer, wenn auch nicht ganz so hervorragend wie Dacha. Er ist ein Mann, der Zikali, der ›Eröffner der Wege‹ und ›Das Ding, das niemals hätte geboren werden sollen‹ genannt wird!«

»Wir haben von ihm gehört«, sagte Dacha. »Seine Boten kamen hierher in unserer Väter Tagen, und was wünscht Zikali von uns, o Fremdling?«

»Er bittet euch um Blätter von einem gewissen Baum, der in Heu-Heus Garten wächst und den man den ›Baum der Träume‹ nennt, denn er braucht diese, um sie mit seinen Zaubermitteln zu vermengen.«

Dacha nickte, und auch die anderen Priester senkten zustimmend das Haupt. Anscheinend war ihnen dieser ›Baum der Träume‹, wie ich, oder besser gesagt Zikali, ihn genannt hatte, sehr gut bekannt.

»Aber warum ist er dann nicht selbst gekommen, um sie zu holen?«

»Weil er alt und kränklich ist, weil er durch große Geschäfte zurückgehalten wird. Weil es leichter für ihn war, mich auszusenden, der ich mich als Verehrer alles Heiligen danach sehnte, Heu-Heu meine Ehrerbietung zu erweisen und die Bekanntschaft des berühmten Dacha zu machen.«

»Ich verstehe«, entgegnete der Priester, in höchstem Grade geschmeichelt, wie ich an seinem Gesichtsausdruck sah. »Aber wie wirst du genannt, Bote Zikalis?«

»Mich nennt man den ›Blasenden Wind‹, denn ich dringe überall hin und niemand sieht mich kommen und gehen; deshalb bin ich auch der beste und schnellste aller Boten. Und dieser kleine Mann hier, in dessen schwachen Körper eine große Seele wohnt« – ich deutete auf den grinsenden Hans, der jetzt den Humor der Situation und die Vorteile, die sie uns für unsere Absicht bringen konnte, wohl zu würdigen verstand – »heißt ›Herr des Feuers‹ und ›Licht in der Finsternis‹ (dies paßte ausgezeichnet und machte einen großen Eindruck), denn er ist der Hüter des magischen Feuers.« Dies stimmte, denn er hatte etwa ein halbes Dutzend Reserveschachteln in seiner Tasche, die er im Laufe der Zeit zusammengestohlen hatte. »Mit diesem Feuer«, fuhr ich fort, »ist er imstande, die ganze Insel in Flammen aufgehen zu lassen, wenn er beleidigt wird, und alles darauf Lebende zu vernichten. Ja, er verfügt über mehr davon, als in dem Schlunde dieses Berges verborgen ist.«

»Kann er das wirklich, bei Heu-Heu!« sagte Dacha und betrachtete Hans mit großem Respekt.

»Gewiß kann er dies; so mächtig ich auch bin, ich muß wohl achten, ihn nicht zu erregen, sonst ist er imstande, auch mich zu Asche zu verbrennen.«

In diesem Augenblick schien Dacha ein Zweifel zu kommen, denn er fragte:

»Sagt mir, ›Blasender Wind‹ und ›Herr des Feuers‹, wie seid ihr auf die Insel gekommen? Wir bemerkten ein von einigen unserer frevelhaften Diener bemanntes Kanu, das jetzt verfolgt wird, damit seine Besatzung getötet werde wegen des Verbrechens, das sie durch Annäherung an diesen heiligen Ort begangen habe. Wart ihr vielleicht in diesem Kanu?«

»Gewiß, wir waren darin«, entgegnete ich frech. »Als wir in der Stadt dort drüben ankamen, traf ich eine Jungfrau von großer Schönheit, namens Sabeela. Diese fragte ich, wo der große Dacha wohne, und sie wies mich her. Sie sagte auch, daß sie dich kenne und daß du der schönste und edelste, wie auch der weiseste der Männer seist. Ferner sagte sie, daß sie selbst uns mit einigen ihrer Diener, einschließlich eines einfältigen Burschen namens Issicore, von dem sie sich nicht losmachen kann, auf die Insel hinüberrudern würde, denn sie hoffe, dich wieder einmal zu sehen.« (Ich bemerke, meine Freunde, daß ich diese Lüge vollkommen ruhig aussprechen konnte, da ich wußte, daß Issicore mit seinen Leuten entkommen war.) »So brachte sie uns hierher und setzte uns ans Land, damit wir zunächst die verschüttete Stadt besichtigen konnten. Aber dann vertrieben sie deine Leute, so daß wir gezwungen waren, zu Fuß hierher zu kommen. Das ist alles.«

Jetzt wurde Dacha sichtlich erregt. »Ich bete zu Heu-Heu«, sagte er, »daß diese Narren sie nicht gefangen und gleich den übrigen getötet haben!«

»Ich bete auch darum, denn sie ist zu schön, um zu sterben«, entgegnete ich, »sie, die dem besten Mann ein liebliches Weib sein könnte! Aber halt, ich werde dir sagen, was geschehen ist! Herr des Feuers, entzünde deine Flammen!«

Hans zog ein Zündholz hervor und entzündete es am Hosenboden, der der einzige trockene Teil an ihm war. Er hielt es mir in seinen geschlossenen Händen entgegen, und ich starrte mit leisem Gemurmel darauf. Da flüsterte er: »Mach schnell, Baas, es verbrennt mir die Finger!«

»Alles ist gut«, sagte ich feierlich. »Das Kanu mit Sabeela, der Wunderschönen, ist deinen Leuten entkommen, denn andere Kanus, sieben – nein, acht an der Zahl«, verbesserte ich mich, indem ich die Asche des Zündhölzchens und die Blase an Hansens Finger aufmerksam betrachtete, »erschienen von der Stadt her und vertrieben deine Leute in dem Augenblick, als sie die Fürstin Sabeela einholen wollten.«

Dieser Trumpf kam zur rechten Zeit, denn in diesem Augenblick erschien ein Bote und gab Dacha denselben Bericht, den er mit vielen Verbeugungen begleitete.

»Wunderbar!« rief der Priester. »Wunderbar! Das sind einmal wirkliche Zauberer!« Und er betrachtete uns mit großer Ehrfurcht. Dann schienen ihm aber wieder Zweifel aufzusteigen.

»Herr«, sagte er, »Heu-Heu ist der Herrscher über das wilde haarige Volk, das die Wälder bewohnt und nach ihm Heuheuas genannt wird. Uns kam die Kunde, daß eines ihrer Weiber auf geheimnisvolle Weise mit einem Knall durch Fremdlinge getötet worden sei. Hast du etwas mit diesem Todesfall zu tun, o Herr?«

»Gewiß«, entgegnete ich. »Sie belästigte den ›Herrn des Feuers‹ mit ihren Aufmerksamkeiten, deshalb brachte er sie um, und das war nur recht und billig. Und ich schnitt einem anderen den Finger ab, der mir die Hand schütteln wollte, obwohl ich ihn von mir gewiesen hatte.«

»Aber wie tötete er sie, Herr?«

Nun muß ich bemerken, daß ein Bewohner dieses Ortes uns ohne jede Liebenswürdigkeit begrüßt hatte, und das war ein großer und ganz besonders wilder Hund, der die ganze Zeit knurrend um uns herumgestrichen war und schließlich nach Hansens Rock geschnappt hatte, den er noch immer knurrend zwischen seinen Zähnen festhielt.

»Scheet! Hans, Scheet een dood!«* flüsterte ich und Hans, dessen Auffassungsgabe immer eine sehr rasche war, steckte seine Hand in die Tasche, in der er seine Pistole verwahrte und indem er die Mündung an den Kopf des Tieres drückte, feuerte er einen Schuß durch das Tuch seiner Hose, so daß der Hund ins Jenseits, das für böse Hunde reserviert ist, hinüberging.

Der Erfolg war allgemeine Bestürzung. In der Tat, einer der Priester stürzte zu Tode erschrocken zu Boden, und die übrigen machten kehrt und liefen davon, außer Dacha, der standhielt.

»Ein wenig von dem magischen Feuer«, bemerkte ich leichthin und klopfte wie von ungefähr an Hansens Hose, die zu glimmen angefangen hatte, wobei ich sagte: »Und hier ist noch genug davon. Aber jetzt, edler Dacha, wird die Nässe immer ärger, und wir sind hungrig. Habe die Güte, und gib uns Obdach und Nahrung.«

»Gewiß, Herr, gewiß!« rief er, und wir brachen auf, indem er mich ehrerbietig zwischen sich und Hans nahm, während die anderen, die inzwischen wieder herbeigekommen waren, uns mit dem toten Hund folgten. Dann plötzlich erholte sich Dacha von seiner Furcht und fragte mich, ob Sabeela noch etwas über seine Person gesagt hätte.

»Nur eines noch«, entgegnete ich, »nämlich, daß es jammerschade sei, wenn ein Mädchen gezwungen werde, einen Gott zu heiraten, wenn es solche Männer in der Welt gebe, wie dich.«

Hier hielt ich inne und beobachtete verstohlen den Eindruck meiner Worte. Sein grobes, aber hübsches Gesicht bekam einen schlauen Ausdruck, und er schnalzte mit den Lippen.

»Gewiß, Herr, gewiß«, sagte er hastig, »aber wer weiß? Die Dinge sind nicht immer so, wie sie erschei-

* »Schieß ihn tot, Hans!«

nen, Herr, und ich habe bemerkt, daß manchmal der treue Diener den Zehnten von den Opfern einhebt, die seinem Herrn dargebracht werden.«

Aha! Jetzt habe ich dich, dachte ich bei mir, du, mein Freund, bist Heu-Heu oder auf alle Fälle sein Kompagnon.

Aber laut bemerkte ich, einen Blick auf den gestrengen Hans werfend, daß Dachas Beobachtungsgabe sehr scharf sei und wie er richtig bemerkt habe, die Dinge tatsächlich nicht immer das wären, was sie schienen, was man auch am ›Herrn des Feuers‹ sehen könne.

Wir überschritten eine ebene Felsplatte, an deren rechter Seite ich jenseits einer Art Garten die Mündung einer großen Höhle bemerkte. An der Ecke dieser Plattform bot sich uns ein seltsamer Anblick, denn hier brannten am Ufer des Sees und in einer Entfernung von etwa zwanzig Schritten voneinander zwei riesige Flammensäulen, welche bis jetzt durch die Terraingestaltung und durch Bäume unseren Blicken verborgen gewesen waren und zwischen denen ein Felspfeiler errichtet war.

Die ›immerdauernden Feuer‹, dachte ich bei mir und erkundigte mich wie von ungefähr nach ihnen.

»Das sind Flammen, die seit jeher auf diesem Platze lodern, wir wissen nicht, warum«, entgegnete Dacha gleichgültig. »Kein Regen kann sie auslöschen.«

Ah, überlegte ich im stillen, natürliches Erdgas, das aus dem Vulkan strömt, wie ich derartiges in Kanada bereits gehört habe. Dann wandten wir uns nach rechts hin, der äußeren Mauer des bereits erwähnten Gartens entlang und kamen zu einigen schönen Häusern, die bei einiger Phantasie den Eindruck einer klösterlichen Niederlassung machten, denn sie waren alle einstöckig und mit dem Rücken an den Berg angebaut. Und in der Tat hatte ich auch recht, denn dies waren die Wohnungen der Priester Heu-Heus und ihrer zahlreichen weiblichen Angehörigen. Diese Priester hatten Privilegien, denn während auf dem Festland der Mann meistens bloß ein Weib nahm, waren sie polygam, und ihre Frauen wurden ihnen auf ihre Geisterdrohung hin von den unglücklichen Walloos zur Verfügung gestellt, oder sie verschafften sie sich, wenn diese Drohung keinen Erfolg hatte, durch das einfache, altbekannte Mittel des Frauenraubs. Sobald die armen Mädchen die Insel betreten hatten und so dem Gotte geweiht wurden, verschwanden sie auf immer für ihre Angehörigen, und es wurde ihnen späterhin nie mehr erlaubt, das Wasser zu überschreiten oder auch nur mit ihnen in Verbindung zu treten. Kurz, wer in Heu-Heus Leben eintrat, war tot für die Welt.

Man führte Hans und mich zum größten dieser Häuser, das unmittelbar an die Mauer des Gartens stieß, dessen Bewohner offenbar bereits von unserer Ankunft durch Boten verständigt worden waren, denn wir trafen sie bereits mitten in geschäftiger Vorbereitung. Ich sah hübsche, weißgekleidete Frauen umherhuschen und vernahm kurze Befehle. Man brachte uns in ein Zimmer, wo ein Feuer auf dem Herd entzündet worden war, denn die Nacht war feucht und kühl, und wir wärmten und trockneten uns daran, nachdem wir uns gewaschen hatten. Etwas später erschien ein Priester und lud uns zum Essen ein, worauf er sich vor die Tür zurückzog und wartete, bis wir bereit sein würden, ihm zu folgen.

»Hans«, sagte ich, »bis jetzt ist alles gut gegangen; man hat uns als Freunde Heu-Heus aufgenommen nicht als seine Feinde.«

»Ja, Baas, dank der Klugheit des Baas mit den Zündhölzchen und so weiter. Aber was hat der Baas vor?«

»Folgendes, Hans: Es muß auch weiter alles gut gehen, denn wir müssen daran denken, was unsere Pflicht ist, nämlich Sabeela zu retten, wenn wir es können, denn wir haben es geschworen. Wenn wir aber dies zustande bringen wollen, so müssen wir unsere Augen offen und unseren Geist klar halten. Ich mache dich aufmerksam, Hans, daß man hier sonderbare Getränke kennt, die man uns anbieten wird, um uns gesprächig zu machen, aber solange wir hier sind, dürfen wir nichts trinken als Wasser. Verstehst du, Hans?«

»Ja, Baas, ich verstehe.«

»Und schwörst du es, Hans?«

Hans rieb sich nachdenklich den Bauch und entgegnete:

»Mein Magen ist kalt, Baas, und mir würde ein Glas voll etwas Wärmendem nach dieser Feuchtigkeit und dem Anblick dieser Steinmenschen recht gut tun. Dennoch, Baas, schwöre ich es. Ja, ich schwöre bei deinem verehrten Vater, daß ich nichts als Wasser trinken werde oder Kaffee, wenn sie solchen bereiten sollten, was natürlich nicht der Fall ist.«

»Du tust recht daran, Hans, du weißt, wenn du deinen Eid brichst, wird mein ›verehrter Vater‹ über dich kommen, und was das jetzige Leben betrifft, wirst du es mit mir zu tun bekommen!«

»Gut, Baas. Aber der Baas soll daran denken, daß die Ginflasche nicht der einzige Köder ist, den der Teufel auf seinem Buckel trägt. Nicht jeder hat den gleichen Geschmack, Baas. Was aber, wenn irgend eine hübsche Dame daherkäme und dem Baas erzählen würde, daß er, oh! so schön sei, und daß sie ihn, oh! so sehr liebe, so eine wie Mameena zum Beispiel, von der der alte Zikali immer als von einer guten Freundin des Baas spricht? Will da der Baas bei seinem ›verehrten Vater‹ schwören ...«

»Schweig und hör auf mit deinem Unsinn!« sagte ich herrisch. »Ist hier der Ort und die Zeit, um über schöne Frauen zu schwätzen?«

Nichtsdestoweniger mußte ich die Schlauheit von Hansens schlagfertiger Entgegnung anerkennen und tatsächlich wurde einst der Versuch gemacht, mir einen Streich dieser Art zu spielen. Doch, wenn ich ans Ende der Geschichte kommen will, werde ich nicht die Zeit haben, euch davon zu erzählen.

Als unser Pakt geschlossen war, traten wir durch die Tür und fanden den Priester draußen auf uns wartend. Er führte uns durch einen Gang in eine schöne Halle, die reichlich mit Lampen beleuchtet war, denn die Nacht war bereits angebrochen. Hier waren mehrere Tische gedeckt, aber wir wurden zu einem Tisch am oberen Ende der Halle geführt, wo wir von Dacha im feierlichen Zeremonienkleid und anderen Priestern willkommen geheißen wurden. Auch Frauen waren da, alle hübsch und schön herausgeputzt in ihrer wilden Art, und ich hielt sie für die Weiber dieser Ehrenmänner. Ich bemerkte, daß eine von ihnen eine deutliche Ähnlichkeit mit Sabeela hatte, obgleich sie um einige Jahre älter zu sein schien als diese.

Wir nahmen am Tisch auf sonderbaren geschnitzten Stühlen Platz, und ich fand mich zwischen Dacha und dieser Frau, deren Name Dramana war. Das Fest begann, und ich muß gleich zu Beginn sagen, daß es ein treffliches Fest war, denn es schien, daß wir zufällig an einem hohen Feiertag angekommen waren. In der Tat, schon seit Jahren hatte ich nicht so ein Mahl zu mir genommen! Natürlich war es in seiner Art barbarisch. So wurde uns die Nahrung auf großen, tönernen Platten serviert, und zwar alles bereits in fertig vorgeschnittenem Zustand; es gab keine Messer und Gabeln, die Finger der Teilnehmer nahmen ihre Stelle ein. Die Teller bestanden aus den dicken grünen Blättern einer Art von Wasserlilien, die zahlreich im See wuchsen und wurden nach jedem Gang fortgenommen und durch neue ersetzt.

Der Qualität nach war das Mahl ausgezeichnet und bestand aus schmackhaftem Fisch, junger Ziege mit Gewürzen, wildem Geflügel und einer Art von Pudding, der aus gemahlenem und mit Honig versüßtem Korn gemacht war. Auch gab es jenes süße starke Eingeborenenbier in Mengen, das in ornamentierten irdenen Krügen herumgereicht wurde, die zwar nicht mit Diamanten und Rubinen, aber mit Perlen eingelegt waren. Diese Perlen wurden in den Schalen von Süßwassermuscheln gefunden, wie ich erfuhr, und in den Ton eingedrückt, so lange er noch feucht war. Sie hatten eine unregelmäßige Form und waren meistens nicht groß, aber ihre Wirkung in dieser Verwendung war ausgezeichnet. Dennoch erreichten einige von ihnen eine besondere Größe, denn Dramana und andere Frauen trugen Halsketten davon.

Ohne mich in nähere Beschreibungen einzulassen, kann ich sagen, daß dieses Fest und seine Ausstattung mich mehr denn je davon überzeugten, daß die Walloos einst einer unbekannten, aber hochkultivierten Rasse angehört hatten, die jetzt in dieser letzten Heimat ausstarb und vor ihrem Aussterben in Barbarei versank.

Gemäß unserer Vereinbarung tranken Hans, der sich auf einen Stuhl hinter mir niedergekauert hatte, denn er wollte sich nicht zu Tisch setzen, und ich nur Wasser, indem wir sagten, daß wir durch ein Gelübde gebunden wären, uns jedes anderen Getränkes zu enthalten. Allerdings hörte ich jedesmal, wenn ein Bierkrug vorbeigereicht wurde, einen tiefen Seufzer hinter mir. Ich kann hinzufügen, daß dies häufig der Fall war, und die Menge des konsumierten Getränks war bedeutend. Man sah dies auch an dem Benehmen der Trinker, von denen mehrere mehr oder minder trunken wurden, was die gewöhnlichen unangenehmen Zwischenfälle herbeiführte, die ich nicht zu beschreiben brauche. Auch wurden sie zärtlich, denn sie schlangen ihre Arme um die Frauen und begannen sie in einer Weise zu küssen, die mir unanständig erschien. Ich bemerkte immerhin, daß die Frau, die sich Dramana nannte, nur wenig trank. Auch blieb sie vor derartigen unwillkommenen Zärtlichkeiten unbelästigt, da sie zwischen mir und einem überaus tauben Priester saß, der bald über seinem Glas einschlief.

Alle diese Umstände und besonders die Tatsache, daß Dacha sehr mit einem hübschen Mädchen an seiner linken Seite beschäftigt war, gaben Dramana und mir Gelegenheit zur Unterhaltung, was ihr sichtlich willkommen war. Nach einigen allgemeinen Bemerkungen sagte sie plötzlich mit leiser Stimme:

»Ich höre, Herr, daß du Sabeela, die Tochter des Walloos, gesehen hast, der Herrscher auf dem Festland ist. Erzähl mir von ihr, denn sie ist meine Schwester, und ich habe sie seit langer Zeit nicht gesehen. Wir betreten niemals das Festland und seine Bewohner besuchen uns nie – wenn sie nicht dazu gezwungen werden«, fügte sie mit Betonung hinzu.

»Sie ist wunderschön, doch lebt sie in großer Angst. Sie, die einen Mann zu heiraten wünscht, soll einem Gott vermählt werden«, entgegnete ich.

»Sie hat recht in Angst zu sein, Herr, denn neben dir sitzt dieser Gott«, und mit einem Schauder von Ekel deutete sie mit einer unmerklichen Kopfbewegung auf Dacha, der bereits vollkommen betrunken und in diesem Augenblick damit beschäftigt war, die Frau an seiner Linken zu umschlingen; auch diese war durch den Alkoholgenuß bereits recht angegriffen, und schien nichts gegen die zudringlichen Zärtlichkeiten zu haben.

»Nein«, sagte ich, »der Gott, den ich meine, heißt Heu-Heu, nicht Dacha.«

»Heu-heu! Du wirst alles über Heu-Heu erfahren, bevor die Nacht verstrichen ist. Dacha ist es, den sie heiraten muß.«

»Aber Dacha ist doch dein Gatte.«

»Dacha ist der Gatte so mancher Frau, o Herr«, und sie schaute auf mehrere der hübschesten Frauen, »denn der Gott ist seinem Oberpriester gegenüber freigiebig. Seit ich zwischen den ewigen Feuern angebunden wurde, haben acht solcher Heiraten stattgefunden, obwohl manche der Bräute bald anderen Priestern übergeben oder wegen Verbrechen gegen den Gott, Fluchtversuche oder anderen Gründen geopfert wurden.

Herr«, setzte sie fort, indem sie ihre Stimme sinken ließ, so daß ich trotz meines feinen Gehörs kaum vernehmen konnte, was sie sagte, »laß dich von mir warnen! Wenn du nicht wirklich ein Gott bist, größer als Heu-Heu, und auch dein Gefährte, so erhebe weder deine Stimme, noch deine Hand, was immer du sehen oder hören wirst! Wenn du es tust, wirst du in Stücke gerissen werden und vielleicht den Tod vieler, vielleicht auch meinen Tod herbeiführen. Pst! Sprich von etwas anderem, er beobachtet uns. Doch, Herr, ich flehe dich an, hilf mir, wenn du es kannst! Rette mich und meine Schwester, wenn es dir möglich ist!«

Ich blickte um mich. Dacha, der aufgehört hatte, seine Genossin mit Zärtlichkeiten zu überschütten, warf uns einen mißtrauischen Blick zu, als ob er das eine oder andere Wort aufgefangen hätte. Vielleicht hatte Hans denselben Verdacht, denn er bemühte sich, einen großen Lärm zu machen, sei es, indem er mit seinem Stuhl rückte oder seinen Becher fallen ließ, und es gelang ihm so, Dachas halbtrunkene Aufmerksamkeit von uns abzuwenden und zu verhindern, daß er etwas hörte.

»Du scheinst Dramana hübsch zu finden, ›Blasender Wind‹«, spöttelte Dacha. »Nun gut, ich bin nicht eifersüchtig und möchte Gästen wie dir, vom Besten geben, was ich habe, besonders wenn der Gott im Begriff ist, so gut zu mir zu sein. Auch weiß Dramana Besseres zu tun, als von Geheimnissen und den Strafen derer zu erzählen, die sie verraten. So sprich nur mit ihr, so viel du willst, ›Blasender Wind‹, bevor du dich selbst zum Teufel bläst«, und er blinzelte mir höhnisch zu, so daß ich mich sehr unbehaglich zu fühlen begann.

»Ich fragte Dramana über den heiligen Baum, von dessen Blättern der große Zauberer Zikali eine Anzahl wünscht, um seine Medizin daraus zu bereiten«, entgegnete ich, als ob ich ihn nicht verstünde.

»Oh!« entgegnete er mit einer Veränderung in seinem Wesen, die andeutete, daß sein Verdacht sich zu zerstreuen begann. »Oh, war es das? Ich dachte, du hättest dich nach anderen Dingen erkundigt. Nun gut, darüber herrscht kein Geheimnis, und sie soll ihn dir morgen zeigen, wenn du es wünschst; auch sonst soll sie dir alles zeigen, denn ich und meine Brüder werden anderwärts beschäftigt sein. Inzwischen kommt hier der ›Becher der Träume‹ mit dem Getränk, das aus den Früchten jenes Baumes gebraut wird und davon mußt du trinken, obwohl du ein Wassertrinker bist und auch der gelbe Zwerg dort, der ›Herr des Feuers‹, denn damit geloben wir uns dem Gotte an, vor dem wir bald hintreten sollen.«

Ich entgegnete schnell, daß ich müde sei und den Gott nicht stören wolle, indem ich ihm bereits jetzt meine Verehrung bezeugte.

»Jeder, der hierher kommt, muß vor den Gott treten, ›Blasender Wind‹«, entgegnete er und fügte hinzu: »Entweder muß er dies lebend tun, oder, wenn er es vorzieht, tot. Hat dir Zikali das nicht gesagt, ›Blasender Wind‹? Also wähle! Willst du lebend des Gottes harren oder willst du ihn tot erwarten?«

Jetzt, dachte ich, war es an der Zeit, mein Ansehen zu wahren, und ich sagte langsam, indem ich diesem bösartigen Wilden fest in die Augen blickte: »Wer wagt es, zu mir von Tod zu sprechen? Wer weiß nicht, daß ich Herr über den Tod bin? Wünscht er vielleicht, das Schicksal jenes Hundes vor der Tür zu teilen? So erfahret denn, o Priester Heu-Heus, daß es gefährlich ist, mir oder dem ›Herrn des Feuers‹ gegenüber drohende Worte zu gebrauchen, denn wir könnten dies mit tödlichen Blitzen beantworten!«

Diese Bemerkungen oder etwas in meinen Augen schienen ihn einzuschüchtern. Auf alle Fälle wurde er nachgiebig, ja fast demütig, besonders da Hans sich erhoben hatte und an meiner Seite stand, indem er in seiner ausgestreckten Hand die Zündholzschachtel hielt, auf die alle mißtrauisch blickten. Wie hätten sie erst geschaut, wenn sie gewußt hätten, daß seine andere Hand, unschuldig in der Tasche vergraben, den Griff eines ausgezeichneten Coltrevolvers umfaßte. Ich hätte zu Anfang erwähnen sollen, daß wir unsere Büchsen, da wir sie nicht zum Fest hatten mitnehmen können, geladen und gespannt in unseren Betten hatten verstekken müssen, so daß sie sicherlich sofort losgegangen wären, wenn jemand sie betastet hätte.

»Verzeihung, Herr, Verzeihung«, sagte Dacha, »konnte ich die Absicht haben, einen so mächtigen Häuptling zu beleidigen? Wenn ich etwas Ungehöriges gesagt habe – gib nicht mir die Schuld, denn dieses Bier ist stark.«

Ich nickte nachsichtig, entsann mich aber des alten Römers, der behauptete, daß im Wein Wahrheit liege. Hierauf wies er, gleichsam um das Thema zu wechseln, zum Ende des Raums hin; dort erschienen zwei hübsche Mädchen in außerordentlich leichter Kleidung und mit Kränzen im Haar, die einen großen Humpen eines Getränks herbeitrugen, in welchem rote Blumen schwammen. Die ganze Szene erinnerte mich lebhaft an ein Gemälde, das ich einst gesehen und das ein Fest der alten Römer oder vielleicht auch der Ägypter nach einem Fresko darstellte. Sie brachten diesen Humpen vor Dacha und erhoben ihn mit einer rhythmischen Bewegung ihrer zierlichen Körper, worauf die ganze Gesellschaft, soweit sie nicht total besoffen war, sich erhob, sich vor dem Gefäß verneigte und zweimal hintereinander ausrief:

»Der Trank der Träume! Der Trank der Träume!«

»Trink!« sagte Dacha zu mir, »trink zur Ehre Heu-Heus!«; dann, als er sah, daß ich zögerte, fügte er hinzu: »Gib her, ich will zuerst davon trinken, um dir zu zeigen, daß der Trank nicht vergiftet ist.« Hierauf murmelte er: »O Geist Heu-Heus steige herab auf deine Priester!« und tat einen langen Zug.

Hierauf brachten mir die Frauen den Humpen, der mich an den Liebesbecher an einem Bürgermeisterfest erinnerte, und hielten ihn an die Lippen. Ich nahm einen winzigen Schluck und bewegte meine Kehle, als ob ich eine größere Menge zu mir genommen hätte. In Wirklichkeit schluckte ich nur einen Tropfen. Hierauf kam Hans an die Reihe, dem ich über die Schulter hinweg ein holländisches Wort zuflüsterte, nämlich ›Beetje‹, das heißt ›wenig‹, und, da ich meinen Kopf nach ihm umwendete, dachte ich, er folge diesem Wink. Hierauf wanderte der Humpen, dessen Inhalt, wie ich hinzufügen will, eine grüne Farbe hatte und etwas nach Chartreuse schmeckte, von einem zum andern der Festgenossen, bis alle Anwesenden daraus getrunken, und die Mädchen, die ihn trugen, den letzten kleinen Rest genossen hatten.

Das sah ich noch, dann konnte ich eine Zeitlang nichts sehen, denn so klein der Schluck auch gewesen war, den ich gemacht hatte, stieg mir doch das Getränk augenblicklich zu Kopf und schien mein Gehirn zu benebeln. Außerdem zuckten mir alle Arten von Visionen, darunter auch weniger angenehme, durch den Kopf, und ich hatte ein Gefühl von riesiger Weite, bevölkert von unzähligen Figuren, wunderschönen und grotesken Gestalten, Schatten von Leuten, die ich gekannt hatte und die jetzt schon lange tot waren, und anderen Personen, die ich niemals gesehen hatte! Alle hatten die Eigentümlichkeit, daß sie mich mit unheimlicher Aufmerksamkeit anzuglotzen schienen. Auch vereinigten sich diese Gestalten zu Gruppen und begannen gleichsam allerlei Dramen aufzuführen, Dramen von Krieg und Liebe und Tod, die alle die Lebhaftigkeit eines Alpdrückens hatten.

Plötzlich aber verschwanden diese Spukgestalten,

mein Kopf wurde wieder klar, und ein herrliches Gefühl von Ruhe und Wohlbefinden erfüllte mich. Zugleich schien meine Beobachtungsgabe bedeutend geschärft zu sein.

Ich blickte um mich und bemerkte, daß alle, die getrunken hatten, einen ähnlichen Prozeß durchzumachen schienen. Zunächst zeigten sie Zeichen von Erregung; dann aber wurden sie ganz still und saßen gleich Bildsäulen, während ihre Augen ins Leere gerichtet waren – wortlos, unbeweglich.

Dieser Zustand dauerte ziemlich lange Zeit, bis schließlich jene, die zuerst getrunken hatten, zu erwachen schienen, denn sie begannen mit leiser Stimme untereinander zu sprechen. Ich bemerkte, daß jedes Zeichen von Trunkenheit verschwunden war; jeder einzelne schien so nüchtern zu sein wie ein ganzes Richterkollegium. Ja, ihre Gesichter waren feierlich geworden, und ihre Augen schienen von einer kalten, unabänderlichen Absicht erfüllt zu sein.

10

Die Opferung

Nach einer feierlichen Pause erhob sich Dacha und sagte mit eisiger Stimme:

»Ich höre den Gott nach uns rufen; lasset uns in die Gegenwart des Gottes eingehen und ihm das jährliche Opfer darbringen!«

Hierauf bildete sich ein Zug, Dacha und Dramana schritten als erste, dann folgten Hans und ich, und nach uns kamen alle, die am Fest teilgenommen hatten, insgesamt etwa fünfzig Leute.

»Baas«, flüsterte Hans, »nachdem ich dieses Zeug getrunken hatte, das so angenehm und wärmend war, daß ich wünschte, du hättest mich mehr trinken lassen, kam dein verehrter Vater zu mir herab und sprach zu mir!«

»Und was hat er zu dir gesagt, Hans?«

»Er sagte, Baas, daß wir uns da in einer sonderbaren Gesellschaft befänden und besser tun würden, unsere Augen offen zu halten. Auch würde es klüger sein, uns nicht um Dinge zu kümmern, die uns nichts angingen.«

Ich überlegte, daß ich vor kaum einer Stunde einen ähnlichen Rat von einer vollkommen irdischen Seite erhalten hatte. Dies war ein seltsames Zusammentreffen, wenn nicht Hans ihn vielleicht vernommen oder unbewußt aufgeschnappt hatte. Ich entgegnete ihm nur, daß derartige Aufträge immerhin durchgeführt werden müßten und daß er, was immer sich ereignete, gut daran tun würde, ruhig zu bleiben. Gleichwohl sollte er seine Pistole bereit halten, jedoch nur bei unbedingter Notwendigkeit davon Gebrauch machen, wenn es gälte, uns vor dem Tod zu bewahren.

Der Zug verließ die Halle durch eine rückwärtige Tür hinter dem Tisch, an dem wir gesessen hatten und betrat eine Art mit Lampen beleuchteten Stollen, doch konnte ich nicht sehen, ob er aus dem Fels herausgehauen oder aus Steinblöcken zusammengesetzt war. Nachdem wir diesen Tunnel etwa fünfzig Schritte entlanggegangen waren, befanden wir uns plötzlich in einer großen Höhle, die ebenfalls schwach mit Lampen erleuchtet war. Das Licht war so schwach, daß man eher von Lichtflecken in der uns umgebenden Dunkelheit sprechen konnte.

Hier verließen uns alle Priester einschließlich Dachas; wenigstens konnte ich keinen von ihnen mehr bemerken, nur die Frauen blieben in der Höhle zurück und knieten dort einzeln und in einer gewissen Entfernung voneinander nieder. Sie sahen aus wie zerstreute Gläubige in einer schwach beleuchteten Kathedrale, wenn kein Hochamt gelesen wird.

Dramana, deren Obhut wir anvertraut zu sein schienen, führte uns an eine Steinbank, auf der wir Platz nahmen. Ich bemerkte, daß sie nicht wie die übrigen niederkniete. Eine Zeitlang saßen wir schweigend und blickten in die Finsternis uns gegenüber, wo keine Lampen brannten. Die Geschichte war etwas unheimlich in dieser Umgebung, und ich gestehe, daß sie mir auf die Nerven zu gehen begann. Schließlich konnte ich es nicht länger aushalten und fragte Dramana flüsternd, ob sich jetzt etwas ereignen würde und was es wäre.

»Jetzt wird die Opferung stattfinden«, flüsterte sie zurück. »Aber ich bitte dich, schweige jetzt, denn hier sind überall die Ohren des Gottes.«

Ich gehorchte, da ich dies für sicherer hielt, und weitere zehn Minuten vergingen in unerträglicher Stille.

»Wann beginnt das Schauspiel, Baas?« flüsterte mir Hans ins Ohr. (Einst hatte ich ihn in das Theater in Durban geführt, um seine Bildung zu erhöhen, und er glaubte jetzt in einem anderen zu sein, obwohl es sicherlich etwas ungewöhnlich war.)

Ich stieß ihn gegen das Schienbein, um ihn zur Ruhe zu bringen. In diesem Augenblick vernahm ich in einiger Entfernung einen Gesang. Es war eine traurige, melancholische Musik, die zwischen zwei Gruppen Sängern hin und zurück zu schwingen schien, immer eine Strophe und Antistrophe, wenn dies die richtigen Bezeichnungen sind, die jedesmal in eine Art verzweiflungsvolles Geheul oder Geschrei ausgingen, das mir das Blut zu Eis erstarren ließ. Als dies eine Weile gedauert hatte, glaubte ich, vor uns in der Finsternis Gestalten zu erblicken. Auch Hans hatte diesen Eindruck, denn er flüsterte:

»Die haarigen Leute sind hier, Baas.«

»Kannst du sie sehen?« fragte ich mit ebenso leiser Stimme.

»Ich glaube, Baas. Auf alle Fälle kann ich sie riechen.«

»Dann halte deine Pistole bereit!« entgegnete ich.

Einen Augenblick später sah ich eine brennende Fakkel uns gegenüber sich bewegen, obgleich ich deren Träger nicht unterscheiden konnte. Die Fackel wurde zu Boden gekehrt, und ich hörte das Geräusch sich entzündenden Kienspans. Eine kleine Flamme sprang empor und beleuchtete einen Haufen zum Brennen vorbereiteter Scheiter und dahinter die große Gestalt Dachas, der eine sonderbare Kopfbedeckung trug und in ein weißes, priesterliches Gewand von anderer Beschaffenheit als das, welches er beim Fest getragen hatte, gehüllt war. Zwischen seinen Händen hielt er einen weißen Menschenschädel so in den Händen, daß die Schädeldecke gegen den Boden gekehrt war.

»Brenne Pulver der Trugbilder, brenne!« schrie er, »und zeige uns, wonach wir begehren!« und leerte aus dem Menschenschädel eine Menge Pulver auf den brennenden Holzhaufen.

Ein dichter, durchdringender, alles verhüllender Rauch erhob sich, der die Höhle zu erfüllen schien, obwohl sie riesig war. Er verzog sich, und es folgte ihm das Aufflackern einer leuchtenden Flamme, die die ganze Örtlichkeit hell erleuchtete und einen fürchterlichen Anblick enthüllte.

Hinter dem Feuer in einer Entfernung von etwa zehn Schritten befand sich ein furchtbares Ding, eine entsetzliche schwarze Gestalt in der Höhe von mindestens zwölf Fuß. Es war die Gestalt Heu-Heus, wie wir ihn in der Höhle in den Drakensbergen abgebildet gesehen hatten, doch erschien das Bild dort viel zu geschmeichelt. Denn dies hier war das wirkliche Ebenbild des Teufels, etwa die Ausgeburt der Phantasie eines verrückten Mönchs. Aus seinen Augen blitzte rotes Licht.

Wie ich bereits gesagt habe, glich die Gestalt einem Riesengorilla, und doch war es eher ein Mensch, nein, kein Mensch, sondern ein Teufel! Da war das lange graue Haar, das in Büscheln den Körper bedeckte, da war der große, rote, buschige Bart, da waren die riesigen

Glieder, die langen Arme und die Hände mit Klauen an Stelle der Daumen und zusammengewachsenen Fingern. Da war der Stiernacken mit dem kleinen Kopf an der Spitze, der irgendwie dem eines alten Weibes mit gekrümmter Nase glich. Der riesige Mund, aus dem Fangzähne wie von einem Pavian vortraten. Die runde, massive, intelligente Stirn, die tief eingesunkenen, starrenden Augen, die jetzt mit rotem Feuer erleuchtet waren, und da war auch das grausame Lächeln! – Nur war alles noch verstärkt! – Auch hier war die Gestalt eines toten Mannes zu sehen, in dessen Brust die Klauen seiner Füße getrieben waren, und in der linken Hand hielt das Ungeheuer den Kopf, den es vom Körper dieses Mannes gerissen hatte.

Oh, offensichtlich konnte der Maler des Gemäldes in den Drakensbergen kein Buschmann gewesen sein, wie ich angenommen hatte, sondern ein Priester Heu-Heus, den das Schicksal oder der Zufall in längst vergangenen Jahren dorthin verschlagen hatte, und der es als Gegenstand seiner persönlichen Anbetung gemalt hatte. Als ich das Ding erblickte, stöhnte ich laut auf und dachte, jeden Augenblick vor Entsetzen zu Boden zu sinken, so höllisch war es! Aber Hans ergriff mich am Arm und sagte:

»Aber Baas, erschrick nicht! Es lebt ja nicht; es ist nichts als ein angemaltes Steinbild, in dem man Feuer angemacht hat.«

Ich starrte genauer hin; er hatte recht!

Heu-Heu war nichts als ein Fetisch! Heu-Heu lebte nicht, außer in den Herzen seiner Anbeter!

Nur, aus welchem satanischen Geiste war er entsprungen?

Ich atmete erleichtert auf, als mir das klar geworden war, und begann, Einzelheiten zu beobachten. Es gab davon genug zu sehen. Zum Beispiel standen da an jeder Seite der Statue jene widerlichen haarigen Leute in Reihen angeordnet, und zwar die Männer rechts, die

Weiber links, alle hatten weiße Tücher um ihre Lenden gewunden. Gegenüber diesen Reihen standen hinter ihrem Oberpriester Dacha die anderen Priester, Heu-Heus Geistlichkeit, und auf einem erhöhten Tisch hinter ihnen, direkt am Fuße des Sockels der Statue (denn ich sah jetzt, daß sie auf einer Art Piedestal errichtet war, um sie größer erscheinen zu lassen) lag ein toter Körper, der Leichnam eines haarigen Weibes, wie das helle Licht der Flamme zeigte.

»Baas«, sagte Hans wieder, »ich glaube, das ist das Gorillaweibchen, das ich auf dem Fluß erschossen habe. Mir scheint, ich erkenne ihr hübsches Gesicht wieder.«

»Wenn das der Fall ist, so hoffe ich, daß wir ihr nicht bald auf diesem Tisch Gesellschaft leisten werden«, entgegnete ich.

Hierauf überkam mich ganz plötzlich ein toller Rausch; alle wurden toll! Ich nehme an, daß der Dampf dieses verdammten Pulvers uns zu Kopf gestiegen war. Hatte es nicht Dacha das Pulver der Trugbilder genannt? Gewiß erzeugte es genügend Illusionen, meistens widerliche, wie jene eines Alpdrucks.

Dennoch hatte ich, bevor mich der Rausch vollständig übermannte, Geistesgegenwart genug, um zu erkennen, was uns geschah, und ich ergriff Hans beim Arm, der offenbar auch benebelt wurde, um ihn zur Ruhe zu veranlassen. Dann überkamen uns die Traumbilder, die ich euch wirklich nicht beschreiben kann. Ihr habt sicherlich schon von dem Einfluß des Opiumrausches gelesen, meine Freunde: nun gut, es war etwas Derartiges, nur viel, viel ärger.

Ich träumte, daß Heu-Heu von seinem Piedestal herabgestiegen sei und tanzend die Halle herabgeschritten käme, daß er sich dann über mich neigte und mich auf die Stirn küßte. In Wirklichkeit, glaube ich, war es Dramana, die mich küßte, denn auch sie hatte der Rausch übermannt. Alle schlechten Taten meines Lebens erlebte ich im Geiste noch einmal, und alle in ihrer Gesamtheit schienen mich tatsächlich zu einem verachtenswerten Sünder zu stempeln, und dies war nur natürlich, denn die guten wurden völlig übergangen. Das haarige Volk begann einen höllischen Tanz vor der Statue. Die Frauen um uns her phantasierten und stießen unter unmöglichen Gesichtsverzerrungen ein Geheul aus; die Priester schwangen ihre Arme und stießen anbetende Schreie aus, wie die Baalspriester im Alten Testament. Kurz gesagt, es war buchstäblich der Teufel los!

Und dennoch, sonderbar genug, war dies alles wild, phantastisch erregend, und ich schien es tatsächlich zu genießen! Dies zeigt, wie schlecht wir im Grunde sein müssen. Ein Blick in die Hölle ist nicht uninteressant, so lange man am festen Land unserer Erde zurückbleibt, selbst wenn man gelegentlich durch ihre höllischen Ausströmungen angesteckt wird.

Plötzlich war der Alp zu Ende, ebenso unmittelbar, wie er gekommen war, und ich erwachte und fand meinen Kopf an Dramanas Schulter oder den ihren an meiner, ich weiß nicht mehr, welches von beiden, während Hans beschäftigt war, meine Stiefel zu küssen, unter dem Eindruck, daß es die keusche Stirn irgendeiner schwarzen Jungfrau sei, die er vor einigen dreißig Jahren gekannt hatte. Ich stieß ihn an seine dicke Nase, worauf er sich erhob und sich in Entschuldigungen erging, indem er bemerkte, daß dies das stärkste ›Docca‹ – der Hanf, den die Eingeborenen rauchen, um sich zu betäuben – gewesen sei, das er jemals gekostet habe.

»Ja«, entgegnete ich, »und ich verstehe jetzt, woher Zikali seine Zauberkünste hat. Es ist kein Wunder, daß er mehr von den Blättern dieses Baumes wünscht und es der Mühe wert gefunden hat, uns so weit auszusenden, um ihm welche zu holen.«

Dann schwieg ich, denn irgend etwas in der Atmosphäre des Orts nahm meine Aufmerksamkeit in Anspruch. Ein eisiger Schauer schien sich herabgesenkt zu haben, und die Anwesenden schienen im Gegensatz zu ihrer vorherigen Zügellosigkeit plötzlich keinen anderen Gedanken zu haben, als sich würdig zu benehmen. Da standen sie nun, schwitzten vor Frömmigkeit aus allen Poren und starrten mit hingerissenem Ausdruck auf das widerliche Bildnis ihres Gottes. Nur mir erschienen deren Gesichter immer grausamer zu werden. Es schien, als ob sie die Erfüllung irgendeines entsetzlichen Dramas mit einer Art kalter Freude erwarteten, was natürlich eine Nachwirkung ihrer gottlosen Trunkenheit sein mochte. Es wiederholte sich die Szene beim Fest, nur mit einem Unterschied: Damals waren sie durch ein Getränk und jetzt waren sie durch Dämpfe berauscht worden. Doch ich wußte noch nicht, was ihre Ernüchterung herbeigeführt hatte. Vielleicht ihr Herr und Gebieter, Satan!

Das Feuer brannte noch hell, obwohl es keine solchen Dämpfe mehr entweichen ließ und wahrscheinlich durch natürliches Brennmaterial unterhalten wurde. Bei seinem Schein sah ich, wie Dacha das Götzenbild mit leidenschaftlichen Gebärden ansprach. Was er sagte, konnte ich nicht vernehmen, denn in meinen Ohren summte es noch, und ich konnte nichts hören. Plötzlich wandte er sich zu uns und winkte uns.

»Was will er von uns?« fragte ich Dramana, die jetzt, ein vollkommenes Abbild der Anständigkeit, neben mir saß.

»Er sagt, ihr möget hinaufkommen und dem Gott eure Opfer darbringen!«

»Was für ein Opfer?« fragte ich, im Glauben, daß damit vielleicht eine körperliche Schädigung verbunden wäre.

»Die Opferung des geheiligten Feuers, das der ›Herr des Feuers‹ mit sich trägt«, und sie zeigte auf Hans.

Ich war für einen Augenblick verblüfft, aber dann bemerkte Hans:

»Ich denke, sie meint die Streichhölzer, Baas.«

Da verstand ich und hieß ihn eine neue Schachtel Best Wax Vestas hervorzuholen und sie auf seiner Hand emporzuhalten. So ausgerüstet, traten wir vor und, am Feuer vorbeischreitend, verneigten wir uns vor dem teuflischen Abbild Heu-Heus in der Weise, wie der biblische Potentat, den der Prophet heilte, sich ausbedang, es in dem Hause Rimmons tun zu dürfen. Hierauf legte Hans, auf die gemurmelten Weisungen Dachas hin, feierlich die Zündholzschachtel auf den Steintisch, worauf wir uns zurückziehen durften.

Etwas Lächerlicheres als diese Szene kann man sich überhaupt nicht vorstellen. Ich glaube, daß ihre Absurdität durch den in die Augen springenden, tatsächlich fürchterlichen Kontrast hervorgerufen oder zumindest verschärft wurde. Man denke sich den hoch aufragenden und dämonischen Fetischkoloß; die wilden Priester, deren Gesichter vor leidenschaftlichem Fanatismus leuchteten; die langen Reihen der kaum menschlich aussehenden Gestalten des haarigen Volkes; das lodernde Feuer, dessen Widerschein bis in die äußersten Ecken und Nischen der Höhle drang und die Gestalten verstreuter Anbeter beleuchtete.

Und dann stelle man sich vor, wie ich, ein gebräunter, abgerissener Mann, und der schmutzige, verworfen aussehende Hans mit der lächerlichen Zündholzschachtel auf seiner Hand, vortraten und dieselbe genau in die Mitte des Steintisches, etwa eine Handbreit vom aufgequollenen Leib des von ihm erschossenen Weibes niederlegten! In dieser riesenhaften Umgebung erschien diese Schachtel so einsam und winzig, daß ihr Anblick mich zu innerlichen Heiterkeitsausbrüchen veranlaßte. Ich schüttelte mich vor hysterischem Gelächter und trachtete, so rasch als möglich meinen Sitz zu erreichen, indem ich Hans mit mir schleppte, denn ich sah, daß es ihm ebenso erging, obgleich es glücklicherweise nicht die Gewohnheit der Hottentotten ist, in laute Heiterkeit auszubrechen.

»Was wird wohl Heu-Heu mit den Streichhölzern anfangen, Baas?« fragte Hans. »Es muß doch genug Feuer dort geben, wo er wohnt.«

»Gewiß, Unmassen«, entgegnete ich, mich zusammennehmend, »aber vielleicht Feuer von anderer Art.«

Dann bemerkte ich, daß Dacha nach rechts deutete und daß die Augen aller Anwesenden sich nach dieser Richtung wandten.

»Jetzt kommt das Opfer«, flüsterte Dramana und kaum hatte sie ausgesprochen, erschien ein großes, in ein weißes Kleid oder eine Art Schleier gehülltes Weib, das von zwei der haarigen Leute herbeigeführt wurde. Sie wurde bis vor den Tisch gebracht, auf welchem der Leichnam und die Streichholzschachtel lagen und blieb dort ruhig stehen.

»Wer ist das?« fragte ich.

»Die Braut vom letzten Jahr, von der die Priester nun genug haben und die jetzt in den Besitz des Gottes übergeht«, entgegnete Dramana mit einem steinernen Lächeln.

»Willst du sagen, daß sie im Begriff sind, die arme Frau zu töten?« sagte ich entsetzt.

»Der Gott ist im Begriff, sie in seine Obhut zu nehmen«, entgegnete sie rätselhaft.

In diesem Augenblick riß einer der wilden Begleiter den Schleier fort und enthüllte die Gestalt einer ausnehmend schönen Frau, die in ein eng anliegendes, weißes, oben stark ausgeschnittenes, nur bis zu den Knien reichendes Gewand gehüllt war. Groß und stattlich stand sie vollkommen ruhig vor uns, und ihr schwarzes Haar fiel auf ihre Schultern herab. Dann erhoben sich plötzlich wie auf ein Zeichen alle Frauen unter den Anwesenden und schrien: »Vermählt sie dem Gott! Vermählt sie dem Gott und laßt uns aus dem Becher trinken, der uns durch sie mit dem Gott vereinigt!«

Zwei der haarigen Leute, von denen jeder einen Gegenstand in der Hand hielt, den ich momentan nicht näher erkennen konnte, traten an das Mädchen heran und hielten inne, als ob sie auf ein Zeichen warteten.

Dann folgte eine Pause, während der ich mich umblickte und die Gesichter der Weiber um mich herum betrachtete, die durch die gottlosen Leidenschaften, die sie beseelten, entstellt waren, und mit ausgestreckten Armen auf das Opfer deuteten. Sie boten einen fürchterlichen Anblick, und ich haßte sie alle, ausgenommen Dramana, die, wie ich mit Erleichterung wahrnahm, weder laut aufgeschrien hatte, noch sich sonst wie ihre Gefährtinnen benahm.

Was würde ich jetzt zu sehen bekommen? Irgendeinen entsetzlichen Akt von Vaux-deux-Kultus, wie ihn die Neger in Haiti und an der Westküste ausüben? Vielleicht! In diesem Fall würde ich ihn nicht mitansehen können. Ich würde ihn nicht dulden, was immer ich aufs Spiel setzte! Fast automatisch umklammerte meine Hand den Griff meines Revolvers.

Dacha schien eben im Begriff zu sein, etwas zu sagen, vielleicht ein Urteil auszusprechen. Ich maß mit meinen Augen den Abstand zwischen ihm und mir und überlegte, wohin ich zielen solle, um ihm eine Kugel durch seinen großen Kopf zu jagen und dem Gott ein Opfer zu bringen, das er nicht erwartete. In der Tat, hätte er solch ein Urteil ausgesprochen, so hätte ich zweifellos meine Absicht ausgeführt, denn, wie ihr Burschen wißt, bin ich schnell bei der Hand mit der Pistole! Dann aber hätte ich gewiß nicht lange genug gelebt, um euch diese Geschichte erzählen zu können. In diesem kritischen Moment jedoch erhob das Opfer die Arme und sagte mit lauter, deutlicher Stimme:

»Ich nehme das alte Recht für mich in Anspruch, dem Gott mein Gebet darzubringen, bevor ich ihm übergeben werde.«

»Sprich!« sagte Dacha, »und beeile dich!«

Sie wandte sich um und verbeugte sich vor dem widerlichen Götzen. Hierauf kehrte sie ihr Gesicht der

Versammlung zu und sprach ihn an, obgleich sie ihre Worte an die Zuhörer richtete:

»Oh, Teufel Heu-Heu«, sagte sie mit tiefster Verachtung und Bitterkeit, »den mein Volk zu seinem Verderben anbetet, ich, die meinem Volke geraubt wurde, komme zu dir, weil ich nichts mit deinem Hohepriester hier zu tun haben wollte und dies nun mit meinem Blut bezahlen muß. So mag es denn sein, aber, bevor ich komme, habe ich dir etwas zu sagen, o Heu-Heu, und auch deinen Priestern, die fett werden in ihren Lastern. Höre! Ein Geist beseelt mich, der mir Seherkraft verleiht. Ich sehe diesen Ort in ein Meer wilder Fluten eingetaucht! Ich sehe Flammen durch das Wasser brechen, die dein verhaßtes Bild in Rauch aufgehen lassen und deine bösen Diener vernichten, so daß keiner von ihnen übrig bleibt! Die Prophezeiung! Die Prophezeiung! Mögen alle, die mich hören, sich der alten Weissagung entsinnen, denn jetzt endlich ist die Stunde ihrer Erfüllung gekommen!«

Hierauf richtete sie ihren Blick auf Hans und mich und machte eine Bewegung mit den Armen, so daß ich dachte, sie würde uns ansprechen. Vielleicht hatte sie diese Absicht gehabt, jedenfalls aber hatte sie die dann geändert und unterließ es.

Bis dahin hatten die Priester und die Gemeinde ihr in einem verblüfften oder vielleicht auch entsetzten Schweigen zugehört, aber jetzt brach ein Geheul wütender Entrüstung aus und als es nachgelassen hatte, hörte ich Dacha rufen:

»Schlachtet diese den Gott lästernde Hexe! Lasset das Opfer seinen Fortgang nehmen!«

Die zwei Wilden traten auf sie zu, und jetzt sah ich, daß das, was sie in den Händen hielten, Seilrollen waren, mit denen sie zweifellos gefesselt werden sollte. Aber sie war zu schnell für sie. Mit einem riesigen Satz sprang sie auf den Tisch, auf dem der Leichnam des haarigen Weibes und die Zündholzschachtel lagen. Im nächsten Augenblick sah ich ein Messer in ihrer Hand blitzen; ich nehme an, sie hatte es irgendwo unter ihrem Gewand verborgen gehabt. Wild riß sie es empor und stieß es sich ins Herz, und schrie:

»Mein Blut komme über euch, Priester Heu-Heus!«

Hierauf fiel sie auf den Tisch nieder und blieb reglos liegen.

In der Stille, die diesem Ausbruch folgte, hörte ich Hans sagen:

»Das war ein tapferes Weib, Baas, und zweifellos wird sie mit ihren Weissagungen recht haben. Soll ich diesen Priester abknallen, Baas, oder wirst du es tun?«

»Nein«, begann ich, aber bevor ich ein weiteres Wort herausbringen konnte, wurde meine Stimme durch wildes Geschrei übertönt.

»Der Gott ist seines Opfers beraubt worden und hungert! Laßt uns die Fremden ihm opfern!«

So oder ähnlich klangen die Schreie.

Unentschlossen blickte Dacha auf uns, und ich sah, daß es jetzt Zeit war zu handeln. Ich erhob mich also und rief aus:

»Wisse, o Dacha, daß, bevor auch nur einer Hand an uns legt, dir dasselbe geschieht, was mein Gefährte der ›Herr des Feuers‹ mit dem Hund vor eurer Tür gemacht hat!«

Offensichtlich glaubte mir Dacha, denn er wurde ganz demütig.

»Fürchtet euch nicht, ihr Herren«, sagte er, »seid ihr denn nicht hochgeehrte Gäste und Boten eines Großen? Gehet in Frieden und Sicherheit!«

Hierauf wurde auf seinen Befehl oder Wink hin das hell lodernde Feuer zerstreut, so daß die Höhle beinahe dunkel wurde, um so mehr, als viele der Fackeln ausgegangen waren.

»Schnell mir nach – schnell«, sagte Dramana, und meine Hand ergreifend führte sie mich durch die Dunkelheit davon.

Plötzlich befanden wir uns in einem Gang, und, soviel ich bemerkte, war es ein anderer Gang. Auf alle Fälle führte er auch zur Halle, in der das Fest stattgefunden hatte. Sie war jetzt leer, obgleich noch Lichter darin brannten. Wir durchschritten sie, und Dramana führte uns zu unserem Haus zurück, wo uns eine hastige Prüfung zeigte, daß die Gewehre noch in dem Zustand waren, in dem wir sie zurückgelasen hatten; nichts war berührt worden. Hier war alles menschenleer, denn alle waren zum Opferfest gegangen, und so konnte ich mit Dramana sprechen.

»Dramana«, sagte ich, »spricht mein Herz die Wahrheit oder träume ich bloß, daß du den Schatten Heu-Heus zu entfliehen wünschest?«

Vorsichtig blickte sie um sich. Dann entgegnete sie mit leiser Stimme:

»Herr, es gibt nichts, was ich so sehr ersehne – außer vielleicht den Tod«, fügte sie mit einem Seufzer hinzu. »Höre! Vor sieben Jahren wurde ich an den Opferfelsen gebunden, an dem meine Schwester morgen stehen wird, denn ich wurde durch den Gott erwählt und infolge des wahnsinnigen Entsetzens meines Volkes ihm geweiht. Dies bedeutet soviel, Herr, daß ich von Dacha gewählt und Dacha geweiht wurde!«

»Warum bist du aber dann noch am Leben?« fragte ich, »wenn jene, die im Vorjahr gewählt wurde, bereits heuer geopfert werden sollte?«

»Herr, bin ich nicht die Tochter des Walloos, des Herrschers über das Volk am Festland und kann nicht durch mich der Anspruch auf dieses Herrscherrecht erlangt werden, so lange ich atme? Es ist zwar nicht der beste der Ansprüche, denn ich wurde von einer geringeren Frau meines Vaters, des Walloos, geboren, während meine Schwester Sabeela von der Hauptgattin stammt. Dennoch kann er zur Not Dienste leisten und deshalb lebe ich noch.«

»Was ist also Dachas Plan, Dramana?«

»Es steht so, Herr. Es heißt, daß es seit vielen Generationen, seitdem die großen Feuer auf der Insel brannten und die Stadt zerstörten, zwei Herrschermächte gegeben hat: Die Macht der Priester Heu-Heus, die über die Seelen seines Volkes und über das wilde Waldvolk herrschen, und die Herrschaft der Walloos, die über seine Körper herrschen und nach uraltem Recht seine Könige sind. Nun hat Dacha, der ein weitblickender und ehrgeiziger Mann ist, wenn er sich nicht in Trunksucht und anderen Ausschweifungen verliert, den Plan, über beides zu herrschen, über Seelen und Körper. Es kann sein, daß er dann von auswärts frisches Blut in unser Land bringen und wieder ein großes Reich schaffen will, wie das unsere gemäß der Überlieferung ursprünglich eines war, als wir vom Norden oder Westen in dieses Gebiet kamen. Er wartet nur, bis er meine Schwester, die gesetzmäßige Erbin des Walloos, geheiratet hat, der jetzt bereits ein alter, schwacher Mann sein muß, und dann wird er seinen Streich führen und in ihrem Namen die Regierung und die Gewalt an sich reißen.

Die Priester sind, wie du gesehen hast, nur eine kleine Anzahl, und können dies daher aus eigenen Kräften nicht durchsetzen. Aber sie gebieten über jenes wilde Volk, das man die Kinder Heu-Heus nennt. Jetzt ist dieses Volk sehr aufgeregt, denn letzthin wurde auf dem Fluß eines seiner Weiber getötet – jenes, dessen Körper auf dem Altar vor dem Gott lag. Sie glauben, daß dies durch den Walloo getan wurde und wissen nicht, daß es dein Diener, der gelbe Mann hier, war, der sie umgebracht hat. Oder, wenn sie es auch wissen, so glauben sie doch, daß er es im Auftrag Issicores getan hat, der, wie wir hören, der Verlobte meiner Schwester Sabeela ist.

Deshalb wollen sie den Walloo unter der Führung der Priester Heu-Heus mit einem großen Krieg überziehen. Schon jetzt versammelt sich ihr Stamm auf der Insel, indem sie sich auf Flößen oder Rohrbündeln herüberrudern und morgen nacht werden alle hier vereinigt sein. Hierauf, nach der heiligen Hochzeit, wenn meine Schwester Sabeela als Opfer vom Walloo hierhergebracht und an den Felspfeiler zwischen den ewigen Feuern gebunden ist, werden sie, unter der Führung Dachas, die Stadt auf dem Festland angreifen, was sie allein nicht wagen. Sie wird sich ihnen ergeben, und Dacha wird meinen alten Vater und den Fürsten Issicore, der ihm am nächsten steht, töten, sowie alle Angehörigen des alten Fürstenstammes, die ihm anhängen, und dann wird er sich als Walloo ausrufen lassen. Hierauf ist es sein Plan, die Waldleute alle zu vergiften – er weiß schon ganz gut, auf welche Weise –, und wie ich dir bereits sagte, neues Blut in unser Land, das groß und reich ist, zu bringen, um ein neues Königreich zu begründen.«

»Ein großer Plan!« sagte ich nicht ohne Bewunderung, denn ich begann, um die Wahrheit zu sagen, eine gewisse Achtung für diesen niederträchtigen Dacha zu empfinden, der auf alle Fälle weitausgreifende Ideen hatte und einen schlagenden Gegensatz zu den hilflosen und abergläubischen Bewohnern des Festlandes darstellte.

»Aber was soll dann«, fuhr ich fort, »mit mir und meinem Gefährten, dem ›Herrn des Feuers‹ geschehen?«

»Ich weiß es nicht, Herr, denn ich habe nur wenig mit Dacha oder einem seiner Vertrauten sprechen können, seit du hier bist. Immerhin glaube ich, daß er sich vor euch fürchtet, denn er glaubt, daß ihr selbst Zauberer oder mit dem größten Zauberer, dem Propheten Zikali, verbündet seid, der im Süden wohnt und mit dem die Priester Heu-Heus von Zeit zu Zeit in Verbindung treten. Auch ist es wahrscheinlich, daß er der Ansicht ist, ihr könntet ihm behilflich sein, sein Reich aufzubauen und daß er euch deshalb hier in seinen Diensten zu behalten wünscht und euch nur dann töten würde, wenn ihr versuchtet, zu entweichen. Wenn aber andererseits die Waldleute darauf kommen, daß es in Wirklichkeit ihr wart, die das Weib getötet haben, dann werden sie nach eurem Blute lechzen. Dann würdet ihr, wenn er es für klüger hält, ihnen zu Willen sein, bei Gelegenheit des großen Festes, das die ›Beendigung der heiligen Hochzeit‹ genannt wird, als Opfer an den Altar gebunden und euch das Blut abgenommen werden, damit es die Priester trinken. Vielleicht wird diese Angelegenheit bei dem morgen stattfindenden Priesterrat geregelt werden, Herr.«

»Ich danke dir«, sagte ich, »auf weitere Einzelheiten bin ich nicht erpicht!«

»Indessen«, fuhr sie fort, »seid ihr augenblicklich in Sicherheit. Im Gegenteil, ich habe als Leiterin des Haushalts den Auftrag erhalten, euch in jeder Hinsicht Ehre zu erweisen und euch morgen, wenn die Priester mit Vorbereitungen für die heilige Hochzeit beschäftigt sein werden, alles zu zeigen, was ihr zu sehen wünscht und euch auch mit Zweigen von dem Baum der Träume zu versehen, die der Zauberer Zikali wünscht.«

»Ich danke dir«, sagte ich, »es wird uns sehr freuen, mit dir einen Spaziergang zu machen, selbst wenn es regnen sollte, was gegenwärtig auch der Fall ist, wie ich an dem Geräusch auf dem Dach höre. Indessen habe ich verstanden, daß du von diesem Ort zu entkommen und deine Schwester zu retten wünschest. Nun gut, ich kann dir gleich sagen, Dramana, daß mein Genosse, dem es gefällt, die Gestalt eines gelben Zwerges anzunehmen, und ich, der ich meine gegenwärtige Gestalt gewählt habe, in der Tat große Zauberer sind, die über bedeutend mehr Kräfte verfügen, als man uns zutrauen würde. Deshalb ist es gar nicht ausgeschlossen, daß wir in der Lage sein werden, dir auf jede Weise beizustehen und selbst andere bemerkenswerte Dinge zu verrichten. Dennoch könnten wir deine Hilfe brauchen, denn im allgemeinen pflegen jene, die mächtig sind, durch jene, die klein sind, ihre Werke zu verrichten, und ich wünsche zu wissen, ob wir uns auf dich verlassen können.«

»Bis in den Tod, Herr«, entgegnete sie.

»So sei es denn, Dramana, aber wisse, wenn du uns täuschst, ist dein Tod gewiß!«

11

Die Schleuse

Die ganze Nacht hindurch regnete es, und zwar nicht in den gewöhnlichen, kurzen tropischen Wolkenbrüchen, aber ununterbrochen und buchstäblich wie aus Eimern. Selten habe ich in meinem Leben so einen Regen gehört, wie er auf das Dach unseres Hauses herniederströmte, welches im übrigen ausgezeichnet gebaut sein mußte, da es sonst nachgegeben hätte. Als wir uns morgens erhoben und zur Tür traten, um hinauszublikken, war der ganze Boden überschwemmt und eine dichte Wassermauer schien sich von der Erde bis zum Himmel zu erstrecken.

»Ich denke, da wird es wohl eine Überschwemmung geben, Baas«, bemerkte Hans.

»Ich glaube es auch«, entgegnete ich, »und wenn wir nicht hier wären, möchte ich wünschen, daß sie tief genug wäre, um alle diese menschlichen Scheusale auf dieser Insel zu ersäufen.«

»Das ist unmöglich, Baas, denn schlimmstenfalls würden sie auf den Berg hinaufklettern, obwohl es bestimmt in die Höhle hinabfließen und Heu-Heu eine Abkühlung zuteil werden lassen würde – die ihm auch nottut.«

»Wenn es in der Höhle hinabflösse, würde es ebenso

gut in das Innere des Berges dringen«, begann ich, dann hielt ich inne, denn mir kam ein Gedanke.

Ich hatte bemerkt, daß die Höhle sich ziemlich steil gegen den Fuß des Berges und nach seiner Mitte hin senkte; wahrscheinlich war sie der Entstehung nach ein Ausbruchsschlot, der in grauer Vorzeit, als der Vulkan noch in voller Tätigkeit war, durch den Fels gesprengt worden war und aus unbekannten Gründen unverschlossen oder nur leicht verschlossen blieb. Angenommen, daß jetzt eine große Wassermenge die Höhle hinablief und sich ins Innere des Berges ergoß, war es da nicht wahrscheinlich, daß sich etwas Ungewöhnliches ereignen würde? Der Vulkan war noch nicht erloschen – dies sah man an dem Rauch, der über seinem Gipfel hing und an dem glühenden Lavastrom, den wir an seinem südlichen Abhang hatten herabfließen sehen – und Feuer und Wasser passen nicht gut zusammen. Es entsteht Dampf und Dampf breitet sich aus. Dieser Gedanke setzte sich derart in meinem Kopf fest, daß ich ihn bereits für eine Art Inspiration zu halten begann, doch sagte ich Hans nichts davon, denn als Wilder verstand er derartige Dinge nicht.

Etwas später wurde uns durch einen der dienenden Priester Nahrung hereingebracht. Er brachte uns auch die Botschaft Dachas, daß er es bedauere, sich uns an diesem Tage nicht widmen zu können, denn er hätte viele Angelegenheiten, die ihn in Anspruch nähmen, aber daß Dramana dies übernehmen und uns alles zeigen würde, was zu sehen wäre, so weit es der Regen gestattete.

Nach kurzer Zeit kam sie auch – allein, wie ich es erhofft hatte – und begann sofort über die Regengüsse der vergangenen Nacht zu sprechen; sie behauptete, daß derartige Regenfälle sich in diesem Land noch niemals ereignet hätten. Sie fügte hinzu, daß an diesem Morgen bereits alle Priester draußen gewesen wären, um den großen Schleusenstein an seinen Platz zu ziehen.

Denn nur so könnte das Wasser des Sees gehindert werden, das fruchtbare Land zu überfluten und die Ernte zu zerstören.

Ich sagte ihr, daß ich mich für derartige Dinge überaus interessiere, und stellte einige Fragen über diese Schleuse, die sie nicht beantworten konnte, denn sie wußte nichts über ihre Wirkungsweise. Sie sagte jedoch, sie würde mir diese zeigen, so daß ich ihr System untersuchen könnte.

Ich dankte ihr und erkundigte mich, ob der See bereits stark angeschwollen sei. Sie entgegnete, daß dies noch nicht der Fall sei, aber daß wohl ein starkes Anschwellen im Laufe des Tages und der folgenden Nacht zu erwarten sei, wenn sein Wasser durch die Gewässer des angeschwollenen Flusses vermehrt würde. Auf alle Fälle befürchtete man dies, und es war für sicherer gehalten worden, den Schleusenstein an seinen Platz zu bringen, was infolge seines Gewichtes eine schwierige Aufgabe gewesen sei. Tatsächlich sei auch eine Frau, die aus Neugierde zu Hilfe gekommen war, von einem Hebel – ich verstand, daß sie dies meinte – erfaßt und getötet worden. Sie läge noch dort bei der Schleuse, denn es wäre den Priestern Heu-Heus und ihren Dienern nicht gestattet, in der Zeit zwischen dem Fest der Träume, das vorige Nacht gefeiert worden sei, und dem Fest der Hochzeit, das in der morgigen Nacht stattfinden werde, einen Leichnam zu berühren, obgleich sie dies sonst öfters taten, wie sie bezeichnenderweise hinzufügte.

»Es ist also ein blutiges Fest?« fragte ich.

»Ja, Herr, ein blutiges Fest und ich bete, daß es sich nicht um euer Blut handeln möge!«

»Sorge dich nicht darum«, entgegnete ich leichthin, obgleich ich mich in Wahrheit ziemlich niedergeschlagen fühlte. Hierauf bat ich sie, mir genau zu sagen, was bei der Überbringung der ›Heiligen Braut‹ stattfinden werde.

»Folgendes, Herr«, sagte sie. »Vor Mitternacht, wenn

der Mond am vollsten sein sollte, kommt ein Kanu an, und bringt die Braut von der Stadt der Walloos. Priester übernehmen sie und binden sie an den Pfeiler, der auf dem Opferungsfelsen zwischen den ›Ewigen Flammen‹ steht. Hierauf zieht sich das Kanu zurück und wartet in einiger Entfernung. Auch die Priester verschwinden und lassen die Braut allein. Ich weiß das alles, Herr, denn ich bin einst diese Braut gewesen. Dort steht sie nun, bis der erste Strahl der aufgehenden Sonne auf sie fällt. Da erscheint aus dem Mund der Höhle der Hohepriester, der, um dem Gott ähnlich zu sehen, in Felle gehüllt ist und von seinen Frauen und einigen wilden Haarleuten begleitet wird, die triumphierende Schreie ausstoßen. Er befreit die Braut, und sie schleppen sie in die Höhle und dort, Herr, verschwindet sie.«

»Und glaubst du, daß sie überhaupt gebracht wird, Dramana?«

»Gewiß wird sie gebracht werden! Wenn mein Vater oder Issicore, oder sonst irgend jemand sich weigerte, sie hierherzusenden, so würden sie durch ihr eigenes Volk erschlagen werden, das überzeugt ist, daß es sonst von Unheil betroffen würde. Wenn du, o Herr, sie nicht durch deine Kunst erretten kannst, muß meine Schwester Sabeela Heu-Heus – das heißt Dachas – Gattin werden.«

»Ich will mir die Sache überlegen«, sagte ich, »aber wenn ich mich entschließe zu helfen, dann wünschest du auch, wenn ich dich recht verstehe, von dieser Insel zu entfliehen?«

»Herr, ich habe es dir bereits gesagt und will nur noch folgendes hinzufügen: Dacha haßt mich, und wenn ich seinen Zwecken gedient habe und er Sabeela, die wirkliche Erbin der Fürstenwürde, in seinen Händen hat, wird es sicher mein Los sein, dort zu stehen, wo gestern dieses arme Weib gestanden hat, das sich selbst tötete, um einem ärgeren Schicksal zu entgehen. Rette mich, wenn du kannst.«

»Ich werde dich retten – wenn ich kann«, entgegnete ich, und ich meinte es ganz aufrichtig, ebensosehr, als ich mich selbst zu retten hoffte.

Hierauf verlangte ich von ihr, daß sie mir ohne jede Frage in allen Stücken gehorchen müsse, und sie schwor es mir. Auch fragte ich sie, ob sie uns ein Kanu verschaffen könne.

»Dies ist unmöglich«, erwiderte sie. »Dacha ist klug; er hat daran gedacht, daß ihr in einem Kanu fliehen könntet. Deshalb sind alle Boote auf die andere Seite der Insel gebracht worden, wo sie von den Wilden bewacht werden. Das ist der Grund, weshalb er euch gestattet, frei hier herumzustreifen, denn er weiß, daß ihr ihn nicht verlassen könnt, außer ihr hättet Flügel. Der See ist zu breit, als daß ein Mann ihn durchschwimmen könnte, und außerdem ist die Küste bei Walloo von Krokodilen bevölkert.«

Nun, meine Freunde, ihr könnt euch denken, daß dies ein harter Schlag war. Nichtsdestoweniger behielt ich die Beherrschung und sagte, daß in diesem Fall ein anderes Mittel gefunden werden müßte. Ich fragte nur obenhin, ob es an dieser Stelle der Inselküste auch Krokodile gebe. Sie entgegnete, daß dies nicht der Fall sei, denn sie würden, wie sie glaube, durch die Flammen der ewigen Feuer oder durch den Gestank des Rauches abgeschreckt.

Als hierauf wenigstens für kurze Zeit der strömende Regen nachgelassen hatte, machte ich den Vorschlag, etwas auszugehen. Auch war mir das Wetter ziemlich gleichgültig, denn Dramana hatte, um uns davor zu schützen, für uns und sich drei der sonderbarsten Regenmäntel gebracht, die ich je gesehen hatte. Sie bestanden aus je zwei riesigen Blättern einer Art Wasserlilie, die am Ufer des Sees wuchs, welche zusammengenäht und oben an der Stelle, wo der Stiel ansetzte, mit einem Ausschnitt für den Kopf sowie seitlich mit zwei Löchern für die Arme des Trägers versehen waren. Übrigens hielt kein Mackintosh jemals besser die Feuchtigkeit ab, als diese Blätter, deren einziger Nachteil darin bestand, wie ich hörte, daß sie etwa alle drei Tage erneuert werden mußten. Mit dieser sonderbaren Bekleidung versehen, traten wir in den Regen hinaus, der bei uns immerhin noch außerordentlich stark genannt worden wäre, obgleich er im Vergleich zu dem, der vorher niederging, ein bloßes Nieseln war. Dieser Regen hatte für uns den großen Vorteil, wie ich gestehen muß, daß nicht einmal ein neugieriges Weib ihre Nase aus der Tür hervorstreckte. So kam es, daß wir die Niederlassung der Priester vollständig unbeobachtet und ganz nach unserem Wunsche besichtigen konnten.

Das Dorf war klein, denn es gab nie mehr als fünfzig Priester im Kollegium, wenn man es so nennen kann, zu denen natürlich noch ihre Gattinnen und sonstigen Weiber, durchschnittlich etwa drei oder vier pro Mann, hinzugezählt werden mußten.

Sonderbar war bloß, daß es weder Kinder noch Greise zu geben schien. Entweder wurden keine Sprößlinge geboren, oder die Leute starben jung auf der Insel, oder man schaffte sie alle beiseite, etwa, indem man sie Heu-Heu opferte. Es tut mir leid, daß ich mich nicht erinnere, unter dem Druck der großen Gefahren, die uns bedrohten, Erkundigungen über diesen Punkt eingezogen zu haben. Oder habe ich vielleicht die Antwort vergessen, die mir auf eine gelegentliche Frage erteilt wurde? Erst später kam ich dazu, mir über diesen sonderbaren Umstand Gedanken zu machen. Es bleibt die Tatsache bestehen, daß auf der Insel weder junge Leute noch Greise zu finden waren. Beiläufig bemerkt, gibt es noch eine andere mögliche Erklärung, nämlich, daß man sie auf das Festland hinübertransportierte.

Hier möchte ich hinzufügen, daß mit Ausnahme Dramanas und einiger weniger Frauen die Weiber leidenschaftlicher ergebene und grausamere Anhängerinnen Heu-Heus waren als selbst die Männer. Das hatte ich während des Festes der Träume in der Höhle bemerkt.

Im übrigen lebten alle in Wohnungen, wie man auch uns eine gegeben hatte, und wurden von Dienern oder Sklaven aus dem Stamme des wilden Volkes der Heuheua bedient. So tiefstehend auch diese Heuheua waren und so widerlich auch ihr Äußeres erschien, so waren sie doch gleich unseren südafrikanischen Buschleuten in ihrer Weise klug und, wenn man sie anwies, zu mancherlei Diensten geschickt. Auch waren sie den Befehlen ihres Gottes Heu-Heu, oder besser gesagt, denen seiner Priester, überaus ergeben, obwohl sie die Walloos, von denen diese Priester abstammten, haßten und einen beständigen Krieg gegen diese führten.

Bald hatten wir die Häuser hinter uns gelassen und waren auf bebautes Land hinausgekommen, welches, wie uns Dramana sagte, vollständig von den Heuheuasklaven bestellt wurde. Diese arbeiteten hier in Abteilungen, etwa für die Zeit eines Jahres, und wurden dann zu ihren Frauen in die Wälder am Festland zurückgesandt, denn es war keinem von ihnen, außer den Dienern, gestattet, auf der Insel zu bleiben. Diese Felder waren außerordentlich fruchtbar, wie die darauf befindliche Frucht zeigte, die zwar von den Regengüssen etwas niedergeschlagen, sonst aber reif zur Ernte war. Sie waren durch eine Art aus Lavablöcken erbauten Deiches eingeschlossen und schienen vor Zeiten den schlammigen Urtiefen des Sees entrissen worden zu sein, was auch der Grund ihrer Ertragsfähigkeit war. Überall waren über sie Bewässerungskanäle verteilt, die während der heißen, trockenen Zeit der Aussaat benützt und durch die besprochene Schleuse reguliert wurden. Das ist alles, was man über die Felder sagen kann, außer vielleicht, daß dieses Bewässerungssystem meiner Ansicht nach ein weiterer Beweis dafür ist, daß die Walloos von einer hochkultivierten Rasse abstammten. Das bebaute Gebiet erstreckte sich bis zu jenem Teil der Insel, der der Küste der Walloos gegenüberlag. Wie weit es nach der anderen Seite reichte, weiß ich nicht.

Von dem Ort, an dem wir standen, sahen wir in einer Entfernung eine Anzahl beweglicher Punkte auf dem Wasser. Ich fragte Dramana, ob es Flußpferde seien, und sie entgegnete:

»Nein, Herr, das sind haarige Wilde, die, gehorsam dem Aufruf des Gottes gehorchend, auf Schilfbündeln über den See setzen, um sich für den bevorstehenden Krieg gegen den Walloo bereitzuhalten. Es sind bereits Hunderte von ihnen auf der anderen Seite des Berges versammelt und in dieser Nacht werden sämtliche ihrer kräftigen Männer gekommen sein, während nur die Weiber, Greise und Kinder in den Tiefen der Wälder verborgen zurückbleiben. Am dritten Tage, von heute an gerechnet, werden sie über den See zurückrudern und unter der Führung der Priester und Dacho Walloo angreifen.«

»In drei Tagen kann viel geschehen«, sagte ich und ließ den Gegenstand fallen.

Wir schritten auf dem Deich zum Dorf und zur Mündung der Höhle zurück und gelangten schließlich auf dem Pfad, der über ihn hinlief, zum Opferungsfelsen, zu dessen beiden Seiten jene zwei sonderbaren Flammensäulen brannten, die nach meiner Ansicht mit natürlichem Gas aus dem Innern des Vulkans gespeist wurden. Es waren dies nicht sehr große Feuer, wenigstens damals nicht, als ich sie sah – die Flammen mögen etwa acht oder zehn Fuß hoch gewesen sein, nicht mehr. Dramana sagte, daß sie seit dem Anbeginn aller Dinge hier gebrannt hätten. Zwischen ihnen stand in einiger Entfernung ein Steinpfeiler mit steinernen Ringen, an welchen man die Braut zu binden pflegte. Ich bemerkte, daß an diesen Ringen neue Seile hingen, die für Sabeela vorbereitet waren.

Nachdem wir alles, was an diesem Opferungsfelsen zu sehen war, einschließlich der Stufen, an denen das

Opfer gelandet wurde, besichtigt hatten, schritten wir zu einem langen Schuppen mit einem steilen Schilfdach. Dieser barg die Maschinerie, wenn man es so nennen kann, durch die die Bewässerungsschleuse reguliert wurde. Dieser Schuppen war durch eine schwere hölzerne Tür verschlossen, die Dramana mit einem sonderbar geformten steinernen Schlüssel, den sie einem Sack entnahm, aufsperrte. Dieser Schlüssel, sagte sie, wäre ihr von Dacha mit dem bestimmten Befehl übergeben worden, ihn wieder zurückzustellen, nachdem sie uns den Ort gezeigt hätte, falls wir ihn zu besichtigen wünschten.

Es stellte sich heraus, daß dort eine ganze Menge zu besichtigen war. An dem einen Ende des Schuppens floß der Bewässerungskanal, der etwa zwölf Fuß breit war, darunter durch. Hier, unter der Mitte des Daches, war ein Schacht, dessen Tiefe infolge des darin stehenden Wassers nicht zu ermitteln war. In die Wand dieses Schachtes waren an zwei gegenüberliegenden Stellen Rinnen eingemeißelt, in die eine riesige senkrechte Steinplatte, sechs oder sieben Zoll dick, genau hineinpaßte. Wenn dieser Stein oder sein oberer Teil aus dem Felsboden des Kanals, in dem er für gewöhnlich in einer Kerbung vollständig verschwand, emporgehoben wurde, so schnitt er vollständig den Wasserzufluß aus dem See ab und war außerdem groß genug, um eventuelles Hochwasser im Falle von Überschwemmungen abzuwehren.

Vielleicht kann ich die Sache in dieser Weise anschaulich machen. Als Good und ich letzthin zusammen in London waren, besuchten wir Madame Tussauds Wachsfigurenkabinett und sahen dort die berühmte Guillotine, die in der Französischen Revolution Verwendung fand. Das Schlagbeil dieser Guillotine war, wie Sie wissen, zwischen zwei Pfosten aufgezogen. Wenn man es in Tätigkeit setzte, fiel es auf den Boden des Apparats hinab und durchschlug auf seinem Weg den Nacken des Opfers. Nun stellen Sie sich vor, daß dieser Pfosten die Felswände des Schachtes, und das Schlagbeil anstelle eines kleinen Dinges eine riesige Stahl- oder richtiger Steinplatte sei. Würde diese Platte dann von der Einkerbung am Boden bis an die Spitze der Pfeiler emporgezogen, dann würde sie den Raum bis zum oberen Ende der Rinnen vollkommen ausfüllen und das Wasser, das für gewöhnlich zwischen den Pfosten – den Felswänden – über ihren oberen Rand dahinfloß, würde vollkommen abgeschnitten sein. Versteht ihr jetzt?«

Da Good, der in solchen Dingen schwer von Begriff war, Zweifel zeigte, fuhr Allan fort:

»Eine bessere Illustration würde vielleicht ein Fallgatter abgeben; selbst Sie, Good, haben bereits ein Fallgatter gesehen, das – beiläufig bemerkt – eine in zwei Fugen gleitende Tür darstellt. Stellen Sie sich nun ein unterirdisches, beziehungsweise unter dem Wasser befindliches Fallgatter vor, das, wenn man es schließen wollte, von unten in seinen Fugen emporstiege, statt von oben hinabzufallen, und Sie werden eine genaue Vorstellung von der Schleuse der Priester Heu-Heus haben. Ich würde sie Ihnen aufzeichnen, wenn es nicht schon so spät wäre.«

»Ich begreife jetzt«, sagte Good, »und ich nehme an, daß sie das Ding mit einer Hebewinde emporzogen.«

»Warum nicht gleich mit einer Hilfsmaschine, Good? Hebewinden waren den Walloos noch nicht bekannt. Nein, sie verfuhren auf eine einfachere und ältere Weise. Sie hoben den Stein mit einem Hebel. Nahe beim oberen Ende der Felsplatte oder Wassertür war ein Loch gebohrt. Durch dieses Loch war ein Steinbolzen gesteckt, dessen Enden in Aushöhlungen des Hebelgrundes gelagert waren, so daß eine Art Gelenk entstand. Der Hebel selbst war ein massiver Steinbarren – offenbar vertrauten sie diese wichtige Aufgabe keinem Holzbalken an, da er verfaulen könnte –, etwa zwanzig Fuß lang, um die bestmögliche Wirkung zu erzielen. Wenn die Schleusenplatte vollständig in die Einkerbung am Grund des Kanalbettes eingelassen war, stand natürlich das Ende des Hebels hoch in die Luft empor, das heißt, fast bis zur Spitze von dem steilen Schilfdach des Schuppens. Wenn man nun wünschte, das Schleusentor zu heben, um den Zufluß des Wassers im Bewässerungskanal zu regeln oder ihn im Falle einer Überschwemmung völlig abzuschneiden, wurde der Hebel vermittels Seilen, die an seinem Ende befestigt waren, durch die Kraft mehrerer Männer herabgezogen und dieses Ende unter einen oder den anderen mehrerer Steinvorsprünge geschoben, die aus der Oberfläche des Felsens an der Seite ausgehauen waren. Hier blieb es unbeweglich, bis es wieder durch die vereinten Kräfte einer Anzahl von Leuten freigemacht wurde und zum Dach emporschnellte, so daß die Fallgatterplatte in ihre Einkerbung am Boden des Kanals hinabfiel und so den Wasserzufluß wieder freigab.

Gegenwärtig war diese Platte, da man hohen Wasserstand erwartete, vollständig emporgehoben und als ich sie besichtigte, stand diese fünf oder sechs Fuß aus dem Wasser hervor, während das Ende des Hebels unter dem untersten Felsvorsprung, etwa einen Fuß oberhalb des Bodens, festgemacht war.

Hans und ich besichtigten diese primitive aber wirkungsvolle Vorrichtung zur Abwehr von Überschwemmungen überaus sorgfältig. Angenommen, dachte ich, daß irgend jemand diesen Hebel zu befreien wünschte, so daß die Platte fiele und das Wasser sich über sie ergießen könne, wie könnte dies getan werden? Antwort: Es konnte nur durch die vereinten Kräfte einer großen Anzahl von Männern geschehen, die sich gegen das Ende des Hebels stemmten, bis der Hebel unter dem Felsvorsprung hervortrat und emporschnellte; oder dadurch, daß man den Hebel entzweibrach, was denselben Erfolg haben würde. Nun konnten zwei

Männer, nämlich Hans und ich, unmöglich diesen Steinbarren von seinem Haken befreien; wirklich, ich zweifle, ob zehn Männer dazu imstande waren. Auch konnten zwei Männer diesen Balken nicht zerbrechen. Vielleicht hätten sie ihn, wenn sie über passende Steinsägen, wie sie die Steinarbeiter verwenden, und über genügend Zeit verfügten, in zwei Teile zerschneiden können, obgleich er aus einer überaus harten Felsart hergestellt schien. Aber wir hatten keine Säge, deshalb war, soweit es sich um uns handelte, diese Aufgabe undurchführbar; die Idee mußte aufgegeben werden.

Dennoch gibt es einen Weg aus fast allen Schwierigkeiten, nur muß man daraufkommen. Meine geistigen Hilfsquellen waren erschöpft, dies ist wahr, aber es blieb noch Hans, und vielleicht würde er imstande sein, einen wertvollen Vorschlag zu machen. Er war ein sonderbarer Kauz, Hans, und oft brachten ihn seine konzentrierten, primitiven Instinkte auf schnellerem Wege ans Ziel, als es meine vernunftgemäßen Schlußfolgerungen konnten. So legte ich denn, indem ich in ruhigem Tone mich der holländischen Sprache bediente, da ich nicht wünschte, daß Dramana meine innerliche Erregung bemerken solle, dieses Problem Hans vor und sagte:

»Angenommen, daß du und ich, Hans, ohne weitere Hilfe, als vielleicht die dieser Frau hier, es für nötig befinden würden, diesen Steinbarren zu zerbrechen und den Schleusenstein zum Fallen zu bringen, so daß die Wasser des Sees hereinbrechen könnten, wie wäre dies mit den uns hier zu Gebote stehenden Hilfsmitteln möglich?«

Hans blickte herum und bemerkte, während er seinen Hut in der gewöhnlichen ausdruckslosen Weise hin und her drehte:

»Ich weiß es nicht, Baas.«

»Dann trachte es herauszubringen, denn ich möchte wissen, ob deine Schlußfolgerungen mit den meinen übereinstimmen«, entgegnete ich.

»Ich denke, daß, wenn sie mit den Schlußfolgerungen des Baas übereinstimmen, sie mit gar nichts übereinstimmen werden«, sagte Hans, indem er diesen schlauen und vollkommen zielsicheren Schuß mit einem derart hölzernen Ausdruck von äußerster Stupidität abgab, daß ich ihm einen Fußtritt hätte geben mögen.

Hierauf entfernte er sich, ohne weiter ein Wort zu sagen, und begann den Hebel angelegentlich zu untersuchen, indem er seine Aufmerksamkeit ganz besonders der Felsnase zuwandte, die ihn an seinem Platz festhielt. Plötzlich bemerkte er auf Arabisch, damit Dramana ihn verstehen konnte, daß er zu sehen wünsche, wie tief der Schacht sei, was man vom Boden des Schuppens aus nicht sehen konnte und begann sofort den mächtigen Hebel mit der Geschicklichkeit eines Affen emporzuklettern. Oben angelangt, setzte er sich mit gekreuzten Beinen oberhalb des Steingelenkes nieder, das ich beschrieben habe. Dort blieb er einige Zeit und starrte anscheinend in die Finsternis des Loches oder Schachtes auf der anderen Seite der Steinplatte hinab, wo der Kanal natürlich fast leer war, da der Stein das Wasser im Bewässerungskanal zurückhielt.

»Dieses Loch ist zu finster, um hinabzusehen«, sagte er hierauf und krabbelte den Steinbarren wieder herab. Hierauf lenkte er meine Aufmerksamkeit auf den Körper des toten Weibes, das, wie Dramana uns sagte, durch den Hebel getroffen und getötet worden war, als er an seinen Platz gezogen wurde und der fast außer Sicht im Schatten an der Mauer des Schuppens lag. Wir traten näher, um die Leiche zu betrachten. Sie war ein großes Weib, jung und hübsch, wie fast alle diese Leute. Äußerlich zeigte sie keine Zeichen von Verletzungen, denn ihr langes, weißes Gewand war unbefleckt. Ich nahm an, daß sie zwischen dem Hebel und dem Felsvorsprung eingeklemmt oder vielleicht seitlich am Kopf von ihm getroffen worden war, als er herabgezogen wurde. Während wir den Körper dieser Unglücklichen untersuchten, sagte Hans auf Holländisch zu mir:

»Erinnert sich der Baas, daß wir zwei Pfundbüchsen des besten Gewehrpulvers in unserem Sack haben und daß er mich beschimpfte, weil ich sie nicht zurücklassen wollte, als wir das Haus des Walloo verließen? Er sagte damals, daß es Wahnsinn wäre, sie mit uns zu nehmen, da sie uns hier auf der Insel nichts nützen könnten.«

Ich entgegnete, daß ich mich wohl an die Sache erinnere und daß sie in der Tat schwer zu tragen gewesen seien. Dann fuhr Hans fort, in seiner aufreizenden, vielsagenden Art ein Rätsel aufzugeben und fragte:

»Wer, glaubt der Baas, weiß mehr über Dinge, die sich ereignen sollen: Der Baas oder sein verehrter Vater im Himmel?«

»Mein Vater, nehme ich an, Hans«, erwiderte ich gleichgültig.

»Der Baas hat recht. Sein verehrter Vater im Himmel weiß viel mehr als der Baas. Aber manchmal glaube ich, daß Hans noch mehr als beide zusammen weiß, auf alle Fälle hier auf Erden.«

Ich starrte auf den kleinen Frechdachs, sprachlos über seine unehrerbietige Unverschämtheit, aber er fuhr ohne Verlegenheit fort:

»Ich habe nicht vergessen, das Pulver mitzunehmen, Baas, denn ich dachte, daß es uns von Nutzen sein könnte. Mit Pulver kann man nämlich Menschen und andere Dinge in die Luft sprengen; auch wollte ich es nicht dort zurücklassen, wo wir es vielleicht niemals wiedergesehen hätten.«

»Nun gut, was ist mit dem Pulver?« fragte ich.

»Nichts Besonderes, Baas, nur das: Diese Walloos können Steine nicht gut bohren; sie machen die Löcher viel zu groß für das, was hineingesteckt werden soll. Jenes in der Wassertür ist groß genug, daß man zwei Pfund Pulver unter dem Bolzen unterbringen kann, jetzt, da der Zug ihn an das obere Ende des Loches drückt.«

»Und wozu sollte es wohl dienen, die zwei Pulverbüchsen an diesen Ort zu bringen?« fragte ich sorglos, denn in diesem Augenblick dachte ich an das tote Weib.

»Zu gar nichts, Baas; zu gar nichts. Nur dachte ich, daß mich der Baas gefragt habe, wie man diesen Steinarm lockern könne. Wenn zwei Pfund Pulver in das Loch gesteckt, mit etwas Lehm bedeckt und abgebrannt werden, denke ich, daß es das Stückchen Felsen oberhalb des Loches lossprengen oder den Bolzen brechen würde, oder vielleicht beides. Dann würde die steinerne Schleuse hinabstürzen, da sie nichts mehr halten würde und der See würde hereinströmen und die Felder der Priester überschwemmen, wenn der Baas in seiner Weisheit und Liebenswürdigkeit glaubt, daß sie dies zur Erntezeit und nach einem derartigen Regen wünschen.«

»Du kleiner Schuft«, sagte ich; »du teuflischer, kluger, kleiner Schuft. Ich lasse mich hängen, wenn ich nicht der Ansicht bin, daß du diesmal den Nagel auf den Kopf getroffen hast! Nur wird die Sache ein Gutteil Überlegung und Vorbereitungen erfordern.«

»Gewiß, Baas, und wir werden besser tun, dies im Hause vorzunehmen, das, wie der Baas weiß, ganz nahe von hier, nur etwa hundert Schritte weit, entfernt ist. Laß uns diesen Platz verlassen, Baas, bevor Dramana Lunte zu riechen beginnt; nur wirf noch einen guten Blick auf dieses Loch in der Steinplatte und den Felsbolzen da, bevor wir gehen.«

Hierauf neigte sich Hans, der die ganze Zeit auf den Leichnam der Frau gestarrt und anscheinend von ihr gesprochen hatte, tief vor der Toten und bemerkte auf Arabisch:

»Allah, ich will sagen Heu-Heu, möge sie in seinen Schoß aufnehmen!« worauf er achtungsvoll zurücktrat.

So entfernten wir uns. Ich aber blieb zurück und unterzog das Loch und den Bolzen einer sorgfältigen Besichtigung.

Hans hatte recht; da war genug Platz in der Höhlung, um die zwei Zinnbüchsen mit Pulver unterzubringen. Auch waren nicht mehr als drei Zoll Felsen über dem Loch vorhanden. Gewiß würden zwei Pfund Pulver genügen, um diesen Felsbogen zu sprengen und vielleicht auch den Bolzen zu zerschmettern!

12

Der Anschlag

Wir verließen den Schuppen, und nachdem Dramana seine Tür sorgfältig verschlossen und den Steinschlüssel in dem dazu bestimmten Sack verwahrt hatte, führte sie uns zu dem berühmten Baum der Träume, dessen Saft und Blätter, wenn sie pulverisiert und entzündet wurden, die bekannten sonderbaren Träume und Vergiftungserscheinungen hervorriefen. Er wuchs in einem großen, ummauerten Platz, der ›Heu-Heus Garten‹ genannt wurde, obwohl darin sonst nichts gedieh. Dramana versicherte uns, daß dieser Baum einen vergiftenden Einfluß auf jede andere Vegetation ausübe.

Wir durchschritten eine Tür in der Mauer, zu der sie auch einen Schlüssel aus dem Sack holte, und standen vor dem berühmten Baum, wenn man ihn so nennen kann, denn sein Wuchs war eher buschartig und die Spitzen seiner höchsten Zweige nicht höher als zwanzig Fuß vom Boden entfernt. Andererseits bedeckte er aber ein großes Stück Land, und aus seinem zwei oder drei Fuß dicken Stamm verzweigten sich eine große Anzahl von Ästen, deren äußerste Spitzen auf dem Boden lagen und, so glaube ich, dort in der Art wilder Feigen Wurzel faßten, obgleich ich das nicht bestimmt behaupten kann.

Dieser Baum war ein unheiliges Produkt der Natur! Er trug kein eigentliches Laub, sondern nur dunkelgrüne euphorbienartige fleischige Finger – tatsächlich, ich glaube, er muß eine Art Euphorbie gewesen sein. An den Spitzen dieser Finger erschienen purpurfarbene Blüten mit einem überaus widerlichen Geruch, der mich an den Gestank von Aas erinnerte. Dieser Baum schien übrigens wie die Orange die Eigentümlichkeit zu haben, Blüten und Früchte zu gleicher Zeit hervorzubringen –, denn neben diesen Blüten trug er gelbe Samenschoten in der Größe von Feigendisteln. Sonst ist nichts über diesen Baum zu sagen, außer, daß sein Stamm mit verwitterter, grauer Rinde bedeckt war und daß seine fingerartigen Blätter mit einer harzartigen, weißen Milch, gleich der anderen Euphorbienarten, gefüllt waren. Ich füge hinzu, daß Dramana uns erzählte, es gäbe kein anderes Exemplar dieses Baumes, weder auf dem Festland, noch auf der Insel, und der Versuch, ihn anderwärts zu züchten, sei Gotteslästerung. Kurz, der Baum der Träume war ein Monopol der Priester.

Hans machte sich ans Werk und schnitt ein tüchtiges Bündel der Blätter oder Finger ab, die er mit einem Stück Schnur aus seiner Tasche zusammenband, um sie Zikali mitzubringen, obwohl nur geringe Aussicht vorhanden schien, daß sie ihn jemals erreichen würden. Es war dies keine angenehme Arbeit, weil beim Abschneiden der weiße Saft des Baumes ausfloß und, wo er auf die Haut kam, wie Höllenstein brannte.

Ich war froh, als er damit zu Ende war, denn die Blüten stanken erbärmlich. Aber ich ergriff die Gelegenheit, als Dramana wegsah, einige der reifsten Früchte zu pflücken und sie in meine Tasche zu stecken, mit der Absicht, die Samen zu pflanzen, falls wir jemals aus diesem Land entkommen sollten. Leider muß ich gestehen, daß ich diese Absicht niemals ausführen konnte. Die scharfen Stacheln, die auf den Früchten wuchsen, rissen ein Loch in das Futter meiner Tasche, das bereits durch den Gebrauch fadenscheinig geworden war, und sie fielen unbemerkt heraus. Offenbar hatte der Baum der Träume nicht die Absicht, sich anderswo fortzupflanzen; wenigstens war dies Hansens Erklärung.

Auf unserem Rückweg nach dem Haus hatten wir ein Lavafeld auf der Seeseite des Schleusenschuppens zu umgehen und überschritten auf einer kleinen Brücke den Wasserkanal in der Nähe von Landungsstufen, die von Fischern benützt wurden. Ich unterzog diesen Kanal, der den Deich durchbrach, und hier außerhalb der Schleuse etwa zwanzig Fuß breit war, einer Untersuchung. An seiner Seite befand sich, in die Wand eingemauert, eine Steinplatte mit eingegrabenen Markierungen, zweifellos zur Feststellung des Wasserstandes und der Steiggeschwindigkeit. Ich stellte fest, daß die oberste dieser Markierungen bereits von den Fluten umspült wurde und daß sie während der kurzen Zeit, die ich dort stand und beobachtete, völlig verschwand, was auf das rasche Steigen des Wassers hindeutete.

Dramana bemerkte, daß ich dafür Interesse zeigte, und teilte mir mit, daß die Priester behauptet hätten, es wäre noch niemals, selbst während der stärksten Regengüsse, das Wasser bis zur obersten Markierung gestiegen.

»Es ist gut, daß ihr eine so feste Schleuse habt, um das Wasser abzuhalten«, sagte ich.

»Gewiß, Herr«, entgegnete sie, »denn wenn sie bräche, würde diese ganze Seite des Eilandes unter Wasser gesetzt. Wenn du hinsiehst, wirst du bemerken, daß der See bereits höher als das bebaute Gebiet steht und sogar höher, als die Mündung der Höhle Heu-Heus. Die Überlieferung sagt, daß, als zuerst vor Hunderten von Jahren, diese Gebiete dem See entrissen wurden und der Deich gebaut wurde, um sie zu schützen, die Priester Heu-Heus auf den Regen vertrauten, der sie bewässern sollte. Aber dann kamen viele trockene Sommer und so gruben sie einen Kanal durch den Damm und ließen das Wasser zur Bewässerung herein. Damals erbauten sie auch die Schleuse, die du gesehen hast, um die Fluten im Falle einer Überschwemmung zurückzuhalten. Ein alter Priester sagte zu jenen Zeiten, daß dies Wahnsinn sei und eines Tages ihre Vernichtung herbeiführen werde, aber sie lachten über ihn und bauten die Schleuse. Er schien ja auch im Unrecht zu sein, denn seither brachten ihre Felder den doppelten Ertrag, und die Schleuse ist so fest, daß sie niemals von der Flut, wie groß sie auch gewesen war, durchbrochen wurde; dies kann auch niemals der Fall sein, denn der Schleusenstein erhebt sich etwa bis in Kindeshöhe über den Deich, der den See von den Marschen trennt.«

»Es könnte doch der See über den Deich emporsteigen«, bemerkte ich.

»Nein, Herr. Wenn du genau hinsiehst, wirst du bemerken, daß der Deich so hoch über seine Oberfläche emporragt, daß er niemals überflutet werden kann.«

»Dann hängt wohl alle Sicherheit von der Schleuse ab, Dramana?«

»Ja, Herr. Wenn die Flut hoch genug wäre, was sich bis jetzt seit Menschengedenken nicht ereignet hat, dann würde die Sicherheit der Stadt und auch der Höhle Heu-Heus von der Schleuse abhängen. Schon bevor der Berg in Flammen ausgebrochen war und die Stadt unserer Vorfahren zerstört hatte, wurde ihr neuer Eingang vom Boden aus hergestellt, denn vorher, heißt es, war ihr Zugang oben am Abhang. Außerdem ist ja keine Gefahr vorhanden, denn wenn irgendein Unfall sich ereignen und die Flut durchbrechen sollte, könnten alle den Berg hinauffliehen. Nur würden dann die bebauten Felder auf einige Zeit zerstört werden und Mangel Platz greifen. Dann müßte man sich Korn vom Festland herschaffen oder von den Vorräten leben, die in Schächten am Berghang verwahrt sind, um im Falle eines Krieges oder einer Belagerung verwendet zu werden.«

Ich dankte ihr für die Erklärung dieser interessanten, hydraulischen Probleme, und nach einem weiteren Blick auf den Wasserstandsfelsen, dessen oberste Markierung – wie gesagt – bereits verschwunden war, gingen wir zum Haus zurück, um uns auszuruhen und zu speisen.

Hier verließ uns Dramana und versprach, bei Sonnenuntergang zurückzukehren. Ich bat sie, dies ganz bestimmt zu tun, und zwar um ihrer selbst willen, was ich ihr aber nicht erklärte. Mir persönlich war es vollkommen gleichgültig, ob sie wiederkäme oder nicht, denn ich hatte alles von ihr erfahren, was sie uns sagen konnte. Aber da ich eine Katastrophe herbeiführen wollte, wollte ich ihr doch für den Fall, daß mir dies gelänge, jede Gelegenheit zum Entkommen geben, die sich uns bieten würde. Alles in allem war sie uns eine gute Freundin gewesen und sie haßte Dacha und Heu-Heu und liebte ihre Schwester Sabeela.

Hans begleitete sie zur Tür und machte sich in ungeschickter Weise viel zu schaffen, um ihr beim Anlegen ihres Blätterregenmantels behilflich zu sein, den sie abgelegt hatte und über dem Arm trug. Denn plötzlich hatte der Regen, der während unseres Spaziergangs fast aufgehört hatte, wieder in Strömen zu fallen begonnen.

Als wir gegessen hatten und innerhalb geschlossener Türen allein waren, hielten Hans und ich Rat.

»Was soll jetzt geschehen, Hans?« fragte ich, denn ich wünschte seine Ansicht kennenzulernen.

»Folgendes Baas, glaube ich«, entgegnete er. »Wenn es auf Mitternacht geht, müssen wir uns nahe den Stufen in der Nähe des Opferungsfelsens verbergen. Nicht bei denen an der Schleuse. Wenn dann das Kanu kommt und Sabeela zu ihrer Hochzeit herbeibringt, müssen wir, sobald sie übernommen und angebunden worden ist, zum Boot hinausschwimmen, es besteigen und nach Walloo zurückkehren.«

»Aber das würde Sabeela nicht retten, Hans.«

»Nein, Baas, ich habe mir nicht den Kopf über Sabeela zerbrochen, die, hoffe ich, mit Heu-Heu glücklich werden wird. Aber es würde uns retten, obwohl wir vielleicht einige unserer Habseligkeiten werden zurücklassen müssen. Wenn Issicore und die übrigen wünschten, Sabeela zu retten, wäre es besser, daß sie aufhörten, Feiglinge zu sein, die sich vor einem steinernen Götzen und einer Handvoll Priester fürchten, und sie selbst ans Werk gingen!«

»Höre, Hans«, sagte ich. »Wir sind hierhergekommen, um ein Bündel stinkender Blätter für Zikali zu bekommen und Sabeela zu retten, die ein Opfer von Narretei und Schlechtigkeit ist. Ersteres haben wir bekommen, das zweite muß noch getan werden. Ich habe die Absicht, diese unglückliche Frau zu retten oder bei diesem Versuch zu sterben.«

»Ja, Baas, ich habe gedacht, daß der Baas dies sagen würde, denn wir sind alle, jeder in seiner Art, Narren. Und wie kann einer aus seinem Herz die Narrheit ausgraben, die ihm seine Mutter hineingepflanzt hat, bevor er geboren wurde? Deshalb müssen wir, da der Baas ein Narr oder in Sabeela wegen ihrer Schönheit verliebt ist – ich weiß nicht, welches von beiden –, einen anderen Plan entwerfen und versuchen, uns bei seiner Ausführung umbringen zu lassen.«

»Was für einen Plan?« fragte ich, ohne auf seinen rohen Sarkasmus einzugehen.

»Ich weiß es nicht, Baas«, entgegnete er und starrte zur Decke. »Wenn ich etwas zu trinken hätte, dann würde ich vielleicht imstande sein, einen zu ersinnen, denn all diese Nässe hat meinen Kopf mit Nebel angefüllt und mein Magen ist voll Wasser. Dennoch, Baas, glaube ich den Baas recht zu verstehen. Er sagt, daß nach der Zerstörung der Steinschleuse der See hereinbrechen und diesen Ort und die Höhle Heu-Heus überfluten würde, in der die Priester und ihre Frauen versammelt sein werden, um ihn anzubeten?«

»Ja, Hans, dies glaube ich, und zwar in kürzester Zeit. Sobald das Wasser zu strömen begänne, würde es den Wall zu beiden Seiten der Schleuse durchbrechen und in gewaltigem Schwalle sich über das Land ergießen, um so mehr, als es jetzt wieder zu regnen begonnen hat.«

»Dann, Baas, müssen wir den Stein herabfallen lassen, und da wir selbst nicht stark genug dazu sind, müssen wir dies hier zu Hilfe nehmen«, und er brachte aus seinem Sack die zwei Pfundbüchsen Pulver zum Vorschein, aus kräftigem, verlötetem Blech verfertigte Behälter, in der Packung, in dem sie die Fabrik in England verlassen hatte. »Da ich der Herr des Feuers genannt werde, werden dies die Priester Heu-Heus ganz natürlich finden«, fügte er grinsend hinzu.

»Gewiß, Hans«, sagte ich nickend, »aber die Frage ist, wie wir dies tun sollen?«

»Ich denke auf folgende Weise, Baas: Wir müssen diese zwei Büchsen fest in das Loch im Felsen unter dem Zapfen einklemmen, und zwar mit Hilfe kleiner Steine. Dann müssen wir sie dick mit Lehm verkleiden, um dem Pulver Zeit zur Wirkung zu geben, bevor die Büchsen aus dem Loch herausgetrieben werden. Aber zunächst müssen wir Löcher in die Büchsen bohren und Lunten anfertigen, deren Enden wir in diese Löcher stecken. Es fragt sich nur, wie wir diese Lunten herstellen sollen?«

Ich schaute mich um. Da standen auf einem Brett im Zimmer die Tonlampen, mit denen der Raum bei Nacht beleuchtet wurde, und daneben lag eine Rolle des Dochtes, der hierzu verwendet wurde. Es waren dünne, trockene, geflochtene Binsenschnüre, mehrere Fuß davon.

»Da ist, was wir brauchen!« sagte ich.

Wir nahmen den Docht herunter und tränkten ihn mit einer Mischung von Öl und Schießpulver, das ich einer Patrone entnahm und – beim Zeus! – in einer halben Stunde hatten wir zwei ausgezeichnete Lunten, die, wie ich durch ein Experiment feststellte, volle fünf Minuten glimmen würden, bevor das Feuer das Pulver erreichte. Das war alles, was wir für den Augenblick tun konnten.

»Nun Baas«, sagte Hans, als wir unsere Vorbereitungen beendet und die Lunten verwahrt hatten, um sie trocknen zu lassen, »all dies ist ja sehr nett, aber angenommen, daß der Stein fällt und das Wasser hereinstürzt und alles glatt vonstatten geht, wie sollen wir die Insel verlassen? Wenn wir die Priester Heu-Heus ertränken – obwohl ich nicht glaube, daß uns dies gelingen wird, denn sie werden den Bergabhang hinaufklettern wie Kaninchen –, ertränken wir auch uns und werden in ihrer Gesellschaft an den Ort des ewigen Feuers reisen, von dem dein verehrter Vater mit solcher Vorliebe erzählte. Es wird sehr nett sein, zu versuchen, Heu-Heus Priester zu ertränken, doch werden dadurch weder wir noch Sabeela besser gestellt sein, wenn wir sie an diesem Pfeiler gebunden zurücklassen.«

»Wir werden sie nicht zurücklassen, Hans, das heißt, wenn alles nach meinen Erwartungen geht; wir werden jemanden andern dort lassen.«

Hans ging ein Licht auf und sein Gesicht erhellte sich.

»O Baas, jetzt verstehe ich, du meinst, daß du Dramana an den Pfeiler binden wirst, die älter und nicht ganz so hübsch ist wie Sabeela, und deshalb hast du ihr gesagt, daß sie die ganze Zeit bei uns bleiben muß, wenn sie zurückkommt? Das ist ein ausgezeichneter Plan, besonders weil er uns spätere Scherereien mit ihr erspart. Es wird nur nötig sein, Baas, ihr zuerst einen ganz kleinen Klaps auf den Kopf zu geben, sonst könnte sie Lärm machen und uns in ihrem Egoismus verraten.«

»Du bist ein Scheusal, Hans, daß du mir eine solche Absicht unterschieben kannst!« sagte ich empört.

»Ja, Baas, gewiß bin ich ein Scheusal, das zuerst an dich und mich selbst denkt, bevor es sich um andere kümmert. Wen sonst will der Baas dann dort lassen? Hoffentlich denkt er nicht daran, *mich*, in Brautgewänder gehüllt, festzubinden?« fügte er in ernstlicher Aufregung hinzu.

»Du bist ein ebenso großer Narr wie du ein Scheusal bist, Hans, denn so dumm du auch bist, wie sollte ich ohne dich weiterkommen? Ich habe nicht die Absicht, einen Lebenden zurückzulassen, sondern das tote Weib im Schleusenhaus.«

Mit offener Bewunderung starrte er mich an und entgegnete:

»Der Baas wird wirklich ganz gescheit! Das erstemal, daß er an etwas gedacht hat, das mir nicht zuerst eingefallen ist! Das ist ein ausgezeichneter Plan, vorausgesetzt, daß wir sie unbemerkt hinbringen können und uns Sabeela nicht dadurch verrät, daß sie Lärm schlägt, lacht oder weint, wie es dumme Weiber zu tun pflegen. Aber angenommen, daß alles gut vonstatten geht, so werden wir dann unser vier sein; und wie sollen wir in das Boot kommen, Baas, wenn diese feigen Walloos so lange zögern werden?«

»So, Hans: Wenn das Kanu Sabeela ans Land gebracht hat und sie an dem Pfosten festgebunden worden ist, dann wartet es, wenn Dramana die Wahrheit gesagt hat, in geringer Entfernung auf das Morgengrauen. Während es wartet, mußt du zu ihm hinausschwimmen und wirst deine Pistole mitnehmen, die du mit einer Hand über deinen Kopf halten wirst, um sie vor der Nässe zu bewahren, sonst aber alles zurücklassen. Du mußt dann in das Boot zu kommen trachten und dich dem Walloo oder Issicore, oder wer eben da ist, zu erkennen geben. Dann, wenn alles ruhig ist, werden Dramana und ich den Leichnam jener Frau zum

Pfeiler bringen und ihn an Stelle Sabeelas daran festbinden. Hierauf wirst du das Kanu zur Landungstreppe bringen – zu der kleinen Landungstreppe beim großen Lavablock, die wir in der Nähe der Mündung des Kanals gesehen haben und von der uns Dramana sagte, daß sie von Fischern benützt werde, denen die geheiligte Treppe am Opferungsfelsen verwehrt sei. Kannst du dich an sie erinnern?«

»Ja, Baas. Du meinst jene Treppe am Ende einer kleinen Mole, die dazu dient, um den Schlamm des Sees von der Mündung des Kanals abzuhalten, damit diese nicht verstopft werde.«

»Wenn ich dich kommen sehe, Hans, werde ich die Lunten anzünden, und dann werden wir zu jener Mole laufen und das Kanu besteigen. Ich hoffe, daß die Priester und ihre Weiber in der Höhle, die sich ja doch in einer gewissen Entfernung befindet, die Explosion des Pulvers innerhalb des Schuppens nicht vernehmen, und beim Verlassen der Höhle alles überschwemmt finden und im eindringenden Wasser zugrunde gehen werden. Das wird sie von unserer Verfolgung abhalten, die sie sonst zweifellos aufnehmen würden, denn ich bin überzeugt, daß sie irgendwo in der Nähe Kanus verborgen haben, wenn auch Dramana nicht weiß, wo sie stecken. Verstehst du mich jetzt?«

»Oh, gewiß, Baas. Wie ich schon sagte, ist der Baas ganz plötzlich recht klug geworden. Ich denke, es muß dies an dem Wein der Träume liegen, den er gestern abend getrunken und der seinen Geist belebt hat. Nur an eines hat der Baas nicht gedacht. Angenommen, daß ich sicher bis ins Kanu gelange, wie soll ich jene Leute veranlassen, an die Landungsbrücke zu rudern und euch aufzunehmen? Wahrscheinlich werden sie voller Furcht sein, Baas, oder behaupten, daß es gegen ihr Gesetz geht oder daß Heu-Heu sie ergreifen wird, falls sie es tun oder sonst etwas Derartiges.«

»Du wirst freundlich mit ihnen sprechen, Hans. Und

wenn sie nicht hören wollen, dann nimm deine Pistole und sprich ernst mit ihnen. Ja, wenn nötig, wirst du einen oder mehrere von ihnen erschießen, worauf dir die übrigen gehorchen werden, denke ich. Doch hoffe ich, daß dies nicht nötig sein wird. Wenn Issicore dabei ist, wird er sicher wünschen, Sabeela von Heu-Heu zurückzugewinnen. Nun haben wir alles abgemacht, und ich will eine Zeitlang schlafen und nehme die Lunten unter mich, damit sie trocknen. Dir rate ich, dasselbe zu tun. Wir haben wenig Ruhe in der vergangenen Nacht gefunden und heute nacht werden wir gar nicht ruhen können. Es wird uns daher gut tun, uns auszuruhen, so lange wir es können. Aber zunächst bring jene Matte her und binde die Äste des stinkenden Baumes darauf, die wir Zikali bringen sollen, damit sie trocknen können. Übrigens soll diesen alten Schwindler der Teufel holen dafür, daß er uns auf dieses Abenteuer ausgesandt hat!«

Alles in Ordnung! wiederholte ich mir mit innerlichem Sarkasmus, als ich mich niederlegte und die Augen schloß. In Wirklichkeit war niemals etwas weniger in Ordnung gewesen; denn in einer derartig verzweifelten Angelegenheit hing der Erfolg von einer endlosen Kette von Hypothesen ab, einer von hier bis nach Kapstadt reichenden Kette. Unser Fall war ein ausgezeichnetes Beispiel für das alte Sprichwort:

> Wenn nur die Wenn's und alle Und's
> Schon Topf und Pfanne machten uns,
> Dann gäb es nichts zu tun am Ende
> Für alle Kesselflickerhände.

Wenn das Kanu kam; *wenn* es in einer Entfernung vom Felsen wartete; *wenn* Hans unbemerkt bis zu ihm hinschwimmen und an Bord klettern konnte; *wenn* er jene abergläubischen Walloos überreden konnte, uns abzuholen; *wenn* wir unser kleines Spiel mit dem Pulver unentdeckt ausführen konnten; *wenn* das Pulver plangemäß explodierte und den Schleusenhebel sprengte; *wenn* wir Sabeela vom Pfosten losbinden konnten; *wenn* sie sich nicht nach Frauenart hysterisch benahm; *wenn* nicht geheime Spione während aller dieser Arbeiten uns den Hals abschnitten, und noch eine ganze Masse anderer ›wenn‹ – dann, dann würden unsere Töpfe und Pfannen in befriedigender Weise repariert und vielleicht die Priester Heu-Heus in ebenso befriedigender Weise verscheucht oder ertränkt werden! Wie die Sache lag, schien es mir, als würden wir nicht nur diese Nacht Ruhe finden, sondern noch tiefer schlummern als uns lieb war – nämlich den letzten langen Schlaf auf dieser Welt.

Nun gut, das war nicht zu ändern. Und so kam ich wieder auf meinen beliebten Fatalismus zurück, sprach mein Gebet und versank in Schlaf, was ich Gott sei Dank zu jeder Zeit unter allen Umständen zustande bringe. Hätte ich diese Gabe nicht besessen, so wäre ich bestimmt schon lange tot.

Als ich erwachte, war es finster, und ich fand Dramana über mich gebeugt; ja, es war ihr Eintritt, der mich erweckte. Ich sah auf meine Uhr und entdeckte zu meiner Überraschung, daß es bereits zehn Uhr abends vorbei war.

»Warum hast du mich nicht früher geweckt?« sagte ich zu Hans.

»Wozu denn, Baas, da doch nichts zu tun war, und es langweilig ist, ohne einen trinkbaren Tropfen müßig zu gehen.«

Das sagte er, aber in Wirklichkeit hatte er selbst fest geschlafen. Immerhin, ich war diesem Umstand ganz dankbar, denn so ersparten wir uns manche langweilige Wartestunde.

Da entschloß ich mich plötzlich, Dramana alles zu sagen und tat es auch. Diese Frau hatte etwas an sich, das mich veranlaßte, ihr zu vertrauen; auch war sie offenbar toll vor Sehnsucht, Dacha zu entkommen, denn sie haßte und von dem auch sie gehaßt wurde. Außerdem wußte sie, daß er entschlossen war, sie zu ermorden, sobald Sabeela in seinen Besitz gelangt war.

Sie lauschte und starrte mich an, verblüfft über die Kühnheit meines Planes.

»Es kann alles gut ausgehen«, sagte sie, »obgleich man noch die Zauberkunst der Priester zu fürchten hat, die sie über Wege unterrichten könnte, welche ihre Augen nicht sehen.«

»Ich will diesen Zauber riskieren«, entgegnete ich.

»Noch eines ist zu bedenken«, fuhr sie fort. »Wir können nicht in den Raum kommen, wo die steinerne Schleuse sich befindet, die du zerstören willst. Wie mir befohlen wurde, habe ich den Sack mit den beiden Schlüsseln nach meiner Rückkehr in die Höhle Dachas zurückgegeben, und er hat ihn an einem Ort verwahrt, den ich nicht kenne. Die Tür ist sehr stark, Herr, und kann nicht gesprengt werden, und wenn ich zu Dacha ginge, um ihn wieder um den Schlüssel zu bitten, würde er alles ahnen, besonders da das Wasser schneller als jemals seit Menschengedenken steigt und Priester hingegangen sind, um sich zu vergewissern, daß der Schleusenstein so befestigt ist, daß er nicht bewegt werden kann – jawohl, und den Hebel mit Seilen festgebunden haben.«

Ich saß ganz still, denn ich wußte nicht, was ich sagen sollte. Ich hatte die Sache mit diesem Schlüssel vollkommen übersehen! Da hörte ich plötzlich Hans idiotisch kichern.

»Worüber lachst du denn, du Esel?« fragte ich. »Ist es jetzt Zeit zu lachen, wenn alle unsere Pläne ins Wasser gefallen sind?«

»Nein, Baas, oder besser gesagt, ja, Baas. Nämlich, Baas, ich ahnte, daß sich etwas Derartiges ereignen könne; deshalb nahm ich den Schlüssel aus Dramanas Sack und steckte einen Stein von ungefähr gleichem Gewicht an seine Stelle. Hier ist er«, und er zog aus seiner Tasche dieses gewichtige Schließinstrument von altertümlichem Aussehen.

»Das war gescheit! Nur sagtest du, Dramana, daß die Priester seither im Schuppen gewesen sind, wie konnten sie ihn ohne diesen Schlüssel betreten?« fragte ich.

»Es gibt zwei Schlüssel, Herr, der sogenannte ›Wächter der Schleuse‹ hat einen für sich. Seinem Eid getreu trägt er ihn stets am Gürtel mit sich herum und schläft bei Nacht mit ihm. Der Schlüssel, den ich hatte, ist jener des Hohepriesters, der sich seiner und anderer Schlüssel bedient, um in alles seinen Blick werfen zu können, wenn er es wünscht, obgleich er es selten, wenn überhaupt jemals, tut.«

»So ist denn alles so weit in Ordnung, Dramana, hast du uns sonst noch etwas zu sagen?«

»Ja, Herr, du wirst gut daran tun, noch heute nacht von dieser Insel zu entfliehen, wenn du irgend kannst, denn in der heutigen Beratung wurde durch Heu-Heu ein Orakel gegeben, daß du und dein Gefährte morgen beim Hochzeitsfest zu opfern seid. Es ist ein Opfer zugunsten der Waldbewohner, die jetzt wissen, daß jenes Weib durch euch getötet worden ist. Sie sagen, daß sie nicht gegen die Walloos kämpfen wollen, solange ihr am Leben seid, Ich glaube, daß auch ich mit euch geopfert werden soll.«

»So, so?« sagte ich und überlegte. Wenn ich je irgendwelche Gewissensbisse gehabt hatte, diese fanatischen Scheusale zu ertränken, waren sie jetzt durch Gründe beseitigt, die mich vollständig beruhigten. Ich hatte gar nicht die Absicht, mich opfern zu lassen, wenn ich dies irgendwie verhindern konnte, weder jetzt noch wann immer in der Zukunft. Sicherlich war es der beste Weg, dies zu verhindern, indem wir diesen Mordsüchtigen eine Dosis ihrer eigenen Medizin verabreichten. Von diesem Augenblick an wurde ich ebenso gewissenlos wie Hans.

Ich verstand jetzt, weshalb wir mit solcher Höflichkeit

behandelt worden waren und man uns gestattet hatte, alles zu sehen, was wir wünschten. Es geschah, um unseren Verdacht einzuschläfern! Was machte es aus, wie viel wir erfuhren, wenn wir innerhalb weniger Stunden in ein Land gesandt werden sollten, von dem aus wir es niemandem mitteilen konnten?

Ich erkundigte mich eingehender nach diesem Orakel, doch erhielt ich von Dramana nur Antworten, die ich nicht verstand. Jedenfalls schien es nach dem, was sie sagte, auf die Bitten des wilden Waldvolkes hin erteilt worden zu sein, die Genugtuung für den Tod ihrer Gefährtin forderten. Dies erklärte alles, und in der Tat spielten Einzelheiten dabei keine Rolle.

Nachdem ich alle Informationen gesammelt hatte, ließen wir uns zum Abendessen nieder. Hierbei teilte uns Dramana mit, daß man beschlossen hatte, uns unsere Waffen, die als ›feuerspeiend‹ bekannt waren, vor Anbruch der Morgendämmerung im Schlaf zu stehlen, um uns bei unserer Ergreifung wehrlos zu machen.

So war es denn klar – wenn wir überhaupt handeln wollten, so mußte es sofort geschehen.

Ich aß so viel, als ich vermochte, denn Nahrung verleiht Stärke, und Hans tat dasselbe. In der Tat, ich glaube, daß er selbst beim Anblick der Schlinge, die sich mit seinem Hals beschäftigen sollte, mit dem besten Appetit gespeist hätte. »Laßt uns essen und trinken, denn morgen müssen wir sterben«, wäre seine Lieblingsdevise gewesen, wenn er sie gekannt hätte. Wir tranken sogar von dem Eingeborenenbier, das uns Dramana gebracht hatte, denn ich dachte, daß eine mäßige Quantität Alkohol uns beiden guttun würde, besonders Hans, der die Aussicht hatte, eine beträchtliche Strecke durchschwimmen zu müssen. Kaum hatte ich das Zeug geschluckt, bereute ich es, denn es fiel mir ein, daß es mit einer Droge versetzt worden sein könnte, doch war diese Befürchtung ungerechtfertigt, denn Dramana hatte darüber gewacht.

Als wir unser Mahl beendet hatten, nahmen wir unsere geringen Habseligkeiten an uns und verstauten sie so zweckmäßig als möglich. Einen Teil davon gab ich Dramana zu tragen, denn sie war ein kräftiges Weib, und natürlich konnte Hans, der zu schwimmen hatte, mit nichts als mit seiner Pistole und dem Blätterbündel vom Baum der Träume beladen werden. Dieses letztere, dachte ich, würde ihm helfen, sich über Wasser zu halten und ihn den Blicken zu entziehen.

Hierauf brachen wir auf – etwa um elf Uhr – und warfen über unsere Köpfe Moskitonetze, die zum Zudecken unserer Betten bestimmt waren, um möglichst jenen Wilden zu gleichen, so weit es ging.

13

Die fürchterliche Nacht

Wie verließen leise das Haus und fanden, daß der wolkenbruchartige Regen in eine Art beständigen Nieselns übergegangen war, das die Luft undurchsichtig machte, während auf der Oberfläche des Sees und den tiefer gelegenen, bebauten Gebieten ein schwerer Nebel lagerte. Dies war für uns natürlich sehr von Vorteil. Selbst wenn Wächter aufgestellt waren, konnten uns diese nicht wahrnehmen, bis wir direkt über sie stolperten. Tatsächlich, glaube ich, gab es aber keine, da die ganze Bevölkerung des Ortes zur Feier in der Höhle versammelt war. Wir konnten weder einen Menschen hören noch sehen, nicht einmal ein Hund bellte, denn diese Tiere, von denen es nur wenige auf der Insel gab, schliefen infolge der Nässe und Kälte innerhalb der Häuser. Oberhalb des Nebels allerdings leuchtete der große Vollmond in einem wolkenlosen Himmel und deutete einen bevorstehenden Witterungsumschlag an. Dieser erfolgte auch tatsächlich, denn das Regenwetter, das, wie wir später erfuhren, seit Monaten mit kurzen Unterbrechungen fortgedauert hatte, mußte sich schließlich erschöpfen.

Wir erreichten das Schleusenhaus, und fanden zu unserer Überraschung die Tür unversperrt. In der Annahme, daß sie infolge der Sorglosigkeit der inspizierenden Priester offen geblieben war, durchschritten wir sie leise und schlossen sie hinter uns. Dann entzündete ich eine Kerze, denn ich trug immer eine bei mir, und hielt sie empor, damit wir uns umsehen konnten. Im nächsten Augenblick trat ich, von Entsetzen gerührt, zurück, denn auf dem Vorsprung der Brunnenmauer saß ein Mann mit einem großen Speer in der Hand.

Während ich noch überlegte, was zu tun sei und auf den Mann starrte, der anscheinend aus dem Schlaf aufgeschreckt und sogar noch mehr entsetzt zu sein schien als ich, handelte Hans mit der größeren Geschwindigkeit des Wilden. Wie ein Leopard sprang er auf den Burschen los. Ich denke, er zog sein Messer, aber ich weiß es nicht gewiß. Auf alle Fälle hörte ich einen Schlag und dann beleuchtete das Licht der Kerze die Sohlen dieses Mannes, der hinterrücks im Wasserschacht verschwand. Was mit ihm geschah, weiß ich nicht. Was uns betrifft, verloren wir ihn für immer aus den Augen.

»Wie ist das möglich? Du sagtest uns doch, daß niemand hier sein würde«, sagte ich wild zu Dramana, denn ich argwöhnte eine Falle.

Sie fiel auf die Knie, denn sie dachte wahrscheinlich, ich würde sie mit dem Speer des Mannes, den ich an mich genommen hatte, töten, und entgegnete:

»Herr, ich weiß es nicht. Ich nehme an, daß die Priester Verdacht schöpften und eine Wache hierher gesetzt haben. Oder taten sie dies auch nur wegen der ununterbrochen steigenden Flut.«

Ich glaubte ihrer Erklärung und hieß sie aufstehen. Dann schritten wir ans Werk. Nachdem wir die Tür von innen verschlossen hatten, kletterte Hans den Hebel hinan und beim Licht der Kerze, das uns nicht verraten konnte, denn der Schuppen hatte keine Fenster, befestigte er die beiden Pulverbüchsen in der Aushöhlung der Verschlußplatte, gerade unter den Hebelbolzen. Hierauf keilten wir sie, wie besprochen, mit Kieseln fest, die wir mit uns gebracht hatten.

Als dies getan war, nahm ich eine Menge des feuchten Tons, mit dem die Wände des Schuppens beworfen waren, von einem Fleck, wo die Feuchtigkeit des Regens durchgedrungen war und ihn erweicht hatte. Diesen Ton stampften wir über die Pulverbüchsen und die Steine in einer Dicke von mehreren Zoll fest. Nur gerade unter dem Bolzen ließen wir eine Öffnung und hofften dadurch die Kraft der Explosion auf den oberen Rand des Loches im Schleusenstein zu konzentrieren. Die Lunten, die jetzt trocken waren, hatten wir in Löchern, die wir in die Büchsen gebohrt hatten, befestigt und führten sie, eingeschlossen in zwei lange hohle Schilfrohre, die wir aus dem Dach unseres Hauses gezogen hatten, durch den Ton; so hofften wir nämlich, die Feuchtigkeit von ihnen abzuhalten.

In dieser Anordnung hingen ihre Enden bis etwa sechs Fuß vom Boden herab, wo sie, selbst in größter Eile, leicht entzündet werden konnten.

Es war jetzt Viertelzwölf und der entsetzlichste und gefährlichste Teil unserer Aufgabe mußte ins Auge gefaßt werden. Wir hoben den Leichnam der Frau empor, und Hans und ich – Dramana war nicht dazu zu bringen, ihn zu berühren – trugen ihn aus dem Schuppen hinaus. Von Dramana gefolgt, die alle unsere Habseligkeiten trug, da wir sie aus Furcht, von ihnen abgeschnitten zu werden, nicht zurücklassen wollten, trugen wir die Tote mit ungeheurer Anstrengung – denn sie war überaus schwer – etwa fünfzig Yards fort an einen Ort, den ich hierfür während unserer Besichtigung am Morgen ins Auge gefaßt hatte. Es war dies ein Fleck neben dem Opferungsfelsen, der sich glücklicherweise etwa sechs Fuß über den umgebenden Boden erhob. Es gab dort eine kleine Aushöhlung, die durch das Wasser in die Felsoberfläche eingegraben war, eine schmale Grube, die jedoch ausreichend groß war, uns drei und den Leichnam zu verbergen.

An diesem Ort versteckten wir uns, denn hier verdeckte glücklicherweise der Felsvorsprung das Licht der zwei ›Ewigen Feuer‹, die in dieser Nässe düster und unter enormer Rauchentwicklung zu brennen schienen. Das nähere der beiden loderte in einer Entfernung von höchstens zwölf Schritten. Der Pfosten, an den das Opfer gebunden werden sollte, war vielleicht einen Krikketschlag weit entfernt.

In diesem Versteck konnten wir wohl schwerlich entdeckt werden, wenn nicht zufällig jemand auf uns zukam oder sich uns von rückwärts näherte. Wir kauerten uns nieder und warteten. Nach kurzer Zeit, knapp vor Mitternacht, vernahmen wir in der großen Stille das Geräusch von Rudern auf dem See; das Kanu näherte sich. Eine Minute später vernahmen wir bereits menschliche Stimmen, ganz in unserer Nähe.

Ich hob den Kopf und lugte überaus vorsichtig über die Spitze des Felsblockes hinweg. Ein großes Kanu näherte sich den Landungsstufen, oder besser gesagt der Uferstelle, an der sich diese befunden hatten, denn jetzt waren sie außer der obersten infolge der Überschwemmung unter Wasser.

Auf dem Felsen schritten vier Priester in weißen Gewändern und mit Schleiern, in welche Augenlöcher geschnitten waren, über dem Kopf, auf diese Treppen zu; sie glichen Mönchen auf alten Gemälden aus der Zeit der spanischen Inquisition. Als sie die Treppen erreichten, legte das Kanu an. Im nächsten Augenblick wurde von seinem Bug ein schlankes Weib, völlig in einen weißen Mantel gehüllt, der Kopf und Körper zugleich verbarg, herabgehoben, das, nach ihrer Körpergröße zu urteilen, Sabeela sein mochte.

Die Priester empfingen sie wortlos, denn dieses ganze Drama spielte sich in äußerster Stille ab. Halb führten, halb trugen sie Sabeela zu dem Steinpfeiler zwischen den Feuern, wo sie diese, so weit ich durch den Nebel sehen konnte, festbanden. Hierauf wandten sie sich, noch immer in tiefstem Schweigen, um und schritten den abfallenden Felsen hinab, auf den Eingang der Höhle zu, in der sie verschwanden. Das Kanu ruderte etliche Yards zurück – nicht weit, wie ich an der Zahl der Ruderschläge erkannte, und ließ sich dann treiben.

Bis jetzt hatte sich alles ereignet, wie es uns Dramana vorhergesagt hatte. Flüsternd fragte ich sie, ob die Priester zurückkehren würden. Sie entgegnete, nein, kein Mensch würde erscheinen, bis die Sonne aufginge und Heu-Heu, von seinen Frauen begleitet, aus der Höhle hervortreten würde, um seine Braut zu holen. Sie schwor mir, daß sie die Wahrheit spreche, denn es wäre das größte Verbrechen, einen Blick auf die heilige Braut in der Zeit zwischen ihrer Ankunft und dem Sonnenaufgang zu werfen.

»Je schneller wir also handeln, um so besser ist es«, sagte ich, und biß die Zähne zusammen. Ich hielt mich gar nicht damit auf, Dramana zu fragen, was sie mit dem Erscheinen Heu-Heus meine, da es doch, wie wir genau wußten, kein solches Wesen gab, und rief:

»Komm, Hans, solange der Nebel noch dicht genug ist; er kann sich jeden Augenblick heben«, fügte ich hinzu.

Flink und mit der Kraft der Verzweiflung kletterten wir bis zu dem Felsen hin und schleppten den Leichnam mit uns. Wir solperten um das nähere der beiden Feuer und kamen mit unserer schauerlichen Last bis hinter den Pfeiler; aber es schien mir, daß wir zu dieser Strecke ein Menschenalter gebraucht hätten. Hier vereinigte sich, Gott sei Dank, der dunstige Rauch des Feuers, der durch einen leichten Windhauch aufgewirbelt wurde, mit dem herabhängenden Nebel, um uns beinahe unsichtbar zu machen. Auf der anderen Seite des Pfeilers stand Sabeela, gefesselt, und ihr Kopf hing herab, als ob sie ohnmächtig wäre. Hans schwor, daß es Sabeela sei, denn er erkenne sie ›an ihrem Geruch‹, was ihm ganz ähnlich sah, doch war ich nicht ganz so überzeugt, da ich in dieser Hinsicht weniger begabt bin. Dennoch wagte ich es und sprach sie an, wenn auch fast zögernd. Ich fürchtete mich, einen Blick auf sie zu werfen. Um die Wahrheit zu sagen, ich war besorgt, daß sie ihre Drohung ausgeführt und als letztes Hilfsmittel das Gift genommen haben könnte, das sie im Haare verborgen trug.

»Sabeela, stoß keinen Schrei aus. Sabeela, wir sind es, der ›Wächter in der Nacht‹, und er, der ›Licht in der Finsternis‹ genannt wird, und wir kommen, um dich zu retten«, sagte ich und wartete mit angehaltenem Atem, ob ich eine Antwort vernehmen würde.

Plötzlich seufzte ich erleichtert auf, denn sie bewegte schwach den Kopf und flüsterte:

»Es ist ein Traum – ich träume!«

»Nein«, entgegnete ich, »du träumst nicht, oder wenn du es tust, wach auf, sonst könnten wir alle für ewig in Schlaf versinken!«

Hierauf kroch ich um den Pfosten herum und bat sie, mir zu sagen, wo sich der Knoten des Seiles befände. Sie deutete mit ihrem Kopf nach unten – mit den Händen konnte sie nicht deuten, denn sie waren gebunden. Hierauf flüsterte sie mit gebrochener Stimme:

»An meinen Füßen, Herr.«

Ich kniete nieder und suchte den Knoten. Wenn ich nämlich das Seil zerschnitten hätte, würden wir nichts gehabt haben, womit wir den Leichnam an den Pfeiler hätten binden können. Glücklicherweise war er nicht fest zusammengezogen, da man dies für unnötig gehalten hatte; es war ja nicht bekannt, daß jemals eine heilige Braut versucht hatte, ihrem Schicksal zu entfliehen. Deshalb konnte ich ihn trotz meiner erstarrten Hände ohne Schwierigkeiten aufknüpfen. Eine Minute später war Sabeela befreit und ich hatte die Schnur zerschnitten, die ihre Arme fesselte. Nun kam die schwierigste Aufgabe, die Leiche an ihre Stelle zu stellen, deren ganzes Gewicht an den Seilen hing. Immerhin brachten es Hans und ich irgendwie zuwege, nachdem wir zuerst Sabeelas Mantel und Schleier über ihre erstarrte Gestalt geworfen hatten.

»Ich hoffe, Heu-Heu wird sie hübsch finden!« flüsterte Hans, als wir einen prüfenden Blick auf unser Werk warfen.

Hierauf zogen wir uns zurück, wie wir gekommen waren, indem wir uns tief niederbeugten, um unsere Körper in der Nebelschichte zu verbergen, die jetzt immer dünner wurde und nur noch etwa drei Fuß über dem Boden lagerte, wie etwa ein Herbstnebel auf den englischen Marschen. Wir erreichten unser Loch, und Hans stieß Sabeela respektlos über seinen Rand, so daß sie auf den Rücken ihrer Schwester Dramana rollte, die ganz entsetzt darin kauerte. Niemals, glaube ich, hatten zwei so tragisch getrennte Verwandte ein derartig außergewöhnliches Zusammentreffen! Ich war der letzte der Gesellschaft, und ehe ich in unser Versteck hinabglitt, warf ich noch einen Blick um mich.

Ich sah folgendes: Aus der Öffnung der Höhle tauchten zwei Priester auf. Sie rannten eilig den sanften Felsabhang hinan, bis sie die zwei Säulen brennenden Naturgases oder Erdöls, oder was es war, erreichten und jeder von ihnen blieb bei einer derselben stehen. Hier blickten sie um sich und starrten durch die Löcher in ihren Masken oder Schleiern auf das an den Pfeiler gebundene Opfer. Anscheinend befriedigte sie, was sie sahen, denn sie wandten sich hierauf um und liefen ebenso rasch, wie sie gekommen waren, zur Höhle hinab, doch zeigten ihre planmäßigen Bewegungen weder Überraschung noch Aufregung.

»Was soll dies heißen, Dramana?« rief ich aus. »Du sagtest mir, daß es nach dem Gesetz jedermann verboten sei, die heilige Braut zu betrachten, bevor die Sonne aufgeht.«

»Ich weiß es nicht, Herr«, entgegnete sie, »gewiß ist dies wider dem Gesetz. Ich nehme an, daß die Wahrsager gefühlt haben müssen, daß etwas nicht in Ordnung sei, und deshalb Boten ausgesandt haben. Wie ich dir gesagt habe, sind die Priester Heu-Heus Meister der Magie, Herr.«

»Dann sind sie schlechte Meister darin, denn sie haben nichts herausgebracht«, erwiderte ich geringschätzig.

Aber im Innern war ich froher, als es Worte ausdrükken hätten können, daß ich darauf bestanden hatte, die tote Frau an Sabeelas Stelle an den Pfeiler zu binden. Während wir sie vom Schuppen hinschleppten und dann, als wir sie von unserem Loch emporhoben und zum Felsen trugen, hatte Hans behauptet, daß dies vollkommen überflüssig sei, denn Dramana schwur, daß niemals ein Mann auf die heilige Braut einen Blick geworfen habe, bis die Sonne aufginge und daß unsere ganze Aufgabe sei, Sabeela zu befreien. Glücklicherweise hatte mich die Vorsehung davor bewahrt, nachzugeben. Hätte ich dies getan, dann wäre alles entdeckt worden, und nach menschlichem Ermessen hätten wir zugrunde gehen müssen. Dies wäre wahrscheinlich auch dann geschehen, wenn ich nicht daran gedacht hätte, zurückzulaufen und die Schnurteile aufzuheben, die ich von Sabeelas Handgelenken geschnitten und auf dem Felsen zurückgelassen hatte. Denn die Boten würden sie bemerkt und einen Anschlag geahnt haben. Wie die Sache lag, waren wir aber bis jetzt in Sicherheit.

»Jetzt Hans«, sagte ich, »ist die Zeit für dich gekommen, und du mußt dich beeilen, zum Kanu hinüberzuschwimmen, denn der Nebel scheint sich unter dem Mond aufzulösen, und du könntest gesehen werden.«

»Nein, Baas, ich werde nicht bemerkt werden, denn ich werde dieses Bündel vom ›Baum der Träume‹ an meinem Kopf befestigen und werde wie treibendes Unkraut aussehen, Baas. Aber möchte der Baas nicht lieber selbst gehen? Er schwimmt besser als ich und hat keine so große Abneigung gegen die Kälte; außerdem ist er klüger und die närrischen Walloos im Boot werden ihm eher gehorchen als mir, und sollte es zu einer Schießerei kommen, ist er der bessere Schütze. Ich glaube auch, daß ich auf Sabeela und dieses andere Mädchen da achtgeben kann und weiß auch ebensogut wie der Baas, wie man die Lunten entzündet.«

»Nein«, entgegnete ich entschieden, »es ist zu spät, um unseren Plan zu ändern, obwohl ich wünschte, ich könnte an deiner Stelle ins Boot gelangen, denn ich würde mich dort wohler fühlen.«

»Also gut, Baas, der Baas weiß es am besten«, entgegnete er resigniert. Hierauf entkleidete er sich, ohne sich um den Anstand zu kümmern, und hüllte seine schmutzigen Kleider in die Matte, in welche das Zweigbündel vom Baum der Illusionen gewickelt war. Wie er sagte, würde es ganz angenehm sein, im Boot oder im Jenseits trockene Kleider zum Anziehen zu haben. Nach diesen Vorbereitungen befestigte er das Bündel mittels der Schnüre, die wir von Sabeelas Händen geschnitten hatten, an seinem Kopf, und er begann seinen Ausflug, ein vor Kälte zitterndes, widerliches, runzliches, gelbes Ding. Zuerst aber küßte er mir die Hand und fragte, ob ich ihm eine Botschaft an meinen verehrten Vater am Ort der ewigen Feuer mitgeben wolle, wo es, bemerkte er, sicherlich wärmer sein würde, als hier. Außerdem erklärte er, daß er glaube, Sabeela sei die ganze Mühe, die wir uns um sie machten, nicht wert, besonders da sie im Begriff stünde, jemand anderen zu heiraten. Endlich sagte er mit Inbrunst, daß er, sollten wir jemals aus diesem Land davonkommen, sich zwei ganze Tage hindurch betrinken werde, und zwar bei der ersten Stadt, in der man Gin bekäme. Hierauf kroch er den Felsen hinab, und indem er seinen Revolver und eine kleine Patronenbüchse aus Antilopenleder über den Kopf hielt, glitt er geräuschlos wie ein Otter ins Wasser.

Jetzt begann, wie ich bereits gesagt habe, der Nebel rasch zu verschwinden, vielleicht infolge eines Luftzuges, der aus dem Osten herwehte. Ich habe es öfters in diesen Teilen Afrikas festgestellt, daß selbst in stillen Nächten zwischen Mitternacht und Sonnenaufgang derartige Brisen auftreten. Die Oberfläche des Wassers war noch dunstig, so daß ich kaum den Umriß des Kanus in der Entfernung von etwa hundert Yards ausmachen konnte.

Plötzlich bemerkte ich mit Herzklopfen, daß dort etwas vorging, denn das Kanu schien umzuwenden, und ich glaubte, erstaunte Stimmen zu vernehmen und Leute sich erheben zu sehen. Dann gab es ein Plätschern und alles wurde wieder still. Offenbar hatte Hans das Boot sicher erreicht, doch wußte ich nicht, ob er es auch hatte besteigen können. Ich konnte dies nur hoffen.

Da es für uns nicht gut sein konnte, an unserem gegenwärtigen, sehr gefährlichen Standort zu verbleiben, unternahm ich es, zum Schleusenhaus zurückzukehren, wo es wichtige Dinge zu erledigen gab. Hierbei trug ich unser ganzes Gepäck wie vorhin, aber Gott sei Dank nicht mehr die schauerliche Last der Leiche. Sabeela schien noch halb betäubt zu sein, und so versuchte ich vorderhand gar nicht, sie zu befragen. Dramana ergriff sie beim linken Arm, und ich beim rechten, und wir liefen, indem wir sie so stützten, zum Schuppen zurück und betraten ihn unbehelligt. Hier verließ ich die beiden Frauen und ging hinauf auf die kleine Mole. Ich kauerte mich auf die oberste Stufe der Fischerstiege und lugte nach Haus und dem Kanu aus, denn, wie ihr euch erinnern werdet, war beschlossen worden, daß ich die Lunten nicht entzünden sollte, bevor er angelangt wäre.

Doch es erschien kein Kanu! Während all der langen Stunden vor Anbruch der Dämmerung, die mir wie eine Ewigkeit erschienen, wartete ich und hielt Ausschau, indem ich hin und wieder zum Schleusenhaus zurückkehrte, um mich zu überzeugen, daß Dramana und Sabeela in Sicherheit seien. Bei einem dieser Besuche erfuhr ich, daß sowohl ihr Vater, der Walloo, als auch Issicore im Boot seien, was das Ausbleiben unerklärlich machte, das heißt, wenn Hans das Boot tatsächlich erreicht hatte. Aber hatte er dies nicht oder war er vielleicht von einem anderen Unglücksfall ereilt worden, als er versuchte, es zu besteigen, dann war die Erklärung leicht genug, denn die Bemannung des Kanus würde unsere Lage nicht kennen und daher nicht wissen, daß wir auf Rettung warteten. Doch schließlich war es auch möglich, daß sie sich aus religiösen Gründen geweigert hatten, diesen Versuch zu unternehmen.

Die Unsicherheit war quälend. Über kurz oder lang mußte es hell werden, und wir würden zweifellos entdeckt und getötet werden, vielleicht auch gefoltert. Andererseits würde wahrscheinlich der Knall der Explosion gehört werden, wenn ich das Pulver losbrannte, was auch unsere Entdeckung herbeiführen mußte. Dennoch gab es ein Gegenargument, das dafür sprach, denn dann würde, wenn alles gut ginge, das Wasser hereinbrechen und den Priestern etwas anderes zu tun geben, als Jagd auf uns zu machen und uns zu fangen.

Ich blickte mich um. Das Kanu blieb unsichtbar. Es konnte noch dort sein oder war vielleicht bereits fortgefahren. Doch wußte ich, daß im letzten Falle Hans, wenn er noch am Leben war, wie abgemacht, seine Pistole abgefeuert hätte, um mich davon zu benachrichtigen, und außerdem hielt ich es für wahrscheinlich, daß er in diesem Fall lieber wieder zurück zur Insel gekommen wäre, um die Geschichte mit mir zusammen zu überstehen, als mich auf diese Weise zu verlassen. Je länger ich alle diese Dinge überlegte, und alle Möglichkeiten erwog, um so verwirrter und verzweifelter wurde ich. Offenbar hatte sich etwas ereignet. Aber was, was nur?

Das Wasser stieg noch immer; jetzt waren alle Stufen überflutet, und es stand nur noch einen oder zwei Zoll unterhalb der Mole, auf der ich mich niedergekauert hatte. Es war eine gewaltige Wassermasse, die aussah, als würde sie plötzlich den Deich überfluten, in welchem Fall der Schleusenschuppen zweifellos überschwemmt und unbetretbar gemacht würde.

Wie ich euch bereits gesagt zu haben glaube, befand sich einige Yards zu unserer Rechten ein großer Fels, der etwa sieben oder acht Fuß über den Deich emporstieg und dem Anschein nach ein einst aus dem Krater ausgeworfener Block war. Dieser Felsen war leicht zu besteigen und breit genug, um für uns drei Platz zu bieten. Außerdem konnte die Flut niemals seine Spitze erreichen; in diesem Falle hätte zunächst das ganze Land ringsum mehrere Fuß tief unter Wasser gesetzt werden müssen. Indem ich dies in Erwägung zog, kam ich plötzlich zu einem Entschluß; in der Tat, so plötzlich und so klar, daß ich fühlte, als ob ich durch einen außenstehenden Einfluß inspiriert worden sei.

Ich wollte die Frauen herausbringen und sie auf der Spitze dieses Blocks unterbringen, wobei ich Dramanas dunklen Mantel für geeignet hielt, sie selbst auch in dem hellen Mondlicht vor jeder Beobachtung zu bewahren. Dann wollte ich zum Schuppen zurückkehren, die Lunten anzünden und hierauf ebenfalls den Felsen besteigen, von wo aus wir alles bemerken konnte, was vorging und nach dem Kanu Ausschau halten, obwohl ich bereits alle Hoffnung auf seine Rückkehr aufgab.

Ich überwand meine Angst und Befürchtungen und machte mich ans Werk, um diesen Plan mit kalter, verzweifelter Energie auszuführen. Ich holte die beiden Schwestern, die in der Hoffnung auf Rettung bereitwillig herbeikamen, ließ sie auf den Felsen klettern und sich dort flach niederlegen. Hierauf breitete ich Dramanas großen dunklen Mantel über beide und über unsere Habseligkeiten. Dann begab ich mich zum Schuppen zurück, zündete ein Streichholz an und brachte es an die Enden der Lunten, die ausgezeichnet Feuer fingen und zu glimmen begannen. Ich stürzte aus dem Schuppen heraus, verschloß die schwere Tür und eilte zum Felsen zurück, auf den ich emporkletterte.

Es vergingen fünf Minuten, und ich glaubte bereits, daß die Lunten irgendwie versagt hätten, als ich einen heftigen Krach vernahm. Er war nicht überaus laut; tatsächlich zweifle ich, ob man ihn hätte in einer Entfernung von fünfzig Yards vernehmen können, wenn man nicht aufmerksam auf ihn gewartet hätte. Der Schuppen war gut gebaut und gedeckt und erstickte den Ton. Außerdem hatte dieser besondere Knall nichts gemein mit der Entladung eines Gewehrs, sondern ähnelte vielmehr dem Geräusch, das durch Herabfallen eines schweren Gegenstandes auf den Boden erzeugt wird.

Hierauf ereignete sich eine Weile nichts Besonderes. Plötzlich aber sah ich, vom Felsen hinabblickend, daß das Wasser im Schleusenkanal, welches bisher ruhig geblieben war, wie ein Mühlbach zu fließen begann, und es durchzuckte mich ein triumphierendes Gefühl, denn ich sah, daß ich Erfolg gehabt hatte.

Die Schleuse war gefallen, und die Flut ergoß sich über diese in das Land!

Angespannt beobachtete ich, was geschah und sah eine Minute später einen Stein von der Brüstung des Kanals herabfallen, der bis zum Rand voll war. Dann noch einen und wieder einen, bis plötzlich der ganze Bau verschwand. An seiner Stelle war jetzt eine große, wassergefüllte Bresche im Deich, die sich immer mehr vergrößerte und durch welche die angeschwollenen

Fluten des Sees unaufhörlich immer stärker werdend sich ergossen. Im nächsten Augenblick brach der Schuppen wie ein Kartenhaus zusammen, denn seine Grundmauern waren unterspült worden, und ich bemerkte, daß an seiner Stelle sich buchstäblich ein Fluß, an dessen Oberfläche Dachteile schwammen, in die tiefer liegenden Gebiete dahinter ergoß, die vorher durch den Deich geschützt gewesen waren.

Ich blickte nach Osten; es begann hell zu werden, und jetzt verwandelte sich die Finsternis des Himmels an der Stelle, wo er den See zu berühren schien, in Grau. Die Dämmerung stand bevor.

Mit ununterbrochenem Brausen ergossen sich die Wassermassen durch den Riß im Deich, der jeden Augenblick breiter wurde, in das Land, unaufhaltsam, unerschöpflich; ihr Anblick war furchterregend. Jetzt war unser Felsen eine kleine Insel, umgeben von den Fluten. Eben erschien im Osten der erste Strahl der noch nicht aufgegangenen Sonne und fuhr über den geklärten Himmel hin wie ein riesenhafter Speer. Es war ein wunderbarer Anblick, und ich beobachtete ihn mit großem Interesse, denn ich dachte, daß es der letzte sei, den ich auf Erde genießen würde können.

Jetzt begannen die Frauen an meiner Seite voll Entsetzen zu schluchzen, denn sie dachten, sie würden von den Fluten verschlungen werden. Ich muß sagen, daß ich nun derselben Ansicht war, denn ich fühlte, wie unser Felsen unter uns erzitterte, als ob er im Begriff stünde, umzukippen, da sein Bett unterspült wurde, und in grundlose Tiefen zu versinken. Aber ich konnte nichts dagegen tun. So gab ich denn vor, nichts von ihrem Entsetzen zu bemerken, sondern starrte unausgesetzt nach Osten.

Da, in diesem Augenblick, bemerkte ich, nur wenige Yards von uns entfernt, das Kanu, das aus dem Nebel auftauchte. Ich konnte wegen des Gebrauses des dahinströmenden Wassers das Geräusch seiner Ruder nicht vernehmen. An seinem Heck stand Hans und hielt die Pistole auf den Kopf des Steuermanns gerichtet.

Ich erhob mich, und er bemerkte mich. Ich machte ihm Zeichen, auf welchem Weg er sich nähern solle, indem er das Kanu genau über dem Rücken des gebrochenen Walles hielt, wo das Wasser seicht war. Es war ein gefährliches Unternehmen, denn jeden Augenblick dachte ich, das Kanu würde umkippen und von den Wirbeln drüben beim Schleusenkanal verschlungen werden; aber die Walloos waren sehr geschickte Ruderer und die Pistole von Hans verlieh ihnen großen Mut.

Jetzt stieß der Bug des Kanus gegen den Felsen, und Hans, der vorwärts gekrochen war, warf mir ein Seil zu. Ich hielt es mit einer Hand, während ich mit der anderen die zitternden Frauen hinabließ. Er ergriff sie und warf sie wie Kornsäcke hinter sich ins Boot. Hierauf warf ich unsere Habseligkeiten hinein und sprang selbst mit einem verzweifelten Satz nach, denn ich fühlte, wie unser Felsen umkippte. Ich fiel halb ins Wasser, aber Hans und noch irgend jemand ergriff mich, und ich wurde über die Bordwand gezogen. Noch ein Augenblick – und der Felsen verschwand unter der gelben schäumenden Flut!

Das Kanu schwankte und begann sich um seine Achse zu drehen. Glücklicherweise war es groß und kräftig und mit mindestens zwanzig Ruderern bemannt. Hans brüllte Befehle, und die Ruderer arbeiteten wie nie zuvor. Eine ganze Minute lang war unser Schicksal ungewiß, denn der tosende Strom riß uns mit sich, und wir schienen keinen Zoll vorwärts zu kommen. Schließlich bewegten wir uns dennoch ein Stückchen gegen den Opferungsfelsen hin und innerhalb sechzig Sekunden waren wir in Sicherheit und außer dem Machtbereich der landeinwärts strömenden Wassermassen.

»Warum bist du nicht früher gekommen, Hans?« fragte ich.

»Oh, Baas, weil diese Narren nicht vorrücken wollten, bevor sie das erste Licht sahen, und als der Walloo und Issicore ihnen dies befahlen, drohten sie, sie zu töten. Sie sagten, es wäre gegen ihr Gesetz, Baas.«

»Verflucht seien sie alle auf zehn Generationen hinaus!« rief ich aus. Dann aber schwieg ich, denn was nützte es, mit derart abergläubischen Leuten zu rechten?

Noch ist der Aberglaube König über den größten Teil der Welt, obwohl er sich oft Religion nennt. Diese Walloos hielten sich ja auch tatsächlich für überaus fromme Leute!

So endete jene fürchterliche Nacht.

14

Das Ende Heu-Heus

Das Kanu hielt gegenüber dem Opferungsfelsen in der Nähe des Felsabsturzes. Ich erkundigte mich, warum sie nicht weiterruderten. Der alte Walloo entgegnete schwach:

»Weil es unser Gesetz ist, Herr. Unser Gesetz befiehlt uns zu warten, bis die Sonne aufgeht und Heu-Heu in seiner Herrlichkeit erscheint, um die heilige Braut mit sich zu nehmen.«

»Gut«, entgegnete ich, »aber die heilige Braut sitzt ja hier im Boot und legt ihren Kopf auf mein Knie!« (Dies entsprach der Wahrheit; Sabeela hatte darauf bestanden, sich an mich, als dem Einzigen, dem sie vertrauen konnte, zu klammern und dasselbe hatte auch Dramana getan, denn ihr Kopf lag an meinem anderen Knie.) »Und ich möchte der Herrlichkeit Heu-Heus, was immer sie sein möge, nicht anraten, hierherzukommen, um sie abzuholen. Es sei denn, er wünscht ein Loch durch seine Herrlichkeit geblasen zu bekommen, so groß wie meine Faust«, fügte ich leidenschaftlich hinzu und schlug an meine doppelläufige Expreß-Büchse, die in ihrem wasserdichten Überzug an meiner Seite lag.

»Dennoch müssen wir warten, Herr«, entgegnete der Walloo demütig, »ich sehe, daß dort noch eine heilige Braut an den Pfeiler gebunden ist, und unser Gesetz verbietet, daß wir uns entfernen, bevor sie ihrer Fesseln entledigt ist.«

»Gewiß«, rief ich, »die heiligste aller Bräute, denn sie ist mausetot, und alle Toten sind heilig. Aber gut, warte, wenn du willst, denn ich wünsche zu sehen, was geschieht, und ich denke, daß sie uns hier nichts anhaben können.«

So zogen wir unsere Ruder ein und warteten, bis plötzlich der Rand der roten Sonne erschien und eine abenteuerliche Szene beleuchtete. Die Gewässer des Sees, die durch wochenlangen, ununterbrochenen Regen und das kürzliche Unwetter angeschwollen waren, ergossen sich in unaufhörlichem Schwall über die Insel und hatten jetzt den größten Teil des bebauten Gebiets in einer Höhe von mehreren Fuß überflutet. Ich mußte denken, daß es wohl kaum etwas ebenso Mächtiges auf der Erde gibt wie Wasser!

Bis jetzt hatte es allerdings noch nicht die an den Berg gebauten Häuser erreicht, in deren einem wir untergebracht gewesen waren. Noch hatte es den großen Opferungsfelsen nicht überflutet, der sich etwa in Manneshöhe über die Ebene erhob und anscheinend eine breite Fläche versteinerter Lava war, die sich einst aus dem Krater in den See ergossen hatte. Zwar schien der Umstand, daß dieser Felsen gegen den Eingang der Höhle zu abfiel, dieser Annahme zu widersprechen, aber ich schreibe diesen Umstand irgendeinem späteren vulkanischen Ereignis an der Grundfläche des Berges zu, wie sich solche öfters in vulkanischen Gebieten ereignen, wo verborgene Kräfte unter der Erdoberfläche tätig sind.

Nun gut, ich wiederhole, daß der Felsen noch nicht überflutet war und so kam es, daß an diesem Tag zur gleichen Stunde wie seit Hunderten von Jahren, Heu-Heu aus der Höhle hervortrat, um die heilige Braut für sich in Anspruch zu nehmen.

»Wie konnte das sein?« fragte Good triumphierend, in der Annahme, Allan eine Falle gestellt zu haben. »Sie haben gesagt, daß Heu-Heu eine Statue war, wie konnte er also die Höhle verlassen?«

»Haben Sie noch nie gehört, Good«, fragte Allan, »daß eine Statue manchmal getragen werden kann? Immerhin, diesmal war dies nicht der Fall, denn Heu-Heu selbst trat aus der Höhle hervor, gefolgt von einer Anzahl Frauen und einigen der haarigen Leute, und als ich ihn erblickte, wie er widerlich und riesig dahinschwankte, verstand ich zwei Dinge: Erstens, woher es kam, daß Sabeela mir geschworen hatte, daß schon viele Leute Heu-Heu mit eigenen Augen gesehen hätten, was auch Issicore von sich behauptete, wie er ›steif einherschritt‹. Zweitens, weshalb das Gesetz vorschrieb, daß das Kanu, welches die heilige Braut gebracht hatte, bis zum Morgengrauen warten mußte: nämlich, damit seine Bemannung Heu-Heu bemerken und bei ihrer Rückkehr in ihr Land seine körperliche Existenz bezeugen konnte, wenn es ihnen auch verboten war, Einzelheiten über seine Erscheinung zu berichten, denn jedes Wort darüber, glaubte man, würde einen Fluch auf ihre Häupter laden.«

»Aber es gab ja doch keinen Heu-Heu«, wandte Good ein.

»Good«, sagte Allan, »Sie sind tatsächlich das, was Hans mich nannte – nämlich ein ganz Gescheiter! Mit außerordentlichem Scharfsinn haben Sie die Wahrheit herausgefunden. Es gab keinen Heu-Heu, aber, Good, wenn Sie lange genug leben sollten«, fuhr er mit sanftem Sarkasmus fort, der aber zeigte, daß er ungehalten war, »jawohl, wenn Sie lange genug leben sollten, werden Sie erfahren, daß diese Welt voller Enttäuschungen ist und daß der Baum der Träume nicht allein in Heu-Heus Garten wächst, oder besser gesagt, wuchs. Wie Sie sagen, gab es keinen Heu-Heu. Aber es gab ein überaus getreues Ebenbild von ihm, das mit einer Geschicklichkeit hergestellt worden war, die eines erstklassigen Mimikers würdig gewesen wäre. So ausgezeichnet war dieses Phantom, daß es aus einer Entfernung von fünfzig Yards unmöglich war, es von dem riesigen Original zu unterscheiden, das in der Höhle abgebildet war.

Dort kam Heu-Heu in seiner ganzen zottigen grimmigen Scheußlichkeit, ›steif einherschreitend‹, und elf oder zwölf Fuß hoch! Oder, um die Tatsachen sprechen zu lassen – dort stolzierte Dacha auf Stelzen. Er war in gefärbte Felle gehüllt und trug auf dem Kopf eine Maske aus Flechtwerk, Leinwand oder sonstigem Stoff, die herrlich bemalt war, so daß sie den Zügen seines liebenswürdigen Gottes glich.

Die fromme Bemannung unseres Bootes erblickte ihn und neigte tief das Haupt, um seine Göttlichkeit anzubeten. Selbst Issicore verneigte sich, eine Handlung, die ihm, wie ich zu sehen glaubte, einen entrüsteten, nicht ganz von Verachtung freien Blick von Dramana und sogar von der liebenden Sabeela eintrug. Wenigstens war dies sicherlich der Fall bei Dramana, die hinter die Kulissen gesehen hatte, während Sabeela von anderen Überlegungen geleitet werden mochte. Vielleicht glaubte *sie* noch, daß es einen Heu-Heu gäbe, und war der Ansicht, daß Issicore besser getan hätte, sich der religiösen Vorschriften weniger ergeben und weniger bereit zu zeigen, um sie den göttlichen Zärtlichkeiten dieses Götzen auszuliefern. Ihr werdet jedenfalls alle bemerkt haben, daß es bei den Frauen, und mögen sie noch so fromm veranlagt sein, einen gewissen Punkt gibt, an dem die meisten von ihnen überaus weltlich zu denken beginnen.

Indessen stapfte Heu-Heu in seiner gespreizten, stelzenartigen Haltung vorwärts, und die Schar der weißgekleideten Frauen folgte ihm, indem sie den Brautgesang anstimmten, und hinter ihnen kamen mit verdrießlichen, schiefen Gesichtern ihre zottigen Gehilfen. Dennoch konnte ich durch mein Glas entnehmen, daß diese ›Damen‹ keinesfalls über das Fest erfreut waren, was sich auch wohl Dacha innerhalb seiner Vermummung dachte. Sie starrten auf das steigende Wasser und eine von ihnen wandte sich, um davonzulaufen, wurde aber von ihren Gefährtinnen an ihren Platz zurückgezogen, denn wahrscheinlich war bei dieser feierlichen Gelegenheit Flucht gleichbedeutend mit Gotteslästerung. So kamen sie heran, bis sie den Pfeiler erreichten, an den ich den Leichnam des Weibes gebunden hatte, worauf nach altem Brauch die Brautjungfern herbeieilten, um die Braut zu befreien, während das haarige Volk sich hinter ihnen ordnete.

Im nächsten Augenblick sah ich die erste dieser Brautjungfern plötzlich stehen bleiben und entsetzt auf den Körper starren. Dann stieß sie einen so fürchterlichen Schrei aus, daß er wie das Geheul einer Sirene über den See hallte. Auch die anderen starrten hin und begannen gleichfalls zu schreien. Jetzt stolzierte Heu-Heu höchstselbst herbei und warf einen Blick hin, einen kurzen Blick nur, denn jemand hatte bereits den Schleier weggerissen, den ich über den Kopf der Leiche gebreitet hatte! Er sah also nur kurz hin, und im nächsten Augenblick stapfte oder besser gesagt, stelzte er, so schnell er konnte, zur Höhle zurück.

Dies war zu viel für mich. An meiner Seite lag meine doppelläufige Expreß-Büchse mit Explosionsgeschossen geladen. Ich zog sie aus ihrem Überzeug, legte an und sandte eine Kugel zu Heu-Heu hinüber, gerade oberhalb der Stelle, wo ich den Kopf des darin befindlichen Mannes vermutete, denn ich wollte das Scheusal nicht töten, sondern nur erschrecken. Jetzt war das Licht bereits gut, und ich schien gut gezielt zu haben, denn einen Augenblick später schlug das Explosionsgeschoß in die Spitze seiner Kopfbedeckung und riß das ganze Zeug aus Flechtwerk und Pavianfellen, oder was es sonst noch war, herab. Niemals noch war bisher ein kirchlicher Würdenträger so plötzlich all seines Ornates entkleidet worden! Alles schien sich auf einmal in seine Bestandteile aufzulösen und Dacha stürzte von seinen Stelzen herunter, denn er machte einen königlichen Purzelbaum, der seine gekrümmte Nase auf dem Lavaboden plattgewalzt haben mußte. Dort lag er einen Augenblick lang, dann erhob er sich unter Zurücklassung seiner Stelzen und floh hinter den kreischenden Weibern und ihren affenartigen Gehilfen in die Höhle zurück.

»Nun«, bemerkte ich orakelhaft zum alten Walloo und den anderen, die infolge der Entladung meiner Flinte ganz entsetzt waren, »nun, meine Freunde, da seht ihr, woraus euer Gott besteht!«

Der Walloo versuchte keine Entgegnung, anscheinend war er zu sehr erstaunt – Enttäuschungen sind oft schmerzlich, wie ihr wißt. – Einer seiner Gefährten, der eine Art amtlicher Stundenansager zu sein schien, bemerkte jedoch, daß jetzt die Sonne aufgegangen und die heilige Hochzeit vollzogen sei, wenn auch auf ungewöhnliche Weise, und daß es nun für sie gesetzmäßig wäre, heimzufahren.

»Nein, das werdet ihr nicht«, entgegnete ich. »Ich habe hier lange Zeit auf euch gewartet, und jetzt werdet ihr ein wenig auf mich warten, denn ich möchte sehen, was sich ereignet.«

Nichtsdestoweniger tauchte der Stundenansager, anscheinend ein Mann von Erfahrung, wenn auch ohne alle Neugierde, sein Ruder ins Wasser, als ein Signal für die übrigen, dasselbe zu tun. Da klopfte ihm Hans kräftig mit dem Knauf seines Revolvers auf die Finger und setzte ihm hierauf den Lauf an den Kopf.

Dieses Argument überzeugte ihn davon, daß Gehorsam das beste war, was er wählen konnte, und er zog sein Ruder ein; die anderen taten desgleichen, indem sie sich höflich bei Hans entschuldigten.

So blieben wir, wo wir waren und hielten wartend Ausschau.

Es gab eine Menge zu sehen, denn jetzt begann das Wasser den Felsen zu überfluten. Es erreichte die ›Ewigen Feuer‹, was den Erfolg hatte, daß sie aufhörten, ›ewig‹ zu sein, denn sie gingen unter Dampf und Rauchwolken aus. Drei Minuten später stürzte es in einem Katarakt den Abhang hinab und ergoß sich in den Eingang der Höhle. Bevor ich bis hundert zählen konnte, begannen Leute in fürchterlicher Eile aus ihr herauszustürzen, wie es Wespen tun, wenn man mit einem Stock ihr Nest zerstört. Unter ihnen erkannte ich Dacha, der die gute Idee gehabt hatte, zuerst an sich zu denken.

Er und die ersten von denen, die ihm folgten, wateten durch das Wasser und kamen an Land. Sie begannen sofort den Bergabhang zu erklettern. Die übrigen waren nicht so glücklich, denn jetzt war der Strom bereits mehrere Fuß tief, und sie konnten gegen ihn nicht ankämpfen. Einen Augenblick sah man sie mitten unter Schaum und Gischt um ihr Leben kämpfen. Dann wurden alle zurück in die Höhle geschwemmt und das letztemal im Schoß Heu-Heus versammelt. Hierauf fielen sämtliche Häuser wie auf ein Signal in sich zusammen und verschwanden in den Fluten.

Alles schien zu Ende, und ich überlegte, ob ich Dacha eine Kugel nachsenden sollte, der jetzt auf einem Felsgrat stand und die Hände rang, als er die Zerstörung seines Gottes, seiner Stadt, seiner Weiber und Diener sah. Ich beschloß, es nicht zu tun, denn etwas in mir schien mir zuzuflüstern, diesen verruchten Schurken seinem Schicksal zu überlassen, und eben wollte ich Befehl geben, fortzurudern, als Hans meine Aufmerksamkeit auf den Gipfel des Berges lenkte.

Ich blickte hinauf und bemerkte, daß aus dem Krater eine riesige Dampfwolke aufstieg, wie sie aus dem Ventil einer Lokomotive zu kommen pflegt, wenn diese unter zu viel Dampf stehen muß – nur ins Millionenfache vergrößert. Außerdem stieß der Berg, wie eine solche Maschine, ein Gepfeife oder besser gesagt, ein Gebrüll aus, ein Getöse, das furchtbar anzuhören war.

»Was geht da vor, Hans?« schrie ich.

»Weiß nicht, Baas. Denke, daß Wasser und Feuer im Innern des Berges eine Unterredung haben. Es ist geradeso wie ein schlecht verheirateter Mann und sein Weib, die in einer kleinen Hütte zanken, Baas, und nicht hinaus können. Zisch und spuck; los, Weib! Schlag drein, Alter!«

Hier hielt er inne mit seinem Unsinn und blickte erregt auf den Berg. Dann wiederholte er mit leiser Stimme: »Ja, schlag zu, los, Alter! Schau ihn nur an, Baas!« sagte er.

In diesem Augenblick schien der Vulkan mit einem betäubenden Krachen gleich einem um das vielfache verstärkten Donnerschlag entzwei zu brechen und sein Gipfel in die Luft zu fliegen.

»Baas«, sagte Hans, »man nennt mich den Herrn des Feuers, nicht wahr? Aber ich bin nicht Herr dieses Feuers, und ich glaube, je weiter wir fortkommen, umso sicherer werden wir sein! Allemagter! Schau hin!«, und er deutete auf eine gewaltige Masse flammender Lava, die aus den Wolken herabzustürzen schien und sich ein paar hundert Yards von uns in den See ergoß, wobei eine Kaskade von Dampf und Schaum aufstieg, wie bei einem explodierenden Torpedo.

»Rudert um euer Leben!« schrie ich die Walloos an, und in rasender Eile begannen sie das Kanu herumzuschwenken.

Als sie dies vollbracht hatten – es schien Jahre zu dauern –, sah ich einen außergewöhnlichen, furchtbaren Anblick. Dacha hatte seinen Felsgrat verlassen und rannte in den See hinein, verfolgt von einem Strom geschmolzener Lava. Er tanzte, während er lief, wahrscheinlich, weil ihn der Dampf verbrannt hatte. Er tauchte in das Wasser und eben jetzt bildete sich eine große Woge, die zweifellos durch irgendeine unterirdische Explosion hervorgetrieben wurde. Sie rollte auf uns zu, und auf ihrem Kamm befand sich Dacha.

»Ich denke, dieser Priester wünscht, daß wir ihn heimschaffen, Baas«, sagte Hans. »Er hat genug von seinem glücklichen Inselheim und wünscht sein Leben am Festland fortzusetzen.«

»Wünscht er dies?« entgegnete ich. »Nun es ist kein Platz für ihn im Kanu«, und ich zog meine Pistole.

Die Welle brachte Dacha ganz in unsere Nähe. Er richtete sich im Wasser auf oder war wahrscheinlich durch den Druck unter ihm emporgehoben worden, so daß er fast auf dem Kamm der Woge zu stehen schien. Da bemerkte er uns, und, die geballte Faust erhebend, stieß er Flüche über uns und anscheinend besonders über Sabeela und Issicore aus. Es war ein furchtbarer Anblick! Hans allerdings wurde davon nicht ergriffen, denn als Antwort deutete er zuerst auf mich, dann auf Sabeela und schließlich auf sich selbst und dann – so groß war seine unbesiegbare Gemeinheit – drehte er dem um sein Leben kämpfenden Hohepriester eine Nase.

Die Welle überschlug sich und Dacha verschwand, um »Heu-Heu zu suchen«, wie Hans bemerkte. Das war das Ende dieses grausamen, aber fähigen Menschen.

»Ich bin froh«, sagte Hans nach einiger Überlegung, »daß dieser Prediger Dacha erfahren hat, wer ihn zu Heu-Heu hinabgeschickt hat, bevor er hinging; aber, ich glaube, daß er dies auch ohnehin gut genug gewußt hat, sonst wäre er nicht so grimmig gewesen, Baas. Ist es dem Baas nicht aufgefallen, was für kluge Leute wir sind, deren Pläne alle so hübsch in Erfüllung gegangen sind? Nur einmal habe ich gedacht, daß alles schlecht ausgehen würde, das war, nachdem ich in dieses Kanu geklettert war, und diese Narren hier nicht hinrudern wollten, um dich und die Frauen zu holen, denn sie sagten, es wäre gegen ihr Gesetz! Während ich meine Kleider anlegte, die ich trocken herüberbekommen hatte, weil sie so sorglich eingepackt waren, Baas, überlegte ich, ob ich sie zum Gehorsam zwingen sollte, indem ich einen von ihnen erschoß. Doch ich hielt es für besser, eine Zeitlang zu warten, Baas, und zuzusehen, was geschähe. Wenn ich einen erschossen hätte, wären die anderen vielleicht noch stumpfsinniger und trotziger geworden und wären vielleicht davongerudert, nachdem sie mich getötet hätten. So wartete ich, was, wie der Baas zugeben wird, das beste war, und alles ist gut ausgegangen. Denn wahrscheinlich hat es dein verehrter Vater so angeordnet, der uns vom Himmel herab beobachtet hat.«

»Gut, Hans, aber wenn du dich anders entschlossen hättest, wen hättest du erschossen?« fragte ich. »Den Walloo?«

»Nein, Baas, denn er ist alt und dumm, wie eine alte Eule. Ich hätte Issicore erschossen, denn er geht mir so auf die Nerven, und ich würde gerne Sabeela davor bewahren, lange Jahre hindurch sich an seiner Seite zu langweilen. Wozu ist ein Mann nütze, Baas, der bei dem Gedanken, daß seine Braut einem Teufel überantwortet wird, in einem Boot sitzt und stöhnt und sagt, daß das uralte Gesetz nicht gebrochen werden dürfe, da sonst ein Fluch auf sie fallen würde? Das hat er getan, Baas, als ich ihn bat, den Männern zu befehlen, uns zur Treppe hinzurudern!«

»Ich weiß nicht, Hans. Das ist eine Angelegenheit, die beide miteinander austragen müssen, nicht wahr?«

»Gewiß, Baas, und wenn Sabeela ihre Besinnung zurückerlangt hat und schließlich, wie gewöhnlich, die Stunde der Erfüllung kommt, Baas, wird es mir um Issicore leid tun. Ich denke, wenn er dann sagt: ›Küß mich‹, dann werden zwei Ohrfeigen ihre Antwort sein, Baas. Schau hin, sie hat ihm schon den Rücken gekehrt. Gut, Baas, mir kann es gleich sein, und auch dir, denn wir haben mit Dramana fertig zu werden. *Sie* wendet dir nicht den Rücken, Baas, sie verschlingt dich mit den Augen und sagt in ihrem Herzen, daß sie endlich doch einen ›Heu-Heu‹ gefunden hat, der etwas wert ist, mag er auch klein, verknittert und grauslich sein und borstige Haare auf dem Kopf haben! Das, was in eines Mannes Innern ist, gibt den Ausschlag, Baas, nicht, wie er äußerlich aussieht, dies haben mir viele Frauen gesagt, als ich noch jung war, Baas.«

Hier erhob ich mit einem Ausruf, den ich nicht zu wiederholen brauche, den Kolben meiner Büchse mit der Absicht, ihn zart auf seine Zehen niederfallen zu lassen, denn niemand von uns liebt es wirklich, seine äußere Erscheinung durch einen aufrichtigen, wenn auch treuen Freund, vorgehalten zu bekommen. In diesem Augenblick aber wurde meine Aufmerksamkeit von diesem Geschwätz, das in Hansens Art seiner Freude über unsere gelungene Flucht Ausdruck geben sollte, durch einen zweiten glühenden Block abgelenkt, der ganz in der Nähe des Kanus niederfiel. Und im nächsten Augenblick bot sich unseren Augen der entsetzliche Anblick der völligen Auflösung des Vulkans.

Ich weiß nicht genau, was geschehen war, aber riesige Flächen lodernder Flammen und Wolken von Dampf stiegen zum Himmel empor. Diese Eruption wurde von donnerartigen Erdstößen und schauerlichen Explosionen begleitet. Weithin grollte es wie Donner, die Schauer von ausgeworfenen glühenden Blöcken und strömende Ausbrüche geschmolzener Lava, die sich in den See ergoß und ihn zum Wallen und Brodeln brachte, begleiteten. Nun kamen gewaltige Flutwellen, die unser Kanu in gefährliche Schwankungen brachten, dichte Aschenwolken und eine Art heißer Regen, der die Luft so verfinsterte, daß wir eine Zeitlang kaum ein Yard weit sehen konnten. Kurz, es war dies die entsetzlichste Offenbarung der Naturkräfte, die man sich denken kann, und sie ließ mich durch irgendeine Gedankenverbindung an den Tag des Gerichts denken.

»Heu-Heu rächt sich an uns!« heulte der alte Walloo, »weil wir ihn seiner heiligen Braut beraubt haben.«

Hier endete seine Rede, und zwar infolge eines gewichtigen Grundes, denn ein großer heißer Stein fiel ihm auf den Kopf und »traf ihn zermalmend wie eine Keule«, wie Hans, der ihm am nächsten saß, uns durch den Nebel erklärte.

Als Sabeela aus dem Aufschrei seines Gefolges entnahm, daß ihr Vater gestorben war, denn er bewegte sich nicht mehr, schien sie endlich vollkommen zu erwachen, gleichsam, als hätte sie gefühlt, daß der Mantel der Autorität auf sie herabgefallen sei.

»Werft diese heiße Kohle aus dem Boot«, befahl sie, »denn sie könnte den Boden des Bootes durchbrennen und wir würden sinken!«

Mit Hilfe des Ruders vollzog Issicore ihren Befehl und, nachdem der Leichnam des Walloos mit einem Mantel zugedeckt worden war, ruderten wir aus Leibeskräften weiter. Zu unserem Glück begann in diesem Augenblick ein kräftiger Wind von der Küste gegen die Insel zu wehen, der den heißen Regen und den Bimssteinstaub zurückhielt oder forttrieb, so daß wir wieder um uns blicken konnten. Nun bestand für uns nur noch die Gefahr, wie der Walloo durch die Felsblöcke getötet zu werden, die ringsumher ins Wasser stürzten, und Kaskaden und Gischt emporwirbelten. Es war, als wären wir unter einer heftigen Beschießung, aber glücklicherweise traf kein Stein das Boot, und je weiter wir von der Insel fortkamen, um so geringer wurde die Gefahr. Immerhin waren, wie wir später fanden, einige der Blöcke bis auf das Festland geschleudert worden.

Dennoch gab es eine weitere Gefahr zu bestehen, denn plötzlich befanden wir uns mitten in einer ganzen Flotte roher Kanus oder, besser gesagt, Bündeln von Treibholz und Schilf, und von Holzklötzen, die an beiden Enden durch Feuer zugespitzt waren, auf denen je ein Wilder vom Stamme des haarigen Volkes mit gespreizten Beinen saß und es mit einem zweiblättrigen Ruder vorwärtstrieb.

Wahrscheinlich war dies eine Abteilung der Eingeborenen, die auf Befehl ihres Gottes sich auf den Weg nach der Insel gemacht hatte, wo eine größere Menge von ihnen, wie bereits erwähnt, zum Kampf gegen die Walloos versammelt war. Oder waren es auch Flüchtlinge von der Insel; ich weiß es nicht. Eines war jedoch klar: Wie tief sie auch auf der Stufe der menschlichen Entwicklung stehen mochten, so waren sie doch scharfsinnig genug, uns mit der entsetzlichen, sich eben abspielenden Naturkatastrophe in Verbindung zu bringen. Kreischend und schnatternd, wie so manche große Affen, zeigten sie auf das höllische Schauspiel, den eben versinkenden, flammenden Vulkan und dann auf uns.

Dann begannen sie uns unter ihrem unheimlichen Geschrei: Heuheu! Heuheu! anzugreifen.

Da gab es nur ein Mittel – das Feuer auf sie zu eröffnen, und Hans und ich taten dies mit Erfolg. Unsere Ruderer versuchten indessen, ihnen mit aller Kraft rudernd zu entkommen. Ich muß zugeben, daß diese widerwärtigen, elenden Geschöpfe unglaublichen Mut bewiesen, denn der Anblick ihrer von unseren Geschossen zu Tode getroffenen Gefährtin schreckten sie nicht ab, sondern sie versuchten, uns auf den Fersen zu bleiben, in der Absicht, unser Kanu umzukippen und uns alle zu ertränken.

Hans und ich feuerten so schnell wie nur möglich, doch konnten wir kaum mit einem Zehntel von ihnen fertig werden, so daß unsere hauptsächliche Hoffnung auf der Geschwindigkeit und Geschicklichkeit unserer Ruderer beruhte. Sabeela erhob sich im Boot und rief ihnen Befehle zu, während Hans und ich zuerst mit unseren Gewehren und dann mit den Revolvern schossen.

Dennoch bekam ein Bursche, riesig wie ein Gorilla, dessen Haar bis auf seine buschigen Augenbrauen herabhing, unseren Dollbord zu fassen, und begann das Kanu umzukippen. Wir konnten ihn nicht erschießen, denn sowohl unsere Gewehre als auch die Revolver waren leer. Das Kanu schlingerte immer stärker von einer Seite auf die andere und begann Wasser zu schöpfen.

Eben als ich fürchtete, daß unser Ende gekommen sei, denn mehrere dieser haarigen Leute näherten sich uns bereits, rettete Sabeela in kühner, verzweifelter Weise die Situation. An ihrer Seite lag der gewaltige Speer des Priesters, den Hans im Schleusenschuppen getötet hatte, indem er ihn rücklings in den Schacht warf. Diesen ergriff sie, und mit verblüffender Kraft durchbohrte sie das riesige tierische Geschöpf, das sich an unser Boot geklammert hatte und mit seinem ganzen Gewicht den Bord unter Wasser zu drücken versuchte. Da ließ es los und versank. Durch geschicktes Manövrieren wichen wir den anderen aus und drei Minuten später waren wir sie los, denn sie konnten mit ihren rohen Hilfsmitteln mit uns nicht Schritt halten.

»Hübsch viel zu tun seit heute nacht, Baas«, sagte Hans, sich die Stirn abtrocknend. »Vielleicht kommen wir doch zur Stadt zurück, wenn uns nicht vorher ein Krokodil an der Küste auffrißt oder uns diese Narren dem Geist Heu-Heus opfern, oder falls wir nicht durch Blitze getötet werden. Dann wird der Baas mir wohl erlauben, ein wenig von diesem Eingeborenenbier zu trinken. Dieses Feuer ringsum hat mich sehr durstig gemacht.«

Nun gut, endlich kamen wir an – ein Zeitalter schien vergangen, seit ich diesen Damm verlassen hatte, auf den wir jetzt die ganze, zu Tode erschrockene Bevölkerung des Ortes versammelt fanden. Sie empfingen den Leichnam des Walloos mit respektvollem Schweigen, aber, wie es mir schien, ohne besonderen Schmerz. In der Tat schienen diese Leute alle Fähigkeiten zu größeren menschlichen Regungen verloren zu haben. Alle derartigen Äußerungen schienen aus ihren Seelen durch die Zeit und durch die erniedrigende Einwirkung der elenden Götzenanbetung, unter der sie lebten, fortgewischt worden zu sein. Sie waren tatsächlich bloß hübsche, menschliche Automaten geworden, die herumgingen und ihre Ohren spitzten, um die Stimme ihres Götzen aus jedem natürlichen Laut herauszuhören. Um die Wahrheit zu sagen, so interessant auch ihr Ursprung gewesen sein mochte, so erfüllte mich doch ihr gegenwärtiger Zustand des Verfalles mit Verachtung.

Das Wiedererscheinen Sabeelas verwunderte sie überaus, schien jedoch keine Freude hervorzurufen.

»Sie ist die Gattin des Gottes«, hörte ich einen von ihnen sagen.

»All dieses Unglück ist nur entstanden, weil sie ihm davongelaufen ist.«

Sabeela hatte es auch gehört und wandte sich lebhaft nach ihnen um. Wie es schien, hatte sie jetzt vollkommen ihre Beherrschung wieder gewonnen, was man jedoch von Issicore nicht behaupten konnte, der, obwohl er vor Freude ganz wild hätte sein sollen, niedergeschlagen und schweigsam war.

»Was für Unheil?« fragte sie. »Es ist wahr, mein Vater ist tot, getötet durch einen heißen Stein, der auf ihn herabfiel, und ich weine um ihn. Dennoch, er war ein Greis, der bald dahingehen hätte müssen. Ist es im übrigen ein Unheil, daß durch den Mut und die Kraft dieser Fremden ich, seine Tochter und Erbin, aus den Krallen Dachas befreit worden bin? Ich sage euch, daß

Dacha der Gott war; Heu-Heu, den ihr anbetet, war nichts als ein gemaltes Götzenbild. Wenn ihr dies nicht glaubt, so fragt den weißen Häuptling hier und fragt meine Schwester Dramana, die ihr vergessen zu haben scheint und die ihm in vergangenen Jahren als heilige Braut übergeben wurde! Ist es ein Unheil, daß Dacha und seine Priester vernichtet worden sind und mit ihnen die Mehrzahl der wilden Waldmenschen, unsere Feinde? Ist es ein Unheil, daß der verhaßte, rauchende Berg im Begriff steht, sich in Feuer aufzulösen und mit ihm die Höhle der Mysterien verschwindet, aus der so manches Schreckensorakel kam? Geht nicht so die Weissagung in Erfüllung, daß wir durch einen weißen Häuptling aus dem Süden von unserer Bedrückung befreit werden würden?«

Bei diesen kraftsprühenden Worten schwieg die Menge und ließ den Kopf hängen. Sabeela blickte um sich und fuhr nach einer kleinen Weile fort:

»Issicore, mein Verlobter, tritt hierher und sag dem Volk, daß du dich freust, daß es so gekommen ist. Um mich von Heu-Heu zu erretten, bist du auf meine Bitten weit gereist, um vom großen Zauberer im Süden Hilfe zu erflehen. Er hat diese Hilfe gesandt, und ich bin gerettet worden. Und doch hast du geholfen, das Boot zu rudern, das mich zur Opferung brachte! Ich tadle dich nicht hierfür, denn du mußtest es infolge deines Ranges tun, oder wärest vom alten Gesetz getroffen worden. Nun bin ich gerettet worden, wenn auch nicht durch dich, der einverstanden war, mich dem Gott auszuliefern. Du dachtest ja, daß der weiße Häuptling auf der heiligen Insel sein Leben gelassen habe. Nun ist das Gesetz zu Ende mit der Zerstörung ›Heu-Heus‹ und seiner Priester, die durch die Weisheit und Macht jenes weißen Häuptlings und seines Gefährten vernichtet wurden. Sag ihnen also, wie sehr du dich freust, daß du deine Reise nicht umsonst gemacht hast, und sie dich nicht vergebens um Hilfe bitten ließen. Sag ihnen, wie du dich darüber freust, daß ich befreit und unbefleckt vor ihnen stehe, und daß von nun an das Land vom Fluche Heu-Heus befreit ist. Ja, sag dem Volk dies alles und bedanke dich bei den edelmütigen Fremden, die sie herbeigeführt und mich und meine Schwester Dramana gerettet haben.«

Nun, so müde ich war, beobachtete ich Issicore nicht ohne Spannung, denn ich war neugierig zu hören, was er zu sagen habe. Nach einer Pause trat er herbei und entgegnete mit zögernder Stimme:

»Ich freue mich, Geliebte, daß du gerettet zu uns zurückgekehrt bist, obgleich ich hoffte, daß der weiße Häuptling, den ich aus dem Süden gebracht habe, dich auf andere Weise retten würde, als indem er Gotteslästerungen vollbrachte und die Priester unseres Gottes, die von Anbeginn als göttlich gegolten haben, durch Feuer und Wasser vernichtete. Du, Sabeela, erklärst, daß Heu-Heu tot ist, aber wie wissen wir, daß dies der Fall ist? Er ist ein Geist, und kann ein Geist sterben? War es ein toter Gott, der den Stein schleuderte, um den Walloo zu töten, und wird er nicht vielleicht noch weitere Steine fallen lassen, um uns alle und besonders dich, Herrin, zu töten, die auf dem Opferungsfelsen gestanden hat, in die Gewänder der heiligen Braut gehüllt?«

»Baas«, fragte Hans nachdenklich während des Schweigens, das auf diese furchtsamen Fragen folgte, »glaubst du, daß Issicore wirklich ein Mann ist, oder ist er nicht in der Tat nur aus Holz geschnitzt und angestrichen, um wie ein solcher auszusehen, so wie Dacha angestrichen war, um Heu-Heu ähnlich zu sehen?«

»Drüben in Black Kloof dachte ich, daß er einer sei, Hans«, entgegnete ich, »aber dort war er weit von Heu-Heu entfernt. Jetzt bin ich nicht mehr so überzeugt davon. Aber vielleicht ist er nur sehr erschrocken und wird nach und nach zu sich kommen.«

Indessen musterte Sabeela ihren so überaus hübschen Geliebten von oben bis unten, aber sie sagte nichts – wenigstens nicht zu ihm! Plötzlich jedoch ergriff sie im Befehlston das Wort und sprach die Menge an:

»Nehmt zur Kenntnis, daß jetzt, da mein Vater tot ist, ich den Rang des Walloos eingenommen habe und daß ihr mir gehorchen müßt! Geht eurer Beschäftigung nach und fürchtet nichts, denn es gibt keinen ›Heu-Heu‹ mehr, und die Mehrzahl der Waldleute ist vernichtet! Ich begebe mich jetzt zur Ruhe und nehme meine Gäste und Befreier hier mit mir«, und sie wies auf mich und Hans. »Später will ich mit euch reden und auch mit dir, Fürst Issicore. Tragt den letzten Walloo, meinen Vater, an den Beerdigungsplatz der Walloos!«

Hierauf wandte sie sich um, und gefolgt von uns und den Mitgliedern ihres Haushalts schritt sie ihrem Hause zu.

Hier verabschiedete sie sich für eine kurze Zeit von uns, denn wir waren alle halbtot vor Ermattung und benötigten dringend der Ruhe. Als wir uns trennten, ergriff sie meine Hand und küßte sie und dankte mir mit Tränen in ihren schönen Augen für alles, was ich an ihr getan hätte, und Dramana folgte ihrem Beispiel.

»Wie kommt es, Baas«, sagte Hans, als wir aßen und von dem Eingeborenenbier tranken, bevor wir zu Bett gingen, »daß diese Damen nicht auch mir die Hand küßten, da ich doch auch einiges zu ihrer Rettung beigetragen habe?«

»Sie waren sicher zu erschöpft dazu, Hans«, entgegnete ich, »und dachten, daß *ein* Kuß für uns beide genügen würde.«

Dann füllte er den Becher, aus dem er getrunken hatte, mit dem letzten Rest des Getränks aus dem Krug und leerte ihn mit einem Zug. »So, Baas«, sagte er, »das ist alles ganz recht; du magst alle Küsse in Empfang nehmen, so lange ich das Bier bekomme!«

So erschöpft ich auch war, konnte ich mich doch nicht

enthalten zu lachen, obwohl ich, um die Wahrheit zu sagen, selbst gerne noch ein Glas getrunken hätte. Dann taumelte ich auf das Lager und schlief augenblicklich ein.

Tatsächlich schliefen wir den ganzen übrigen Tag und die folgende Nacht und erwachten erst, als die ersten Sonnenstrahlen durch das Fenster in unser Zimmer schienen. Das heißt – ich erwachte erst dann, denn als ich meine Augen öffnete, war Hans bereits auf und beschäftigte sich mit dem Reinigen der Büchsen und Revolver. Nach dem erquickenden Schlaf fühlte ich mich wie neugeboren und dankte dem Himmel für diese Gabe.

Ich blickte auf den garstigen kleinen Hottentotten und dachte, wie wunderbar es sei, daß so viel Mut, Schlauheit und Treue innerhalb dieser gelben Haut und dieses vortretenden Schädels vereinigt waren. Ohne Hans wäre ich jetzt ohne Zweifel tot, und ebenso die beiden Frauen. Er war es, der den Gedanken gehabt hatte, den Schleusenstein durch die Explosion von Pulver unter dem Hebezapfen zu Fall zu bringen. Ich hatte mir den Kopf zermartert, ein Hilfsmittel zu finden, aber dieses, das einzig mögliche, war mir entgangen! Wie furchtbar waren die Folgen dieser Inspiration gewesen, die alle Hans zuzuschreiben waren!

Von Hans wanderten meine Gedanken zu Issicore. Wie kam es, daß dieses Mannes Charakter sich so vollständig geändert hatte, seitdem er in seine Heimat zurückgekehrt war? Die Reise, die er, um Hilfe zu suchen, allein über Hunderte von Meilen unternommen hatte, war ein tatsächlich bemerkenswertes Unternehmen, das von großem Mut und bedeutender Entschlußfähigkeit zeugte. Auch als Führer, obwohl immer schweigsam und verschlossen, hatte er nie Mangel an Energie und Findigkeit gezeigt. Aber vom Tage unserer Ankunft an war er moralisch in Stücke gegangen! Nur mit der größten Schwierigkeit war er zu überreden gewesen, uns auf die Insel hinüberzurudern, wo er uns beim ersten Zeichen der Gefahr unserem Schicksal überlassen hatte und geflohen war.

Dann wieder hatte er demütig geholfen, Sabeela, die er scheinbar noch in Black Kloof bis zur Raserei liebte, ihrem Schicksal entgegenzuführen, ohne einen Finger zu ihrer Rettung zu rühren, und endlich hatte er vor einigen Stunden eine kleinmütige und verächtliche Rede gehalten, die, wie ich deutlich sehen konnte, seine Braut empört und abgestoßen hatte. Diese schien seit ihrer Befreiung und dem Tod ihres Vaters den Mut gewonnen zu haben, den er verloren hatte, vielleicht noch mehr davon.

Dies war unerklärlich, wenigstens für mich, und in meiner Ratlosigkeit brachte ich das Problem vor Hans.

Er lauschte, während ich ihm den Fall, wie er mir erschien, vortrug, und sagte dann:

»Der Baas hält seine Augen nicht offen – wenigstens bei Tage nicht, wenn er denkt, daß alles sicher ist. Wenn er dies täte, würde er verstehen, warum Issicore weich geworden ist, wie eine erhitzte Eisenstange. Was macht die Männer weich, Baas?«

»Liebe«, vermutete ich.

»Gewiß, zu Zeiten macht Liebe die Männer weich – ich meine Männer, wie den Baas. Und was sonst, Baas?«

»Trunksucht«, entgegnete ich wütend und versetzte ihm meinerseits einen Stich.

»O ja, manchmal macht die Trunkenheit die Männer nachgiebig. Männer, wie ich, Baas, die wissen, daß es zuweilen klug ist aufzuhören, weise zu sein, da sonst der Himmel über ihre Weisheit eifersüchtig werden und daran teilzunehmen wünschen könnte. Aber was macht alle Männer schwach?«

»Ich weiß es nicht.«

»Dann muß ich wieder einmal den Baas unterrichten, wie es mich sein verehrter Vater, der Missionar, zu tun hieß, wenn ich sähe, daß der Baas mit seiner Weisheit zu Ende sei. Denn er sagte zu mir, bevor er starb: ›Hans‹, sagte er, ›wann immer du bemerkst, daß mein Sohn Allan, der nicht immer schaut, wo er hintritt, ins Wasser gerät, das für ihn zu tief ist, spring hinein und hol ihn heraus, Hans!‹«

»Oh, du kleiner Lügner du!« rief ich aus. Aber Hans schenkte diesem Ausruf keine Beachtung und fuhr fort:

»Es ist die Furcht, Baas, die alle Männer weich macht. Issicore krümmt sich wie ein erhitzter Ladestock. Denn innerlich verzehrt ihn das Feuer der Furcht!«

»Furcht wovor, Hans?«

»Wie ich es bereits gesagt habe, würde der Baas dies wissen, wenn er die Augen offen gehalten hätte. Hat der Baas nicht einen großen, dunkelhäutigen Priester bemerkt, vor dem die Menge sich teilte, als er bei unserer ersten Landung auf diesem Landungssteg auf Issicore zutrat?«

»Ja, ich habe so einen Mann gesehen. Er verneigte sich höflich, und ich dachte, er begrüße Issicore und mache ihm ein Geschenk.«

»Und hat der Baas auch gesehen, was für eine Art von Geschenk er ihm machte und die Worte gehört, mit denen er ihn begrüßte? Der Baas schüttelt den Kopf? Nun gut, ich weiß es! Das Geschenk, das er Issicore überreichte, war ein kleiner Totenschädel, der aus dunklem Elfenbein oder vielleicht auch aus polierter Lava geschnitzt war und seine Begrüßung war die folgende: ›Hier ist die Gabe Heu-Heus an den Fürsten Issicore, die Gabe, welche Heu-Heu allen sendet, die das Gesetz übertreten und es wagen, das Land der Walloo zu verlassen.‹ Dies waren seine Worte, denn ich stand ganz nahe und hörte sie, obwohl ich sie dem Baas verschwieg und wartete, was sich später ereignen würde.

Hierauf trat der Priester zur Seite, und was Issicore mit dem kleinen schwarzen Schädel tat, weiß ich nicht. Vielleicht trägt er ihn um seinen Hals, da er keine Uhrkette besitzt, an der er ihn befestigen könnte, wie der Baas, der daran Damengeschenke, wie zum Beispiel ihre Bilder in kleinen silbernen Brandyflaschen, zu tragen pflegt.«

»Gut, gut, was soll's mit diesem Schädel, Hans? Was bedeutet er?«

»Baas, ich habe mich, um mir die Zeit zu vertreiben, bei einem alten Manne im Boot darüber erkundigt, als Issicore an seinem anderen Ende saß und mich nicht hören konnte. Er bedeutet den Tod, Baas! Erinnert sich der Baas, wie man uns in Black Kloof erzählte, daß jene, die das Land Heu-Heus zu verlassen wagten, immer von einer Krankheit befallen und dahingerafft wurden? Nun, Baas, Issicore ist glücklich aus dem Land herausgekommen und hat die Krankheit hinter sich zurückgelassen, wahrscheinlich weil die Priester nicht wußten, daß er ausziehen werde. Aber er hat einen Fehler begangen, Baas, nämlich den, wiederzukommen, weil er durch seine Liebe zu Sabeela hierhergezogen wurde, gerade wie ein Fisch durch den Köder an der Angel angezogen wird, Baas! Und jetzt steckt ihm die Angel im Mund, denn die Priester erfuhren von seiner Rückkehr und erwarteten ihn natürlich.«

»Was meinst du damit, Hans? Wie können die Priester Issicore etwas antun, besonders da sie nun alle tot sind?«

»Ja, Baas, sie sind alle tot und können niemandem mehr ein Leid zufügen, aber Issicore hat recht, wenn er sagt, daß Heu-Heu nicht tot ist; denn der Teufel stirbt nie, Baas! Seine Priester sind tot, aber noch konnte Heu-Heu den alten Walloo töten, und so kann er auch noch Issicore töten. Es gibt so manche Dinge in dieser Götzenangelegenheit, Baas, die gute Christen wie du und ich nicht verstehen! Auf Christen, Baas, hätte dies alles keine Wirkung, denn Heu-Heu kann uns nichts antun, aber diejenigen, die den Schwarzen anbeten, erwischt der Schwarze doch zuletzt bei der Kehle!«

Ich dachte im geheimen, daß Hans, ohne es zu wissen, eine der tiefsten und grundlegendsten Wahrheiten aussprach, denn jene, die ihr Knie vor Baal beugen, sind Baals Diener und leben unter seinem Gesetz bis zu ihrem Tod; und was ist Baal anderes als ›Heu-Heu‹ oder Satan? Die Frucht ist immer die gleiche, wie man auch den Baum nennen mag. Dessen ungeachtet ließ ich mich mit Hans in keine Diskussion ein, denn er hätte ihr gewiß nicht folgen können, sondern ich fragte ihn nur, was er eigentlich meine und was seiner Ansicht nach Issicore bevorstünde. Er entgegnete:

»Ich meine genau, was ich gesagt habe, Baas; ich meine, daß Issicore sterben wird. Jener alte Mann sagte mir, daß, wer ›den Schwarzen Schädel empfängt‹, immer innerhalb eines Monats und oft noch schneller stirbt. Nach seinem Aussehen möchte ich glauben, daß Issicore nicht mehr als eine Woche leben wird.«

»Unsinn!« rief ich, aber innerlich war ich nicht so vom Gegenteil überzeugt. Ich wußte genug von diesen Fetischdingen und obgleich ich sie für den größten Blödsinn hielt, war ich überzeugt, daß es ein recht gefährlicher Blödsinn sei. Das innere Ich des Menschen, besonders des wilden oder primitiven oder ungebildeten, oder das unbewußte Selbst oder wie immer ihr es nennen wollt, ist ein furchtbares Wesen, wenn es durch erblichen Aberglauben, der ihm in Fleisch und Blut übergegangen ist, in Tätigkeit gesetzt wird. In neun Fällen von zehn wird das Opfer solchen Aberglaubens tatsächlich sterben, wenn man ihm unter den gewohnten Zeremonien durch das Orakel des Gottes, vor dem es sich fürchtet, verkündet, daß es sterben müsse. Nichts tötet es, aber es begeht eine Art seelischen Selbstmord! Wie Hans gesagt hatte – Furcht macht es widerstandslos. Dann überkommt eine Art nervöser Störung sein ganzes Wesen, verzehrt zur bestimmten Stunde seine physische Lebenskraft und verursacht letztlich seinen Tod.

Dies war auch, wie es sich herausstellte, das Schicksal jenes apollogleichen Mannes, des unglücklichen Issicore!

15

Sabeelas Abschied

Nun ist nicht mehr viel von dieser Geschichte zu erzählen, und da es sehr spät ist und ich sehe, daß ihr alle gähnt, meine Freunde (dies war nicht wahr, denn wir waren höchlichst interessiert, besonders an dem seelischen Problem Issicores), will ich das Ende so kurz machen, wie ich kann. Es soll eben nur noch eine Fußnote sein.

Als wir an jenem Morgen gefrühstückt hatten, suchten wir Sabeela auf, die wir in großer Aufregung antrafen. Dies schien nur natürlich, wenn man alles in Erwägung zieht, was sie mitgemacht hatte, denn nach geistiger Anstrengung und großen Gefahren folgt unvermeidlich eine nervöse Reaktion. Außerdem hatte sie in plötzlicher, furchtbarer Weise ihren Vater verloren, an dem sie mit großer Liebe hing. Aber der wirkliche Grund ihrer Verzweiflung war ein anderer.

Issicore war plötzlich schwer erkrankt. Niemand wußte, was mit ihm los war, aber Sabeela war überzeugt, daß er vergiftet worden war. Sie bat mich, ihn sofort zu besuchen und ihn zu heilen – ein Ansinnen, das ich zurückwies. Ich erklärte ihr, daß ich keine Kapazität in der Heilung von Vergiftungen wäre, wenn es sich um eine solche handle, und nur wenige Arzneimittel mit mir führe, von denen das einzige, das bei Vergiftungen in Betracht käme, ein Gegenmittel gegen Schlangengift sei. Da sie mir dessenungeachtet keine Ruhe ließ, versprach ich, hinzugehen und zu sehen, was ich tun könnte. Doch sagte ich gleich, daß dies wahrscheinlich nicht viel sein werde.

So wurde ich mit Hans von einigen der alten Häuptlinge oder Räte des Walloos, mit einem Wort Leuten, die man im Zululand ›Indunas‹ nennen würde, nach Issicores Haus gebracht. Ein ziemlich schönes Gebäude in seiner Art, das am anderen Ende der Stadt gelegen war. Wir benützten die Straße, die am Seeufer entlang lief, und dies gab uns Gelegenheit, die Insel, oder besser gesagt das, was von ihr übriggeblieben war, zu betrachten.

Nun, das war nichts als eine niedrige, dunkle Masse, über der dichte Dampfwolken lagerten. Wenn diese Wolken durch den Wind aufgewirbelt wurden, sah ich unter ihnen rote Lavaströme hervorleuchten, die sich in den See ergossen. Es fanden keine Eruptionen mehr statt, und der Vulkan schien völlig verschwunden zu sein. Es fiel noch immer Asche in großer Menge, die dick auf den Wegen und allen Bäumen lagerte, so daß die Landschaft überall eine graue Farbe angenommen hatte. Sonst war auf dem Festland kein weiterer Schaden angerichtet worden, außer, daß da und dort Blöcke niedergefallen und einige der tiefstgelegenen Felder infolge der Überschwemmung überflutet waren; doch war diese bereits im Rückgang begriffen, obwohl der Fluß noch seine Ufer überflutete.

Wir kamen zum Hause Issicores und wurden in sein Zimmer gewiesen, wo er auf einem Fellager ausgestreckt lag, umgeben von mehreren Frauen, seinen Verwandten. Als Hans und ich eintraten, verneigten sich diese Frauen und verließen das Zimmer, so daß wir mit dem Kranken allein blieben. Ein Blick genügte, um mir zu zeigen, daß er dem Tode geweiht war. Seine schönen Augen waren ins Leere gerichtet; er atmete keuchend, seine Finger krampften sich automatisch zu und wieder auf, und von Zeit zu Zeit überkam ihn ein heftiger Schauer. Ich dachte, daß dies einer Art Fieber zuzuschreiben sei, doch als ich seine Temperatur mit dem Thermometer, das ich in meinem kleinen Arzneikasten mit mir führte, gemessen hatte, fand ich, daß sie zwei Grad unter der normalen Höhe war. Auf meine Frage sagte er, daß er keine Schmerzen habe, sondern nur an großer Schwäche und Schwindelanfällen im Kopf leide.

Ich fragte ihn, wem er seinen Zustand zuschreibe. Er entgegnete:

»Dem Fluche Heu-Heus, Macumazahn. Heu-Heu tötet mich! Hier ist der Beweis dafür«, und er zog von irgendwo den kleinen schwarzen Totenkopf hervor, den mir Hans beschrieben hatte. Dann verbarg er ihn wieder, ohne mir zu gestatten, das schauerliche Ding zu berühren.

Ich versuchte, ihn wegen dieses Gedankens auszulachen, aber er lächelte nur traurig und sagte:

»Ich weiß, daß du mich für einen Feigling hast halten müssen, Herr, infolge der Art und Weise, wie ich mich benommen habe, seitdem wir die Stadt Walloo erreicht haben; aber es war der Fluch Heu-Heus, der in mir diese Veränderung zustande brachte. Ich bitte dich, dies Sabeela zu erklären, die ich liebe, aber die mich, glaube ich, ebenfalls für einen Feigling hält, denn gestern habe ich es in ihren Augen gelesen. Jetzt, solange ich noch Kraft habe, will ich mit dir sprechen. Zunächst danke ich dir und dem gelben Mann, ›Licht in der Finsternis‹, die ihr durch Mut oder durch Zauber – ich weiß es nicht – Sabeela vor Heu-Heu gerettet und sein Haus, seine Priester und sein Standbild zerstört habt. Es ist wahr, daß Heu-Heu fortlebt, denn er kann nicht sterben, aber von nun an hat er hier kein Heim, keine Gestalt und keine Anbeter, und deshalb ist seine Macht über die Seelen und Körper der Menschen dahin, und seine Anbetung wird unter den Walloos mit der Zeit verschwinden. Vielleicht wird keiner meines Volkes mehr durch den Fluch Heu-Heus zugrunde gehen, Herr.«

»Aber warum solltest du sterben, Issicore?«

»Weil der Fluch vorher auf mich gefallen ist, Herr, solange Heu-Heu noch über die Walloos herrschte, wie er es von Anbeginn an getan hat, er, der einst ihr König war auf Erden.«

Ich wollte diesem Unsinn widersprechen, aber er machte eine abwehrende Handbewegung und fuhr fort:

»Herr, meine Zeit ist kurz bemessen, und ich wünsche dir etwas mitzuteilen. Bald werde ich nicht mehr sein und vergessen werden, selbst von Sabeela, deren Gatte ich zu werden gehofft habe. Ich flehe dich deshalb an, daß du Sabeela heiraten mögest.«

Hier stockte mein Atem, aber ich hielt an mich, bis er ausgesprochen hatte.

»Ich habe bereits veranlaßt, daß sie von diesem meinem letzten Willen verständigt werde. Auch habe ich die Ältesten der Walloos verständigen lassen, und bei einer Versammlung, die sie heute morgen abhielten, haben sie beschlossen, daß diese Hochzeit recht und weise sei.«

»Himmel!« rief ich aus, aber wieder hieß er mich durch eine Bewegung schweigen und fuhr fort:

»Herr, obwohl nicht von deiner Rasse, ist Sabeela schön und klug und wird mit dir als ihrem Gatten imstande sein, wieder ein großes Volk aus den Walloos zu machen, wie sie es nach der Überlieferung in jenen grauen Tagen waren, bevor der Fluch Heu-Heus auf ihr Haupt fiel. Denn auch du bist weise und kühn und hast viele Kenntnisse, die uns unbekannt sind; das Volk wird dir dienen wie einem Gott, und vielleicht dahinkommen, dich an Stelle Heu-Heus anzubeten, so daß du eine mächtige Dynastie gründen kannst. Zuerst mag dir dieser Gedanke sonderbar erscheinen, aber bald wirst du einsehen, daß er groß und weise ist. Außerdem müssen, selbst wenn du nicht einverstanden wärest, die Dinge kommen, wie ich es gesagt habe.«

»Warum?« fragte ich, unfähig, mich länger zurückzuhalten.

»Weil du, o Herr, in diesem Land den Rest deines Lebens zubringen mußt, denn jetzt bist du hier gefangen, und trotz all deinem Mut bist du nicht imstande, zu entfliehen. Niemand wird bereit sein, dich den Fluß hinabzurudern, und du kannst deinen Weg auch nicht mit Gewalt erzwingen, denn du wirst bewacht werden. Außerdem wirst du bemerken, wenn du ins Haus des Walloos zurückkehrst, daß dir alle deine Patronen genommen wurden, so daß du mit Ausnahme der wenigen, die du bei dir trägst, waffenlos bist. Deshalb, da du doch ohnehin hier leben mußt, ist es besser, daß du es an der Seite Sabeelas tust, als mit irgendeinem andern Weib, denn sie ist die lieblichste und klügste aller Frauen. Auch ist sie ihrer Abstammung nach das gesetzliche Oberhaupt, und durch sie wirst du Walloo werden, wie ich es nach unserem Brauch geworden wäre.«

In diesem Augenblick schloß er die Augen und schien eine Zeitlang bewußtlos zu werden. Plötzlich schlug er sie wieder auf und, auf mich blickend, erhob er seine schwachen Hände und rief aus:

»Gegrüßt sei der Walloo! Langes Leben und Ehre dem Walloo!«

Und das war nicht alles, denn zu meinem Entsetzen hörte ich von jenseits der Mauer, die das Zimmer von dem übrigen Hause trennte, die Frauen, die ich bereits erwähnt habe, den Ruf wiederholen:

»Gegrüßt sei der Walloo! Langes Leben und Ehre dem Walloo!«

Hierauf verlor Issicore wieder das Bewußtsein; wenigstens schien er nichts von dem, was ich ihm sagte, zu verstehen. So gingen denn Hans und ich, nachdem wir eine Zeitlang gewartet hatten, fort. Wir dachten, daß alles vorbei sei. Dies war allerdings noch nicht der Fall; Issicore lebte bis zum Anbruch der Nacht und gewann, wie ich hörte, das Bewußtsein auf einige Stunden kurz vor seinem Ende wieder, während welcher ihn Sabeela, begleitet von einigen der Senatoren oder Ältesten, besuchte. Zu dieser Zeit, glaube ich, regelte der unglückliche, aber überaus selbstlose Issicore, der schönste Mann, den ich jemals sah, zu seiner eigenen Befriedigung, wenn schon nicht zu der meinen, alles in der Art, wie es seiner Ansicht nach am besten für das Glück seiner Heimat und seiner Geliebten war.

»Gut also, Baas«, sagte Hans, als wir das Haus verlassen hatten. »Ich denke, es ist am besten, wir gehen nach Hause. Jetzt ist es *Dein* Haus, nicht wahr, Baas? Nein, Baas, es nützt nichts, auf diesen Fluß zu schauen, denn siehst du, diese Walloos sind so liebenswürdig, daß sie uns bereits mit einem Häuptlingsgefolge versehen haben.«

Ich blickte mich um. Es war nur zu wahr! An Stelle des einen Mannes, der uns zu diesem Haus geführt hatte, standen da zwanzig große Burschen mit ihren Speeren, die mich in ehrerbietiger Weise grüßten und darauf bestanden, sich an meine Fersen zu heften. So gingen wir denn zurück, indem uns die Eskorte in militärischer Weise unmittelbar folgte, während Hans mir folgenden Vortrag hielt:

»Ich habe es nicht anders erwartet, Baas! Natürlich, wenn ein Mann sich so viel aus Frauen macht, in seinem Innern nämlich, Baas, so merken sie es und haben ihn gern – es ist nicht notwendig, es ihnen erst mit vielen Worten zu sagen, Baas. Und da sie ein gutes Herz haben, sind sie gleich bereit, auch für ihn eingenommen zu sein. Das ist es, was hier geschehen ist. Vom Augenblick an, da Sabeela dich gesehen hat, hat sie sich aus Issicore nicht mehr gemacht als aus einer Prise, obwohl er so gut aussah und einen solchen Weg zurückgelegt hatte, um ihr zu helfen. Nein, Baas, sie fand etwas in dir, das sie nicht einmal in zwei Yards von diesem Issicore finden konnte, der, alles in allem, eine Art leerer Trommel war, Baas, und nur dann Lärm machte, wenn du auf ihn klopftest; ein kleines Geräusch auf einen kleinen

Klaps und einen großen Krach auf einen kräftigen Schlag hin! Überdies, was er auch war, so ist es jetzt mit ihm zu Ende, und es zahlt sich nicht aus, Zeit zu verlieren, indem man über ihn spricht.

Dies wäre kein so schlechtes Land, um darin zu leben, jetzt, da die meisten dieser Heuheua tot sind – schau, da liegen mehrere ihrer Leichen am Ufer –, und zweifellos könnte man auch das Bier kräftiger brauen, und auch Tabak gibt es. So wird ja alles ganz gut gehen, bis wir davon genug haben, Baas, und dann werden wir vielleicht imstande sein, uns davonzumachen. Dennoch bin ich froh, daß keine mich zu heiraten wünscht, Baas, und mich zwingen will, wie ein ganzes Gespann Ochsen zu arbeiten, um diese ganze Gesellschaft aus ihren Drecklöchern zu ziehen.«

So fuhr er fort, seinen Unsinn ellenweise von sich zu geben, und ich war buchstäblich so niedergeschmettert, daß ich kein Wort zur Entgegnung fand. Es ist wirklich immer das Unerwartete, das geschieht. Während der letzten paar Tage hatte ich manche Gefahren vorausgesehen und hatte viele überstanden. Aber an diese hatte ich nicht einmal im Traum gedacht! Was für ein Schicksal! Als Gefangener in einer Art vergoldetem Käfig gehalten zu werden und wie ein dressierter Affe mein ganzes Leben lang zur Arbeit gezwungen zu werden! Aber ich würde schon einen Weg zwischen den Käfigstangen hindurch finden, oder mein Name wäre nicht Allan Quatermain! Nur was für einen Weg, das war die Frage. Für den Augenblick konnte ich keinen sehen, denn diese Käfigstangen schienen dick und stark zu sein. Dazu kamen noch diese Herrschaften mit den Speeren hinter mir!

Endlich kamen wir ohne Zwischenfall zum Haus des Walloos und betraten sofort unser Zimmer. Hans machte sich in einer Ecke zu schaffen und rief:

»Issicore hat ganz recht gehabt, Baas! Alle Patronen sind fort und die Büchsen ebenso. Nun sind wir ganz auf unsere Pistolen und vierundzwanzig Patronen angewiesen.«

Ich blickte hin. Es war tatsächlich so! Darauf schaute ich durch das Fensterloch, und in der Tat! Da standen im Garten die zwanzig Mann und waren bereits beschäftigt, den Boden zur Errichtung eines Schilderhauses abzustecken.

»Sie haben die Absicht, sich hier niederzulassen, um bequem bei der Hand zu sein, falls der Baas sie – oder sie den Baas wünschen sollten«, sagte Hans mit Betonung und fügte hinzu: »Ich glaube, daß der Walloo immer eine Eskorte von zwanzig Mann um sich hat, wohin immer er sich begibt!«

In den nächsten paar Tagen sah ich weder Sabeela noch Dramana, denn sie waren mit den zeremoniellen Bestattungsfeierlichkeiten, zunächst des Walloos und dann des unglücklichen Issicore beschäftigt, zu denen ich aus religiösen oder sonstigen Gründen nicht eingeladen worden war.

Gewisse Häuptlinge oder Indunas lauerten allerdings ununterbrochen, um über mich herzufallen. So oft ich meine Nase aus der Tür steckte, erschienen sie, sich demütig verneigend, und ergriffen sofort die Gelegenheit, mich in der Geschichte und den Gewohnheiten des Walloovolkes zu unterrichten, bis ich dachte, daß meine Kindheit wiedergekehrt sei und ich wieder damit beschäftigt sei, ›Sandford and Merton‹ zu lesen und mein Wissen durch mündliche Diskussionen zu vermehren. Diese alten Ehrenmänner langweilten mich zu Tode. Ich versuchte sie loszuwerden, indem ich weite Spaziergänge in schnellem Schritt unternahm, aber sie gingen freundlichst darauf ein und trotteten an meiner Seite hin, bis sie zusammenbrachen, ununterbrochen redend, redend, redend! Und konnte ich auch hin und wieder diesen alten Räten entwischen, so waren doch die zwanzig Leibwächter, die eine Art Chor bei diesen Ausflügen bildeten, »schnell bei der Hand mit ihren Füßen«, wie ein Ire sagen würde, und machten nie kehrt. Manchmal allerdings ließen sie mich kehrtmachen, wenn sie dachten, daß ich in verbotener Richtung ginge, denn dann eilte die Hälfte von ihnen an die Spitze und versperrte höflichst den Weg.

Schließlich waren am dritten oder vierten Tag alle Feierlichkeiten beendet, und ich wurde vor Sabeela gerufen.

Wie Hans hernach bemerkte, war alles überaus prächtig. Ich allerdings hielt es für protzenhaft, mit all dem geschmacklosen Flitterwerk eines fast vergessenen Zeremoniells. Da war Sabeela, überaus schön anzusehen, denn sie war ein liebliches Weib, und in halbwilder Art herrlich aufgeputzt, die die Rolle einer Königin, und zwar nicht ganz ohne Würde, spielte, wie es vielleicht ihre Vorgängerinnen vor Tausenden von Jahren in einem größeren Zeitalter getan hatten. Und da waren auch ihre weißhaarigen Räte oder Indunas, dieselben, die mich bei meinen Spaziergängen gelangweilt hatten, und stellten die hohen Würdenträger vergangener Tage dar.

Und doch war die Königin nicht länger Königin. Ihre Rolle war zu einer wilden Häuptlingswürde herabgesunken, und die Räte waren zu jener schwätzenden Menge geworden, die solch eine Person in den tausend Kraalen oder Städten Afrikas zu umgeben pflegt. Auch die Zeremonie war äußerst langwierig, denn jeder dieser Räte hielt eine Rede, in der er wiederholte, was seine Vorgänger bereits gesagt hatten, und mit Abänderungen alles erzählte, was sich im Lande ereignete, seit ich es betreten hatte. Zu alledem mischten sie phantastische Übertreibungen unserer Taten auf der Insel.

Aus diesen Reden erfuhr ich immerhin eines, nämlich, daß der größte Teil des haarigen Volkes, das Heuheua genannt wurde, in der großen Explosionskatastrophe des Vulkans zugrundegegangen war – und nur wenige außer den Greisen, Kindern und Weibern, übrig geblieben waren, ihr Geschlecht fortzupflanzen. Deshalb, hieß es, seien die Walloos vor jedem Angriff sicher, wenigstens auf einige Generationen hinaus, wie man auch aus dem Geheul schließen könne, das nachts in den Wäldern sich erhebe – ein Geheul, das ich selbst bereits vernommen hatte –, leidenschaftliche und fürchterliche Schreie eines fast tierischen Schmerzes. Dies, sagten die unbarmherzigen Weisen, gebe den Walloos eine günstige Gelegenheit – jetzt sei die Zeit gekommen, eine allgemeine Jagd auf die Waldleute zu beginnen und alle, einschließlich der Weiber und Kinder, zu erschlagen, und sie betrachteten mich als überaus geeignet, diese Aufgabe zu übernehmen.

Als alle ausgesprochen hatten, kam die Reihe an Sabeela. Sie erhob sich von ihrem thronähnlichen Sessel und sprach uns mit wirklicher Beredsamkeit an. Zunächst führte sie aus, daß sie ein Weib sei, das unter doppeltem Schmerz litte: unter dem Tod ihres Vaters und des Mannes, dem sie verlobt war. Und dieser Verlust mache ihr Herz schwer. Hierauf dankte sie in rührender Weise Hans und mir für alles, was wir getan hätten, um sie zu retten. Ohne uns, sagte sie, wäre sie jetzt tot oder nichts als eine erniedrigte Sklavin im Hause Heu-Heus, das wir indessen, wie auch Heu-Heu selbst vernichtet hätten, so daß sie und das Land wieder befreit wären. Hierauf verkündete sie mit Worten, die offenbar vorher zusammengestellt worden waren, daß es jetzt nicht Zeit sei, an vergangene Schmerzen und Liebe zu denken, denn sie müsse in die Zukunft blicken. Für einen Mann wie mich gebe es nur eine passende Belohnung, und das wäre die Herrschaft über das Walloovolk in Verbindung mit der Hingabe ihrer eigenen Person.

Deshalb hätte sie auf den Wunsch ihrer Räte angeordnet, daß wir am vierten Morgen nach diesem Tage zu vermählen seien, wonach ich durch das Recht der ehelichen Verbindung öffentlich als Walloo erklärt werden sollte. Dann bat sie mich zu sich herauf (wo ein

Stuhl für mich vorbereitet war), um den Brautkuß mit mir zu tauschen.

Wie man sich vorstellen kann, war ich unentschlossen; in der Tat, ich habe mich niemals so an den Stuhl gefesselt gefühlt, wie in diesem fürchterlichen Augenblick! Denn ich wußte nicht, was ich sagen sollte, und meine Zunge schien an meinem Gaumen festgeklebt. So blieb ich ruhig sitzen, während alle diese alten Esel mich anglotzten und Sabeela mich wartend aus den Winkeln ihrer Augen beobachtete. Das Schweigen wurde peinlich, bis plötzlich Hans in seiner rauhen Weise hustete und folgendes sagte:

»Geh hinauf, Baas, und halte durch! Es ist nicht halb so unangenehm wie es aussieht und, in der Tat, manche Leute würden es überaus gern tun. Es ist besser, eine hübsche Dame zu küssen, als den Hals abgeschnitten zu bekommen, Baas, und das wird dir ohne Zweifel geschehen, wenn du dich weigerst; denn eine Frau ist immer schlecht gelaunt, wenn man sich weigert, sie zu küssen, nachdem sie einen öffentlich darum gebeten hat.«

Ich sah ein, daß dieses Argument gewichtig war und, um es möglichst kurz zu machen, schritt ich zum Sessel empor und tat – nun gut – alles, was man von mir verlangte. Herrgott! Wie ein Narr kam ich mir vor, während diese Idioten uns zujauchzten und Hans unten wie ein ganzer Käfig voll Affen zu mir heraufgrinste! Immerhin, es war nur eine Zeremonie, eine reine Formalität, und ich berührte nur die Stirne Sabeelas mit meinen Lippen und bekam eine freundliche Bestätigung. Hierauf saßen wir eine Zeitlang Seite an Seite und lauschten diesen alten Wallooräten, die einen lächerlichen Singsang anstimmten, etwas über die Vermählung eines Helden mit einer Göttin, den sie, wie ich annehme, für diese Gelegenheit erfunden haben mußten. Mitten in diesem Lärm, der groß genug war, denn sie hatten ausgezeichnete Lungen, sprach Sabeela mit leiser Stimme zu mir, ohne den Kopf zu wenden und mich anzusehen:

»Herr«, sagte sie, »versuche weniger unglücklich auszusehen, sonst würden diese Leute etwas ahnen und unser Gespräch belauschen! Das Gesetz besagt, daß wir uns vor dem Hochzeitstag nicht wieder sehen sollen, aber ich muß dich heute nacht allein sprechen. Sei unbesorgt«, fügte sie mit einem fast sarkastischen Lächeln hinzu, »denn, obwohl ich allein sein muß, kannst du deinen Gefährten mitbringen; was ich dir zu sagen habe, betrifft euch beide. Erwartet mich um Mitternacht, wenn alles schläft, in dem Gang, der von diesem Raum zu deinem Zimmer führt. Er hat keine Fenster und seine Mauern sind stark, so daß wir dort weder gesehen noch gehört werden können. Achte darauf, daß du die Tür hinter dir schließt, wie auch ich die Tür dieses Zimmers schließen werde. Verstehst du mich?«

Indem ich heiter in die Hände klatschte, um meinem Entzücken über die musikalische Vorführung Ausdruck zu geben, flüsterte ich zurück, daß ich verstanden hätte.

»Gut, wenn der Gesang beendet ist, verkünde, daß du eine Bitte an mich zu stellen hast. Verlange, daß dir morgen ein Kanu und Ruderer zur Verfügung gestellt werden, um dich auf die Insel zu bringen. Denn du wünschest zu erfahren, was dort geschehen sei und ob noch einige der Waldleute an ihrer Küste lebend anzutreffen seien. Sage, daß, wenn dies der Fall sei, Maßregeln getroffen werden müßten, um ein Ende mit ihnen zu machen, damit sie nicht entkämen. Und jetzt sprich nicht mehr!«

Endlich war der Gesang zu Ende und mit ihm die ganze Feierlichkeit. Als Zeichen, daß alles vorbei sei, erhob sich Sabeela von ihrem Sessel und verbeugte sich vor mir, worauf auch ich aufstand, und das Kompliment mit meiner besten Verneigung beantwortete. So verabschiedeten wir uns öffentlich voneinander, bis zum unglückseligen Hochzeitsmorgen. Bevor wir uns trennten, verlangte ich aber mit lauter Stimme als eine besondere Gunst, daß mir gestattet werden möge, die Insel zu besuchen oder doch zumindest um ihre Küste zu rudern, indem ich die von Sabeela vorgeschlagenen Gründe angab. Darauf entgegnete sie: »Tut das, wie mein Herr es wünscht«, und zog sich zurück, bevor jemand noch Einwände machen konnte, und es folgten ihr alle ihre Dienerinnen und Dramana, die über diese Wendung der Dinge nicht besonders erfreut zu sein schien.

Ich gehe gleich zu der mitternächtlichen Unterredung über. Zur vorherbestimmten Zeit, oder eher noch etwas früher, betrat ich, von Hans begleitet, den Gang. Hans kam nur ungern mit und begründete seinen Widerwillen mit einem holländischen Sprichwort, das ungefähr den Sinn hat: »Zwei sind eine angenehme Gesellschaft, drei sind gar keine.« Da standen wir nun in der Finsternis und warteten. Einige Minuten später öffnete sich die Tür am anderen Ende, und es erschien Sabeela, weiß gekleidet und in der Hand eine unbedeckte Lampe tragend. Sie erschien mir in diesem Gewand und dieser Umgebung in der eigenartigen Beleuchtung schöner denn je – in der Tat, fast überirdisch schön. Wir kamen aufeinander zu und ohne jede Begrüßung sagte sie:

»Häuptling, ›Wächter in der Nacht‹, ich finde dich bei Nacht wachend, meiner Bitte getreu. Es mag dir diese Bitte sonderbar erschienen sein, aber höre jetzt ihren Grund. Ich kann mir nicht vorstellen, daß du glaubst, ich wünschte diese Heirat. Ich weiß, daß sie dir verhaßt ist, da ich von anderer Rasse bin als du und du mich nur als ein halbwildes Weib betrachtest, das du von Tod und Schande errettet hast. Nein, widersprich mir nicht, ich flehe dich an, denn manchmal ist die Wahrheit gut! Und weil sie gut ist, will ich noch den Grund hinzufügen, weshalb auch ich nicht diese Heirat wünsche, oder wenigstens den wichtigsten aller Gründe: nämlich, weil ich Issicore von Herzen liebte, der seit der Kindheit mein

Spielgefährte gewesen ist, bis er mir mehr wurde als ein Gespiele.«

»Ja«, unterbrach ich sie, »und ich weiß, daß er dich liebte. Warum aber hat er dann auf seinem Totenbett selbst diese Hochzeit beschleunigt?«

»Deshalb, Herr, weil Issicore ein edles Herz hatte. Er hielt dich für den größten Mann, den er je gekannt hatte, für einen Halbgott, wie er mir sagte. Er glaubte auch, daß du mich glücklich machen und dieses Land weise beherrschen und es aus seinem tiefen Schlafe wieder erwecken würdest. Auch wußte er, daß du und dein Gefährte ermordet werden würdet, wenn diese Heirat nicht zustande käme. Und wenn er in dieser Angelegenheit schlecht geurteilt hat, so muß man in Betracht ziehen, daß sein Geist vom Gift benebelt war, das man ihm gereicht hatte, denn ich bin sicher, daß er nicht allein aus Furcht gestorben ist.«

»Ich verstehe. Alle Achtung vor ihm«, sagte ich.

»Ich danke dir. Nun, Herr, glaube ich, obgleich ich unwissend bin, daß wir jenseits des Todes weiterleben. Vielleicht habe ich diesen Glauben noch von meinen Ahnen ererbt, die noch andere Götter neben dem Teufel Heu-Heu anbeteten. Jedenfalls ist es meine feste Überzeugung. Ich hoffe also, daß ich jenseits des Todestors, wo ich vielleicht in nicht gar so ferner Zeit sein werde, Issicore wieder finden werde, Issicore, wie er war, bevor der Fluch Heu-Heus auf ihn gefallen ist und er das Gift der Priester getrunken hat, und deshalb wünsche ich, keinem anderen Mann anzugehören!«

»Ich achte deine Gründe«, murmelte ich.

»Ich danke dir, Herr. Doch jetzt laß uns andere Dinge ins Auge fassen. Morgen nachmittag wird ein Kanu bereit sein, und darin wirst du alle Waffen finden, die euch entwendet worden sind, und alle deine Habseligkeiten. Es wird von vier Ruderern bemannt sein; von Männern, die als Spione der Priester Heu-Heus bekannt sind, die hier am Festland angestellt waren, um die Walloos zu beobachten und selbst einmal Priester geworden wären. Deshalb sind sie jetzt, wo Heu-Heu gestürzt ist, dem Tod verfallen. Nicht sofort, sondern nach einiger Zeit vielleicht, wie es aussehen wird, durch Krankheit oder Unfall. Wenn sie am Leben bleiben, fürchten die Wallooräte, daß sie die Herrschaft Heu-Heus wieder errichten könnten. Dies wissen sie ganz gut, und deshalb wünschen sie vor allen Dingen, aus diesem Lande zu entkommen, so lange noch Leben in ihnen ist.«

»Hast du diese Leute gesehen, Sabeela?«

»Nein, aber Dramana hat sie gesehen. Und jetzt, Herr, will ich dir etwas sagen, obgleich ich es nicht ohne Scham tue, wenn du es nicht schon selbst wahrgenommen haben solltest. Dramana wünscht nicht unsere Heirat, Herr. Du hast Dramana gerettet, wie du mich gerettet hast, und Dramana ist gleich Issicore dahin gekommen, dich als Halbgott anzusehen. Muß ich noch mehr sagen, außer vielleicht natürlich, daß sie aus diesem Grunde dein Entkommen wünscht, denn sie würde es lieber wollen, daß du frei und uns beiden verloren wärst, als daß du hier bliebest und mich zum Weibe nähmest. Habe ich genug gesagt?«

»Vollkommen«, erwiderte ich, denn ich wußte, daß sie die Wahrheit sprach.

»Dann habe ich wohl nichts mehr hinzuzufügen; ich hoffe bloß, daß alles gut ausgeht und daß du und dein gelber Diener vor Anbruch des übernächsten Tages glücklich aus diesem fluchbeladenen Lande entkommen sein werdet. Nachdem die Dämmerung hereingebrochen sein wird, werden die Ruderer das Kanu, bevor der Mond aufgeht, nicht zum Landungssteg zurück, sondern in die Schlucht des Flusses bringen, welchen ihr beim Mondschein hinabrudern müßt. Wenn dies gelingt, so bitte ich dich, zu Zeiten in deinem eigenen Lande an Sabeela, die gebrochene Herrscherin eines niedergedrückten Volkes, zu denken, so wie sie Tag für Tag, wenn sie sich erhebt und wenn sie schlafen geht, an dich denken wird, der sie und uns alle vom Untergang bewahrt hat! Lebewohl, mein Herr, und auch du, ›Licht in der Finsternis‹, lebe wohl!«

Hierauf ergriff sie meine Hand, küßte sie und glitt ohne ein weiteres Wort hinweg, wie sie gekommen war.

Das war das letzte, was ich von Sabeela, der Wunderschönen, sah oder hörte. Ich weiß nicht, ob sie noch lange lebte. Irgendwie scheint es mir, daß dies nicht der Fall war; denn in jener Nacht glaube ich den Tod in ihren Augen gelesen zu haben.

16

Der Wettlauf ums Leben

Nun bin ich endlich, wie ein schottischer Prediger, zu dem erlösenden Wort gekommen, bei dem die schläfrigste Gemeinde erwacht. Den Morgen, der diesem sonderbaren nächtlichen Zusammentreffen folgte, verbrachten Hans und ich in unserem Raum, denn es schien uralter Brauch bei den Walloos zu sein, daß, außer mit besonderer Erlaubnis, der zukünftige Ehegatte, mehrere Tage vor der Hochzeit nicht ausgehen durfte. Ich nehme an, daß dies wegen irgendeiner primitiven Ansicht angeordnet war, daß seine Zuneigung durch den Anblick fremder Schönheit abgewendet werden könnte.

Zu Mittag speisten wir, oder, was mich betraf, gab ich wenigstens vor zu essen, denn meine innere Anspannung nahm mir den Appetit. Kurze Zeit hierauf erschien zu meiner großen Erleichterung der Führer unserer Gefängniswache, dies war sie in Wirklichkeit, und meldete, daß er den Auftrag habe, uns zum Kanu zu ge-

Zwischendurch: [redacted] Klar: in einem Zustand allzu großer Anspannung vergeht einem der Appetit. Aber in unserem normalen Alltag finden wir glücklicherweise meistens eine Möglichkeit, einen Augenblick abzuschalten, und in 5 Minuten was Gutes mit Appetit zu genießen … [redacted]

leiten, das uns auf die Insel bringen sollte. Ich erwiderte, daß wir gerne bereit wären zu gehen. Wir nahmen alle unsere kleinen Habseligkeiten mit uns, einschließlich des Bündels, das unsere Reservekleider und die Zweige vom Baum der Träume enthielt, brachen auf und wurden von unseren Wächtern, von deren Gesichtern ich bereits genug hatte, auf den Landungssteg gebracht. Hier fanden wir ein kleines Kanu vor, das von vier verschlossen blickenden Männern bemannt war, durchwegs kräftige Burschen, die ihre Ruder zum Gruß erhoben. Anscheinend war der Platz von Müßiggängern gesäubert worden, denn es war nur noch eine einzige Person außer uns anwesend, eine Frau, die sich in einen langen Mantel hüllte, der ihr Gesicht verbarg.

Als wir im Begriff standen, das Kanu zu besteigen, näherte sich uns diese Frau und lüftete ihre Kapuze. Es war Dramana.

»Herr«, sagte sie, »ich bin von meiner Schwester, dem neuen Walloo, ausgesandt worden, um dir zu sagen, daß du die eisernen Röhren, die Feuer ausspeien, und alles, was zu ihnen gehört, in einer Matte im Bug des Kanus finden wirst. Auch hieß sie mich, dir eine glückliche Überfahrt zu der Insel zu wünschen, die vor Zeiten heilig genannt wurde und die sie nie mehr zu sehen hofft.«

Ich dankte ihr und ersuchte sie, meiner Braut, dem Walloo, meine Grüße zu überbringen, und fügte mit lauter Stimme hinzu, daß ich hoffe, dies in kurzer Zeit selbst tun zu können, sobald »ihr Schleier fiele«.

Hierauf wandte ich mich ab, um das Kanu zu besteigen.

»Herr«, sagte Dramana mit einer krampfhaften Bewegung ihrer Hände, »ich flehe dich an, nimm mich mit dir, damit ich einen letzten Blick auf jene Insel werfen kann, auf der ich so lange als Sklavin gelebt habe und die ich noch einmal sehen möchte – jetzt, da ich frei bin!«

Instinktiv fühlte ich, daß eine Krisis eingetreten war, die energisches, ja selbst brutales Vorgehen erforderte.

»Nein, Dramana«, entgegnete ich. »Es ist immer traurig für einen entkommenen Sklaven, sein Gefängnis wieder zu besuchen, denn seine Gitter könnten sich wieder um ihn schließen!«

»Herr«, sagte sie, »der befreite Sklave ist manchmal durch die Freiheit berauscht, so daß sein Herz wieder nach Knechtung schreit. Herr, ich bin eine gute Sklavin und eine liebende. Willst du mich nicht mit dir nehmen?«

»Nein, Dramana«, entgegnete ich und sprang in das Boot. »Dieses Kanu ist vollbeladen, und dann wäre es auch weder zu deinem noch zu meinem Glück. Leb wohl!«

Sie starrte ernst auf mich, mit einer schmerzvollen Zurückhaltung, die nach und nach in Grimm überging, wie es manchmal bei einer verletzten Frau der Fall ist; hierauf murmelte sie etwas wie ›zurückgestoßen sein‹, brach in erbitterte Tränen aus und wandte sich ab. Ich gab den Ruderern ein Zeichen, ihre Kunst zu zeigen, und stieß ab, und fühlte mich als Dieb und Verräter. Dennoch war ich nicht zu tadeln, denn was hätte ich sonst tun können? Es ist wahr, daß Dramana uns eine gute Freundin gewesen war, und ich hatte sie gern. Aber wir hatten ihre Hilfe belohnt, indem wir sie aus ›Heu-Heus‹ Krallen gerettet hatten, und im übrigen mußte man ja irgendwo einen Punkt machen! Hätte sie einmal das Kanu betreten, so wäre sie, metaphorisch gesprochen, niemals mehr aus ihm herauszubringen gewesen.

Rasch waren wir auf dem offenen See draußen, auf dem die kleinen Wellen hüpften und die Sonne hell schien, und ich war froh, all dieser schmerzlichen Verwicklungen ledig und wieder einmal von reinen und natürlichen Dingen umgeben zu sein. Wir ruderten gegen die Insel hin und kamen auf dem Fleck ans Land, oder besser gesagt, in seine Nähe, wo die alte, verschüttete Stadt gestanden hatte, und wo wir die versteinerten Menschen und Tiere gefunden hatten. Aber wir betraten die Insel nicht, denn überall flossen kleine Ströme glühender Lava in den See und die Ruinen waren unter einer Aschenflut verschwunden. Ich glaube nicht, daß jemals wieder jemand diese außergewöhnlichen Überreste aus unvordenklichen Zeiten erblicken wird. Wir kehrten um und ruderten langsam um die Insel, bis wir an die Stelle kamen, wo der Opferungsfelsen sich erhoben hatte, auf dem ich ein so furchtbares Abenteuer erlebt hatte. Er war verschwunden und ebenso die Mündung der Höhle, der Garten Heu-Heus, der Baum der Träume und all das reichbebaute Land. Die schäumenden und wirbelnden Wasser des Sees schlugen jetzt gegen einen felsigen Block – alles, was von der heiligen Insel übriggeblieben war. Die Katastrophe war vollkommen; der Vulkan war nichts als ein Lavaklotz, aus dessen sterbendem Herzen das flammende Lebensblut in roten verebbenden Strömen hervorsickerte. Ich weiß nicht, ob seine erstickten Feuer jemals wieder irgendwo anders hervorbrechen werden. Es könnte dies immerhin bereits irgendwo am Festland der Fall gewesen sein.

Als wir unsere Fahrt um diesen Ort beendet hatten, an dem kein lebendes Wesen übrig geblieben war – nur ein oder zweimal sah ich den aufgeschwollenen Körper eines Heuheuawilden im Wasser dümpeln –, ging die Sonne unter, und es wurde dunkel, bevor wir uns völlig von der Stadt Walloo entfernt hatten. So lange noch etwas Licht vorhanden war und wir bemerkt werden konnten, hielten wir auf den Landungssteg zu, von dem aus wir aufgebrochen waren.

Als jedoch auch dieser letzte Lichtschimmer dahingeschwunden war, begannen unsere vier Ruderer, die Exneophyten Heu-Heus, leise untereinander zu verhandeln. Dann wurde die Richtung des Kanus geändert, und wir fuhren, statt auf das Festland zuzuhalten, parallel mit diesem weiter, bis wir zum Stromlauf des Schwarzen Flusses kamen. Es war so finster, daß ich nicht die genaue Zeit feststellen konnte, zu der wir den See verließen und in den Strom hineinglitten. In der Tat, ich wußte gar nicht, daß wir uns bereits auf ihm befanden, bis mich die gesteigerte Strömung darauf aufmerksam machte. Diese Strömung war jetzt, nach der großen Überschwemmung, ziemlich stark und trug uns mit ansehnlicher Geschwindigkeit vorwärts. Ich hegte die Befürchtung, wir könnten in der Finsternis gegen die Uferfelsen geschleudert oder durch überhängende Zweige erfaßt werden, oder vielleicht auf Baumknorren auffahren. Diese vier Männer schienen jedoch jede Elle auf dem Fluß zu kennen, und brachten es zustande, uns in der Mitte des Flußbettes zu halten, wahrscheinlich indem sie der Strömung folgten, wo sie am stärksten war. So glitten wir dahin, indem wir aus Furcht vor Unglücksfällen nicht allzu stark ruderten, bis der Mond aufging, der erst seit wenigen Tagen im Abnehmen war und uns daher selbst in dieser finsteren Schlucht genügend Licht spendete. Kaum waren seine Strahlen auf uns herabgekommen, als die Ruderer mit einem Schlag ihre Ruder eintauchten und wir mit bedeutender Geschwindigkeit den angeschwollenen Fluß hinabschossen.

»Ich glaube, jetzt geht alles gut, Baas«, sagte Hans.

»Mit einem so guten Vorsprung würden uns die Walloos kaum einholen können, selbst wenn sie es versuchten. Wir haben auch Glück gehabt, denn du hast zwei Damen zurückgelassen, die dich zwischen sich in Stücke zerrissen hätten, und ich einen Ort, dessen närrische Bewohner mir derartig auf die Nerven gingen, daß ich bald gestorben wäre.«

Er hielt für einen Augenblick inne, dann fügte er mit entsetzter Stimme hinzu:

»Allemagter! Wir haben doch nicht so viel Glück gehabt! Wir haben etwas vergessen!«

»Was denn?« fragte ich besorgt.

»Oh, Baas, diese roten und weißen Steine, die wir holen wollten und von denen uns dieser alte kraansick* von Walloo so viele versprach, als wir wünschten, bevor ihm Heu-Heu den glühenden Stein auf den Kopf fallen ließ. Sabeela hätte das Boot mit ihnen vollgefüllt, wenn wir sie nur darum gebeten hätten, und wir hätten niemals mehr arbeiten müssen, sondern hätten in schönen Häusern sitzen und von morgens bis abends den besten Gin trinken können.«

Bei diesen Worten fühlte ich mich tatsächlich krank. Es war nur zu wahr! Über all den anderen dringenden Angelegenheiten, Leben, Tod, Heirat, Freiheit, hatte ich vollkommen die Diamanten und das Gold vergessen. Aber, als ich jetzt daran dachte, konnte ich doch nicht recht einsehen, wie ich mit Rücksicht auf die Art unseres Abschieds Sabeela darum hätte bitten können, obgleich es Hans bestimmt getan hätte. Dies würde den ganzen guten Eindruck zerstört und ihr einen widerlichen Geschmack im Mund zurückgelassen haben. Wie konnte sie auch weiter zu einem Mann als – nun gut, als zu etwas ganz Außergewöhnlichem – emporblicken, der sie zurückrief, um sie daran zu erinnern, daß es noch eine kleine, pekuniäre Angelegenheit zu regeln gäbe und eine Taxe für geleistete Dienste zu zahlen sei? Außerdem hätte es Verdacht erregt, wenn man uns Säcke mit Schätzen hätte schleppen sehen; wenn nicht Sabeela sie im Boot hätte unterbringen lassen, wie sie es mit den Gewehren getan hatte. Außerdem wären die Säcke schwer und unbequem zu tragen gewesen, wie ich Hans auseinandersetzte. Dennoch fühlte ich mich schwach, denn wieder einmal war meine Hoffnung auf Reichtum oder wenigstens auf eine soldige Vermögensgrundlage für den Rest meiner Tage dahingeschwunden.

---

* Schwachkopf

»Leben ist besser als Gold«, sagte ich pathetisch zu Hans, »und große Ehre ist besser als alles beide.«

Es klang wie ein Ausspruch aus dem Buch der Sprichwörter, aber ich hatte nicht ganz genau zitiert. Doch ich überlegte, daß Hans glücklicherweise den Unterschied nicht bemerken würde. Indessen wußte er mehr, als ich dachte, denn er sagte:

»Ja, Baas, dein verehrter Vater pflegte so zu sprechen. Auch sagte er, daß es besser sei, von Brunnenkresse zu leben, so sehr sie auch unseren Magen beleidigen möge, und ein reines Gewissen zu haben, als in einem großen Haus mit einem Paar keifender Weiber zu wohnen, was bei dir der Fall gewesen wäre, wenn du in Walloo geblieben wärst. Außerdem sind wir jetzt vollkommen in Sicherheit, wenn wir auch nicht Gold und Diamanten bekommen haben, die, wie du sagst, eine schwere Last wären. So sicher, daß ich zu schlafen gedenke, Baas. Allemagter! Aber was ist denn das?«

»Nichts als diese armen, haarigen Eingeborenenweiber, die in den Wäldern ihre Toten beklagen«, erwiderte ich sorglos, denn ihre Schreie, die in der Stille des Flusses qualvoll anzuhören waren, klangen nur dumpf in meinen Ohren. Ich war noch zu sehr in Gedanken über die verlorenen Diamanten versunken.

»Ich wünschte, es wäre das, Baas, sie könnten meinetwegen heulen, bis ihnen die Köpfe herunterfallen! Aber das ist es nicht! Das sind Ruder! Die Walloos verfolgen uns, Baas. Horch!«

Ich lauschte, und zu meinem Entsetzen vernahm ich regelmäßigen Ruderschlag in ziemlicher Entfernung hinter uns. Er mußte von einer größeren Anzahl Ruderern, etwa fünfzig, herrühren; wir wurden also von einem der großen Kanus verfolgt!

»O Baas«, sagte Hans, »es ist wieder deine Schuld! Ohne Zweifel liebt dich Dramana so sehr, daß sie sich nicht entschließen kann, sich von dir zu trennen und ein großes Kanu ausgeschickt hat, um dich zurückzuholen.

Wenn es nicht vielleicht«, fügte er mit einem Anfall von Hoffnung hinzu, »Sabeela ist, die uns ein Abschiedsgeschenk an Juwelen nachschickt. Vielleicht hat sie sich daran erinnert, daß wir gerne etwas haben möchten, das uns späterhin an sie erinnert.«

»Es sind diese verdammten Walloos, die uns eine Unmenge von Speeren auf den Hals schicken«, erwiderte ich grimmig und fügte hinzu: »Halte die Büchsen bereit, Hans, denn ich habe nicht die Absicht, mich lebendig fangen zu lassen!«

Was auch der Grund sein mochte, es war klar genug, daß wir verfolgt wurden, und in meinem Herzen überlegte ich, ob Dramana nicht wirklich etwas damit zu tun hatte. Zweifellos hatte ich sie roh behandelt, obwohl ich dazu gezwungen gewesen war, und die Frauen der Eingeborenen sind manchmal überaus rachsüchtig. Auch hatte Dramana unter den schurkischen Priestern eine schlechte Schule mitgemacht. Aber ich hoffte und hoffe es noch immer, daß sie an diesem Verrat unschuldig war, den wahren Sachverhalt lernte ich allerdings nie kennen.

Unsere Mannschaft, die aus fliehenden Spionen der Priester bestand, hatte auch das Geräusch der Ruder vernommen, denn ich sah die erschrockenen Blicke, die sie einander zuwarfen und die angespannte Energie, mit der sie sich ihrer Arbeit widmeten. Guter Gott, wie sie ruderten! Denn sie wußten, daß ihr Leben von unserem Entkommen abhing! Stunde um Stunde sausten wir den angeschwollenen brausenden Fluß hinab, während hinter uns, von Minute zu Minute immer näher, der Schlag der hartnäckigen Ruder zu vernehmen war. Unser Kanu war schnell, aber wie konnten wir hoffen, einem Boot zu entgehen, das von fünfzig Männern vorwärts getrieben wurde, wo uns nur vier zur Verfügung standen?

Eben als wir an dem Ort vorbeiglitten, wo wir auf unserer Reise stromaufwärts genächtigt hatten – denn wir hatten jetzt bereits den Wald hinter uns gelassen und befanden uns zwischen den Felsen –, erblickte ich das uns verfolgende Boot etwa eine halbe Meile hinter uns und sah, daß es eines der größten von der ganzen Wallooflotte war. Hierauf verlor ich das große Kanu, da der Mond jetzt in dieser engen Schlucht die Oberfläche des Wassers nicht mehr beleuchtete, für längere Zeit aus den Augen. Aber ich vernahm, wie es näher und immer näher kam, gleich einem sicheren, tödlichen Bluthund, der die Spur eines fliehenden Sklaven verfolgt.

Unsere Mannschaft begann zu ermüden. Hans und ich übernahmen die Ruder zweier von ihnen, um ihnen etwas Zeit zur Ruhe und zum Essen zu verschaffen; hierauf taten wir dasselbe mit den anderen zweien. Dieser Umstand ließ uns allerdings etwas an Vorsprung einbüßen, denn Hans und ich waren keine geübten Ruderer, obwohl hier infolge der Flut der Fluß so schnell dahinfloß, daß unser Mangel an Geschicklichkeit nur wenig ausmachte.

Schließlich kam das Tageslicht und nahm zu, bis uns sein Schimmer in unserer Kluft erreichte und bei dieser ungewissen Dämmerung erblickte ich die Verfolger kaum hundert Yards hinter uns. Es war in seiner Art ein zauberisches, eindrucksvolles Schauspiel. Die abstürzenden, turmhoch aufragenden Felswände, zwischen, oder besser gesagt, über denen eine Linie des blauen Himmels sichtbar wurde; der finstere, angeschwollene, schäumende Fluß, und auf seiner Oberfläche unser kleines Boot, das von vier müden, schwitzenden Männern vorwärtsgetrieben wurde, während hinter ihm das große Kriegskanu daherkam, dessen Gegenwart an einer undeutlichen Umrißlinie und an dem weißen Schaum des Wassers beim Schlag seiner Ruderer wahrgenommen werden konnte.

»Sie kommen uns schnell näher, Baas, und wir haben noch einen weiten Weg zurückzulegen; bald werden sie uns einholen, Baas.«

»Dann müssen wir versuchen, sie für eine Zeitlang aufzuhalten«, entgegnete ich grimmig. »Reich mir die Expreß-Büchse, Hans, und nimm selbst die Winchester!«

Hierauf legten wir uns im Kanu nieder und warteten eine günstige Gelegenheit ab, indem wir die Büchsen auf den Bord auflegten. Plötzlich kamen wir an eine Stelle, wo einst ein Felsabsturz stattgefunden hatte, denn hier engten seine Trümmer den Fluß ein und verwandelten ihn jetzt, da er so voll war, in einen tosenden Wirbel. Hier erreichte uns auch wegen der Verbreiterung der Kluft mehr Licht, so daß wir unsere Verfolger erblicken konnten, die nur noch etwa fünfzig Yards von uns entfernt waren. Zwar konnte man sie nicht deutlich sehen, aber gut genug für unsere Zwecke.

»Ziel tief und feuere mitten in sie hinein, Hans!« rief ich und drückte gleichzeitig beide Läufe der Expreß-Büchse auf die vordersten Ruderer ab. Hans folgte der Aufforderung, und da die Winchester fünf Patronen enthielt, fuhr er fort, zu feuern.

Der Erfolg war ein augenblicklicher. Einige Männer sanken um, mehrere Ruder fielen ins Wasser – ich kann nicht sagen, wie viele – und ein gellender Schrei ertönte aus dem Mund der Getroffenen oder ihrer Gefährten. Der Mann, der steuerte oder das Kanu vom Bug aus kommandierte, war anscheinend unter den Getroffenen. Das Boot fiel ab und lag eine Zeitlang mit der Breitseite gegen den Strom, wo es umzukippen drohte und uns seinen Boden zuwandte. Ich hatte wieder geladen und sandte zwei Explosivgeschosse in den Kiel, da ich hoffte, auf diese Weise ein Leck in das Boot zu schlagen. Doch war ich meines Erfolges nicht sicher, denn das Holz dieser Kanus ist sehr dick. Dennoch glaube ich, daß es mir gelang, denn als es die Verfolgung wieder aufgenommen hatte, kam es bedeutend langsamer vorwärts, und ich glaubte, einen Mann Wasser schöpfen zu sehen.

Wir fuhren weiter und nützten den Vorteil, den dieser Schlag uns gewährte, möglichst aus. Aber jetzt waren unsere Leute bereits sehr müde und ihre Hände vollkommen von Blasen aufgesprungen, so daß sie nur noch die Todesfurcht zwang, das Rudern fortzusetzen. Wirklich wurde zuletzt unser Fortschritt sehr langsam und war mehr der Strömung des Wassers als unseren eigenen Anstrengungen zuzuschreiben. Infolgedessen kam uns das folgende Kanu, das, wie es bei Walloobooten dieser Größe üblich war, wahrscheinlich Reserveruderer mitführte, wieder näher.

Hier wand sich der Fluß jedoch zwischen seinen Felswänden, so daß wir es nur von Zeit zu Zeit erblicken konnten. So oft es in Sicht kam, ergriff ich die Winchester-Büchse und feuerte, und ohne Zweifel fügte ich ihm einigen Schaden zu und hielt es auf. Schließlich hörten die Windungen auf, und wir erreichten die letzte Strecke, einen geraden Flußlauf von der Länge etwa einer Meile, bevor sich der Fluß in den Sumpf ergoß, den ich bereits beschrieben habe.

Jetzt fuhren jedoch Verfolger und Verfolgte bereits nur noch langsam, denn wir ließen uns mehr treiben, als daß wir ruderten, da alle völlig erschöpft waren. So oft ich einen Schuß anbringen konnte, feuerte ich, aber dennoch kamen unsere Verfolger mit düsterer Entschlossenheit und vollkommenem Schweigen immer näher, bis sie nur mehr zwanzig Schritte von uns entfernt waren und einige von ihnen bereits Speere schleuderten. Einer dieser Speere blieb im Boden unseres Bootes knapp neben meinem Fuß stecken. Jetzt traten die Felsen an ihrer Spitze wieder so nahe aneinander heran, daß ich nicht mehr zielen konnte und, da ich keine Patronen zu verschwenden hatte, entschloß ich mich, die noch übrigen für die Abwehr des letzten Angriffs aufzusparen.

Plötzlich waren wir im Endlauf des Flusses angelangt, und fuhren eben auf die erste Schlammbank des Sumpfes auf. Die noch unverletzten Walloos machten eine letzte Anstrengung, um uns zu überholen; bei dem klaren Licht, das jetzt auf dieser offenen Strecke herrschte, konnte ich sehen, wie ihre Augen aus den Höhlen traten und ihre Zungen vor Erschöpfung heraushingen. Ich schrie einen Befehl.

»Nehmt alles, was wir haben, und lauft voraus!« rief ich und ergriff meine Büchse und andere Gegenstände, die in meiner Nähe waren, einschließlich der übriggebliebenen Patronen.

Die anderen taten dasselbe, und ich glaube nicht, daß etwas anderes als die Ruder im Kanu zurückblieben. Dann sprang ich an Land und lief nach rechts, den Rand des Sumpfes entlang, und die anderen folgten mir. Nach etwa fünfzig Yards sank ich infolge völliger Erschöpfung auf einer kleinen Erhebung nieder, denn meine ermüdeten Füße konnten mich nicht länger tragen. Ich blickte zurück und beobachtete, was geschehen würde. Ich war tatsächlich so ausgepumpt, daß ich fühlte, ich würde lieber sterben, wo ich war, als weiter fliehen. Wir lagerten uns alle an dieser Stelle und warteten auf die Entscheidung, denn ich war überzeugt, daß wir angegriffen werden würden. Aber nein, dies geschah nicht! An der Schlammbank gaben die verfolgenden Walloos ihre Bemühungen auf.

Kurze Zeit saßen sie niedergeschlagen in ihrem Fahrzeug, bis sie wieder Atem geschöpft hatten. Hierauf gaben diese stummen Jagdhunde das erstemal Laut, denn sie schrien uns und besonders unseren vier Ruderern, den Jüngern Heu-Heus, Verwünschungen nach und sagten, obwohl es ihnen das Gesetz verböte, uns zu verfolgen, müßten wir sterben, wie Issicore, der das Land verlassen hatte. Einer unserer Leute ließ sich in den Wortwechsel ein und schrie rachsüchtig hinüber, daß ganz im Gegenteil einige von ihren Leuten gestorben seien, als sie versucht hätten, uns zurückzuhalten, was sie feststellen könnten, wenn sie ihre Ruderer zählten.

Auf diese offenbar richtige Behauptung gaben die Verfolger keine Antwort und unterließen es auch, uns aufzuklären, wer sie uns nachgesandt hatte. Sie fischten unser kleines Kanu auf, beluden es mit einigen Toten, die unter Hansens und meinen Kugeln gefallen waren und ruderten langsam stromaufwärts, nachdem sie es ins Schlepptau genommen hatten. Dies war das letztemal, daß ich ihre hübschen fanatischen Gesichter und ihr verdammtes Land erblickte, in dem ich so nahe daran gewesen war, zu sterben, oder für mein Leben ein Gefangener zu werden, was noch schlimmer gewesen wäre.

»Baas«, sagte Hans, seine Pfeife entzündend, »das war eine große Reise und eine, über die es angenehm sein wird, nachzudenken, jetzt, wo sie vorbei ist. Dennoch wünschte ich, wir hätten mehr von diesen Menschendieben getötet.«

»Ich wünsche es nicht, Hans; es war mir zuwider, daß ich gezwungen war, sie zu erschießen«, entgegnete ich, »und ich wünsche auch nie mehr an diese Rasse zu denken, solange ich lebe, außer, sie käme als Alpdruck zurück, wogegen ich nichts tun kann.«

»Wünschst du dies wirklich nicht, Baas? Ich finde derartige Gedanken angenehm, wenn die Gefahr vorbei ist, und wir, die sterben hätten können, uns noch am Leben befinden, während die anderen, die am Leben waren, jetzt tot sind und die ganze Geschichte ihrem Heu-Heu erzählen.«

»Jedermann nach seinem Geschmack; deiner ist nicht der meine«, brummte ich.

Hans paffte eine Zeitlang an seiner Pfeife und fuhr fort:

»Es ist drollig, Baas, daß diese Kerle nicht aus ihrem Boot stiegen und herankamen, um uns mit ihren Speeren zu töten. Ich denke, sie hatten Angst vor den Gewehren.«

»Nein, Hans«, entgegnete ich, »das sind tapfere Männer, die aus Furcht vor den Geschossen nicht haltgemacht hätten. Sie fürchteten sich vor mehr als vor diesen: Sie scheuten den Fluch, der jeden, der das Land verläßt, mit dem Tod bedroht! Diesmal hat Heu-Heu uns einen guten Dienst erwiesen, Hans.«

»Ja, Baas, ohne Zweifel ist er an dem Ort der ›Ewigen Feuer‹ ein guter Christ geworden und vergilt Böses mit Gutem, indem er uns auch die andere Wange zum Streiche hinhält, Baas. Schlechte Leute werden oft fromm, wenn sie vor dem Tod stehen, Baas. Auch mir ist es ähnlich ergangen, als ich dachte, daß diese Walloos uns fangen würden. Aber jetzt denke ich ganz anders darüber. Erinnerst du dich, Baas, wie dein verehrter Vater zu sagen pflegte, daß, wenn du Gott liebst, Gott nach dir sieht und dich aus jedem Schlammloch herauszieht? Deshalb kann ich hier rauchend sitzen, Baas, statt den Krokodilen ein Mahl abzugeben. Wenn nicht die vergessenen Juwelen wären, könnten wir sagen, daß er sich unser ganz gut angenommen hat; aber hier gibt es wohl so viele Edelsteine, daß vielleicht auch der liebe Gott nicht an sie gedacht hat.«

»Nein, Hans«, sagte ich. »Gott dachte daran, daß, wenn wir versucht hätten, Säcke mit Steinen aus dem Boot fortzuschleppen, wie wir es mit Zikalis Medizinen und den übrigen Sachen getan haben, uns die Walloos gefangen hätten. Sie waren bereits ganz nahe, Hans!«

»Ja, Baas, du hast recht, das war sehr nett vom lieben Gott. Und jetzt, Baas, glaube ich, tun wir besser daran, fortzuziehen. Diese Walloos könnten in kurzer Zeit den Fluch vergessen und zurückkehren, um uns zu suchen. Der Himmel ist ein sonderbares Ding, Baas, manchmal ändert er ganz plötzlich sein Antlitz und wird grimmig – gerade so wie Dramana, als du ihr gestern sagtest, daß du sie nicht im Kanu mitnehmen würdest.«

Allan hielt inne, um sich eine schwache Mischung Whisky und Wasser zu nehmen; darauf sagte er in seiner unvermittelten Art:

»So, das ist das Ende der Geschichte, und ich bin darüber froh, denn meine Kehle ist vor lauter Sprechen ausgetrocknet. Wir kamen nach verschiedenen Schwierigkeiten und einem ermüdenden Marsch durch die Wüste glücklich zum Wagen zurück, und es war höchste Zeit, denn bei unserer Ankunft war unsere Munition auf drei Patronen zusammengeschmolzen. Ihr wißt ja, daß wir gezwungen gewesen waren, eine Unzahl von Schüssen auf die Heuheuas abzugeben, als sie uns auf dem See angriffen, und später auf die Walloos, um uns vor der Gefangennahme zu bewahren. Hier jedoch hatten wir mehr davon im Wagen, und ich schoß vier Elefanten auf unserer Heimkehr. Sie hatten ziemlich große Stoßzähne, die ich später verkaufte und deren Erlös hinreichte, um die Kosten der Expedition zu decken.«

»Ließ Sie der alte Zikali die Ochsen bezahlen?« erkundigte ich mich.

»Nein, dies tat er nicht, denn ich sagte ihm, daß ich ihm in diesem Falle das ›Mouti‹-Bündel, das wir vom ›Baum der Träume‹ abgeschnitten und den ganzen Weg hindurch mitgeführt hatten, nicht geben würde. So machte er mir denn die Ochsen zum Geschenk, da er auf die Medizin sehr erpicht war. Auch fand ich meine eigenen Ochsen wieder vor, die inzwischen fett und stark geworden waren. Es war wirklich sonderbar, aber der alte Schuft schien fast alles zu wissen, was geschehen war, bevor ich ihm noch davon Mitteilung machte. Vielleicht hatte er es von einem dieser Heu-Heu-Anbeter erfahren, die mit uns geflohen waren. Ich vergaß zu erzählen, daß diese Männer – sehr verschlossene Leute übrigens – auf unserer Heimreise verschwanden. Plötzlich fehlten sie. Ich nehme an, daß sie sich von uns trennten, um sich irgendwo auf eigene Rechnung als Hexenmeister niederzulassen. Wenn diese Annahme stimmte, konnte wohl der eine oder andere von ihnen, noch bevor ich den Black Kloof erreichte, mit Zikali zusammengetroffen sein, der das Haupt dieser Klasse in jenem Teil Afrikas war.

Die erste Frage, die er mir stellte, war:

»Warum hast du gar kein Gold und keine Diamanten mitgebracht? Hättest du dies getan, wärest du jetzt reich, Macumazahn, und so mußt du arm bleiben.«

»Ich habe vergessen, nach ihnen zu verlangen«, sagte ich.

»Ja, ich weiß, daß du vergessen hast, nach ihnen zu fragen. Deine Gedanken waren so sehr von dem schmerzvollen Abschied von jener wunderschönen Dame, deren Name ich nicht kenne, in Anspruch genommen, daß du es ganz vergessen hast. Das sieht dir ähnlich, Macumazahn, ha ha! Das sieht dir ähnlich!«

Hierauf starrte er eine Zeitlang ins Feuer, vor dem er wie gewöhnlich saß, und fügte hinzu:

»Und doch, glaube ich, daß dich einmal Diamanten reich machen werden, wenn kein Weib im Spiele ist, von dem du Abschied nehmen mußt, Macumazahn.«

Dieser Schuß traf ins Schwarze. Wie ihr Burschen wißt, traf dies auch bei König Salomons Minen ein, nicht wahr, als tatsächlich keine Frau im Spiele war, von der ich Abschied nehmen mußte?«

Hier wandte Good sein Antlitz ab und Allan beeilte sich fortzufahren, denn anscheinend erinnerte er sich ›Foulatas‹ und sah, daß seine unüberlegte Bemerkung ihm weh getan hatte.

Zikali zeigte großes Interesse für unsere Geschichte und hielt mich einige Tage in Black Kloof zurück, damit ich ihm jede Einzelheit berichten konnte.

»Ich wußte, daß Heu-Heu ein Götzenbild war«, sagte er, »doch wünschte ich, daß du von selbst darauf kommen solltest, und sagte dir deshalb nichts darüber; ebenso wußte ich, daß jener hübsche Mann, Issicore, sterben müsse. Aber ich habe ihm davon nichts gesagt, denn siehst du, wenn ich es getan hätte, wäre er gestorben, bevor er dir den Weg in jenes Land gezeigt hätte, und dann hätte ich mein Mouti nicht bekommen, das ich notwendig brauche. Und wie sollte ich sonst noch Bilder in mein Feuer zaubern? Aber gut, du hast mir ein ziemlich großes Bündel von Blättern gebracht, das für meine Zeit ausreichen wird; und da der Baum der Träume verbrannt ist und es keinen zweiten auf der Welt gibt, werden niemals mehr welche zu bekommen sein. Ich bin froh, daß er verbrannt ist, denn ich wünsche nicht, daß ein Zauberer aufsteht, der ebenso groß ist wie Zikali, der ›Eröffner der Wege‹. Solange dieser Baum wuchs, war der Hohepriester Heu-Heus fast ebenso groß. Aber jetzt ist er tot, und der Baum verbrannt, und ich, Zikali, bin unumschränkter Herrscher! Das war es, was ich wünschte, Macumazahn, und deshalb habe ich dich ins Heuheualand gesandt!«

»Du schlauer alter Bösewicht!« rief ich.

»Ja, Macumazahn, ich bin ebenso schlau, wie du einfältig bist, und mein Herz ist schwarz wie meine Haut, so wie deines weiß ist wie deine Haut! Deshalb bin ich groß, Macumazahn, und habe Macht über Tausende; deshalb kann ich meine Wünsche erfüllen, während du klein bist, keine Macht hast und mit unerfüllten Wünschen sterben wirst! Und doch, am Ende, wer weiß, wer weiß? Vielleicht mag es im Land dort jenseits anders sein. Auch Heu-Heu war groß, und wo ist Heu-Heu heute?!«

»Es hat niemals einen Heu-Heu gegeben«, sagte ich.

»Nein, Macumazahn, es hat niemals einen Heu-Heu gegeben, doch gab es Priester Heu-Heus. Ist es nicht dasselbe mit vielen von den Göttern, die die Menschen über sich setzten? Auch diese gibt es nicht, und gab es niemals, aber es gibt ihre Priester, und sie schütteln den Speer der Macht und durchbohren die Herzen der Menschen mit Entsetzen. Was liegt also an den Göttern, die kein Mensch sieht, wenn der Priester da ist und den

Speer seiner Macht schüttelt, um die Herzen ihrer Anbeter zu durchbohren? Der Gott ist der Priester, oder der Priester ist der Gott – Leg es aus, wie du willst, Macumazahn.«

»Nicht immer, Zikali.« Dann fragte ich, da ich mich über einen solchen Gegenstand nicht mit ihm in eine Diskussion einlassen wollte: »Wer hat die Statue Heu-Heus in der Höhle der Träume ausgehauen? Die Walloos wußten es nicht.«

»Auch ich weiß es nicht, Macumazahn«, entgegnete er. »Die Welt ist alt, und es hat Völker auf ihr gegeben, von denen wir nichts gehört haben, so sagt mir wenigstens meine Sehergabe. Ohne Zweifel hat es eines jener Völker vor Tausenden von Jahren ausgehauen, ein Volk, das von Norden einbrach, das letzte seiner Rasse, das von irgendwoher vertrieben worden war, und dessen Überlebende, nach Süden ziehend, sich vor ihren Feinden an einem Ort verbargen, der von derartig scheußlichen Wilden bewohnt war, daß er als von Dämonen heimgesucht galt. Hier schnitzten sie in einer Höhle in der Mitte des Sees, wo sie nicht überfallen werden konnten, ein Bild ihres Gottes, oder vielleicht des Gottes der Wilden, denen es anscheinend glich.

Es kann sein, daß die Wilden ihren Namen von Heu-Heu ableiteten oder daß Heu-Heu den seinen nach ihnen bekam. Wer kann es sagen? Auf alle Fälle machen Menschen, die einen Gott suchen, sich einen, der ihnen ähnlich, nur größer, schauerlicher und böser ist, Macumazahn, wenigstens hier in unserem Land. Denn was sie in anderen Ländern tun, weiß ich nicht. Auch behaupten sie oft, daß dieser Gott einst ihr König war, denn im Grunde genommen beten alle ihre Vorfahren an, die ihnen das Leben gaben, wenn sie überhaupt etwas anbeten. Oft denken sie auch, daß diese Teufel gewesen sein müßten, weil sie ihnen das Leben geschenkt hätten. Große Vorfahren waren die ersten Götter, Macumazahn, und wenn sie nicht böse gewesen wären, wären sie nie groß gewesen. Sieh Chaka an, den Löwen der Zulus! Er wird groß genannt, weil er so böse und grausam war, und so war es und ist es noch mit anderen, wenn sie Erfolg haben. Doch mißlingt ihr Werk, dann sprechen die Leute anders über sie.«

»Das ist kein schöner Glaube, Zikali«, sagte ich.

»Nein, Macumazahn, aber dann ist nur wenig in der Welt schön außer der Welt selbst. Die Heuheua sind nicht schön, oder besser gesagt, waren es nicht; denn ich glaube, daß du den größten Teil von ihnen getötet hast, als du den Berg in die Luft sprengtest, und das ist gut so. Heu-Heu war nicht schön, noch waren es seine Priester. Nur die Walloos und besonders ihre Frauen sind schön geblieben, denn altes Blut fließt in ihren Adern, das vornehme alte Blut, das Heu-Heu aus ihren Herzen sog!«

»Und nun, Zikali, da Heu-Heu dahin ist, was wird aus den Walloos werden?«

»Ich kann es nicht sagen, Macumazahn. Aber ich erwarte, daß sie Heu-Heu nachfolgen werden, der ihre Seelen in Besitz genommen hat und sie nachziehen wird. Doch was macht dies aus, da sie doch bloß der faulende Strunk eines Baumes sind, der einst groß und schön war? Der Staub der Zeit verbirgt manch solchen Strunk, Macumazahn. Es schadet nichts, denn andere schöne Bäume wachsen auf, Bäume, die einst zu ihrer Zeit auch Strünke werden! Und so geht es fort in alle Ewigkeit.«

So fuhr Zikali fort, doch habe ich vieles von dem, was er sagte, vergessen. Ich muß sagen, daß er recht hatte, aber ich erinnere mich, daß sein melancholisches, pessimistisches Geschwätz mich niederdrückte, und daß ich es so kurz wie möglich machte. Auch gab er mir letzten Endes keine Aufklärungen, denn er konnte mir nicht sagen, wer die Walloos oder die haarigen Leute seien, oder warum sie ›Heu-Heu‹ anbeteten, was ihr Ursprung war und was ihr Ende sein würde.

Alle diese Dinge blieben und bleiben unter dem Schleier eines Geheimnisses verborgen, denn ich habe niemals mehr etwas von ihnen gehört. Wenn ihr also mehr über diese Geschichte zu erfahren wünscht, so müßt ihr selbst ausziehen und trachten, es herauszufinden. Nur ich würde, wie ich bereits gesagt zu haben glaube, nicht mehr mitmachen.

»Bravo«, sagte Kapitän Good, »dies ist ein wundervolles Garn! Ich lasse mich hängen, wenn ich es hätte besser erzählen können.«

»Nein, Good«, entgegnete Allan und entzündete eine Kerze, »ich bin überzeugt, daß Sie dies nicht hätten tun können. Sehen Sie, Tatsachen sind eine Sache, und das, was Sie ›Garne‹ nennen, eine andere. Ich wünsche euch eine gute Nacht!«

Und er begab sich zu Bett.